WITCH AND GOD

Hachette Livre, 58 rue Jean Bleuzen, 92170 Vanves.

Liv Stone

WITCH AND GOD

1

ELLA LA PROMISE

BMR

À mes deux petites sœurs, notre Pouvoir des Trois

La lignée Olympienne

Titans · Douze · Autres · Mariage · — Enfant · -·- Relation

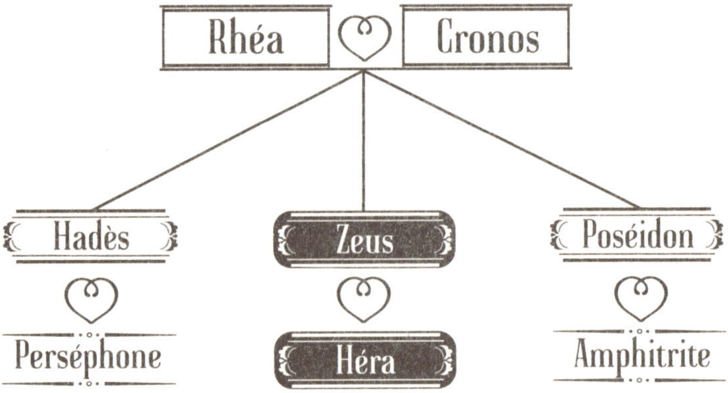

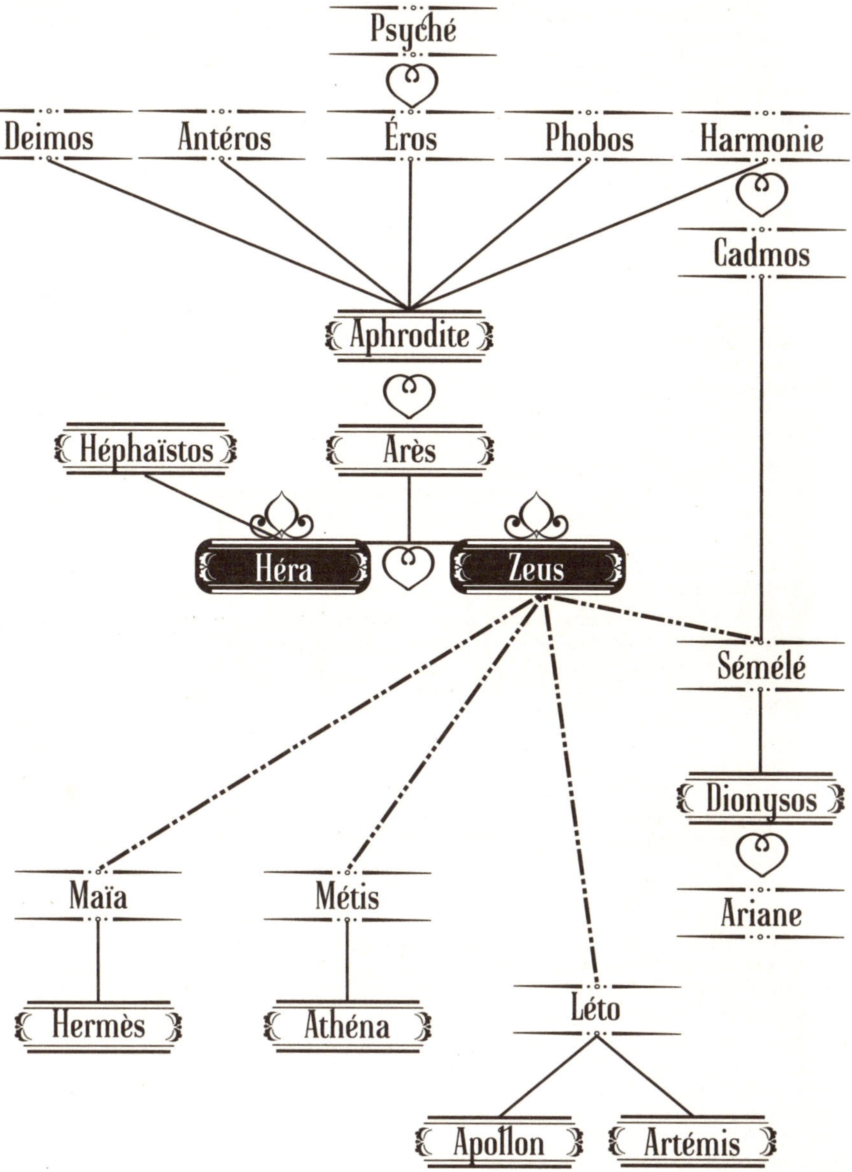
Psyché
Deimos
Antéros
Éros
Phobos
Harmonie
Cadmos
Aphrodite
Héphaïstos
Arès
Héra
Zeus
Sémélé
Dionysos
Ariane
Maïa
Métis
Hermès
Athéna
Léto
Apollon
Artémis

CHAPITRE I

L'été indien a embrasé la nature. Tout est rouge, mordoré et or. Les arbres du campus de Springfall ressemblent à des feux sans crépitement. On dirait presque qu'ils bataillent pour savoir qui sera le plus flamboyant ! Les érables se sont emmitouflés dans leur robe sanguine avec panache, les bouleaux ont tout misé sur les contrastes, entre le blanc zébré de leur tronc et le jaune étincelant de leurs feuilles. Seuls les sapins, imperturbables, se dressent fièrement dans leur costume d'épines d'un vert sombre et si tendre. La lumière du soleil fait miroiter ce spectacle à la perfection. Je pourrais rester des heures entières à l'admirer.

Les nymphes font quand même un super job !

— Ella !

Je détourne les yeux du somptueux tableau, Madeline et Rachel me font signe un peu plus loin. Avec un soupir heureux, je reprends ma route et les rejoins. Beaucoup aiment marcher dans la neige et laisser des empreintes derrière eux, mais moi, sans hésitation, je préfère soulever du bout du pied le mille-feuille de l'automne qui abandonne, derrière lui, toute la matière fertile indispensable au printemps.

— Encore en train de rêver ? me taquine Madeline.

— Vous avez vu ce qui nous entoure ? harangué-je avec passion. C'est beau, non ? Je ne peux pas être la seule à le voir !

Mes deux amies échangent un regard complice, main dans la main. Il a suffi qu'elles se croisent aux portes ouvertes des associations, le jour de la rentrée universitaire, pour qu'un coup de foudre les frappe. Depuis, elles sont inséparables. Je partage une chambre sur le campus avec Madeline depuis l'année dernière, mais c'est davantage devenue la mienne au fil du temps, Rachel possédant son propre appartement.

Je les aime et je les envie. Elles se sont trouvées si facilement. Tout a été très limpide dès le départ entre elles. Elles ont ce que j'espère vraiment trouver un jour.

— On est dans le nord de l'État de New York, déclare Rachel avec un haussement d'épaules. L'été indien, c'est comme les anniversaires, ça revient chaque année.

J'enfonce mon bonnet sur ma tête et abaisse par la même occasion ma queue-de-cheval rousse.

— Quel manque de poésie, grogné-je.

— Ce que Rachel ne dit pas, c'est que nous t'avons, et tu te réjouis toujours pour trois, ajoute Madeline avec un clin d'œil.

Elle m'arrache un sourire alors que j'étais partie pour faire dignement – et faussement – la tête le temps que nous traversions le parc de l'université.

— Chou, ne l'encourage pas, s'amuse Rachel. Notre Ella parle déjà aux plantes.

— C'est prouvé scientifiquement que parler à ses plantes leur apporte quelque chose, soutiens-je en levant l'index comme une maîtresse d'école.

Mes deux amies éclatent d'un même rire.

— Ne mêle pas la science à tout ça, tu perdrais, m'assure Rachel.

Cette fois, c'est Madeline et moi qui échangeons un sourire entendu. Nous deux, on étudie les arts, Rachel, elle, est une pure scientifique. Ça nous a plus d'une fois entraînées dans des discussions survoltées autour d'un café !

— À quelle heure arrivent tes sœurs ? me demande Madeline alors que nous apercevons la porte de notre dortoir.

— Dans une vingtaine de minutes, je dirais, évalué-je vite en regardant ma montre.

— Et vous allez faire quoi de beau, ce week-end ?

— On a une réunion familiale, rien de très exaltant.

— Comme toujours avec ce genre d'événement, grimace Rachel.

Mes deux amies me prennent dans leurs bras en guise d'au revoir, Madeline me glisse un « amuse-toi bien quand même » à l'oreille, puis elles s'éloignent pour rejoindre leur voiture.

— N'oublie pas la *ginger beer* de ta mère pour la fête de la semaine prochaine ! me lance Madeline de loin.

— Promis !

Après un dernier signe de la main, je pousse la porte du bâtiment et grimpe l'escalier pour atteindre ma chambre. J'ouvre énergiquement le placard, sors mon sac et le fourre de mon pyjama, de ma trousse de toilette, d'un jean et d'un pull. J'ai toujours hâte de me rendre à la Clairière, au milieu de la forêt de Springfall. Toute ma famille sera là, et j'adore mes sœurs. Pourtant je sais déjà qu'une fois sur place, je déchanterai. À vrai dire, je ne comprends même pas pourquoi ma communauté me convie encore à ce genre de rassemblement. Par gentillesse, j'imagine. Toutes sont puissantes, merveilleuses et sans peur, et moi…

Moi, je suis la sorcière sans dons.

La première de l'histoire. Alors oui, je suis spéciale, quelque part. Mon père me le disait toujours, mais mon père était un humain normal, comme tous les hommes qui nous côtoient. Lui, il était content de ma condition. Il est juste parti trop tôt pour que j'en profite pleinement.

Lorsque je m'entends soupirer, je secoue la tête pour me reprendre. Je déteste broyer du noir ! Vient toujours un moment où il faut savoir faire taire sa saboteuse intérieure. Ça fait vingt ans que je vis sans pouvoirs, rien ne changera cela, et ma vie est tout de même prometteuse. Mes sœurs sont adorables, ma mère me gâte toujours quand je rentre à la maison, ma communauté m'a payé l'université et fait tout pour que mon futur soit brillant.

— Qu'en dis-tu, Norbert ? J'ai une super carrière qui m'attend, n'est-ce pas ?

Mon ficus *benjamica* approuve, lui et ses adorables petites feuilles que j'époussette dès que nécessaire. J'entrouvre les rideaux de ma fenêtre afin qu'il ait de la lumière pour les deux prochains jours et lui mets un peu d'eau comme tous les vendredis.

— Pas de bêtises en mon absence et passe un bon week-end !

J'attrape mon sac, enroule mon écharpe autour du cou et ferme la porte derrière moi. Je dévale l'escalier et me retrouve à nouveau à l'extérieur, dans cet été indien qui ne peut que me faire sourire. J'inspire l'air frais à pleins poumons. La Clairière va être merveilleuse avec ces couleurs ! Une raison de plus de vouloir rentrer. Je me rapproche de la route en prenant mon temps. L'université de Springfall est modeste, à la fois en taille et en ambition. Reliée à la ville par un bus, elle est entourée de forêts et de montagnes. Je pose mon sac à mes pieds et plonge mes mains dans mes poches en attendant de voir surgir la voiture de mes sœurs.

Tout est si calme et désert ici, comme chaque vendredi après-midi. Peu d'étudiants restent sur place le week-end. C'est donc à la fois étonnant et ordinaire de noter la présence, à quelques mètres, d'un chien-loup noir, assis, le regard fixé dans ma direction. Je jette un œil autour de moi, à la recherche d'un maître ou d'une maîtresse, mais personne. Ça ne peut pas être un loup quand même ? On est isolés, certes, mais la ville est à côté. Je pivote face à lui et l'observe à mon tour. Il a vraiment une allure sévère, avec ses oreilles droites et ses yeux jaunes. Son pelage sombre est d'une propreté inattendue pour un animal en vadrouille. Je n'ai pas l'impression de voir un collier autour de son cou. Probablement un compagnon abandonné.

— Viens, dis-je en tendant la main. Approche, je ne vais pas te faire de mal.

Il se contente de pencher la tête sur le côté. L'expression de perplexité qu'il me renvoie m'interloque. Par Hécate ! Il a vraiment un truc curieux, cet animal, mais je n'arrive pas à mettre le doigt dessus. Il ne semble pas apeuré ni agressif, juste… fouineur.

Le klaxon qui retentit derrière moi me fait sursauter. Le temps de fermer les yeux, une main sur le cœur, et le chien-loup a disparu lorsque je les rouvre.

— Ella !

Mes sœurs sortent de la Coccinelle aubergine et se ruent sur moi. Je me retrouve compressée entre elles, les laissant me pincer les joues et m'ébouriffer les cheveux, comme seules des grandes sœurs peuvent se le permettre. Depuis que j'ai quitté la maison pour l'université, on passe moins de temps ensemble. Alors dès que nous sommes à nouveau réunies, tous nos comportements de gamines ont tendance à jaillir. Lorsqu'elles me relâchent, j'ai le visage rouge et la chevelure en bataille, mon bonnet ayant été jeté à terre au milieu des réjouissances.

— Alors, comment va notre petite Citrouille ? lance Circé, l'aînée.

Le surnom, lui, ne m'avait pas manqué ! Mais je ne résiste pas au sourire plein de tendresse de Circé. Ses piercings d'argent, ses cheveux courts tirant sur l'auburn et sa veste en jean font d'elle une des personnes les plus cool que je connaisse. Sans compter que Circé, comme son nom l'indique, sera l'une des deux prochaines guides de notre communauté. La vingt-deuxième de Springfall, pour être plus précise. Car toutes les sorcières d'ici sont des descendantes de Circé la Première, fille du Titan solaire Hélios, et de sa nièce Médée. Les filles de ces deux sorcières se sont d'abord installées sur Aiaía, l'île méditerranéenne de Circé, et y ont vécu pendant des centaines d'années. Ce n'est qu'au XVIIe siècle que la communauté s'est embarquée pour le Nouveau Monde, reprenant à zéro le décompte des générations.

Ça stupéfierait n'importe quel humain d'apprendre tout ça !

— Je vais bien, grondé-je en me penchant pour ramasser mon bonnet. Et arrêtez avec ce surnom. Cette couleur de cheveux est une malédiction.

— Oh, Citrouille est grognonne aujourd'hui, s'amuse Méroé, la cadette.

Son ton apaisant et taquin me pince les lèvres. Je retiens mon envie débordante de trop sourire, sinon je vais leur céder, comme à chaque fois, l'usage de ce surnom révoltant. Mais que j'aime quand même.

Méroé me prend le bonnet des mains pour l'enfoncer sur ma tête. Son carré châtain, son tatouage en forme de lotus égyptien, s'épanouissant au coin de son œil gauche et son blouson noir recouvert de patchs sont autant d'atouts attirants que de raisons de ne pas la chercher. En tant que sœur cadette de Circé, ce sera à elle de mettre au monde la deuxième guide, la future Médée, vingt-deuxième du nom.

Mes deux sœurs ne sont pas n'importe qui pour la communauté, et même au-delà. Elles sont deux des plus puissantes sorcières de Springfall.

— Tu nous as manqué, Ella, ajoute-t-elle en enroulant son bras autour de mes épaules pour me mener jusqu'à la voiture tandis que Circé s'empare de mon sac pour le coller au fond du coffre.

— Vous m'avez manqué, à moi aussi, réponds-je, une douce chaleur au creux du ventre.

On grimpe dans la Coccinelle, Circé et Méroé devant, moi à l'arrière. Le moteur ronronne et nous partons. Mes deux sœurs m'abreuvent d'informations rapides, qui ne demandaient qu'à être sues : pas le temps de passer par la maison, notre mère est déjà à la Clairière, avec les autres. La fête annuelle de la communauté va durer toute la nuit et elles ont hâte. Elles vont pouvoir échanger les dernières nouvelles, deviser sur leurs sorts les plus efficaces et sur l'essence même de la magie, s'intéresser aux revendications des nymphes des forêts et des rivières qui nous voisinent… Tant de conversations qui me perdent la plupart du temps. J'ai parfois l'impression d'être une ethnologue au milieu d'un monde inconnu et familier à la fois, à écouter ici et là des conversations incroyables autour d'un verre de *ginger beer* – les sorcières raffolent de *ginger beer*, notre mère est la productrice certifiée de Springfall.

— Ella, m'interpelle Circé, m'extirpant de mes pensées. Ce soir, ce sera différent des années précédentes.

Méroé adresse un regard surpris mais contenu à Circé. C'est plus sa réaction qui pique véritablement ma curiosité que l'annonce. Est-ce que Circé n'était pas censée me le dire ? Je suis peu concernée par les événements de la Clairière, je ne vois pas ce qu'il serait important de me cacher du coup.

— Pourquoi ?

— Ce voyeur d'Hermès ne viendra pas seul, marmonne-t-elle en dodelinant de la tête.

Méroé se tourne vers moi, les dents serrées pour ne pas rire.

Circé et Hermès, le flirt de l'année ! Au printemps dernier, Hermès est tombé inopinément sur ma sœur en pleine séance de bronzette, dans la Clairière. Il faut noter que ma sœur bronze sans haut pour éviter les marques.

Dans la panique et la colère – ma sœur a un caractère très fier en plus du reste –, elle a transformé Hermès en porc. Le sort n'a tenu que quelques secondes, on ne manipule pas un dieu comme ça ! Mais ça a suffi à mettre le feu aux poudres entre eux deux. Heureusement pour Circé, Hermès est le messager des dieux, un diplomate. Il a dû plier sa volonté pour apaiser les choses. Mais depuis, lorsqu'Hermès passe voir nos deux guides, Circé la Grande et Médée la Jeune, ma sœur grommelle, et Hermès l'évite tout en la foudroyant du regard.

D'après Méroé – son opinion est à prendre avec des pincettes –, leur soi-disant mésentente n'est qu'une manière comme une autre de contenir une tension sexuelle immanquable entre eux. De quoi faire grincer des dents notre communauté : les dieux et les sorcières ne se supportent pas. C'est bien pour cela que seul Hermès s'aventure ici.

Je pose mon menton sur le siège de ma sœur aînée et papillonne des yeux.

— Il est mignon comme tout avec ses cheveux chocolat, pourtant !

— Et sa façon de léviter au-dessus du sol, juste à côté de toi, ajoute Méroé.

Les joues de Circé se parent de rouge et son front de plis impatients.

— Il me semble, dans mes souvenirs, qu'il a un derrière plutôt rebondi, ajouté-je en souriant de toutes mes dents.

Ma pique suffit à la faire réagir.

— *Citrouille dans son coin, n'aura plus qu'un groin*, énonce-t-elle en me fixant dans le rétroviseur.

Je me replie précipitamment contre le dossier de la banquette et plaque mes mains sur mon visage, qui est en train de changer. La garce ! Elle ne m'avait pas lancé ce sort depuis des années ! Depuis que notre mère a mis le holà avec la magie entre sœurs.

— Retire-moi ça immédiatement ! rugis-je, furieuse.

— Tu l'as bien cherché !

Méroé ricane, car elle ne craint vraiment rien de son aînée. Elle se tourne tout de même vers moi pour lever le sort.

— *Citrouille dans son coin, n'aura plus de groin.*

Tout en tâtant avec soulagement mon nez retrouvé, je jette des regards sombres à mes deux sœurs. J'en ai mangé, du « on a une moldue dans la famille », quand on était petites ! Elles n'ont même pas besoin de formuler le sort pour qu'il fonctionne, c'est seulement de la vantardise de gamines. Qui a si bien marché sur moi. Je me souviens de m'être isolée plus d'une fois en récitant des sorts, espérant faire naître quelque chose. Mais il ne se passait rien.

— Tous les dieux sont des pervers, c'est connu et reconnu depuis des millénaires, reprend Circé. Ils sont égoïstes, cruels et vindicatifs. Ce soir, on reçoit le pire d'entre eux, ne perdons pas ça de vue.

Méroé concède le discours d'un mouvement de tête, mais moi, je reste dans le brouillard le plus complet.

— De qui on parle, au juste ?

La Coccinelle nous secoue alors qu'on s'engage sur une petite route cabossée, au milieu des bois.

— Du despote au-dessus de tous les autres, Zeus.

Mes paupières s'écarquillent toutes seules. Est-ce que j'ai bien entendu ? C'est vrai, je vis déconnectée des affaires de la communauté puisque je ne peux pas y contribuer. Mais je sais aussi que prononcer ce nom et l'associer à une visite imminente n'est pas du tout quelque chose d'anodin.

— Zeus ? Ici ? À Springfall ?

Mes sœurs acquiescent.

— Ce soir, on va établir les conditions de l'Union, m'expose Circé, comme si je savais de quoi elle parlait.

— L'union ? Quelle union ?

Méroé pose alors sa main sur le bras de Circé avec insistance. Elle ne semble plus vouloir plaisanter.

— Cici.

Notre aînée pousse un bref soupir.

— Ella saura tout, tôt ou tard.

— Je saurai quoi ? insisté-je.

L'inquiétude me gagne. Je sens que quelque chose ne tourne pas rond soudainement. Circé est beaucoup trop sérieuse et Méroé trop soucieuse.

— Ne t'en fais pas, Citrouille, me rassure cette dernière. L'Union va enfin apporter la paix entre nous et les dieux. Il n'y a que des bonnes choses qui peuvent découler de ce qu'il va se passer ce soir.

Je hoche la tête plus par mécanisme que par conviction. Méroé ne m'a jamais donné de raisons de douter de sa parole, mais ces non-dits, cette visite si spéciale, cette tension dans la voiture… tout me porte à croire que quelque chose se prépare et qu'il se pourrait que je sois chamboulée par les événements. Je crois en la bienveillance de mes sœurs, elles veulent me prévenir uniquement pour éviter cela.

Alors qu'un silence pesant a pris place entre nous, on aperçoit la Clairière, droit devant. Elle est comme je l'avais imaginée un peu plus tôt : pleine de rouge et d'or. C'est comme si les arbres s'étaient écartés au beau milieu de la forêt pour former ce cercle baigné de lumière, où poussent de manière tout à fait hasardeuse des massifs de chrysanthèmes jaunes et des camélias roses. Là, un peu excentrée, se dresse la maison de Circé la Grande et de Médée la Jeune, dont le bardage autrefois framboise est à présent recouvert de lierre et de glycine mauve et blanche. C'est un paradis naturel. La seule partie remaniée par les sorcières est le jardin d'herbes aromatiques et médicinales. Mais tout semble pousser en dehors des clous, dans un fouillis d'odeurs et de couleurs qui me transporte à chaque fois.

Lorsque Circé coupe le moteur, notre mère émerge de la maison avec un large sourire. J'ai à peine le temps de poser le pied par terre qu'elle me serre dans ses bras.

— Ma Citrouille !

Oh bon sang, mes sœurs l'ont contaminée ! Avec son débit de paroles bien à elle, Thessa, ma mère, m'assène son habituel interrogatoire qui n'attend pas véritablement de réponses :

— Ça va ? Tu manges bien ? Tout se passe bien sur ton campos ?

— Campus, maman. Ça s'appelle un campus.

Elle m'embrasse bruyamment la joue, me relâche et fait apparaître dans ses mains deux bouteilles de *ginger beer* avec un clin d'œil. Méroé est peut-être celle qui lui ressemble le plus physiquement : notre mère a les mêmes cheveux châtains et mi-longs. Mais nous partageons toutes les quatre la même couleur d'yeux : un bleu-vert assez clair.

— Planque-les dans le coffre avec tes affaires, je te les ai mises de côté avant qu'elles disparaissent ce soir.

Avant même que je m'en charge, Circé les attrape et les range. Ma mère m'entraîne avec elle vers la maison. Elles me considèrent encore et toujours comme la petite dernière et ont bien trop tendance à m'infantiliser. C'est réconfortant au départ, mais ça me lasse rapidement. Je crois que vivre par moi-même, au milieu des humains dont je partage finalement le style de vie, m'a fait beaucoup grandir. Je chéris d'autant plus mon indépendance aujourd'hui.

Dès que nous franchissons le pas de la porte, le brouhaha des conversations éparses nous engloutit. Toute la communauté est rassemblée dans l'immense hall d'entrée. Les murs sont recouverts de statuettes en terre cuite, posées sur des supports muraux et représentant chacune des anciennes guides de Springfall, de grosses ampoules électriques flottent au plafond, et le feu a été allumé dans les deux cheminées latérales. Une volée de marches en bois mène aux étages ainsi qu'à une tribune sur tout le pourtour de la pièce. Certaines sorcières y sont perchées, pour des discussions plus confidentielles. Les autres profitent déjà des mets étalés sur des tables et des guéridons en bas, et toutes ont un verre de *ginger beer* à la main, mais je ne doute pas que l'on finira la soirée avec le fameux gin maison de tante Zelda.

La pièce maîtresse du hall est la statue en bronze doré de notre déesse tutélaire, Hécate, dressée sur son piédestal, contre le mur du fond, et cernée d'offrandes végétales, de vases et de gâteaux. Un trépied en bronze, sur lequel les sorcières brûlent des fleurs séchées, est posé à ses pieds et laisse échapper un filet de fumée. Avec sa haute tiare cylindrique coiffant sa tête, son péplos aux plis raids, ceinturé sous la poitrine, et sa torche tenue à la main, Hécate ne m'inspire qu'une inflexible austérité.

— Thessa, Circé, Méroé, vous voilà !

Les deux guides se frayent un passage jusqu'à nous. Je ne me formalise plus qu'on m'ignore. Elles paraissent même surprises de me voir ici. Circé la Grande passe vite de l'étonnement au sourire aimable. Elle doit avoir une soixantaine d'années à présent, elle incarne la sagesse et la protection. Suivant notre ancêtre qui a métamorphosé les hommes d'Ulysse en porcs, Circé la Grande manie surtout la transmutation : l'art de changer les choses et les êtres.

— Ella, tu es parmi nous, merveilleux, dit-elle d'un ton égal mais sympathique.

Elle glisse une mèche grise échappée de son chignon derrière son oreille tout en faisant cliqueter les petits anneaux entrelacés de sa boucle d'oreille. Tout est bienveillant en elle, dans son attitude et ses décisions. Mais elle m'a toujours paru distante de nature. D'autant plus avec son haut noir à col roulé et manches longues qui ne laisse aucune place à la fantaisie. Je me rassure en me disant qu'au moins, je ne détonne pas avec mon jean et mon pull émeraude à grosses mailles. Ni mes sœurs d'ailleurs. Si la communauté entretient de très nombreuses traditions qui remontent à l'Antiquité, elle s'est adaptée à la mode vestimentaire au fil du temps.

Médée la Jeune, sa nièce, âgée d'une trentaine d'années, sourit beaucoup plus franchement. Ses longs cheveux noirs et ondulés retombent en cascade sur ses épaules et son corsage blanc à col Claudine. À l'image de notre seconde ancêtre, Médée est spécialisée dans l'art des potions et la connaissance des plantes. Elle peut rendre une arme indestructible en l'enduisant d'une solution préparée par ses soins comme endormir une créature monstrueuse en l'aspergeant d'eau sacrée avec une branche de genévrier.

Plus *badass*, c'est quand même difficile !

— Ella, comment va la vie sur ton campos ?

— Oh, on dit « campus » en fait, corrige aussitôt ma mère, me coupant l'herbe sous le pied.

— Je crois que Zelda sera ravie d'avoir de l'aide en cuisine, enchaîne Circé la Grande. Ella, on compte sur toi.

Elle ne pouvait pas mieux s'y prendre pour se débarrasser de moi. Je hoche la tête avec un sourire et m'éloigne. Elles doivent sûrement vouloir parler de cette fameuse « union ». Je ne vais pas trop m'en plaindre, je me suis toujours sentie plus à l'aise avec Zelda qui traîne dans la pièce du fond, d'où proviennent toutes les délicieuses odeurs de tourtes au potiron, de tartes aux pommes et de confitures de mûres. La cuisine est encombrée de bocaux, de fioles, de marmites et de plantes grimpantes. Une petite porte donne directement sur le jardin aromatique et la forêt. Zelda est d'ailleurs là, mollement adossée contre l'encadrement, un verre entre les doigts.

— Ella ! Enfin, te voilà !

— Salut, tante Zelda.

Je retire manteau, écharpe et bonnet, dépose tout sur une chaise libre et m'approche d'elle. Je lui ressemble beaucoup. Elle aussi, elle a de longs cheveux roux et une petite touche d'originalité dans son comportement décalé.

— Tiens, tu vas en avoir besoin, ma dernière cuvée de gin, me dit-elle en me servant un verre.

On trinque et je trempe mes lèvres dans sa liqueur aux vingt-cinq plantes qui me brûle de l'intérieur. Ma grimace fait rire Zelda, mais j'y retourne quand même. Je sens que je vais passer ma soirée ici, c'est plus calme et chaleureux que l'immense entrée.

— Alors, prête à voir le grand méchant Zeus ?

Ou peut-être juste jeter un œil sur le puissant maître des dieux. Pure curiosité !

CHAPITRE II

La nuit est tombée depuis une petite heure. Je suis tante Zelda, un plateau sur les bras, slalomant entre les sorcières de la communauté enfin toutes réunies. Zelda propose des bâtonnets croustillants au romarin, et moi je tiens les différentes crèmes aux herbes dans lesquels les plonger. Aussi loin que remontent mes souvenirs, j'ai toujours fait le service dans cette maison. On me félicitait quand j'étais petite, à présent je passe totalement inaperçue. J'ai hâte de trouver un travail dans le monde des humains seulement pour pouvoir dire à ma mère : « Mince, je ne peux pas venir au rassemblement cette année, j'ai une réunion *hy-per* importante à préparer. D'ailleurs je m'envole pour San Francisco demain matin très tôt. Trop dommage. L'année prochaine ? »

— Comment ça « on dit campus » ? Je croyais que notre Ella fréquentait un campos.

Mon prénom m'interpelle. Ça doit faire la deuxième ou troisième fois que Zelda corrige une sorcière. La communauté vit dans le même monde que les humains mais demeure déconnectée de leur réalité. En fait je crois qu'elles manquent de curiosité pour ce monde qui les entoure. Ce n'est pas de la mauvaise volonté, ni du mépris, juste leur état d'esprit.

Zelda m'entraîne à nouveau vers la cuisine pour réapprovisionner nos plateaux.

— « Campos », marmonne-t-elle en secouant la tête, les lèvres pincées. Heureusement que tu m'as donné tes codes de connexion à Lugh+, toutes ces séries m'ont ouvert de nouveaux horizons !

— J'en suis sûre, ris-je avec elle.

Et je remercie Madeline et Rachel pour cette découverte !

Zelda s'empare de mon plateau pour me décharger et s'occupe de le remplir tout en fredonnant. J'en profite pour jeter un œil dehors, à la recherche des premières lucioles. Mais ce sont ma mère, ma sœur Méroé et Circé la Grande que j'aperçois. La tension ambiante à l'intérieur ne m'a pas échappé. J'ai perçu, ici et là, des bribes de chuchotements au sujet de cette fameuse union. Je jette un œil à Zelda qui me tourne le dos, toujours occupée par ses mets, et lui fausse discrètement compagnie. Sur la pointe des pieds, en faisant tout pour éviter le crépitement des feuilles mortes sous mes pas, je me rapproche des trois silhouettes qui se sont isolées sous les arbres. Lorsque je perçois les traits tirés de ma mère, baignés de la lueur blanchâtre de la lune, je m'arrête et tends l'oreille.

— Thessa, tout se passera pour le mieux, la rassure apparemment Circé la Grande.

— Oui, oui, tout se passera bien pour nous, mais c'est de Méroé dont il s'agit vraiment !

— Maman, s'il te plaît, insiste Méroé en frottant son bras avec réconfort. Je suis prête !

— On parle de ta vie, ma chérie.

— Oui, « ma » vie. Et c'est mon choix d'aider la communauté ce soir.

Le ton inquiet et suppliant de ma mère me frappe en plein cœur. Un frisson me parcourt et mon pouls s'élance. Que va-t-il se passer ce soir ? Pour que ma sœur soit obligée de réconforter notre mère à ce point-là ? J'avais un fond d'appréhension depuis la conversation dans la voiture, mais à présent, j'en ai des nœuds à l'estomac. De quoi peuvent-elles bien parler ? On dirait qu'elles vont sacrifier Méroé !

— Thessa, nous comptons sur toi, appuie Circé la Grande.

Avant même que ma mère puisse approuver, un coup de tonnerre retentit. Je lève les yeux au ciel, d'abord étonnée qu'un orage débarque de nulle part, avant d'entendre ma mère éclairer ma lanterne :

— Zeus arrive, rentrons.

Un bouquet d'éclairs aveuglant cisaille le ciel au même instant. Mon cœur cogne davantage dans ma cage thoracique. J'ai peur. Alors que je me suis toujours sentie en sécurité ici, dans la Clairière. Les trois sorcières s'éloignent et je me précipite dans la cuisine, les idées embrouillées, mes doigts anxieux s'enroulant dans les larges manches de mon pull. À peine suis-je rentrée que Zelda m'agrippe le bras en chuchotant un « Viens vite ! » excité, et nous nous faufilons parmi l'assemblée. Toutes se sont écartées de la porte et ont laissé un espace au centre de la pièce. Là, trône une simple chaise en bois. Circé la Grande et Médée la Jeune s'installent en face, sur un canapé en cuir apparu miraculeusement.

— Tu vas voir, Zeus soigne toujours ses entrées, me glisse Zelda à l'oreille.

J'avoue que ma curiosité est piquée. J'ai souvent entendu parler du maître des dieux, mais je ne l'ai jamais vu. Je trouve déjà qu'Hermès a un physique spécial – si lisse, si parfait – et des habilités incroyables – il peut voler ! Alors Zeus, le plus puissant d'entre tous… Il doit être fascinant.

Des éclairs illuminent les fenêtres et la foudre tombe à l'extérieur, juste derrière la porte. Les lumières grésillent avant de se stabiliser. Mon cœur fait une embardée ! Je suis à la fois apeurée et impatiente ! Je dois être la seule à craindre que la voiture ait été cramée tant la détonation a été forte. Le silence qui suit est assourdissant. Les coups qui retentissent contre le battant me font tressaillir. Zeus prend le temps de frapper ? Circé la Grande et Médée la Jeune ne pipent mot.

Ça m'étonne une fraction de seconde avant de me rendre compte que la porte s'ouvre sans attendre d'invitation.

La haute silhouette qui apparaît se penche en avant pour ne pas taper le linteau. Et quelle vision ! L'homme… Non. Le dieu, vêtu d'un costume gris perle à la coupe impeccable, une cravate fine et noire autour du cou, fait un pas à l'intérieur. Sa chevelure d'argent se déploie en couronne, ondulante et flottante, parcourue d'étincelles, comme si l'électricité pétillait en continu dans ses mèches. Son visage me semble métallique au premier abord, mais il prend vite une couleur plus naturelle, entre le rose et le bronze. Le nez aristocratique, les yeux gris et un mince sourire en coin animant ses lèvres lui construisent des traits pleins d'orgueil et de supériorité. Lentement, sans crainte, il croise ses mains dans son dos.

— Mesdames, dit-il seulement, d'une voix profonde.

Il doit avoir du coffre, mais il se restreint pour ne pas gronder plus fort.

— Bonsoir, Zeus.

La voix ferme et droite de Circé la Grande me sort de ma contemplation. Je me rends compte que j'ai les poings fermés et la gorge nouée. Quelle sensation de puissance il dégage ! Je suis vraiment impactée par elle. Autour de moi, toutes les sorcières ont un air morose et déjà las. Alors que moi, j'aurais plutôt envie de sautiller ! C'est Zeus ! Cette rencontre est suffisamment incroyable !

Le maître des dieux s'avance au centre de la pièce, suivi d'Hermès qui, comme à son habitude, lévite au-dessus du sol, les cheveux bruns en bataille rangée. Une broche en forme de caducée doré orne la poche de son costume trois-pièces bleu nuit. Il se cale près de la porte pour bien signifier que ce n'est pas avec lui que nos guides vont s'entretenir. Zeus jette un œil sur la chaise en bois qui l'attend. Son demi-sourire twiste et il claque des doigts. Une nuée anthracite démantèle les pieds, le dossier et l'assise, et élargit la modeste chaise en un gros fauteuil club, fait de nuages et de noyer. Puis il s'y laisse choir, comme s'il était chez lui.

— Confortable ? s'enquiert Médée la Jeune avec une pointe moqueuse.

— Oui, c'est mieux, confirme-t-il sur l'exact même ton.

Je le vois lever les yeux et regarder derrière nos deux guides.

— Vous priez toujours Hécate ?

C'est dit avec une telle légèreté que la tension submerge les miennes.

— Hécate n'est peut-être plus, mais elle gardera notre dévouement, oui, répond fermement Circé la Grande.

Zeus serre les mâchoires. Je pense que s'il avait des veines humaines, on en verrait une gonfler sur sa tempe. Mais les dieux ont un sang particulier, l'ichor, un sang d'or qui donne ces reflets cuivrés à leur teint. On dit aussi que leur cœur bat très lentement, même quand ils sont en colère. On raconte beaucoup de choses sur eux, mais pas aux personnes comme moi. Sans pouvoirs, pas d'initiation auprès des guides. Il me manque beaucoup de secrets. Ce que je sais des dieux, je l'ai surtout appris de mes cours à l'université. C'est d'ailleurs marrant comme je m'imaginais un vieil homme barbu et finalement je me retrouve devant une entité masculine sans âge, avec sa barbe naissante gris-poivre et son air de patron féroce.

— Cette traîtresse à sa race, gronde Zeus.

Sans prononcer un mot, Hermès se racle bruyamment la gorge. Zeus soupire avec impatience mais semble se résoudre à ne pas poursuivre sur cette voie.

— Cent ans nous séparent de ces déplorables événements, depuis cette querelle qui nous a divisés, nous, les dieux, et *vous*, reprend-il donc avant de marquer une nouvelle pause.

Je retiens une grimace. Un petit agacement me tortille l'estomac. Son « vous » est plein de mépris.

— Nous souffrons tous de conséquences regrettables aujourd'hui…

— Vous avez pulvérisé Hécate, coupe froidement Circé la Grande. Nous sommes au-delà du « regrettable », en ce qui nous concerne.

— Hécate s'est introduite sur l'Olympe et l'a dégradé, commente sèchement Zeus.

L'électricité de ses cheveux grésille au même instant.

— Ce qui n'est pas si grave, puisque vous n'y avez plus accès, réplique Médée la Jeune d'un ton sarcastique. Vous ne l'avez pas sous les yeux tous les jours pour le déplorer.

— Par votre faute. Vos ancêtres ont lancé ce maudit sort qui nous a bannis de notre propre demeure ! rugit Zeus.

Les murs se mettent à trembler sous la voix tonitruante du maître des dieux. Les statuettes vacillent sur leur support et la vaisselle s'entrechoque sur les tables. Hermès, jusqu'ici discret, finit par s'avancer vers Zeus. Avec sa bonne nature et son habituel tact, il s'incline vers son maître et lui glisse quelques paroles inaudibles à l'oreille avant de s'adresser à nos guides :

— Si je puis me permettre, nous sommes réunis ici ce soir pour discuter de l'Union. La situation devient urgente de notre côté, elle va le devenir du vôtre.

Sa voix chaleureuse calme les ardeurs de son souverain. Seule ma sœur aînée croise les bras dans son coin et rumine ses paroles.

— Certes, grogne Zeus.

Tous ses traits si confiants se renfrognent.

— Comme vous le savez déjà, les satyres, les sirènes, les ménades et autres nymphes échappent de plus en plus à notre contrôle, confesse-t-il en détournant les yeux. Notre emprise sur elles diminue, ce qui signifie que nos pouvoirs s'affaiblissent depuis que nous avons quitté l'Olympe. Quant à vous…

Il laisse sa déclaration en suspens quelques secondes, me tenant en haleine malgré moi. Quelle faiblesse peut-il bien y avoir de notre côté ?

— Vous avez une sorcière sans dons, termine-t-il avec une telle hargne qu'elle me poignarde en pleine poitrine.

Je sens les regards en coin des miennes autour de moi sans que le maître des dieux daigne me faire face. J'ai envie de reculer et de me réfugier dans la cuisine mais je n'ose pas bouger, de peur d'attirer l'attention.

— La disparition d'Hécate nous a privées de notre source magique, en effet, confirme Circé la Grande. Ella est pour l'instant la seule à être née sans pouvoirs, mais c'est un signe de notre affaiblissement, à nous aussi. Nous continuerons de prier Hécate, mais nous avons besoin d'une nouvelle divinité dans laquelle puiser notre force.

Les deux discours semblent avoir abaissé la tension ambiante. Mais moi, j'ai la honte et l'humiliation qui me battent de l'intérieur. Je suis la preuve de la déficience de notre communauté. Je fais un pas en arrière, espérant une fugue aussi discrète que possible.

— Nous sommes donc d'accord, rebondit Zeus. La paix ne s'établira que par un mariage entre l'une d'entre vous et un dieu qui deviendra votre nouvelle source de pouvoirs. En contrepartie, vous rouvririez l'accès à l'Olympe.

Mon cœur se serre davantage. C'est donc cela, le sacrifice que ma sœur est prête à faire. Par ma faute. Épouser un dieu, c'est envoyer balader toute sa vie ! Et offrir au camp adverse la paternité de la nouvelle Médée… C'est une alliance idéale, mais qui détruit tout avenir amoureux et toute ambition pour ma sœur au sein des nôtres. Je déglutis douloureusement, recule de plus en plus vite et me réfugie dans la cuisine alors que Zeus et nos guides se lancent dans les pourparlers autour de l'Union. Ma sœur Circé avait raison de vouloir me prévenir et de penser que j'en serais chamboulée. Non seulement je suis inutile auprès des miennes, seulement bonne à faire le service, mais en plus mon existence tout entière est une malédiction !

Méroé… Ma chère Méroé, si indépendante, si battante et passionnée !… transformée en monnaie d'échange. Finalement, au-delà de mon bouleversement, je crois que c'est la colère qui prend le dessus. On n'est plus régies par les lois passéistes de l'Antiquité ! On ne signe plus d'accord de paix avec un mariage à la clé de nos jours ! Quelle idée a bien pu traverser la tête des miennes et celle de ces foutus dieux ?

Je veux me ruer dehors pour changer d'air, mais en ouvrant la petite porte, je tombe sur un visiteur imprévu, assis à un ou deux mètres, avec ses yeux jaunes. Stoppée dans mon élan, je fronce les sourcils, étonnée de voir le chien-loup noir du campus ici. Il n'a pas pu nous suivre, si ? Il semble à nouveau m'observer avec son air tranchant et balaie en un instant mon agacement. Je m'agenouille sur le pas et le fixe à mon tour.

— Pourquoi tu es là, toi ?

Cette fois-ci, il s'approche et se pose devant moi. De loin, je ne le voyais pas si imposant ! Je suis obligée de redresser le buste pour être à sa hauteur.

— Tu as faim ? Je te préviens, on n'a pas beaucoup de viande ici. Mais peut-être qu'il reste un morceau de poulet quelque part.

Je me relève et inspecte rapidement plusieurs plats dans le bazar de Zelda avant de tomber sur une carcasse de volaille. Je détache un mince morceau de blanc et reprends ma place devant l'immense et immobile chien-loup. Je me mets à agiter la viande au-dessus de lui en levant haut le bras.

— C'est pour qui le poulet ? C'est qui le bon chien ? C'est qui le plus beau ?

J'adore les animaux. Ils n'ont jamais d'arrière-pensées, ils sont vrais, joyeux, pleins d'entrain et de vie. Parfois cruels, oui, mais c'est souvent une question de survie. Et cet animal-là, je le trouve trop beau et mystérieux à la fois !... et bizarrement pas du tout emballé par ma proposition. Alors je baisse le bras et lui offre la viande au creux de ma main. Là, il accepte de la manger. Et encore, je ne lui ai pas fait l'affront de la poser sur le sol, mais de bien la lui coller sous le museau.

— Eh ben, c'est pas la fantaisie qui t'étouffe. Monsieur est difficile, m'amusé-je. Tu as soif ?

Il lève les yeux sur le côté, je suis son regard et tombe sur les bouteilles de gin qui n'attendent qu'à être bues. J'éclate de rire en secouant la tête.

— Je suis à peu près sûre que tu ne veux pas goûter l'alcool expérimental de tante Zelda !

Son air déjà revêche s'assombrit davantage. On dirait qu'il est déçu. Ou trahi. Ou non, on dirait qu'il remet en question ma parole.

— Tu ne préfères pas plutôt un câlin ?

Je tends prudemment la main, guettant une possible réaction défensive, mais il semble accepter que je lui caresse la nuque. Rho, son poil est si doux ! Mes doigts s'enfoncent dans son pelage épais, de haut en bas, et en redemandent aussitôt derrière. J'ajoute la seconde main et lui grattouille les oreilles et le cou. Son air pincé et ronchon malgré l'avalanche de cajoleries que je lui octroie me fait fondre.

— T'es adorable !

N'y tenant plus, je l'enlace et savoure la chaleur qu'il dégage.

— Heureusement que tu es là, toi.

Je devrais prendre un chien, en vrai. Mais tant que je vis sur le campus de l'université, il n'en est pas vraiment question. Dès que j'aurai un chez-moi, rien qu'à moi, je crois que j'adopterai des chiens et des chats, et que je mettrai des plantes partout.

En plein milieu de mes pensées, je me sens soulevée. Le chien-loup doit vouloir se débarrasser de moi, mais je n'ai pas le temps de me décrocher de lui que mes pieds quittent soudainement le sol. Surprise, je m'agrippe à son cou. J'ai l'impression d'être plaquée à un torse humain. Absurde ! Pourtant, deux mains enserrent puissamment ma taille et je sens, sous mon nez, la peau fiévreuse d'une personne réelle. Mes doigts ne parcourent plus un pelage mais un costume en laine sombre, d'une qualité assez incroyable, je dois le reconnaître.

On doit rester collés l'un à l'autre une poignée de secondes, figés, silencieux, moi et l'inconnu. Son odeur fraîche de forêt, de feuilles retournées et de bois sec m'envahit les narines. Rien de surprenant si le chien-loup qu'il était il y a un instant vient de parcourir les bois environnants. Ses larges épaules ne tremblent pas sous mon poids et ce n'est que lorsque je sens son souffle dans mon cou que je tressaille de stupéfaction et de crainte.

Que se passe-t-il ? Qui est-il ? Comment un chien-loup peut faire ça ? Contre qui je me cramponne au juste ? C'est normal ? Y a un truc de normal ici de toute façon ?

— Tu permets ?

La voix rauque, à mi-chemin entre le grondement animal et la voix humaine, me rappelle à l'ordre et je me décroche précipitamment, comme s'il brûlait. Je flotte toujours au-dessus du sol. Il me tient encore par la taille, à bout de bras.

— Désolée ! m'exclamé-je, paniquée.

À ce moment-là seulement, il me repose à terre et je recule de plusieurs pas vacillants, les bras pliés devant moi, les mains en évidence, incapables de baisser la garde. L'inconnu défroisse son costume pourtant impeccable et sa chemise noire déboutonnée au col, avec des gestes qui ne masquent pas son agacement. Il est grand, il a une bonne tête de plus que moi. Ses cheveux sont d'un blond presque blanc, aussi épais que le pelage de l'animal. Mais ses traits masculins sont harmonieux et extraordinaires en vérité, taillés avec une perfection troublante : le nez droit, curieusement semblable à celui de Zeus, les mâchoires bien dessinées, une mini fossette sur la joue gauche, probablement due à son front plissé et ce même air sévère que j'avais déjà détecté chez le chien-loup.

En fait, il m'inspire la même fascination marquante et dérangeante que j'ai ressentie un peu plus tôt en voyant débarquer Zeus. Mais ses yeux, l'un bleu translucide, et l'autre aussi sombre que la nuit, lui confèrent un regard qui me glace de l'intérieur dès qu'il le pose sur moi.

Je replie mes bras contre moi, frappée de plein fouet par cette peur saisissante qui me pétrifie. Qui est-ce ? Qui peut inspirer une telle sensation ?

D'un geste plus lent, toute son attention fixée sur moi, il sort un paquet de cigarettes de sa poche. Du bout des lèvres, il en sort une et l'allume. Alors qu'il m'examine tout en soufflant une volute de fumée, je sens l'odeur qui s'engouffre dans la cuisine. Ce n'est pas cette fameuse « herbe » que les étudiants du campus semblent se passer sous le manteau. Non. Cependant je reconnais très bien le parfum : du tabac, oui, mais mélangé avec du laurier d'Apollon et du dictame de Crète. Le tabac, je comprends. Je déteste, mais je comprends. Mais le laurier ? Je ne suis pas certaine que ce soit plus sain.

J'aurais tellement de questions à lui balancer, là maintenant ! Mais aucun mot ne veut sortir. Mon cœur tambourine violemment ma poitrine. Il va s'en arracher d'un instant à l'autre, si ça continue.

Lui, il fume en silence. Sa bouche demeure droite, comme s'il avait oublié d'apprendre à sourire.

Minute. J'ai caressé ce type en fait ?

Par Hécate !

— Mais vous êtes qui ? parviens-je à dire, l'embarras prenant soudainement l'ascendant sur la peur.

Il écrase sa cigarette dans un plat à moitié vide sans me répondre, pousse un soupir las et s'éloigne en direction du hall d'entrée. Je lui emboîte immédiatement le pas, craignant que sa présence ne soit inappropriée. Les sorcières s'écartent toutes sur son passage, toutes avec une appréhension qui me surprend tant elle est rare chez elles. La pièce baigne dans un silence tendu. L'inconnu ne marque aucune pause, il s'avance vers Zeus et lance d'un ton bourru :

— J'ai encore une dizaine de ménades en liberté dans l'État, qui foutent un bordel monstre partout où elles passent. Pressons-nous.

Et il prend place à la droite du maître des dieux, les bras croisés, le regard fiché sur nos deux guides. Les murmures reprennent autour de moi. Si les deux camps avaient pris une posture de défi au départ, à présent, il règne une confusion sans nom chez les sorcières et une puissante assurance du côté de Zeus. Je cherche des yeux la réaction de ma mère, histoire de me rassurer, mais son visage n'exprime que de la stupeur. Elle agrippe de bras de Méroé qui se tient en avant et qui blêmit à vue d'œil. Elles ont déjà dû la présenter comme la candidate au mariage.

Ce qui signifie que ce… ce rustre, qui peut se transformer en chien-loup, est le candidat des dieux. Le promis de ma sœur. Qui semble habitée par le même effroi que moi tout à l'heure.

— Ôtez-nous d'un doute, Zeus, fulmine Circé la Grande. Nous vous proposons la main de Méroé, sorcière de talents, sœur de Circé et donc mère en devenir de la future Médée, et vous…

— Vous ne serez pas en reste, coupe Zeus en croisant les jambes avec sérénité. Je vous offre la main de mon petit-fils et de celui d'Héra au Trône d'or, fils d'Arès, Fléau des hommes, et d'Aphrodite, la Céleste. J'ai nommé Deimos, la Terreur.

Je frissonne à nouveau. La Terreur. *La Terreur* ! L'incarnation de la Terreur ! Je refuse que ma sœur s'unisse à une telle calamité !

— C'est une plaisanterie ! s'exclame Médée la Jeune. Vous pensez vraiment que nous puiserons notre magie dans cet…

Elle s'interrompt sans savoir quel mot employer. Deimos, lui, sort paisiblement une nouvelle cigarette et l'allume.

— Croyez-vous que je vous laisserai insulter ma propre famille ? reprend Zeus, les étincelles jouant à nouveau dans sa chevelure d'argent. Votre Méroé est…

— Je dois t'interrompre, Zeus.

La voix rauque de Deimos remplit l'espace. Il la modère beaucoup moins que son grand-père, de toute évidence. Moi qui pensais que cet éraillement n'était dû qu'à son passage entre le chien-loup et l'homme… enfin, le dieu.

— Ce n'est pas Méroé que je souhaite épouser.

La pièce entière se retrouve pendue à ses lèvres. Et moi, je me retiens de bondir. Oh mais le mufle jusqu'au bout ! Elle n'est pas assez bien pour lui, c'est ça ?!

— C'est elle que je veux, ajoute-t-il en désignant du doigt l'une de nous.

Il le pointe dans ma direction, je me dépêche de sonder mon entourage pour découvrir de qui il parle. Sauf que toutes les sorcières convergent curieusement vers moi. Mais je dois halluciner, il ne peut pas parler de moi. Je lui jette un œil perplexe et finis par comprendre, avec une incrédulité folle, qu'il me montre bel et bien.

CHAPITRE III

— La sorcière sans dons ?

Le maître des dieux masque difficilement sa surprise.

— Tu plaisantes, Deimos ! Quel prestige penses-tu retirer de cette union en choisissant la seule qui n'a aucun pouvoir ?

— Elle est totalement inoffensive, c'est un choix bien plus sage que sa sœur.

Je crois que mon cœur et ma respiration se sont arrêtés une poignée de secondes avant de reprendre un rythme bien plus vif. Il faut qu'il cesse de me regarder comme ça ! Je me sens à nouveau entravée, les muscles tendus, comme si mon corps était parcouru de crampes infernales.

— Hors de question ! rugit furieusement ma mère, me faisant trembler par la même occasion. Ella n'a rien à voir avec tout ça !

— Il faudra nous passer sur le corps avant que nous abandonnions notre sœur à cette abomination, prévient durement Circé, les poings serrés.

— C'est à prendre ou à laisser, sorcières, rétorque froidement Deimos en se détournant enfin de moi, me libérant du lien intangible qui m'étranglait.

Circé la Grande et Médée la Jeune, muettes jusque-là, se lèvent toutes les deux alors que mes sœurs et ma mère sont prêtes à mettre une raclée au mufle et à ses prétentions. Zeus a l'air de capter leur mouvement, car il le suit tout en faisant un signe au même mufle qui ferait bien de redevenir un cabot et de partir en courant.

— Interrompons cette discussion un instant, nous devons nous entretenir chacun de notre côté, suggère Circé la Grande.

— Nous le devons, c'est certain, grogne Zeus qui tourne les talons pour sortir de la maison.

Deimos, cigarette au bec, lui emboîte le pas, imperturbable. Hermès ferme la marche et la porte derrière eux. Une cacophonie d'exclamations éclate alors dans le hall. Je n'ai pas le temps de reprendre mon souffle que je me retrouve fermement entraînée par le poignet au milieu de la foule. Médée la Jeune me pousse vers une porte latérale et on se retrouve dans un petit salon cosy avec deux canapés recouverts de plaids et de coussins, une cheminée allumée et des trépieds de bronze éteints. Le battant claque dernière nous. Circé la Grande, mes deux sœurs et ma mère sont déjà là, dans un état de panique très proche du mien.

— C'est hors de question, répète ma mère en faisant les cent pas. Ella est trop jeune ! Inexpérimentée !

— Calme-toi, Thessa ! Réfléchissons plutôt, engage Circé la Grande.

Je ne parviens pas non plus à penser posément. Pourquoi un dieu voudrait m'épouser, moi ? Zeus a raison, c'est absurde. J'ai du mal à respirer. Je me sens oppressée au point de tirer sur le col de mon pull en inspirant un grand bol d'air.

Je suis la sorcière inutile par excellence !

Ou peut-être… Peut-être que je peux justement avoir cette utilité-là ? Épargner Méroé. Mettre enfin mon existence au service des miennes. Il n'y aurait aucune perte de potentiels pour elles. Mais ça voudrait dire « se marier » ! Je n'y avais jamais songé jusque-là. Tout ce dont j'ai envie, c'est de m'amuser, rencontrer des garçons, sortir avec quelques-uns, coucher avec le bon, le quitter s'il le faut…

Je n'en ai embrassé que deux, c'est beaucoup trop tôt pour m'engager à vie avec un parfait inconnu ! Le dieu de la terreur, en plus ! Je ne veux pas ressentir un tel effroi dès qu'il posera les yeux sur moi !

Mais je ne peux pas accepter non plus que Méroé subisse ça, elle aussi. Elle a pâli en le voyant débarquer. Non, je ne souhaite à personne ce qu'il peut provoquer d'un regard.

Ma famille et nos deux guides s'engueulent allègrement, il faut que j'arrête ça.

— Je vais accepter, dis-je d'une voix que j'espérais plus forte.

Personne ne m'entend. Ou plutôt ne m'écoute. Je serre les poings, je dois nourrir ma nouvelle détermination jusqu'au bout.

— Je vais accepter ! crié-je alors pour couvrir leurs échanges.

Je les interromps aussitôt. Elles se tournent toutes vers moi d'un air médusé.

— Citrouille, tu ne sais pas ce que tu dis, souffle Méroé. Deimos est le chef de la sécurité des dieux sur Terre. Il terrorise tout le monde, même les siens ! Il n'est pas une bonne personne pour toi.

De quoi me glacer le sang et me convaincre davantage.

— Pourquoi alors je devrais avaler que toi tu l'épouses ?

Méroé écarquille les yeux de surprise.

— Parce que je peux me défendre, moi, réplique-t-elle avec un trémolo dans la voix.

Son manque d'assurance me saute à la gorge pour la première fois. Elle devait avoir de grosses attentes avec cette union, et elle tombe à présent de haut.

— Ce n'est qu'un mariage, pas une bataille, soutiens-je.

Circé la Grande et Médée la Jeune partagent au même instant un regard, puis acquiescent.

— Ella, il faut vraiment que tu saches dans quoi tu t'engages, commence la première.

Ma mère sort à nouveau de ses gonds en poussant une beuglante de refus que Médée la Jeune stoppe net d'un « Silence ! » des plus sévères. Ma famille se rassemble dans un coin, rembrunie et pleine d'inquiétude. Si le candidat des dieux parvient à paralyser n'importe qui en une fraction de seconde, je dois dire que me retrouver encadrée par nos deux guides dans une situation aussi grave me terrorise tout autant.

— En temps normal, les dieux vivent sur trois plans dimensionnels : la dimension infernale et souterraine, la dimension terrestre dans laquelle Hécate avait l'habitude de vivre, et la dimension olympienne et céleste à laquelle ils n'ont plus accès depuis cent ans. Cela dit, peu importe leur dimension de prédilection en ce qui concerne leur nature. Même si les dieux sont tous vindicatifs, querelleurs et fiers, on les divise en deux catégories : ceux à la nature bienveillante, comme Héra, déesse du mariage, Athéna, déesse de la sagesse, Apollon, dieu du soleil, Aphrodite, déesse de la beauté et du désir, ou encore Éros, dieu de l'amour. Et ceux à la nature malveillante, comme Hadès, dieu des Enfers, Arès, dieu de la guerre, Thanatos, dieu de la mort ou encore Deimos, dieu de la terreur.

En essayant d'assimiler le long exposé, je hoche la tête, histoire d'exprimer quelque chose. Mais je reste bloquée à « Deimos = entité malveillante ».

Médée la Jeune dodeline de la tête.

— Oui, enfin, tu oublies quand même de dire que Deimos et son frère Phobos avaient pour habitude d'accompagner leur père Arès sur les champs de bataille et de terroriser l'ennemi. On pouvait autant mourir transpercé d'une lance que de peur, jadis.

— Certes, mais si Zeus refuse de changer son candidat, nous n'aurons pas le choix. Ella. C'est très sérieux, nous avons besoin de cette Union.

Je hoche à nouveau la tête, les idées en pagailles. Méroé avance d'un pas pour intervenir.

— Mais nous…

— Nous réfléchirons à la suite plus tard, coupe aussitôt Circé la Grande.

Les deux guides m'observent, les bras croisés. Elles semblent attendre une confirmation orale de ma part.

— Je comprends, murmuré-je, avant de m'éclaircir la voix. Méroé a plus d'avenir ici que moi.

— Et tes études, alors ? lance ma mère.

L'université me revient subitement en tête. Durant quelques minutes, j'avais zappé ma réalité quotidienne. À force de dissocier ces deux pans de ma vie, je finis par ne plus penser à l'un lorsque je suis dans l'autre.

Embarrassée, je baisse les yeux.

— Tu sais, je n'arrive pas encore à savoir où je vais avec mes études. Et peut-être que je peux les continuer de loin, il faudra bien que je m'occupe d'une manière ou d'une autre.

— Il faudra surtout que tu donnes naissance à la future Médée, rétorque-t-elle. Tu y as pensé, à ça ? Tu es prête à devenir mère ?

Je déglutis. Non, j'y pensais encore moins qu'au mariage.

— Peut-être qu'Ella ne pourra pas donner naissance à une sorcière de pouvoirs ? lance alors ma mère avec espoir.

— Non, Ella pourra très bien le faire, contre rapidement Circé la Grande.

Sa nièce Médée la Jeune et elle m'encadrent et me prennent chacune une main.

— Si tu acceptes, nous serons à tes côtés. Tu pourras compter sur nous pour t'épauler et te conseiller.

Je crois que c'est bien la première fois qu'elles me disent une telle chose et que j'ai l'impression, du coup, d'être enfin prise en considération par ma propre communauté. Je les vois, toutes les deux, comme les guides des miennes, mais sans jamais m'être sentie guidée moi-même.

— Je vais le faire, affirmé-je alors, ragaillardie.

Je préfère ignorer les exclamations découragées et colériques de ma mère et de mes sœurs, et emboîte le pas de Circé la Grande et de Médée la Jeune pour retourner dans le hall. Au même instant, Hermès, qui devait surveiller les allées et venues depuis la fenêtre, ouvre la porte d'entrée et fait place à Zeus et Deimos. Nous nous retrouvons à nouveau face à face, lui et moi. Mais je préfère porter toute mon attention sur Zeus.

— Nous avons discuté, déclare ce dernier en préambule.

À l'entendre, il semble gêné. J'espère presque qu'il va dire que Deimos se retire de l'Union et qu'un autre dieu, bienveillant, se porte volontaire.

— Deimos reste sur ses positions. Qu'en pense la sorcière sans dons ?

Et zut. La « sorcière sans dons »... Est-ce que je ne vais jamais être autre chose que ça ? Quitte à me prendre pour un morceau de viande à marchander, autant m'appeler par mon prénom !

— Je m'appelle Ella, je ne suis pas qu'une sorcière sans dons, précisé-je avant de sentir l'emprise de mes guides se resserrer sur mes bras.

Zeus, lui, hausse les sourcils, apparemment surpris. Il jette un regard sombre sur son petit-fils et grogne :

— En plus, elle a son petit caractère.

— Ce genre de comportement farouche se dresse, Zeus, réplique Deimos tout en soufflant des volutes parfumées.

Oh là là, mais tu te mets le doigt dans l'œil, le mufle !

Zeus inspire profondément et expire, faisant par la même occasion grésiller à nouveau les lumières du hall.

— Soit ! lance-t-il d'une voix de plus en plus forte. Qu'en pense Ella Je-ne-suis-pas-qu'une-sorcière-sans-dons ?

J'ouvre la bouche pour répondre, mais Circé la Grande me devance :

— Elle est d'accord, elle aussi.

— Bien, ils sont donc officiellement fiancés. Héra se chargera de la suite, nous les marierons dans deux semaines.

— C'est ce qui est prévu, oui, confirment nos guides.

Deux semaines seulement ! Les mariages sur Terre ne s'organisent pas du jour au lendemain. Et j'ai manqué toute la discussion sur l'organisation du mariage parce que j'étais bien trop occupée à donner du poulet à ce maudit dieu de la terreur !

— Avant que nous partions, je souhaite m'entretenir seul à seule avec ma fiancée.

Je ne suis pas sûre d'y tenir, pour ma part. Mais dès qu'il fait un pas vers moi, Circé la Grande et Médée la Jeune reculent. Il saisit mon poignet, je réprime un frisson de crainte.

— Ne compte pas quitter cet endroit avec elle, prévient immédiatement notre guide aînée. Le sort de protection au-dessus de la Clairière t'en empêcherait, tu n'irais nulle part.

— Ce n'est pas mon intention, sorcière.

Et en un clignement de paupières, on se retrouve à l'extérieur, au beau milieu de la Clairière, parmi les camélias et les chrysanthèmes. J'ai la tête qui tourne quelques secondes, le temps de m'accoutumer à la téléportation sauvage que je viens d'expérimenter. Deimos me relâche et s'éloigne de deux ou trois pas, le temps d'allumer, encore, l'une de ses cigarettes. Moi, j'essaie de respirer plus calmement. L'air frais m'y aide. Je dois recouvrer mes esprits et tenter de rationaliser ce qu'il est en train de m'arriver.

L'odeur qu'il dégage me frappe à nouveau : du dictame de Crète et du laurier d'Apollon… ces deux plantes ont des vertus apaisantes de base, et j'imagine que les dieux les ont traitées, d'une manière ou d'une autre, pour les rendre propices à la consommation sous cette forme. Pourquoi un dieu pareil en fume autant ? Est-ce qu'il fume tout le temps ? Est-ce que je viens de me fiancer à un accro de la fumette ?

— Tu souhaites me dire quelque chose ?

Je me rends compte que j'observe de travers sa très probable mauvaise habitude.

— Vous êtes nerveux en fait, vous avez peur de nous.

Ses lèvres droites esquissent un sourire froid. Il faut se concentrer sur elles pour le percevoir.

— Je fume pour me contenir au milieu de votre attroupement de sorcières. Crois-moi, personne ne veut voir de quoi je suis capable, ici et ce soir.

Le souffle rauque et énervé de sa voix achève de m'en convaincre. Bon sang, dans quelle folie je me suis engagée ! Comment en est-on arrivés là, au juste ?

— Pourquoi moi ? lancé-je alors, me décidant à comprendre un minimum son cheminement à lui. Parce que je suis inoffensive ? C'est tout ?

Je me risque à lever les yeux sur lui, son regard dépareillé me saisit à nouveau. Je fais un pas de côté, grimaçant de douleur en sentant mes bras et mes jambes se raidir. L'aura de Deimos, une fois captée, ne me lâche pas.

— Tu finiras par t'accoutumer, déclare-t-il seulement.

— À votre terreur, vous voulez dire ?

— Plus tu passeras de temps avec moi, et moins tu la ressentiras.

Je suis plutôt ravie de l'apprendre, même si cela signifie le côtoyer le plus possible.

— Vous faites moins peur en chien-loup, marmonné-je.

Il penche la tête sur le côté, perplexe… et peut-être curieux aussi.

— C'est pour ça que tu m'as caressé tout à l'heure.

J'ouvre de gros yeux, troublée par son affirmation. Alors que je me sentais glacée jusque-là, une bouffée d'embarras, brûlante et soudaine, enflamme mon ventre et mon visage.

Nier ! Tout nier en bloc ! Il ne doit pas se faire de fausses idées !

— Non, non, non ! Je vous ai gratté l'oreille, nuance !

— Trois fois.

Je me sens rougir à toute vitesse.

— Deux fois ! La troisième était purement accidentelle !

— Comment tu as qualifié ça déjà ? Un « câlin » ?

J'agite mon index devant moi à la recherche de la bonne repartie, mais rien ne vient. Par Hécate, j'ai vraiment dit ça !

— Votre comportement n'est pas du tout correct, je ne savais pas qui vous étiez à cet instant-là, l'accusé-je alors, au comble de la gêne.

Je croise les bras, décidée à adopter la posture de l'indignation. Finalement, c'est de famille. Zeus s'est transformé en taureau pour enlever Europe et en aigle pour ravir Ganymède ! Si ça se trouve, mon futur époux est une sorte de pervers lui aussi… Un fumeur qui se métamorphose en chien-loup pour harceler les filles le soir… Fichtre.

Lorsque je lui jette un regard suspicieux, je remarque que lui se permet de me toiser avec une attitude autoritaire.

— Je ne veux pas que ma fiancée câline n'importe qui.

— Je ne câline pas n'importe qui, le rembarré-je.

Juste mes deux sœurs, ma mère, tante Zelda parfois, mes amis sur le campus, Madeline et Rachel surtout, les nymphes des bois dès que je les croise, les animaux qui me semblent gentils et quelques arbres auxquels je tiens. OK, OK. Je câline pas mal de monde. Mais là n'est pas la question ! Je secoue la tête pour me reprendre.

— Vous n'avez rien à m'interdire, quoi qu'il en soit.

Il se contente d'émettre un son grave et guttural qui ne me rassure pas et qui fait vibrer mon corps en entier.

— J'aurais même pu exiger d'épouser un autre dieu, moi aussi !

Là, je me fais l'effet de prendre une pelle et de commencer à creuser ma propre tombe.

— Vraiment ? relève-t-il avec une arrogance remarquable. Qui ?

— Hermès, par exemple, et pour ne citer que lui, bien sûr.

Je m'enfonce. Mais autant y aller avec panache !

— Hermès ! appelle fermement Deimos, soulevant les feuillages autour de nous.

Le dieu apparaît comme par enchantement à côté de lui, me faisant sursauter par la même occasion. Je ne sais pas si je vais m'habituer à ce genre de chose.

— Deimos ?

— Ma fiancée souhaite t'épouser.

Le regard ahuri du dieu messager me confond.

— Oh, dit-il en se massant la nuque. Je suis flatté, mais je ne suis pas le fils d'Héra, et l'idée du mariage vient d'elle. Il fallait un dieu dans sa lignée.

Piteuse, j'acquiesce en marmonnant des « oui, oui, bien sûr ». Si monsieur le mufle voulait me remettre à ma place, c'est gagné.

— Deimos est l'un des héritiers des maîtres de l'Olympe. Un peu comme un prince royal dans le monde des humains, si tu préfères…

— C'est bon, merci, finis-je par l'interrompre. J'ai compris.

Hermès reprend son sourire.

— Ah, bien. Je vous laisse alors.

Et il disparaît. J'avoue que là, je boirais bien du gin de Zelda. Direct à la bouteille.

— Je voulais te parler pour t'annoncer ma visite chez toi, la semaine prochaine, reprend Deimos comme si de rien n'était.

Cette capacité à l'impassibilité va me rendre chèvre, je le sens ! Est-ce qu'il ressent même quelque chose ? Tout ce qu'il a l'air de faire, c'est de contenir sa terreur pure. L'imaginer se balader sur le campus de l'université avec moi m'angoisse par avance. Comment je vais même le présenter ? Ou seulement évoquer ce mariage autour de moi sans qu'on se pose de réelles et tout à fait légitimes questions ?

— Pour quoi faire ? questionné-je alors qu'un flot de nouvelles interrogations me met la tête sous l'eau.

— Je veux inspecter ta vie et tes habitudes. Je n'ai eu qu'un rapide aperçu aujourd'hui.

« Inspecter » ? Il a bien dit ça ?

Deimos jette son mégot par terre et se passe la main dans ses cheveux très blonds d'un geste si naturel qu'il me marque. Lui qui semble si immobile, figé dans une tension constante. Et soudainement, en une seconde, il fait quelque chose d'anodin mais rassurant. Plein de petits détails se mettent à attirer mon attention : une mèche qui retombe sur son front, la mini fossette sur sa joue gauche, le bouton défait de sa chemise, le teint sable blanc de sa peau qui frémit d'or à chaque battement de cœur… Sa fascinante beauté me bouscule. Deimos fait peur, mais il attise aussi un charme vibrant très étrange. Il doit être tout en contradiction.

— À bientôt, dit-il en se détournant de moi, me sortant de mes réflexions.

— Attendez !

Il s'arrête et me jette son œil bleu par-dessus l'épaule.

— Pourquoi moi ?

Il ne répond pas immédiatement. J'espère bien ne pas être qu'un choix stratégique, mais en même temps, je ne peux m'attendre à rien d'autre de sa part. J'ai accepté, moi aussi, seulement pour aider les miennes et protéger ma sœur. Mais la demande vient de lui et lui seul. Zeus n'avait pas l'air au courant ni très partant.

Lorsqu'il ouvre la bouche, mon cœur marque un arrêt.

— Parce que tu es vierge, ce qui n'est pas le cas de tes sœurs. Tâche de le demeurer jusqu'au mariage.

— Q-quoi ?

— À bientôt, Ella Je-ne-suis-pas-qu'une-sorcière-sans-dons.

Et hop ! il s'éclipse, me laissant abrutie par sa déclaration.

Le salopard !

CHAPITRE IV

La semaine s'égrène et toujours aucun signe de mon fiancé. On est vendredi, j'ai passé plusieurs jours à guetter son arrivée, m'attendant à un vent de panique à son approche. Il a peut-être changé d'avis. Je ne vois pas ce qu'il pourrait apprendre d'intéressant sur moi en me suivant sur le campus de Springfall. J'imagine mal Deimos, héritier de Zeus, chef de la sécurité des dieux sur Terre, s'asseoir dans un amphi et écouter un prof parler pendant deux heures. L'idée me fait tout de même sourire avant de vite s'évaporer.

À la suite de l'annonce de mes fiançailles avec la Terreur – comme le surnomme ma communauté –, j'ai passé un week-end intense durant lequel ma mère et mes sœurs m'ont suppliée de renoncer. Mais c'était sans compter nos deux guides qui les ont incitées à accepter la situation et à jurer qu'elles ne remettraient plus en question mon choix. Elles s'occupent de tout. Je n'ai plus qu'à attendre le jour fatidique, selon leurs dires.

Madeline me tient la porte de l'amphi et nous traversons les grands couloirs de l'université, direction le café. Je surveille mes camarades et tressaille toujours lorsque j'aperçois quelqu'un de grand et de blond.

— Ella, tout va bien ? s'enquiert Madeline. Tu sembles soucieuse depuis plusieurs jours.

« Je me suis fiancée à un dieu et il me terrorise », elles appelleraient l'infirmerie du campus sur-le-champ si elles entendaient cela. Mais je n'ai plus le choix, je dois leur donner quelque chose. Tout sauf la vérité. Moi qui me sentais plus proche d'elles que de ma communauté, je dois finalement m'éloigner d'elles. Circé la Grande et Médée la Jeune ont été formelles : je ne dois rien révéler en dehors de notre cercle.

On s'arrête devant le comptoir du café pour commander nos cappuccinos habituels.

— Je vais probablement passer du temps à New York dans les jours qui viennent.

— Ah oui ? s'étonne Madeline.

— J'ai de la famille éloignée là-bas, et j'ai prévenu l'administration qui est d'accord pour que je suive les cours en ligne.

Mon amie saisit son gobelet avant de se figer.

— Attends, tu veux dire que tu nous quittes ?

En vérité, je n'en ai aucune idée. Apparemment Deimos vit là-bas, auprès de Zeus. Je n'arrive pas à savoir ce qu'il attend de moi ni si les dieux me laisseront une certaine liberté… J'ai bien répété à mes guides que je voulais poursuivre mes études, mais elles ne s'intéressent pas du tout à mes activités humaines et je doute qu'elles y trouvent un quelconque intérêt.

— Au moins pour quelques semaines, oui.

Ma réponse la rassure à moitié.

— OK, ça te fera plein de choses à nous raconter à ton retour, dit-elle avec un sourire.

Je hoche la tête, le cœur serré. J'attrape mon gobelet à mon tour et nous sortons pour le boire.

— Et puis j'aurai probablement besoin de ton aide pour certains cours.

Madeline enroule son bras autour de mes épaules alors que nous ralentissons le pas.

— Compte sur moi.

Je ne suis pas non plus obligée de couper les ponts ! Et comme j'ai encore une question épineuse impossible à aborder avec mes sœurs, c'est à Madeline que je vais l'adresser. Parce que, oui, je vais me marier, avec Héra pour maîtresse de cérémonie, les dieux sont tous invités et vont débarquer dans la Clairière, il faudra suivre les traditions olympiennes à la lettre… Mais moi, la seule chose qui occupe toutes mes pensées, c'est la nuit de noces.

— Mad, je peux te poser une question personnelle ?

— Bien sûr, dis-moi.

OK, le but est de grappiller de quoi me rassurer. Coucher avec un inconnu, elle ne saura très probablement pas me dire ce que ça fait. Mais peut-être qu'elle me donnera un ou deux conseils sans s'en rendre compte.

— C'était comment, ta première fois ?

Un voile rouge passe sur ses joues. Elle ne devait pas s'attendre à ça.

— Hum, stressant. Et très excitant.

Sa réponse me semble paradoxale, mais prévisible.

— Pourquoi tu as stressé ? Tu n'étais pas avec la bonne personne ?

— Si, si. C'était stressant surtout parce que… tu te dévoiles devant quelqu'un. Il faut savoir s'abandonner un minimum et donc avoir confiance en l'autre un minimum. Tu me suis ?

Mon estomac se noue. Comment pourrais-je avoir confiance en un être comme *lui* ?

— Pourquoi cette question ? Tu as rencontré quelqu'un ? s'amuse Madeline en me donnant des petits coups de coude dans les côtes.

Je grommelle avant de formuler une phrase claire :

— Peut-être. Mais je ne sais pas quoi en penser pour le moment.

— Canon ?

— Oui, canon, mais il est surtout suffisant, bourré de prétentions, avec un ego gros comme un camion, et bien arrogant comme il faut !

Lorsque je termine mon portrait au vitriol, je remarque que Madeline a baissé les yeux et fixe quelque chose près de moi. Je suis son regard et j'ai un sursaut de surprise : Deimos, en chien-loup, est assis à mes pieds et me toise avec un jugement de malade !

— C'est qui, ce chien ? Il a l'air de te connaître.

Évidemment qu'il se pointe sous cette forme. Et au bon moment.

— C'est un chien errant, je l'ai déjà croisé ici et là.

Madeline se baisse et approche sa main, je l'arrête aussitôt.

— Non, attends, il déteste qu'on le touche.

Elle se redresse bien vite.

— Tu es sûre qu'il n'est pas dangereux ? On dirait un loup, non ?

— C'est un hybride. Et il ne ferait pas de mal à une mouche, n'est-ce pas ?

Je lui tapote maladroitement la tête, tout ça pour me retenir de le câliner plus. Parce qu'au-delà du fait que ce chien-loup est l'une des formes du dieu de la terreur, il a un pelage très doux et très attirant.

Deimos grogne, son regard n'a rien perdu de sa sévérité.

— Si tu le dis, acquiesce Madeline, perplexe. Bon, on se retrouve tout à l'heure pour la soirée ?

— Le temps d'une douche et deux, trois courses, oui !

— N'oublie pas la *ginger beer* de ta mère !

— Promis !

Madeline s'éloigne et me laisse seule avec Deimos. Comme tous les vendredis, en fin de journée, le campus est déserté. Je pivote pour gagner ma chambre, talonnée par le chien-loup. « Inspecter » ma vie sans me parler, j'imagine que c'est son plan. Je pousse la porte du dortoir, il se faufile à ma suite. J'espère que personne ne nous remarquera, il me semble bien que les animaux sont interdits ici. J'accélère le pas, arrive au bon étage, entre et referme rapidement derrière moi avant de souffler.

Deimos reprend aussitôt sa forme originelle. Ah. Peut-être que finalement le mufle a quelque chose à dire. Ça tombe bien, moi aussi !

— Merci de ne pas espionner mes conversations privées ! m'exclamé-je nerveusement.

Il planque ses mains dans les poches de son caban gris qui met très bien son corps de dieu en valeur. Je serre les poings avant d'affronter son regard et de tressaillir par la même occasion. Rien ne trahit quoi que ce soit sur la façon dont il a pris ce que j'ai dit de lui. Peut-être qu'il s'en moque complètement.

— Tu te poses des questions sur la nuit de noces ?

— Toujours aussi délicat ? murmuré-je, agacée par son manque de tact.

— Je n'ai pas l'impression que tu l'as été avec mon portrait.

Luttant contre la terrifiante sensation qu'il m'inspire, je me force à lui faire face, ne serait-ce que pour lui prouver que je ne vais pas me taire ni m'incliner devant lui. Il n'est pas question que j'accepte son « inoffensive et vierge » me concernant.

— Vous avez une objection à formuler ?

Il hausse les épaules.

— Non. Tu m'as cerné malgré tout.

C'est si déstabilisant que je ne sais plus quoi dire.

Au milieu du silence, alors que j'envisage déjà, la boule au ventre, les milliers de blancs de ce genre qui nous attendent, une petite chouette mécanique, tout en métal doré et argenté, apparaît entre nous, flottant dans les airs avec une grâce inattendue pour un objet.

— Qu'est-ce que c'est ?

— Athéna m'a prévenu qu'elle nous chaperonnerait.

Est-ce que cette mini chouette est censée empêcher ce géant immortel de se conduire en pervers avec moi ? Je croyais qu'Athéna était la sagesse incarnée.

— OK, soupiré-je, me résignant à la présence de Deimos. Vous auriez pu choisir un autre jour, je suis prise ce soir.

— Je t'accompagne.

— Je ne tiens pas à ce que vous terrorisiez mes amis.

— Et je ne tiens pas à faire leur connaissance. Je me contenterai de te suivre sous ma forme de chien-loup. Je ne veux qu'observer tes occupations.

J'avais oublié, en quelques jours, la tension qui l'habite et qui éraille sa voix. Il demeure figé devant moi, mais je perçois bien ce bouillonnement intense en lui, qu'il a l'air de ferrer en profondeur. Que se passerait-il s'il relâchait tout ?

— Vous ne fumez pas ? remarqué-je.

— Je ne suis pas menacé par une centaine de sorcières ici…

— Oui, je sais, je suis inoffensive, le coupé-je, blessée.

Maudit dieu insensible ! Quel fiancé détestable ! Je jette mon gobelet vide dans la poubelle, retire mon manteau et mes chaussures et me dirige vers la salle de bains.

— Je vais prendre une douche, faites comme chez vous. Mais ne touchez pas à Norbert.

— Qui ? grimace-t-il.

— Mon ficus, là. J'y tiens.

Il jette un œil perplexe sur ma plante, j'en profite pour m'enfermer dans la pièce adjacente. Je tourne en rond alors que je ne devrais pas. Je me déshabille et laisse l'eau apaiser mes pensées. Il faut que je me focalise sur les bons côtés, sinon le négatif l'emportera et je sais déjà tout le mal qu'il peut faire. La chaleur de la vapeur m'enveloppe tendrement. Ce sera juste amusant de me promener avec un chien-loup divin. Il ne m'adressera pas la parole, donc je n'aurai pas à supporter ses piques.

Une fois l'eau coupée et ma serviette nouée sur la poitrine, je m'aperçois que je me suis peut-être isolée un peu trop vite. J'aurais dû prendre ma tenue pour ce soir avant. Bon, je ne suis plus à ça près, niveau embarras. Je sors de là, prête à rugir.

Deimos est penché au-dessus de mon bureau et observe les photos que j'ai collées au mur. Peut-être qu'il souhaite réellement apprendre à me connaître. Après tout, c'est sa nature d'être froid, rigide et beaucoup trop franc. Je devrais moi aussi en profiter pour en savoir un peu plus sur lui.

— Qu'est-ce que vous regardez ? questionné-je plus posément.

Il décroche l'une des photos et me la tend.

— Es-tu en état d'ébriété sur celle-ci ?

Un voile rouge me saisit le visage. Il a l'art et la manière de bien pointer du doigt les choses gênantes !

— C'était mon anniversaire, grogné-je.

— Je croyais que les humains ne pouvaient pas boire avant vingt et un ans ici. Tu en as bien seulement vingt, toi ?

Mon cœur se met à tambouriner d'agacement. Je lui arrache la photo des mains et la remets à sa place.

— On ne fait de mal à personne. Vous avez quel âge, vous, pour penser comme ça ?

Il garde le silence quelques secondes alors que je le fixe, les bras croisés.

— Trois mille quatre cent vingt-trois ans. Quel est le rapport avec ma façon de penser ?

Pour ma part, je reste bloquée sur le chiffre. On a une toute petite riquiqui différence d'âge… Seulement trois mille quatre cents ans et des poussières !

— Aucune, finis-je par répondre.

Ce serait ridicule d'en déduire quoique ce soit à ce stade. Dire qu'il fait partie des plus jeunes dieux en plus… J'essaie de déterminer un âge à mon échelle en détaillant son visage : on dirait quelqu'un d'une trentaine d'années. Qui me balaie du regard, de bas en haut.

Est-ce qu'il ne serait pas en train de me reluquer, le mufle ?

Au même instant, la petite chouette agite ses ailes et double de volume. J'ai un mouvement de recul alors qu'elle prend forme humaine tout en conservant son aspect métallique. La silhouette féminine, vêtue d'un long péplos, la tête couverte d'un casque antique et les épaules d'une pelisse, tend soudainement une lance devant elle. La pointe aiguisée se fiche dans le cou de Deimos qui n'a pas bougé d'un pouce.

Je plaque mes mains sur ma bouche pour m'éviter de crier.

— Neveu, je perçois des pensées impures de ton côté.

— Moi ? Je n'ai jamais de pensées impures, Athéna, réplique Deimos avec un sourire en coin provocateur.

— Tu sais que tu ne peux rien me cacher, prévient-elle en tapotant la lame contre sa peau.

— Je sais, confirme-t-il sans crainte.

Alors Athéna plante le bout de sa lance dans le sol, provoquant une légère vibration sous mes pieds, puis elle tourne vers moi un visage lisse et brillant comme l'or, avec deux billes d'argent sans pupille pour yeux et sans aucune bouche. C'est un spectacle à la fois effrayant et captivant.

— Nous n'avons pas encore eu l'occasion de nous présenter, je suis la tante de Deimos, Athéna. Ou du moins, une projection. Je ne suis pas réellement là avec vous. Dès que la chouette détectera quelque chose de malvenu, elle me préviendra et j'interviendrai. Ce garçon est plutôt bien élevé, mais avec une ascendance comme celle de Zeus et d'Aphrodite, on ne peut jurer de rien.

Deimos lève les yeux au ciel, ce qui me donne plus envie de rire qu'autre chose. Je me mords la lèvre pour me retenir. C'est le genre de réaction qui me rassure.

— Hum, merci.

Le visage inexpressif de la déesse parvient à me communiquer de la sympathie.

— Mais de rien. Héra et moi-même avons beaucoup œuvré pour cette union. Ce n'est pas pour que ce démon gâche tout.

Pas de sexe avant le mariage, noté. Je ne suis pas pressée, de toute façon.

— Tu me vexes, Athéna, soutient alors Deimos.

Elle lui jette un regard de côté.

— Tu t'en remettras.

Le ton entre eux est proche de la complicité, c'est ça qui m'étonne le plus. Bien plus en tout cas que la silhouette d'Athéna qui rapetisse jusqu'à redevenir la petite chouette aux ailes battantes. Deimos, lui, me tourne le dos.

— Habille-toi, tu n'as rien à craindre de moi. Je ne suis pas comme mes frères.

Il a combien de frères en tout ? Il faut vraiment que je creuse sa famille. Je connais l'histoire d'Arès et Aphrodite, amants pris sur le fait par Héphaïstos, le premier mari de la déesse. Mais j'ignore tout de leurs enfants. Enfin, presque tout. Éros est le plus connu d'entre eux. Je croyais même qu'il était le seul jusqu'à ce que Médée la Jeune évoque Phobos.

J'ouvre mon placard, enfile un top fleuri rose et un slim bordeaux.

— Vos frères seront au mariage ?

— En partie, oui, soupire-t-il, comme s'il n'avait pas très envie d'en parler.

Je vais éviter de lui dire que j'ai hâte de les rencontrer. Même si je suis très curieuse à l'idée de croiser Éros.

— Les Douze seront présents, ajoute-t-il de lui-même.

— Les Douze ?

— Les douze dieux les plus puissants.

Il n'étaye pas plus.

— Est-ce que leurs noms sont difficiles à retenir ? Comme les sept nains ? me moqué-je en laçant mes bottines.

— Qui sont les sept nains ?

Ah oui, on en est là.

— Eh bien, il y a Atchoum, Grincheux, Joyeux, Prof, Timide, Simplet et… arf, j'en oublie toujours un.

J'en retire un grognement impatient.

— Zeus, Héra, Hadès, Poséidon, Aphrodite, Arès, Hermès, Héphaïstos, Athéna, Apollon, Artémis et Dionysos. Et si tu dois en oublier un, ce serait Dionysos.

— Pourquoi ?

— Parce qu'il admirait Hécate.

OK. Pour ma part, je ne dirais pas que c'est un point négatif. Une chose est sûre : il ne porte pas Dionysos dans son cœur. Ce qui rend le dieu du vin plus intéressant encore à mes yeux. J'attrape mon manteau, mon écharpe, mon sac avec les bouteilles de *ginger beer* et m'approche de Deimos pour atteindre Norbert, posé sur le rebord de la fenêtre. Il s'écarte poliment et me laisse arroser mon ficus.

— Et voilà, je suis prête, on peut partir.

Deimos se change aussitôt en chien-loup et me suit. La petite chouette rapetisse encore et se pose sur mon épaule. Je ferme ma chambre à clé derrière nous et nous voilà à nouveau dans le parc du campus.

— Oh ça y est, ça me revient ! Dormeur, c'est lui qui m'échappe toujours.

*

La musique et les vibrations des basses nous enveloppent dès que nous posons les pieds et les pattes dans la maison de la confrérie Alpha-Oméga du campus. Le hall est envahi d'étudiants qui boivent et dansent à un rythme effréné, la foule s'éparpille dans les salons adjacents où les meubles ont été poussés contre les murs. Les membres de la confrérie ont même investi dans des spots qui balaient l'intérieur de rouge et de rose. En haut des marches de l'escalier principal, au fond de la pièce, la DJ installée devant sa platine, le bras levé, semble exaltée par son propre son. Et je dois dire que ce souffle endiablé me fait trépigner d'excitation !

La chouette d'Athéna s'envole et se pose en haut de l'armoire vitrée dans laquelle sont exposés les trophées d'Alpha-Oméga. On dirait une caméra de surveillance que personne ne remarque. Je balance mon manteau et mon écharpe sur le tas de vêtements à l'entrée et aperçois mes amis dans un coin, près des boissons.

— Ella ! s'exclame Rachel alors que je me fraye difficilement un chemin jusqu'à eux.

C'est curieux quelque part cette ambiance en début de soirée. D'habitude il faut bien attendre 22 heures avant que tout le monde se mette à danser de cette manière.

— Hé ! salué-je une fois devant le groupe, tout en brandissant les deux bouteilles de *ginger beer* et le sachet de gâteaux salés que je suis allée acheter exprès en ville.

Mes offrandes me valent des applaudissements emballés. Tout le monde adore la *ginger beer* de ma mère… surtout lorsqu'ils la mélangent avec de la vodka et du citron !

— Il t'a suivie jusqu'ici ? remarque Madeline en désignant Deimos.

— Eh oui, il ne se passe plus de moi, réponds-je avec un petit soupir.

Franchement, je ne comprends pas pourquoi il a tant insisté pour m'accompagner aujourd'hui. Mes occupations sont loin d'être haletantes : rendre un livre à la bibliothèque, prendre le bus pour le centre-ville, acheter les fameux gâteaux salés, taper la discussion avec la boulangère qui est toujours aussi drôle, offrir un café et un sandwich à

Bernardo qui espère quelques pièces devant la boutique, reprendre le bus et arriver là. Pas-sion-nant.

— Mad m'a dit que tu avais rencontré quelqu'un ? lance directement Rachel en tapotant dans ses mains, impatiente d'en savoir plus.

Le groupe, composé de Rachel et de Madeline, ainsi que de quelques camarades d'amphi, ne me quitte pas des yeux. J'aurais bien aimé pouvoir en parler, mais puisque le principal intéressé est à mes pieds, les oreilles dressées, à l'affût, je reste bloquée.

— Ouais, il a le poil brillant et l'œil vif, dis-je alors en passant ma main sur la tête du chien-loup.

Outre les rires amusés et les interrogations perplexes, j'aperçois surtout Mad qui chuchote à l'oreille de Rachel et qui doit lui dire que je ne suis pas tellement prête à en parler.

— C'est un rival sérieux, commente une voix près de moi.

Un clin d'œil et un sourire suffisent à Jonas pour capter toute mon attention. Jonas est un membre actif de la confrérie, un type intelligent et ambitieux, plutôt mignon avec ses cheveux bruns et sa mâchoire carrée, et surtout un flirt régulier. Il est le deuxième garçon que j'ai embrassé dans ma vie et que j'embrasse encore, à l'occasion, en fin de soirée. On n'est jamais allés plus loin. On n'a même jamais décidé d'organiser de premier rendez-vous. Je ne sais pas tellement ce qu'on fait tous les deux, à part profiter de l'instant présent.

Sauf que là, je me rends compte que le flirt sera interdit. Je jette un œil sur la chouette, elle nous toise de haut, c'est le cas de le dire. Elle peut s'en prendre à Deimos, mais aussi à moi en fait. Alors je me mets à nerveusement passer mes doigts dans mes cheveux détachés.

— Il a moins de conversation que toi, réponds-je, un peu gênée.

Bon sang, je ne peux pas remettre en cause l'union des dieux et des sorcières pour un flirt !

— Et t'es sûre qu'il n'est pas dangereux ? me demande Jonas avec une grimace.

Deimos, le pelage hérissé, le fixe avec un air menaçant que mon ami calcule très bien. Je m'accroupis.

— Mais non, regarde.

Mes doigts s'enfoncent dans son poil si doux.

— Ne vous méprenez pas, chuchoté-je alors. Je vous gratte les oreilles, c'est tout.

Deimos grogne en guise de réponse.

Jonas, lui, s'accroupit à son tour et veut tendre la main, mais le chien-loup se redresse et montre ses crocs. Je repousse le bras de Jonas par précaution.

— Ne fais pas ça, il n'apprécie pas le contact des personnes qu'il ne connaît pas. Il a… euh… il a été maltraité, par le passé.

— Oh, pauvre bête, plaint Jonas.

Ouais. Ça doit être inédit ce genre de remarque faite à un dieu. Surtout aussi orgueilleux que celui de la terreur.

— Mais ça ne m'étonne pas de toi, Ella, tu as vraiment le cœur sur la main.

Oh là là, s'il savait ! Il me fait quand même plaisir et je me surprends à rougir bien plus fort que d'habitude.

— Je crois que ça mérite un verre.

Il acquiesce et se redresse.

— Bière ?

— Bière !

Ses pas l'éloignent momentanément.

— Vous n'êtes là que pour observer, rappelé-je à voix basse. Évitez donc toutes ces démonstrations, c'est ridicule.

Deimos ne semble même pas m'écouter, il guette la foule, les oreilles bougeant dans tous les sens. Ce chien-loup est désespérant. Je me relève et accepte le gobelet que me tend

Jonas. On prend en cours de route la discussion du groupe et je décide de tout faire pour oublier la présence de Deimos.

Au bout de notre premier verre de bière, personne ne résiste à l'entrain général et à la musique ambiante. C'est comme si le rythme s'était calé sur celui de mon cœur et de mes poumons. Tout semble synchronisé, tout me pousse à danser, ici et maintenant ! Madeline et Rachel s'enlacent déjà en bougeant, les yeux fermés, un large sourire aux lèvres, l'air heureux… Jonas me prend la main et m'entraîne à mon tour sans pour autant me coller. Je me laisse aller, m'abandonnant à la vague lumineuse et chatoyante des spots, et au mouvement des corps autour de moi, frénétique et berçant à la fois. Tout est enivrant. C'est peut-être dû à la bière et au fait que je n'ai grignoté qu'un ou deux gâteaux salés. Mais la sensation d'oubli me fait du bien.

Jonas frôle ma hanche pour m'attirer à lui, je tournoie contre son corps en levant les bras, ravie de me frotter contre lui sans m'engager plus. Je suis curieuse, je me l'avoue à moi-même. J'ai envie de toucher et d'être touchée. Mais Mad a raison, se dévoiler à l'autre, c'est peut-être le plus difficile pour moi. J'ai tant de secrets à ne pas divulguer et un sérieux manque de confiance en moi-même. Je ne sais pas encore où me positionner au milieu des miennes ni dans cet autre monde des humains… Ou peut-être que je réfléchis bien trop et entrave ainsi un acte purement physique.

Lorsque je rouvre les yeux, j'ai des vertiges plein la tête. La musique est confuse, les lumières floues et vibrantes. Les mains de Jonas m'enflamment la taille. Lui aussi, il semble dans un état second. Tout le monde danse si vite ! et parfois tout le monde ralentit, les gestes deviennent amples et lents avant de s'élancer à nouveau. C'est si étrange…

Soudain, un objet brillant m'aveugle. La chouette bat des ailes sous mes yeux. Je veux la chasser, mais ma main pèse une tonne. Ou non, elle bouge au ralenti. Ou pas, elle bouge normalement en fait. Bizarre. La chouette, elle, s'éloigne toute seule. OK. Où j'en étais ? Ah oui, Jonas et le sexe. Bonne combinaison, en fait ! Pourquoi on n'est jamais allés plus loin ? Il est super gentil, respectueux, il est parfait ! Et il semble très partant lui aussi, parce qu'il se penche pour m'embrasser.

Et puis son corps décolle dans les airs.

Waouh ! Jonas vole ! Et jusqu'à l'autre bout de la pièce ! Avant d'atterrir brutalement dans un canapé et de l'enfoncer contre le mur, éventrant les boiseries par la même occasion. Alors ça, je ne l'avais pas vu venir. Lui aussi, il a peut-être des dons cachés. Enfin, des dons tout court. L'autre chose que je n'avais pas vu venir, c'est Deimos qui prend sa place face à moi, droit comme un piquet, alors que je continue de danser.

Le sexe avec lui sera permis, encouragé même ! Mince, je vais coucher avec lui à un moment donné, forcément ! Je le savais déjà, mais j'ai l'impression que mon corps me donne enfin son avis à ce sujet. Une pulsion douloureuse me serre la poitrine. C'est lui qui va me toucher et cette constatation me brûle de l'intérieur. Je crois que j'en ai envie. Mon cœur bondit furieusement dans ma poitrine. Oh mais pourquoi j'ai envie de lui alors que je ne sais rien à son sujet ? Je ferme les yeux et me mets à tournoyer contre lui, espérant enterrer ce violent désir qui me saisit, mais son corps que je frôle ne m'aide pas du tout. Il réverbère une chaleur très attirante et c'est là que je remarque que son odeur de forêt a changé. Il sent les agrumes, non ? Et le métal, la fumée que dégagerait du bois brûlé. Comme un champ de bataille.

Il m'attrape les épaules pour m'immobiliser, ma chevelure se déverse devant moi. Je m'agrippe à son caban pour m'éviter de tomber. D'un geste, il dégage mon visage.

Embrouillée, je ne résiste pas à l'envie de toucher sa peau. Ce qui me demande de me hisser sur la pointe des pieds afin de parvenir à glisser mes doigts sur ses joues. Oh là là, sa peau est brûlante ! Et ses traits si masculins… Je rêve ou mes mains brillent ? Ça dure une ou deux secondes !

— Ella !

Son appel, lointain, se combine à une secousse qui me sonne.

— Ella !

Je me sens ballottée à nouveau et finalement, tout redevient net autour de moi : les lumières des spots, la musique, les corps qui dansent. Comme si je sortais d'un rêve. Me rendant compte que j'ai les deux mains plaquées sur le visage de Deimos, je les retire sèchement, abasourdie. La chouette d'Athéna, posée sur son épaule, me fixe intensément.

— Qu'est-ce que…

— Tu reviens à toi ?

Fiévreuse, je hoche la tête.

— Mais qu'est-ce qui se passe ?

Tout le monde semble absorbé par la musique, personne n'a même remarqué que le chien-loup s'était transformé en géant blond ! Tiens, Jonas a disparu d'ailleurs.

— Une ménade est en train de vous manipuler. Elle vous plonge dans une transe et exacerbe les désirs pour s'en nourrir, m'explique-t-il d'une voix ferme.

Au moins, j'ai une explication rationnelle sur ce que je viens de ressentir pour lui. Voilà qui me rassure. Enfin, je crois.

— C'est dangereux ? demandé-je, inquiète.

— Tu sais comment finit un thiase.

J'attends qu'il détaille un peu plus, mais rien ne vient.

— Non, à l'évidence, m'impatienté-je.

Deimos m'entraîne vers la porte de la maison en poussant un soupir. Il devrait pourtant être le premier à savoir que je ne sais rien ! Il m'a choisie pour cette raison ! Ce mufle !

— Un thiase, ou cortège de Dionysos si tu préfères, se finit toujours par une ivresse folle et de la fornication à tout va.

Je bondis à son éclaircissement.

— Ah mais il faut les arrêter tout de suite ! Ils ne savent pas ce qu'ils font, là !

— Je m'en occupe. Toi, tu m'attends dehors.

Il ouvre la porte, me bouscule sur le palier et referme. Je reste hébétée devant le battant quelques secondes avant m'exclamer :

— Non mais espèce d'abruti ! Tu pourrais me parler autrement !

Je descends les marches du perron, d'un pas rempli de rage, le regard bas, profondément agacée par son attitude dédaigneuse… et par cette sensation nouvellement ancrée en moi : je l'ai désiré, *lui*. Mais bien sûr qu'il est attirant avec sa foutue perfection divine ! Elle n'avait rien d'autre à faire, cette ménade ? Plutôt que de contrôler mon esprit ?

— Deimos parle comme il l'a toujours voulu.

La voix m'arrête. Je lève les yeux, une jeune femme se tient debout, près de moi, dans l'allée de la maison. Ses longs cheveux bruns sont noués en un chignon lâche grâce à un ruban. Elle porte un péplos blanc, retenu aux épaules par deux broches et maintenu sous la poitrine par une ceinture en bronze. Un collier de grosses perles rondes en or pare sa gorge. Elle semble sortir tout droit de l'Antiquité sans s'inquiéter de se retrouver là, sur un campus américain moderne.

— Il ne pourrait pas s'adresser à toi autrement, ajoute-t-elle d'un ton égal.

Ses iris sont aussi verts que l'émeraude et son sourire un peu étrange. Elle est là, mais semble aussi ailleurs. Je ne saurai pas comment l'expliquer.

— Qui êtes-vous ? demandé-je, à la fois plus détendue et aux aguets.

Elle passe lentement ses doigts sur son collier en m'étudiant avec un certain intérêt.

— Harmonie. La petite sœur de Deimos.

— Oh.

Il a bien évoqué des frères, mais jamais de sœur.

— Et que faites-vous là ?

— Je voulais voir à quoi tu ressemblais. Zeus m'a offerte, moi aussi, à un mortel, il y a bien longtemps. Je me demandais si tu étais faite de la même sorte.

« Offerte » ? Est-ce qu'elle croit que Deimos m'est offert ? J'ai plutôt l'impression que c'est Deimos qui m'a achetée… Et d'ailleurs, c'est quoi cette habitude de Zeus de marchander ses propres petits-enfants ? Est-ce qu'en plus la sœur de Deimos ne serait pas en train de me menacer ?

— Qu'est-ce que ça veut dire, « de la même sorte » ? lancé-je, sur mes gardes.

Sans me quitter des yeux, Harmonie fait quelques pas et sa tête se met à onduler de gauche à droite avec une lenteur inquiétante. On dirait un reptile qui repère sa proie.

— Cadmos n'était pas l'homme que je désirais. J'étais réticente. Et je ne suis pas sûre que mon frère soit consentant à son tour.

— Votre frère m'a choisie.

Il ne manquerait plus qu'il soit réticent !

— Parce que tu n'as pas de pouvoirs. Les sorcières sont dangereuses.

Je dodeline de la tête. Je commence à connaître la chanson.

— Quel genre d'épouse vas-tu être pour lui ?

Ça ne me frappe qu'à cet instant. Elle tente de percer mes intentions envers son frère, en fait ? Je la voyais comme une déesse malveillante, mais est-ce qu'elle ne chercherait pas tout simplement à protéger Deimos ? Toute ma tension s'affaisse. Je croise les bras en souriant. Ça la met aussitôt mal à l'aise.

— Vous me demandez vraiment si mes intentions envers votre terrifiant grand frère sont honorables ? C'est adorable, vous savez ?

Harmonie se crispe, les doigts triturant son collier.

— Il n'y a rien d'adorable à vouloir protéger ses frères ! rejette-t-elle.

— Hum, votre frère fait deux mètres et il est la terreur incarnée, je ne suis pas sûre qu'il soit en danger avec moi, une sorcière sans dons d'un mètre douze. C'est mignon de penser le contraire.

Harmonie se raidit, les bras le long du corps. On dirait moi, face à mes deux grandes sœurs qui me chercheraient. Je crois que je sais enfin ce que ça fait d'être de l'autre côté !

— Deimos ne sait pas encore ce qui est bon pour lui ! me renvoie-t-elle nerveusement. Et il ne mesure pas deux mètres. Et toi, tu ne fais pas un mètre douze.

Comme son frère, elle a du mal avec le second degré. Ça la rend encore plus chou.

— Je ne m'inquiète pas de tous mes frères de cette manière. Éros et Antéros n'ont pas besoin de moi ! Mais Deimos et Phobos…

Ils sont quatre ? Je devrais plutôt en profiter pour poser des questions constructives à Harmonie, au lieu de la taquiner. Je m'apprête à me lancer quand, alors qu'elle semble troublée par mes paroles, elle tend les bras devant elle et deux serpents jaillissent brusquement d'elle. Je sursaute et m'emmêle les pieds tout en reculant. Son visage s'est transformé : il ne reflète plus que de la rage et ses yeux brillent de fureur. Un hurlement s'enraye au fond de ma gorge. Je veux m'enfuir mais je suis interrompue par un désordre bruyant derrière moi : les portes de la maison Alpha-Oméga s'ouvrent et l'ensemble des étudiants qui s'y trouvaient se précipitent à l'extérieur.

Tous poussent des cris et déguerpissent comme des volées de moineaux. J'aperçois à peine Madeline et Rachel, main dans la main, courir sans se retourner. J'ai l'impression d'être au milieu d'une nuée d'oiseaux qui se dissipe aussi rapidement qu'elle est apparue.

Lorsque le calme revient, Deimos s'extrait de la maison à son tour, calmement, le col du tee-shirt de la DJ coincé dans son poing. Il la traîne au bas des marches alors qu'elle tente de se libérer tout en grommelant des malédictions. Mais il en faut bien plus pour inquiéter le dieu de la terreur ! Il affiche même – et enfin – un large sourire que je trouve bien cruel. Je ne l'avais pas encore vu à ce point satisfait, et c'est tout autant effrayant que sa bouche droite et inexpressive.

La chouette dorée a repris sa forme féminine et talonne Deimos.

— Il y avait peut-être une façon d'agir plus discrète, sermonne Athéna.

— Personne ne m'a vu, je n'ai fait qu'inspirer la terreur sans la montrer, réplique Deimos. J'ai la ménade, c'est le principal.

Athéna secoue la tête avant de tourner son regard argenté vers nous. Elle jauge la situation en un quart de seconde.

— Harmonie, chérie, range tes serpents.

Les deux reptiles retournent à leur maîtresse, s'enroulent autour de ses bras et disparaissent sous sa peau. Je reste figée de peur devant ce spectacle. Pas si adorable que ça, la sœur de Deimos. Elle a l'air complètement folle !

— Que fais-tu ici ? lui demande Deimos.

— J'ai entendu Mère et Père parler de ton union avec une mortelle.

Deimos acquiesce en laissant échapper l'un de ses grognements graves et éraillés.

— Rentre, je t'en reparlerai.

Harmonie disparaît sans discuter.

— Oudaïos, Chthonios ! appelle Deimos.

Deux ombres s'extirpent du sol, deux silhouettes casquées, revêtues d'une tunique et d'une cuirasse dont on peut vaguement distinguer le relief, un glaive à la main pour l'une, une lance pour l'autre. Elles s'inclinent devant les dieux avec un profond respect avant de saisir les bras de la ménade.

— Ramenez-la au Siège, ordonne mon fiancé.

Les deux ombres s'enfoncent dans le sol avec la créature qui ne pipe mot.

Une fois que nous sommes seuls, Athéna se tourne vers moi.

— Si je me permets de faire la leçon à mon neveu, tu penses bien que je te la ferai aussi, me lance-t-elle sur un ton autoritaire impressionnant.

Elle fait sans doute référence à Jonas, mais j'étais sous l'emprise d'une ménade ! Enfin, oui et non. Je ne cache pas mon attirance pour lui non plus. Attirance que je dois enterrer six pieds sous terre. Alors je hoche la tête sans protester. Ça n'est jamais bon de se dresser contre Athéna, les mythes l'ont tous dit et répété.

— Oui, madame.

Athéna semble apprécier ma réponse.

— Alors je vous laisse pour ce soir.

La chouette reprend sa forme et se pose sur l'épaule de Deimos en sentinelle.

Il ne reste plus que nous deux. Je me rends compte que tous mes muscles sont à nouveau fébriles et contractés. J'ai peur, j'ai froid, j'en ai assez. Ce devait être une soirée détendue et ça a viré au désastre.

Deimos allonge le bras en direction de la maison, mon manteau et mon écharpe bondissent tout seuls dans sa main. Je fais un pas vers lui pour les lui prendre sans attendre qu'il me les offre. Je m'emmitoufle en espérant un peu de réconfort dans la chaleur de la laine.

— Je vais rentrer, bonne soirée, lancé-je avant de m'éloigner.

— Attends.

Je ralentis avant de m'arrêter. J'ai des scrupules. S'il n'avait pas été là, je ne sais pas comment la soirée aurait réellement tourné avec une ménade dans les parages. J'aurais peut-être juste couché avec Jonas sans vraiment le vouloir. Mais avec Deimos, je dois me confronter à sa terreur et son mutisme, à sa sœur et ses serpents, et à Athéna qui me surveille. Je m'en passerais bien. Ma vie n'est peut-être pas incroyable, mais j'avais fini par trouver du sens dans un quotidien paisible ici.

— Quoi ?

— Viens chez moi, demain, requiert-il.

— Chez vous ?

Je retiens un « pour quoi faire ? » qui n'avait servi à rien lorsqu'il s'était invité ici.

— Tu ne sais pas comment je vis.

Sincèrement, je ne suis pas sûre que ça m'aide à mieux accepter ce mariage. Mais l'idée vient de lui, une nouvelle fois. Il essaie peut-être, à sa manière, de me faire découvrir ses habitudes.

— D'accord.

— Je passerai te prendre chez toi, décide-t-il avant de s'éclipser.

Je me mords la lèvre. Je ne sais pas encore où je vais avec tout ça, mais j'y vais.

CHAPITRE V

« Une hallucination collective s'est emparée du campus de Springfall », a titré le journal local de la ville. Mes amis ne se l'expliquent pas. Ils ont le souvenir d'avoir ressenti une terreur innommable, qui les a secoués au plus profond de leur âme et les a fait courir sur le campus jusqu'à en perdre haleine. Ils se sont réveillés au petit matin, transis de froid, désorientés et éparpillés. L'infirmerie a été prise d'assaut, mais personne n'a pu conclure à quoi que ce soit.

Sauf moi.

Ils venaient tout simplement de rencontrer mon promis.

Promis qui vient d'apparaître sous mes yeux, dans ma chambre, l'après-midi prenant fin. J'aurais dû lui demander une heure précise, je n'y ai pas pensé hier soir.

— Tu es prête ? me demande sans préambule Deimos, vêtu du même caban que la veille.

— On va faire quoi au juste ? La nuit est en train de tomber. Une soirée pyjama ?

— Je ne porte pas de pyjama, se contente-t-il de dire en haussant les épaules.

Mes joues s'enflamment automatiquement. Probablement un effet secondaire à mon délire de la nuit dernière. J'aurais bien envie de creuser un peu plus la question mais je ne suis pas sûre que ce soit très judicieux. D'autant plus en croisant le regard acéré de la petite chouette dorée, posée sur son épaule. Il faut vraiment que j'arrête avec ces pensées tordues !

— Je suis prête, oui.

— Bien, allons-y.

Il fait un pas vers moi, me saisit la taille et nous téléporte. En un clignement de paupières, je me retrouve dans un tout autre environnement : une sorte de gigantesque duplex dans un ancien atelier de l'ère industrielle, avec d'immenses baies vitrées qui couvrent toute la surface des murs. Je ne sens même pas l'instant où Deimos me relâche, je suis bien trop captivée par la vue ! Toute la ville de New York s'étale sous mes yeux, alors que le soleil couchant tape dans les gratte-ciel qui nous entourent. Je m'approche et me colle à la vitre.

— Incroyable…

Je n'avais jamais mis les pieds à New York. Je ne suis même jamais sortie de Springfall, en fait. Cet endroit est un cocon pour la communauté. Nos ancêtres déjà étaient d'une extrême sédentarité. Seule Médée la Première a réellement voyagé, au côté de Jason, dans sa quête de la Toison d'or. Par amour, elle a quitté sa famille et a suivi le héros. Et parce que Zeus a voulu la séduire, Jason l'a répudiée, profitant de cet « écart » pour accepter une femme plus jeune en mariage, même si Médée s'était refusée au maître des dieux. Elle a fui son époux avec ses deux enfants et s'est installée auprès de sa tante Circé, sur son île, loin de tout. Les humains n'ont retenu qu'une version altérée de l'histoire, transformant injustement Médée en meurtrière de ses propres enfants, justifiant ainsi leur disparition.

Ça ne m'étonne pas de Zeus, de s'être installé ici. Cette ville est à l'image de sa démesure et de sa volonté d'afficher tout son pouvoir. Ce qui m'inquiète un peu plus, c'est que mon fiancé soit si bien installé dans son sillage.

— Toute votre famille vit ici ? interrogé-je en jetant un autre œil sur son intérieur.

Que des meubles en métal. Pas de bois. Pas de chaleur. Même la longue banquette posée au milieu de la pièce, en cuir noir, semble glaciale. Pas de dossier, pas de coussins, encore moins de plaids, ce n'est pas là que l'on se pelotonne devant un film.

Bon sang. C'est là que je vais vivre. Dans cet espace vaste et vide. Aucun vase, aucune plante, aucune décoration, aucun fruit, pas de vaisselle en évidence, une odeur de… de neuf, en fait. On dirait un appartement-témoin pour quelqu'un qui ne souhaite même pas y vivre.

— Non, finit-il par répondre en descendant l'escalier en acier.

Il s'est changé, il a enfilé un pull noir et un blouson. Il s'immobilise au milieu de son duplex, seul dans son vide, et me provoque par la même occasion une bouffée d'angoisse étouffante.

— Mes parents, mes frères et ma sœur vivent à Cythère, en Grèce, ajoute-t-il.

Je commence à croire mes guides lorsqu'elles supposaient que Zeus avait choisi Deimos pour nous humilier. J'aurais préféré épouser Éros et me retrouver à Cythère, au bord de la mer, avec le dieu de l'amour !

— Pourquoi vous ne vivez pas là-bas, vous ? grogné-je, découragée.

— Tous les dieux ne vivent heureusement pas au même endroit, réplique-t-il en se rapprochant de moi. Je ne supporterais de toute façon pas mes parents ni mes frères et leurs mauvaises habitudes.

Un sourire amusé m'échappe. Je pense la même chose avec ma mère et mes sœurs. Je les adore, mais vivre à nouveau sous leur toit, j'en serais incapable.

— Je comprends ça.

Je laisse à nouveau mon regard se perdre dans la forêt de gratte-ciel. Bon, il ne porte pas tellement les siens dans son cœur – si toutefois, il en a un. On ne peut pas dire que les deux mots qu'il a échangés avec sa sœur hier soir comptent pour grand-chose. Donc, avec la plus grande des curiosités, je tente une nouvelle question :

— Vous avez un préféré dans votre famille ?

Je perçois très bien le petit regard en coin qu'il me jette.

— Moi, si je mets de côté ma mère et mes sœurs, ce serait tante Zelda.

— La folle qui fait du gin à abattre les satyres ?

Un rire jaillit de ma gorge. Je ne m'attendais pas moi-même à réagir comme ça ! Mais il a si bien cerné le personnage et sa production d'alcool maison que c'est plus fort que moi. C'est, en plus et surtout, dit avec une pointe d'humour que je désespérais voir un jour chez lui.

— Elle-même, oui. Et elle n'est pas si folle, elle est juste… originale.

Il se contente de son fameux « mmh » grave qui me twiste à chaque fois la colonne vertébrale.

— Je dirais que j'en ai deux : Athéna et Hadès.

Et pas Zeus ? Pourquoi vit-il et travaille-t-il auprès de lui alors ? Bon, Athéna, je veux bien, mais Hadès ? Vraiment ?

— Et pourquoi vous ne vivez pas auprès d'Hadès alors ?

— Parce qu'Hadès vit auprès de Perséphone.

J'écarquille les yeux d'incompréhension. C'est quoi cette raison sibylline ?

— Si je ne vis pas auprès d'Arès et d'Aphrodite, ce n'est pas pour vivre auprès d'Hadès et de Perséphone, ajoute-t-il en remarquant probablement ma perplexité. En plus, Hadès et Perséphone vivent six mois aux Enfers et six mois dans leur palais en Sicile.

Il ponctue sa phrase d'une grimace. Et j'ai comme l'impression que c'est le palais sicilien qui le rebute. Alors que moi, ça me ferait plutôt rêver.

— Ils sont trop heureux pour vous ?

— On peut dire ça, oui, grommelle-t-il à voix basse.

Parfait ! Le bonheur, c'est nul.

Je regarde à nouveau autour de moi en me disant que je ferai mieux de ne plus prêter vraiment attention à sa façon de penser si je ne veux pas broyer plus de noir. Mais je n'arrive pas à ne pas poser une dernière question périlleuse :

— Est-ce qu'on va vivre ici… ?

Impossible de dire « nous ». Qu'est-ce que signifierait ce « nous » bancal et forcé, de toute façon ?

Deimos ne me répond pas dans l'immédiat. Il m'observe et j'évite avec un soin particulier son œil bleu et son œil noir, de peur de ressentir sa terreur. J'avoue que cette forte impression qu'il me faisait au départ s'est tassée. Heureusement.

— Non. Tu n'aimes pas cet endroit, affirme-t-il sans hésiter.

— Oh, euh, non, ça ne manque pas de charme, quand on regarde bien, bredouillé-je, confuse d'être aussi transparente.

— Je passe plus de temps au Siège qu'ici, semble vouloir expliquer Deimos avant de se diriger vers la porte.

Je le suis précipitamment.

— Nous ne restons pas ?

— Non, j'avais seulement besoin de me changer. On doit passer au Siège, puis je t'emmène boire un verre.

Son invitation me laisse pantoise. Passer au Siège et boire un verre… Alors ça, c'est imprévisible ! Son ton est si égal que je doute même du sens qu'il y accorde véritablement. Je le suis sans commenter. Il m'entraîne dans le couloir, jusqu'à l'ascenseur.

— On ne se téléporte pas ? m'étonné-je alors qu'on attend patiemment la cage.

— C'est à deux pas, je vais me déplacer comme toi.

Rho je souris encore ! Il faut que j'arrête ça ! Est-ce qu'il essaie de faire des efforts ? On dirait bien ! On pénètre dans l'ascenseur et je me laisse porter. J'ai hâte de voir le fameux Siège. Je ne sais pas grand-chose de leur univers actuel, mais je sais que Zeus a effectivement installé sa cour en plein cœur de New York. Deimos tourne à gauche et je trottine derrière lui. Est-ce que c'est une sorte de premier rendez-vous ? « Boire un verre », ça se pourrait, non ? Je n'en ai jamais eu encore, de premier rendez-vous. Et je suis sapée comme tous les jours, avec un jean et un pull ample. Il aurait pu me prévenir !

Oh là là, la nervosité me gagne ! Mais je n'ai aucune raison de me sentir nerveuse. Non, non, je ne peux pas l'être alors que je vais seulement « boire un verre » avec mon fiancé. C'est déjà dans la poche, de base. On n'a pas besoin de se séduire. Mais qu'est-ce que ça veut dire alors, « boire un verre » ? Qu'est-ce qu'il a dans la tête ? Peut-être que ça ne signifie pas du tout la même chose pour lui.

J'en suis à ce stade de mon questionnement quand je lui rentre dedans, n'ayant pas remarqué qu'il s'était arrêté.

— Pardon !

— Nous sommes arrivés.

Je fais un pas de côté et lève les yeux sur le gros « OLYMPUS » en lettres lumineuses, plaqué au milieu de la haute façade de la tour. Le bâtiment est ancien, il date probablement du début du siècle dernier, mais il n'a rien perdu de sa superbe avec ses lignes art déco. La grande porte, surmontée d'appliques en bronze et d'un aigle auréolé d'éclairs, s'élève en haut d'une volée de marches en pierre.

— C'est pas un peu trop grand ? ne puis-je m'empêcher de commenter.

— Combien crois-tu qu'il y a de divinités dans notre panthéon ?

Je hausse les épaules. J'ai toujours très envie de le taquiner, en fait.

— Eh bien, il y a les Douze et leurs enfants, donc une vingtaine ?

— Plus de quatre cents.

Le problème, c'est qu'il prend rarement le train en marche. J'avais évidemment fait exprès de sous-estimer le nombre mais je ne m'attendais pas non plus à un tel chiffre.

— Bien sûr, certains vivent dans les Enfers, d'autres sur Terre, mais la majorité demeurait sur l'Olympe. Il a bien fallu palier.

Tout en haut, j'aperçois des terrasses et des oliviers. Zeus a probablement un penthouse incroyable au sommet.

— Viens, m'invite Deimos en me prenant la main.

Son contact me brouille un peu plus les idées. C'est un geste si intime de se donner la main. Et ça m'agace de me sentir chamboulée pour si peu. Ma mère avait raison, je suis complètement inexpérimentée !. J'essaie d'interpréter tout et n'importe quoi sans aucune raison ! La tête froide, il faut que je conserve la tête froide. À tout prix.

— Si tu entrais sans moi, tu verrais ce que tout mortel voit : un gardien et des portiques inaccessibles, m'explique-t-il en poussant l'une des portes.

Ah, il me prend la main pour franchir un portail en fait. Car dès que nous pénétrons dans le hall d'entrée, l'imposante Sphinge accroupie, bayant aux corneilles, nous accueille, sa queue de félin battant à gauche et à droite, et ses ailes s'étirant avant de se replier. Elle remplit littéralement l'espace sans paraître à l'étroit. Deimos ne ralentit pas alors que je traîne des pieds.

— Est-ce que c'est LA Sphinge qui a mis Œdipe à l'épreuve ? murmuré-je.

— Oui, mais ne prononce plus ce nom, devant personne, prévient-il.

— Œdipe ?

Il accélère le pas alors que le regard perçant de la Sphinge se fixe sur moi avec un grognement animal qui me fait trotter de plus belle. Nous atteignons rapidement un ascenseur et Deimos semble se détendre seulement lorsque les portes se referment. À cet instant, il me relâche la main. Je les enfonce dans mes manches en espérant que nous n'échangions pas plus de contact pour ce soir.

— Oui, cet homme-là, confirme-t-il alors. Il est l'un des descendants d'Harmonie, le sujet est encore douloureux.

Je hoche la tête, embarrassée. Ces dieux ont connu et connaissent encore toutes leurs descendances mortelles. Comme ce doit être étrange de voir cette succession d'humains vivre et mourir. Ou commettre des erreurs irréparables comme Œdipe. C'est peut-être pour ça que dans les mythes, rares sont les dieux qui s'attachent réellement à des humains. Parce qu'un jour ou l'autre, ils les regarderont périr. Je lève les yeux sur mon fiancé, est-ce que c'est suffisant pour expliquer sa froideur ? Je vais vieillir à ses côtés, mais lui, il ne changera pas. Ma vie entière tournera autour de ce mariage avec lui… Pour lui, ce ne sera qu'un court chapitre dans son immortalité. Il n'a aucune raison de s'impliquer plus.

Alors que des vertiges me saisissent la tête, les portes s'ouvrent.

L'étage ressemble à l'intérieur du duplex de Deimos : que du métal et du verre, rien de chaleureux. Un bureau trône au fond avec un fauteuil derrière et une seule chaise devant. Austérité quand tu nous tiens ! Heureusement, j'aperçois un billard et une sorte de petite cuisine sur un côté, une vasque enflammée et les deux mêmes banquettes que chez lui de l'autre. De quoi rendre le lieu de travail de mon promis un poil plus confortable. Il y a même, dans un angle, un tuyau en laiton qui descend du plafond avec une ouverture à portée de main. On dirait un système de capsules envoyées par tube pneumatique. Après tout, je ne vois pas d'ordinateur ni de téléphone pour communiquer.

— Pourquoi on passe par ici ?

— Pour prendre l'adresse du bar, dit-il en récupérant une feuille posée sur son bureau.

Je ne suis pas moi-même une accro du portable comme beaucoup de mes camarades du campus – personne dans ma communauté n'en a jamais eu besoin –, mais tout de même. Les dieux pourraient faire un effort pour suivre la technologie ! Plus personne ne note d'adresse sur un bout de papier, de nos jours !

— Je dois aussi convoquer les Semés et les Érinyes.

— Qui ?

— Nous ! répond une voix féminine rugissante.

Je pivote et tressaille devant la vision qui surgit face à moi. Les deux ombres armées de la veille sont à présent cinq, toutes avec une arme différente : une lance, un glaive, un arc, deux poignards et un trident. Et trois silhouettes féminines à la peau rouge, aux grandes ailes noires et à la chevelure brune et ondulante comme des serpents, se dressent à leurs côtés. Des sillons dorés et sombres semblent couler de leurs yeux le long de leurs joues. Elles portent toutes un bustier serré et une sorte de slim enveloppant leurs jambes fuselées. Ah, et un fouet enroulé à leur ceinture aussi.

Cette nouvelle assemblée effrayante me fixe avec un intérêt soudain.

— Qui est la mortelle ?

— Votre future maîtresse, Ella, descendante de Circé et de Médée, me présente Deimos en se tenant à nouveau près de moi.

Je ne m'attendais pas à être introduite auprès de son staff – s'il s'agit bien de cela – mais je leur fais tout de même un geste timide de la main. Les regards qu'ils me lancent sont redoutables. Ils inclinent à peine la tête en guise de salutations. J'ai plus l'habitude de croiser des nymphes des bois, près de la Clairière. Ce sont des créatures vaporeuses, faites de brise, de fleurs, de branches… Elles ont quelque chose de doux et d'attirant. Alors que la cour de mon futur époux ne m'inspire que de la révulsion.

Je tourne un air perplexe vers mon fiancé. Est-ce qu'ils vont tous nous accompagner ? Je crois que je comprends très, très mal sa conception de « boire un verre ».

— Megaira, Alecto et Tisiphone sont les trois Érinyes. Échion, Oudaïos, Chthonios, Hypérénor et Péloros sont les cinq Semés, m'expose-t-il alors. Tu t'en souviendras ? Ou est-ce qu'il y aura un Dormeur ?

OK. C'est là que je déchante. Ou que je ris. Ce type est indéchiffrable, de toute façon. Je crois que je vais pouffer parce qu'il a l'air de guetter ma réaction et que je n'ai retenu aucun nom.

— Disons plutôt huit Dormeurs.

Oh ! Il sourit ! Pour de vrai ! Avec la petite fossette sur la joue gauche !

Oh par toutes les nymphes de la Terre, son sourire est super sexy, en fait…

Je déglutis et me détourne vite de ce spectacle déconcertant.

— Elle ne peut pas venir avec nous dans cette tenue, reprend l'une des Érinyes.

— Qu'est-ce qu'elle a, ma tenue ? grommelé-je.

Soit, elle ne convient pas à un premier rendez-vous, mais pour une sortie en groupe avec des ombres et des créatures ailées infernales, elle passe !

— Tu as raison, Alecto, confirme ce traître de fiancé.

Je consulte la petite chouette d'un regard, elle ne bronche pas.

— Rhapso ! appelle Deimos.

Une petite déesse à la chevelure châtain soigneusement nattée, aux lunettes rondes et entièrement vêtue de noir, fait son apparition.

— Deimos ! Je suis en plein travail, crois-tu que l'on fabrique un habit de mariage en claquant des doigts ? lance-t-elle en joignant le geste à la parole.

Elle porte un bracelet porte-épingles rouge à son poignet et un mètre autour du cou. Donc, Rhapso est la divinité de la couture ? Ça existe, ça ? Elle tourne son regard vers moi et s'exalte toute seule.

— Est-ce que c'est elle ?! La fameuse Fiancée de la Terreur ! Oh Deimos ! Elle est comme tu me l'as décrite ! se réjouit-elle, en plaquant ses mains sur ses joues.

Je sens mon pouls s'emballer. « Fiancée de la Terreur », je ne sais pas si j'approuve. Mais comment a-t-il pu me décrire aux siens, au juste ?

— Et qu'est-ce qu'il a dit ?

— Deux mots ! Rousse…

Mes épaules s'affaissent toutes seules. Bon sang, c'est toujours la première chose que le monde entier remarque en me regardant !

— Et jolie.

Un afflux de sang fait bouillir soudainement mes joues.

— Rhapso, grogne Deimos, probablement aussi gêné que moi.

— Rho très bien, râle la déesse. Il a dit trois mots : rousse, sans dons.

La correction me frappe comme une gifle. Que pouvais-je bien attendre d'autre de la part de la Terreur ? Il n'est là que pour me mépriser.

— Mais moi, je te trouve trop jolie, reprend Rhapso, les mains serrées près du cœur. Athéna est en train de tisser ton voile, tu seras parfaite le grand jour, tu verras !

— Rhapso, j'ai besoin d'une tenue pour Ella, interrompt Deimos. On fait une descente dans un bar clandestin, elle doit passer inaperçue avec moi.

Alors que je déchante définitivement, Rhapso pose une main sur sa taille et se tapote le menton de l'autre tout en m'observant.

— Tu as de belles proportions, c'est dommage que tu les caches, note-t-elle.

Je m'habille large, c'est vrai. J'ai envie qu'on me remarque mais je n'aime pas être le centre de l'attention. C'est paradoxal, en vérité. Ou alors c'est la conséquence de ma vie « sans dons », je passe inaperçue au milieu des miennes depuis tant d'années.

Je me sens rembrunie au point de ne pas chercher à répondre à Rhapso. Mais ça ne la décourage pas. Elle claque des doigts et un frisson glacial me parcourt. Toute ma tenue s'envole et est remplacée par une autre en une fraction de seconde. Je me retrouve avec un bustier noir proche de celui des Érinyes, une jupe en cuir très courte et des bottes lacées montantes.

Pas du tout mon genre !

— Je sais, je sais, semble me concéder Rhapso. Mais crois-moi, avec la bande qui t'entoure, c'est le mieux que je puisse faire.

Je serre les poings, de plus en plus agacée.

— Je croyais que vous ne pouviez pas créer de vêtement en claquant des doigts.

Rhapso se met à rire en battant l'air de ses mains.

— Je ne peux pas « créer », mais je peux « habiller » d'un claquement de doigts, rectifie-t-elle. J'ai pioché dans le dressing des Érinyes.

De mieux en mieux.

Rhapso se tourne ensuite vers le dieu de la terreur.

— Deimos, ton style est impeccable. Ne change rien, dit-elle avant de faire demi-tour. Megaira, Alecto et Tisiphone, votre goût est discutable mais il vous va à ravir !

Les trois créatures ailées gloussent, visiblement touchées par un compliment en demi-teinte. Rhapso marque enfin un arrêt devant les cinq ombres qui n'ont pas dit un mot jusque-là.

— Les Semés, si jamais vous avez envie d'un rafraîchissement, n'hésitez pas à passer dans mon atelier, trente-deuxième étage. Les cuirasses ne sont plus d'actualité depuis longtemps, les gars. Il faut suivre un peu ! Je vous fais confiance !

Les cinq ombres se consultent, l'air perdu, alors que Rhapso s'éclipse.

— Nous y allons, maître ? interroge l'une des Érinyes.

— Rejoignez-nous à l'angle de la Dixième Avenue et de la 42e Rue. Restez en sous-terrain, je vous ferai signe pour intervenir.

Les créatures ailées se frottent les mains à l'avance et disparaissent en s'enfonçant dans le sol avec les cinq Semés. Nous sommes à nouveau seuls, tous les deux, lui et moi.

Je ne décolère pas alors qu'il me fixe en silence.

— Je ne suis pas votre poupée que vous pouvez déshabiller et rhabiller comme ça vous chante ! m'exclamé-je avec fureur, en prenant bien soin de me caler juste sous son nez. Vous parlez d'aller « boire un verre » mais en fait vous me traînez de force dans une descente de bar clandestin ! Vous pourriez me demander mon avis !

Je m'interromps, afin de reprendre mon souffle, et j'ai l'impression que mon coup de colère se trouble en remarquant son regard intense, certes, mais surtout occupé à parcourir mes jambes et à s'attarder sur mon super décolleté pigeonnant.

La petite chouette dorée quitte aussitôt son épaule et se met à battre des ailes devant lui.

— C'est bon, Athéna, c'est bon, soupire-t-il.

Elle se pose sur son front et se penche en avant pour planter ses yeux dans les siens.

— Je n'ai pas de pensées impures, soutient-il plus fermement.

C'est juste ma tenue super vulgaire, ça ferait loucher n'importe qui et ça me met d'autant plus mal à l'aise. La chouette reprend sa place mais garde son air incisif.

— Je te fais seulement observer un pan de ma vie, reprend plus calmement Deimos en me tendant la main. Ici, c'est mon lieu de travail, là où je passe la plupart de mon temps. Et le bar clandestin où nous nous rendons, c'est l'une des conséquences de l'inaccessibilité de l'Olympe.

Son rappel sévère me fait sentir penaude malgré moi. Les sorcières avaient de très bonnes raisons de bannir les dieux de l'Olympe, et en plus, je suis bien la dernière à qui il faut reprocher quoi que ce soit ! Moi, la sorcière inoffensive, je n'y peux vraiment rien !

Je tasse mon ressenti. Il a aussi raison, quelque part. Il me montre son quotidien, qu'il me plaise ou non. Je prends sa main, il m'attire à lui et on se téléporte sans un mot de plus.

*

Le bar clandestin ressemble à n'importe lequel du monde des humains : au fond d'une pizzeria qui ne paie pas de mine, il y a une porte dérobée qui ouvre sur un escalier, puis une vaste cave réaménagée, avec un comptoir et des tables éparpillées, une lumière tamisée, de la musique de fond et de l'alcool à foison. Malheureusement pour moi, je me retrouve avec une limonade – parce que mon idiot de fiancé respecte la loi à la lettre. Lui, il sirote attentivement un whisky.

Nous buvons donc un verre, assis à une table haute.

— En quoi cet endroit est un problème ? demandé-je au bout d'un moment.

Il y a peu de monde, certes, mais je ne vois rien d'étrange, à part des humains qui travaillent et d'autres qui s'installent aux tables pour se détendre, probablement en *before* avant de trouver un club pour la nuit. Je dois bien reconnaître une chose : ma tenue est adéquate.

— Les propriétaires sont des satyres, m'explique-t-il à voix basse. Ils m'ont aperçu, là-bas.

Il me désigne discrètement deux personnes, à l'autre bout du bar, qui discutent, penchées l'une vers l'autre.

— Ils ont l'air tout à fait normaux. À part leur bonnet, qu'ils portent à l'intérieur.

— Pour cacher leurs cornes.

— Oh. Mais ils ont des pattes de chèvre aussi ?

— De bouc, oui. Ils les cachent lorsqu'ils sont au milieu des mortels.

Je hoche la tête avec l'impression d'être dans un film. Une part de moi a envie de s'amuser de la situation inédite dans laquelle je me trouve : avec un dieu, dans un bar, pour surveiller des satyres. Je n'aurais pas pu l'inventer moi-même !

— Et qu'est-ce qu'ils ont fait de mal ?

— On les soupçonne de vendre du Nectar divin aux mortels, ce qui est formellement interdit, m'indique Deimos en resserrant son verre dans sa main.

— Pourquoi ?

— Les sensations et l'accoutumance sont trop fortes pour les humains. C'est comme une drogue dure. Qui ressemble à une grappa au miel et à la rose.

OK, l'intrigue s'étoffe ! Je pose mes deux coudes sur la table et mon menton au creux de mes mains.

— Qu'est-ce qu'on fait maintenant, inspecteur ?

Deimos me jette un regard suspicieux, surmonté d'un haussement de sourcil.

— Vous êtes comme la police, non ?

— Je ne réponds qu'à la loi de Zeus, me corrige-t-il aussitôt.

J'acquiesce, pas du tout surprise. Mais puisque nous sommes attablés tous les deux, autant en profiter.

— Pourquoi travaillez-vous pour Zeus ? Loin de toute votre famille.

Son visage se fige. Je crois qu'il hésite.

— Parce que je lui suis redevable, prononce-t-il froidement.

Je n'ose pas lui dire que ça a l'air grave. Devoir quelque chose à Zeus, maître manipulateur et vindicatif de l'Olympe… rien que l'idée me fiche des frissons. Je pensais que c'était un arrangement familial. Apparemment, il y a plus.

— Ella, reprend-il d'une voix de plus en plus grave. Rhapso a raison sur un point.

Il marque une pause alors que je suis pendue à ses lèvres. Rhapso ne manque pas de bon sens, pour ce que j'en ai vu. Mais quel point Deimos a-t-il besoin d'approuver, au juste ?

— Seigneur Deimos ! nous interrompt l'un des satyres en s'approchant de notre table.

Ses sabots et ses pattes de bouc, chaussées dans des boots épaisses, expliquent probablement sa démarche curieuse. Mais ses traits ne révèlent en rien sa nature. Peut-être qu'en détaillant bien son bonnet noir, on pourrait apercevoir les deux petites pointes de ses cornes.

— Quel honneur de te voir ici, dans notre humble troquet.

Il courbe son échine devant Deimos, au point de toucher ses genoux.

— Et en compagnie d'une empousa !

Une quoi ?

Ni une ni deux, Deimos lui saisit la gorge et le ramène à lui avec une brutalité inattendue.

— Surveille tes paroles, satyre ! siffle-t-il en émettant une onde effrayante que je n'avais pas encore ressentie aujourd'hui.

— Pardon, seigneur ! parvient à dire la créature, les doigts crispés.

— Tu t'adresses à ma fiancée, ne lui manque pas de respect !

Craignant d'attirer l'attention sur nous, j'attrape l'épaule de Deimos en espérant qu'il lâche prise. Tous ses muscles sont tendus à l'extrême.

— Arrêtez ! Les clients vont vous voir !

Il repousse le satyre d'un geste.

— Pardonne-moi, Fiancée de la Terreur, je l'ignorais, halète-t-il en reculant. On vous offre le champagne, pour célébrer vos fiançailles !

Et il s'éloigne plus rapidement qu'il n'était arrivé. Deimos se rassoit calmement alors que ma nervosité est revenue au galop et me frappe les tempes. En plus d'être froid, pratiquement dénué d'humour, d'une sévérité à toute épreuve, mon fiancé est aussi un sanguin.

— C'est comme ça que vous intervenez sur le terrain ?

— Maintenant que je lui ai fait peur, il va commettre une erreur.

— Ou vous pourriez l'interroger directement, au lieu de l'effrayer.

— Je suis la Terreur, Ella, me rétorque-t-il.

Je pousse un soupir sans pouvoir m'empêcher d'aller plus loin.

— Et moi, une empousa ?

— Ne dis pas ça.

J'attends de plus amples explications, mais rien.

— Pourquoi ? Qu'est-ce que c'est ?

— De très anciennes démones au service d'Hécate, elles n'existent plus aujourd'hui. Mais le terme est resté pour injurier les sorcières.

Je me raidis.

— Donc, vous avez pris ma défense ? hésité-je, surprise.

— Tu es ma fiancée, c'est aussi moi que l'on insulte.

Ah oui, voilà, c'est plus crédible.

— Viens, dit-il rapidement en se levant.

Il m'attrape la main et m'entraîne avec lui dans la salle du bar qui se remplit petit à petit. Préoccupée par sa brusquerie, je n'avais pas fait attention à un détail : les deux satyres viennent de disparaître à travers une petite porte de service. On s'y faufile à notre tour et on se retrouve dans un couloir peu éclairé, ouvrant sur deux portes. La première, vitrée, donne sur un bureau vide, mais aux lumières allumées. La seconde est entrouverte et plusieurs voix retentissent à l'intérieur. Deimos jette un œil dans l'entrebâillement avant de s'accroupir. Je suis son mouvement, prise malgré moi dans l'action. Là, c'est vraiment comme dans un thriller policier ! Il pousse lentement le battant, suffisamment pour nous permettre de passer sans nous faire remarquer. La salle est grande, c'est là que sont entreposées toutes les réserves du bar. Des caisses et des fûts nous couvrent assez pour que nous trouvions refuge debout, derrière une étagère pleine de cartons. La pénombre règne et nous masque d'autant plus. Cinq ou six satyres discutent au centre, tous fébriles, chuchotant mais sans pouvoir retenir des exclamations de panique. L'un d'eux désigne une caisse remplie de bouteilles dont le liquide, transparent, semble scintiller de loin. Probablement le fameux Nectar divin.

Deimos me plaque fermement contre lui, son attention entièrement portée sur les bribes de conversation que nous pouvons capter d'ici. Mon corps se tend fiévreusement. Entre son odeur de bois brûlant, la dureté de son torse et la chaleur qui émane de lui, je me sens à nouveau partir dans des pensées qu'Athéna va condamner. La minuscule chouette, pour passer inaperçue, s'est épinglée sur le blouson de Deimos. Je ne peux peut-être pas la voir, mais je sais qu'elle va me juger illico ! Alors, alors. Changeons-nous les idées… Son habitat de base est terrible, mais je pourrais rajouter des plantes là où nous vivrons. Et arrêter d'avoir les jambes tremblotantes dès que mon nez se retrouvera contre sa poitrine comme ça. Et son bras au creux de mes reins, on en parle ?

Hop hop hop ! Pas de pensées tordues, on a dit ! Si en plus ce qui l'excite, ce sont les mini-jupes et les bottes en cuir, on est mal barrés. Un mufle. Un mufle, un mufle, un mufle ! Un mufle musclé, bon sang ! C'est quoi ces abdos béton ? Ma main s'est retrouvée pile dessus par accident, pas pu m'empêcher de « toucher »… c'est agréable, de se peloter contre quelqu'un. Sans danser, sans personne d'autre. Juste ça.

La mini chouette débarque sur le dos de ma main et se met à me toiser comme une gardienne de prison.

OK, OK. Je me décolle un peu du dieu physiquement très – trop – attirant.

— Rhapso a raison sur quel point ? murmuré-je avec curiosité. Vous n'avez pas eu le temps de me le dire.

Deimos, qui ne doit certainement pas ressentir le même trouble que moi à cet instant, met quelques secondes à répondre.

— Je te trouve jolie, moi aussi.

… ça n'aide pas du tout mon coup de chaud, ça ! Ma gorge se noue, mon ventre pétille, et mes joues crament. Ce n'est qu'un jugement physique, soit, mais est-ce que par le plus grand des hasards, je viens de réussir à percer un tout petit peu sa carapace ? Parce qu'il passe tout de même du « tu n'es qu'une vierge inoffensive » à « tu es plus que cela ».

Mon pouls se déchaîne.

— Arrête ça, dit-il.

Facile à dire ! J'étais chamboulée physiquement et me voilà maintenant chamboulée émotionnellement !

— Arrête de briller.

Je suis brillante aussi ? Tout doux, dieu de la terreur !

Minute. Ce sont mes mains qui luisent comme ça ?

— Qu'est-ce que…

— Arrête, Ella, ils n'ont toujours pas donné le nom de leur fournisseur. Ce n'est pas le moment de se faire repérer.

Je me détache du radiateur divin, ahurie. Par Hécate ! Je luis ! Mais qu'est-ce qui m'arrive ?

Un bruit de verre brisé me fait sursauter.

— On est découverts, grogne Deimos. Érinyes, Semés, avec moi !

Des cartons et des bouteilles se mettent à voler à travers la pièce alors que les satyres poussent des cris et tentent de s'enfuir, soudainement confrontés aux créatures ailées et aux ombres qui jaillissent du sol. Deimos me repousse contre le mur.

— Ne bouge pas ! me somme-t-il d'une voix rude.

Je n'en ai pas très envie, à la base. Mais il ne me laisse même pas le temps de le lui préciser.

Sa taille double subitement. Les contours de son corps se brouillent.

Mon cœur manque un battement. Deimos est en train de changer de forme. Et il ne devient pas un chien-loup grincheux au poil si doux qu'on ne veut que le caresser. Non. Il devient autre chose. Quelque chose qui me paralyse.

Une ombre gigantesque, sombre, opaque, monstrueuse. Un néant avec deux yeux jaunes.

Une pure Terreur.

CHAPITRE VI

Je fuis à toute vitesse. Sans me retourner, sans réfléchir. Mon instinct le plus primitif, celui de la survie, ne me commande que cela : courir.

Je bouscule les clients du bar sans m'excuser, grimpe les marches de l'escalier quatre par quatre, enfonce la porte dérobée, fais tomber une pile de cartons de pizza et me retrouve dehors. Machinalement, je traverse la rue, j'évite une voiture qui klaxonne brusquement, je file sur le trottoir et cours. Des images atroces m'encombrent la tête. L'obscurité que je craignais, enfant. L'enterrement de mon père, décédé comme ça, un matin. L'isolement le plus profond que j'ai subi, la solitude, la longue attente. Ce rôle d'observatrice que j'avais fini par accepter et que je regrette aujourd'hui. Tout ce qui m'a terrorisé et me terrorise encore me submerge avec une violence extrême, comme si ma conscience adulte et réfléchie venait d'être balayée d'un revers de main.

Sans comprendre comment je suis arrivée là, je tends un billet au contrôleur et me laisse choir sur un siège libre alors que le train s'ébranle. Des flashs de panneaux indiquant la gare me reviennent à l'esprit. Mon cerveau reptilien a bien fait son travail. Il a pensé « fuir » et comme je ne conduis pas, il a suivi la première piste qui s'est présentée.

Je peine à reprendre mon souffle. Je tremble encore. Mon cœur ne se calme pas. Je comprends enfin ce qu'ont vécu mes camarades d'université hier et pourquoi ils se sont rués à l'infirmerie, désorientés. J'ai l'impression de l'être, moi aussi. Dans quel train je suis montée ? J'espère qu'il me dépose bel et bien près de Springfall.

Si je parviens à respirer un peu mieux au fil des minutes, je n'arrive pas à me calmer. Je sais que ce n'est pas passager. J'épouse cette Terreur dans une semaine ! Je ne peux pas me lier à jamais à cette sensation-là ! Toute ma poitrine se serre, j'ai envie de vomir, j'ai la tête qui tourne… Je me penche en avant et tente de me ressaisir.

Cette émotion déferlante me dépasse ! Elle est complètement irrationnelle. Je reste immobile durant une bonne heure pour contrer cet amas de craintes, et si je parviens à mettre de côté la vision d'horreur que j'ai eue dans cette cave de bar, impossible de ralentir mon cœur.

Je sors du train à l'arrêt qui me semble le plus proche de Springfall, trouve un bus pour faire le reste du chemin et commence seulement à respirer lorsque je pose un pied dans la rue principale de ma ville. Il fait nuit, les boutiques sont fermées, mais cet environnement familier me rassure tout de même. Je pourrais rentrer à pied chez ma mère, voire jusqu'au campus – la navette doit encore circuler –, mais une seule destination me semble possible à cet instant : la Clairière.

Après avoir attendu un taxi une bonne demi-heure, transie de froid dans ma tenue ridicule, je m'engage enfin sur le chemin boisé qui mène à la demeure de Circé la Grande et de Médée la Jeune. Je n'ose pas entraîner le taxi sur cette route-là, le conducteur me jetait déjà des regards suspects à cause de mon bustier et de ma mini-jupe.

Lorsque j'arrive devant la porte, ma tension grimpe à nouveau en flèche. Je pousse le battant, la chaleur du hall m'enveloppe. Personne à l'horizon. Je m'approche de la statue d'Hécate et me mets à jeter des fleurs séchées sur le feu du trépied.

— Hécate, si seulement tu étais là…

Pourrait-elle même faire quelque chose pour moi ? Non, si elle était là, il n'y aurait pas d'union aussi ridicule et dangereuse pour la pauvre fiancée sacrifiée !

— Ella ?

Circé la Grande descend les marches, surprise de me voir.

— Qu'est-ce que tu fais là ?

J'ai les lèvres qui tremblotent alors que les mots se bousculent hors de moi :

— Il faut tout annuler ! m'exclamé-je, convaincue.

La guide hausse les sourcils. Soit, elle ne devait vraiment pas s'attendre à cela si soudainement.

— Quoi ?

Les poings serrés et la détermination au top, je rugis :

— Hors de question que j'épouse ce type ! Non, non, non !

*

Circé la Grande, les cheveux détachés et les traits tendus, me fixe avec attention. Médée la Jeune l'a rejointe et partage le même air concerné. Toutes deux portent des robes amples et colorées, des tenues beaucoup plus décontractées que celles de la semaine dernière, lors de l'assemblée. Je le remarque parce que je ne me souviens pas d'avoir été souvent seule face à elles deux. Et les examiner en détail me calme après avoir raconté tout ce qu'il s'est passé à New York. Voyant mon état de panique, elles m'ont d'office conduite dans le petit salon adjacent et m'ont servie une camomille.

Je commence enfin à remonter la pente. Mais mes doigts crispés sur ma tasse m'inquiètent. Est-ce que cet état a une fin ?

— Non.

La voix de Circé la Grande me fait tressaillir.

— Hein ?

— Non, on ne peut pas tout annuler. Désolée, Ella.

Mon cœur redémarre au quart de tour. J'ouvre la bouche pour protester, mais Médée la Jeune me coupe l'herbe sous le pied.

— On ne peut pas parce que ça fait partie du plan.

Je reste focalisée sur l'impossibilité de revenir en arrière de longues secondes avant de percuter au mot « plan ».

— Quel plan ? bredouillé-je.

Les deux guides échangent un regard.

— Suis-nous.

Elles se lèvent, je pose ma tasse et nous sortons de la demeure. Je frissonne aussitôt.

— C'est quoi cette tenue ? remarque Médée la Jeune.

— Le genre de tenue qui plaît à Deimos.

— Et la tienne, elle est où ?

— Probablement dans le dressing de Rhapso, dis-je en haussant les épaules.

Médée la Jeune dessine un arc de cercle de sa main, paume face à moi.

— Un tour de passe-passe suffira alors.

Mes vêtements m'emmitouflent à nouveau, renvoyant la mini-jupe, les bottes et le bustier à leur place.

— Merci.

J'aimerais m'extasier de cette facilité – avoir ce pouvoir et s'habiller aussi rapidement le matin, je ne vois que les minutes de sommeil gagnées ! – mais je reste préoccupée. On marche à travers la Clairière avant de s'enfoncer dans les bois. Circé la Grande ralentit. Au bout d'un moment, elle s'arrête et murmure : « Révèle-toi. » Une grosse bulle apparaît, d'une surface ondulante et presque violette. Peut-être l'un de ces fameux « boucliers magiques » qui protègent la Clairière, mais en plus petit.

— Ce que tu vas voir est un secret d'initiées, me prévient Circé la Grande.

Elles me prennent les mains et on passe à travers la bulle. La forêt disparaît. Nous foulons un sol de terre battue, sans fougères ni mousse, sans troncs ni arbustes. Seul un arbre blanc à trois branches luit au centre. Pas très haut, son feuillage consiste en de nombreuses lueurs mauves qui oscillent comme des flammes. La vision est spectaculaire ! J'entends souvent parler de ces prodiges sans les voir. Le souffle coupé, je m'en approche sans oser le toucher. L'écorce, semblable à celle du bouleau, dégage une lumière presque dorée. Ça me fait immédiatement penser à ma peau qui s'est mise à luire alors que Deimos me tenait dans ses bras.

J'ignore s'il y a un lien. Et je me sens si embarrassée par ce que j'ai ressenti que je n'en ai pas parlé à nos guides, de peur qu'elles me regardent de travers, moi et mes délires de fille inexpérimentée. Car ce n'est peut-être rien de plus que ça, après tout.

— Tu as devant toi tout ce qu'il reste de notre déesse, Hécate, m'annonce Circé la Grande.

Je reste muette. Alors les sorcières gardent ce secret depuis cent ans ? Elles ont berné les dieux !

— Mais je croyais qu'elle avait été « pulvérisée » ? dis-je, incrédule.

— Zeus en est persuadé. Mais seul son corps l'a été. Nous avons pu sauver son essence en l'emprisonnant dans cet arbre.

— Son essence ?

— Tout ce qui fait d'elle une déesse, m'explique Médée la Jeune. Son âme et sa puissance sont contenues ici. C'est l'essence de Deimos que tu as vue dans la cave de ce bar. Ou du moins, que tu as *aperçue*. Son essence est encore rattachée à un corps. Si l'enveloppe n'était plus là, tu n'aurais pas survécu. Les mortels sont réduits en poussière s'ils font face à une essence pure. Nous, nos pouvoirs de sorcière nous permettent de résister.

Je hoche la tête en déglutissant. Ce que j'ai vu n'était qu'un *aperçu* ? J'espère ne jamais croiser d'essence pure, d'aucune divinité. Heureusement, j'ai l'impression que ça relève de l'impossible puisque, de ce que j'ai pu voir, les dieux ont tous une enveloppe charnelle. Sauf Hécate qui se contente d'un arbre.

Je fronce le nez, la curiosité piquée.

— Mais pourquoi vous conservez Hécate ici ? Isolée de nous ? Elle ne peut plus menacer les dieux, si ?

— Si son essence retrouvait un corps, elle le pourrait à nouveau, affirme Circé la Grande. C'est pour cela que nous la cachons.

Elle s'approche de l'arbre et touche délicatement le tronc.

— Si l'essence de Deimos est de la terreur pure, celle d'Hécate est de la magie pure.

Un sourire m'échappe. Ça a l'air si réconfortant pour mes deux guides que ça le devient pour moi aussi. Rien à craindre de cette essence-là.

Je secoue la tête. Tout cela est fascinant et plutôt apaisant, mais…

— Quel rapport avec l'impossibilité d'annuler le mariage ?

Circé la Grande reprend la parole après avoir consulté du regard Médée la Jeune.

— Les dieux ont donc diverses formes, comme tu as pu le voir. Les deux principales étant leur extrait d'essence, dirons-nous, et leur corps qui est semblable au nôtre. Mais si nous, nous avons le même sang rouge que les humains, le leur est fait d'or et confère l'immortalité à leur chair.

— C'est l'ichor ?

— Oui, l'ichor. C'est ce que nous cherchons pour rendre son corps à Hécate.

J'ai peur de comprendre…

— Approcher un dieu, au point de lui prendre de son ichor, c'est une tâche quasi impossible, poursuit Médée. Nos ancêtres et nous-mêmes avons longtemps cherché une solution.

— Aucun dieu n'aurait accepté de vous en donner ? m'étonné-je en croisant les bras.

— Après leur avoir coupé l'accès à l'Olympe ? Non, même pas les plus bienveillants. Alors, lorsqu'Athéna et Héra ont proposé une alliance pour sceller la paix, nous avons accepté le mariage de l'une de nous. Nous avons choisi et formé Méroé pour cette mission. Elle aurait enfin eu accès à un dieu qui aurait été obligé de baisser sa garde en présence de l'une de nous, d'une manière ou d'une autre.

— Deimos n'est pas si idiot que cela d'avoir choisi la seule sorcière sans dons, commente Circé la Grande avec un soupir. Je ne pense pas qu'il se doute de notre plan, mais il se méfie clairement de nous.

— À juste titre, appuie Médée la Jeune.

Puis elles se tournent toutes les deux face à moi et me fixent.

Je recule d'un pas.

— Vous… vous voulez que je prenne de l'ichor à Deimos à son insu ?

— Il va le falloir, oui. Le sort en a décidé ainsi.

— Mais… je dois l'épouser pour le bien des nôtres, pour qu'il n'y ait pas d'autres sorcières comme moi ! Pour puiser notre puissance en lui !

Je nage en plein doute. Je me vois mal trahir la raison même de notre alliance !

— Ella, le but de ce mariage a toujours été de seulement approcher l'un d'eux, de lui prendre un peu de sang et de rompre l'union. Les dieux récupéreront tout de même l'Olympe et nous retrouverons Hécate et sa magie.

Interdite, je n'ose pas formuler immédiatement ce que j'en conclus, de peur d'être déçue. Puis, d'une voix tremblante, je me lance :

— Alors, je ne vais pas passer ma vie avec Deimos ?

— Non, tu ne vas pas passer toute ta vie avec Deimos, soutient Circé la Grande. Jamais il n'a été question de puiser notre magie dans une divinité si malveillante. Il ne devrait de toute façon pas protester au moment de votre rupture, il sera lui aussi ravi de retrouver sa liberté.

Je hoche la tête, un peu perdue. Rassurée et perdue.

— Mais cette mission demeure délicate, reprend Médée la Jeune. Il ne faut pas que Deimos se rende compte de quoi que ce soit. Les dieux sont intransigeants en ce qui concerne leur ichor. Il est sacré à leurs yeux. Quelques gouttes suffiront pour incanter un sort de création de corps, mais il faut que nous trouvions encore une solution qui s'appliquera à toi, sans magie.

— Comment devait faire Méroé ? interrogé-je, le cœur battant.

— Nous n'avions pas de solution imparable. Méroé devait tester des sorts, et elle est surtout capable de se défendre au cas où.

Circé la Grande m'attrape fermement le bras.

— Nous trouverons une solution, Ella. Mais il faut que tu nous aides, que tu apprennes à connaître Deimos, ses habitudes, ses forces et surtout ses failles. Si nous lui découvrons une faiblesse, nous saurons peut-être comment agir.

La mission me semble faisable, mais la duplicité des miennes m'emplit de peur. Je ne m'attendais pas à un tel discours de leur part. Qu'est-ce que ça fait de moi ? Une manipulatrice ? Et la morale dans tout ça ? Je veux bien briser quelques règles, comme boire avant vingt et un ans, mais là, je dois tromper la personne que j'épouse.

Mes doutes doivent transparaître puisque Médée imite sa tante, se rapproche de moi et pose plus délicatement la paume de sa main sur ma joue.

— Contrairement aux humains que tu côtoies tous les jours, Deimos n'est pas un être réfléchi et « conscient ». Il n'est qu'une entité. L'incarnation de la Terreur. Tu peux te jouer de lui et lui ravir un peu d'ichor sans scrupules.

Je sais qu'elle a raison, quelque part. Mais le peu que j'ai vu de lui me trouble. Son sourire à ma blague sur les huit Dormeurs, le fait qu'il ait réussi à me trouver « jolie »... Qu'est-ce que ça veut dire ? Est-ce que ça fait partie de ses tentatives polies de se conformer à une union qu'il ne souhaite pas vraiment ? Après tout, ce ne sont que quelques gouttes de son sang, qui le libéreront lui aussi de ce mariage absurde. C'est d'ailleurs le meilleur moyen pour moi de m'en sortir indemne, tant sur le plan émotionnel que physique. Alors j'inspire et j'expire avec résolution.

— Très bien. Je le ferai.

CHAPITRE VII

C'est déjà la veille de mon mariage, je ne pensais pas que ça viendrait si vite. J'ai rendu les clés de ma chambre universitaire, Madeline en a fait de même pour s'installer avec Rachel. On s'est promis de s'appeler dès que possible et j'ai quitté le campus de Springfall. Tout au fond de moi, j'ai encore l'espoir d'y retourner. D'autant plus en sachant que ce mariage est faux, juste un plan pour rendre une forme à notre déesse tutélaire. J'ai le cœur gros, mais pas autant que je le craignais, finalement.

— Ella !

Mes deux sœurs me font des grands signes en se précipitant vers moi. On s'embrasse et on se met à déambuler dans la rue principale de Springfall, jonchée de petites boutiques et de belles maisons au bardage peint. Le but étant de faire du shopping détente avant le fameux grand jour. Et comme Circé et Méroé sont plus impliquées que moi dans mon propre mariage, elles me donnent d'elles-mêmes des nouvelles qui me passent un peu au-dessus de la tête.

— Zelda s'occupe du buffet et Hermès a prévenu que les dieux goûteraient volontiers notre cuisine, ce qui est suffisamment inédit pour le souligner, m'indique Méroé. Même si certains auront leur ration de Nectar sur eux.

— J'ai personnellement donné un coup de main pour ta robe, enchaîne Circé. Athéna et Aphrodite vont te donner un voile et une ceinture pour respecter la tradition olympienne.

— Vous parlez de cette cérémonie comme si elle était réelle, dis-je alors. Mais ce mariage est complètement illusoire.

Mes sœurs se mordillent la lèvre au même moment.

— On essaie justement de banaliser tout ça, avoue Circé.

— Si maman remarquait qu'on s'en contrefichait, elle se poserait des questions. Tu sais qu'elle ignore tout pour l'ichor, me rappelle Méroé. Si elle l'avait su, même quand c'était moi qui devais épouser un dieu, elle aurait complètement disjoncté.

Ça m'a fait bizarre de l'apprendre, d'ailleurs. Circé la Grande et Médée la Jeune ont vraiment joué la carte de la prudence. Toute la communauté sait qu'Hécate est là, enfermée dans un arbre, mais peu savent que le véritable but de ce mariage est de prendre de l'ichor au dieu choisi. Et en même temps, je comprends. Il y aurait beaucoup trop d'attente et de pression sur les épaules de la fiancée. Et peut-être même que certaines ne seraient pas à l'aise pour jouer la comédie lors de la cérémonie. Demain, tout le monde devrait être plus ou moins naturel. Personnellement, moins je me projette et moins je stresse.

— Tu ne seras pas obligée d'enfanter une nouvelle Médée, ajoute Circé. La tâche peut revenir à Méroé lorsqu'elle aura trouvé chaussure à son pied.

Sa déclaration, censée me rassurer, me crispe. Je n'ai pas hâte de donner naissance, loin de là ! Mais envisager que je puisse participer à la communauté en mettant au monde la prochaine Médée, ça m'avait donné un sentiment d'importance et de reconnaissance. L'idée ne me déplaisait pas.

— Tu as réfléchi à la nuit de noces ? m'interroge Circé alors qu'on pousse la porte d'une première boutique de soins et bien-être.

« Beaucoup trop ! », c'est la réponse que j'aimerais donner mais que je ne parviens pas à prononcer. Je hoche mécaniquement la tête tout en faisant semblant de lire une étiquette de crème pour le corps.

— Je pense lui dire « non ».

Et comme je n'ai aucune réponse, je risque un coup d'œil vers elles. Mes sœurs me fixent, les bras croisés. Je sens mes joues bouillir et un excès d'angoisse relancer mon pouls.

— Quoi ?

— C'est un mariage d'alliance, il faut qu'il soit consommé.

Je déglutis difficilement.

— Je ne compte pas me forcer à faire quoi que ce soit.

Et j'aimerais bien que ce soit surtout clair pour les miennes !

— Nous non plus, dit seulement Circé. Mais…

Je tourne un regard médusé vers Méroé.

— Tu l'aurais fait, toi ?

Elle commence par hausser les épaules.

— Selon le dieu, pourquoi pas.

— Même Deimos ?

Méroé dodeline de la tête en marmonnant un « ce n'est pas le plus laid ». Je me mets à stresser alors que j'avais tout fait pour ne pas en arriver là !

— Est-ce que Deimos t'a parlé de ses intentions ? me demande Circé.

— Non.

Je peine même à savoir si, physiquement parlant, je l'attire. La chouette d'Athéna s'est agitée une ou deux fois, mais est-ce que c'est fiable, comme preuve ? Il m'a dit qu'il me trouvait « jolie », mais franchement, avec le recul, j'ai plus l'impression qu'il ne démontrait que sa rude politesse. Il a l'air de prendre cette Union très au sérieux. De ça, je doute beaucoup moins.

Bon sang, il va me pousser à coucher avec lui demain soir…

— Ella ?

Je dois pâlir à vue d'œil pour que Méroé s'en inquiète et me prenne le bras.

— Le principal, c'est que Deimos soit convaincu que la nuit de noces a bien eu lieu, déclare Circé, les bras croisés.

Méroé écarquille les paupières.

— Oui !

Elles se lancent un clin d'œil, perdant toute préoccupation.

— Quoi ? grogné-je.

— Ne t'en fais pas, Citrouille. On s'occupe de tout !

Je me plonge dans les produits à base de lavande en espérant que ses propriétés apaisantes me viennent en aide. Je suis si absorbée par toutes ces bonnes odeurs collées sous mon nez que je ne remarque pas que mes sœurs sont venues m'encadrer. Elles ajoutent les produits dans un panier dès que j'en sens un qui me fait sourire. Elles ont vraiment décidé de m'appuyer jusqu'au bout. Sans prononcer un mot, on reste là, à tester les crèmes pour les mains et autres huiles essentielles. Grâce à la lavande qui a fait baisser ma tension et au soutien de mes sœurs, je m'aventure sur le chemin d'une confidence que je réfrénais jusque-là.

— Ça vous est déjà arrivé de… de rayonner ?

Je guette leurs réactions : elles sont surprises.

— Comment ça, « rayonner » ?

— Comme si votre peau luisait.

La perplexité s'ajoute à la surprise.

— Qu'est-ce que tu faisais quand tu t'es mise à luire ?

Je hume un sachet de lavande sèche avant de répondre. Il faut que je choisisse bien mes mots et que je ne replonge pas dans cet état stupide de groupie attirée par un torse musclé et chaud !

— Disons que j'étais plutôt proche physiquement de Deimos à ce moment-là.

Sans attendre, les lèvres de mes sœurs s'étirent avec moquerie.

— Tu étais proche de lui et tu t'es mise à rayonner, intéressant !

— Je ne parle pas métaphoriquement, hein, corrigé-je, de plus en plus embarrassée.

— Ouh, Citrouille rayonne *physiquement* auprès de son promis, s'amuse Méroé.

— Tu ne nous as jamais dit comment tu le trouvais d'ailleurs, *physiquement* parlant ? ajoute Circé.

Je grommelle en songeant que c'était bien idiot de leur poser la question. Quelque part, elles y répondent pourtant : ça n'a pas l'air de les chambouler plus que ça. Si ça se trouve, j'ai halluciné. Ce n'était pas réel. Elles m'envoient des petits coups de coude dans les côtes.

— Dis-nous tout, Citrouille !

J'attrape le plus de sachets à la lavande possibles et fais rapidement marche arrière, direction la caisse de la boutique. Mes sœurs me rattrapent fissa et insistent pour payer le tout. Je m'éloigne pour sortir et les attendre dehors, agacée contre moi-même. Quelle sotte j'ai été de me sentir troublée par ce dieu terrible et froid !

Je tourne en rond sur le trottoir quand un coup de klaxon me fait sursauter. Springfall est une petite ville calme, sans aucun problème de circulation. Ça étonne les gens autour de moi d'entendre ce son-là, si peu habituel. Tous les regards se tournent donc sur la rue et la voiture qui fait un écart pour doubler deux piétons plutôt étranges, puisqu'ils se baladent au beau milieu de la route. Ils n'ont pas l'air trop angoissés de gêner les véhicules.

— Qu'est-ce qui se passe ? s'étonne Méroé en sortant de la boutique.

— Je ne sais pas, ils sont bizarres non ?

C'est apparemment un couple : un homme, très grand, très pâle, aux cheveux d'argent réunis en bun, l'air altier, vêtu d'un long manteau noir, donne le bras à une femme presque aussi haute que lui, enveloppée dans une cape en laine émeraude, gantée de satin blanc, une chevelure châtain impressionnante de volume et parcourue de petites fleurs, qui retombe en cascade dans son dos, jusqu'à ses chevilles. D'abord stupéfaite par leur allure hors norme, je finis par apercevoir la laisse tendue devant l'homme et l'animal qui marche au bout. Un gros chien noir à trois têtes. Les passants, lorsqu'ils finissent par le voir, hoquettent et se couvrent la bouche.

— On dirait…

— Hadès et Perséphone, confirme Circé en nous rejoignant.

Elle entortille son index devant elle, bras tendu.

— Et voilà, les passants ne verront plus qu'un chien normal, dit-elle, satisfaite.

— Mais il n'a pas changé, constaté-je.

— Pour toi non, mais pour les humains, oui.

Soit. Mais le roi des Enfers et la déesse du printemps se promènent au beau milieu de Springfall ! Il n'y a que moi que ça inquiète ?

— On devrait peut-être demander à Hadès et Perséphone de se faire plus discrets, non ?

— Très mauvaise idée.

La voix masculine, inconnue au bataillon, nous surprend toutes les trois. On pivote et on tombe sur un jeune homme aux yeux pourpres. Cette couleur incroyable crée un fort contraste avec sa peau hâlée et ses cheveux d'un noir de jais qui s'emmêlent en mèches autour de feuilles de lierre d'or. Difficile même de savoir si les feuilles font partie de lui ou s'il s'agit d'une parure. Son visage fin, juvénile et imberbe est d'une beauté à toute épreuve. Il porte une tunique indienne longue, une doudoune sans manche, un jean délavé, des boots et un casque autour du cou pour écouter de la musique. Il a tout du hipster sans sembler en être un.

Comme nous restons muettes, il poursuit :

— Hadès et Perséphone ont toujours vécu sans tenir compte de l'avis des autres. S'ils ont envie de se balader au milieu de la route, alors ils se baladent au milieu de la route. Et croyez-moi, personne n'a envie de contrarier Hadès. Perséphone a beau le radoucir, elle est très éprise de son époux et le soutiendra, quoi qu'il en soit.

Je demeure dans l'expectative, mais mes sœurs ont l'air de le reconnaître sans oser trop y croire.

— Dionysos ?

— En chair et en os, dit-il en souriant.

Mes cours à l'université me reviennent vite en tête. Dionysos, dieu à l'éternelle jeunesse, « celui qui est né deux fois », a longtemps vécu sur Terre pour fuir la jalousie d'Héra car il est l'un des fils illégitimes de Zeus. Il est un dieu de l'Orient, séditieux et provocateur. On lui attribue même la paternité d'Alexandre le Grand.

— On te croyait banni à jamais, s'étonne Méroé.

— Je l'étais. Mais l'Union a remis les compteurs à zéro. Et puis, la vie à Dubaï n'était pas si désagréable. Bien sûr, il y a cent ans, il n'y avait rien, c'était le désert. Mais un coup de pouce ici et là, ça peut faire des merveilles.

Il ponctue sa phrase d'un sourire assez craquant. Et complice.

— J'allais chercher un café, je vous invite ?

Circé et Méroé acceptent avec joie, elles ont l'air sous le charme ! On se met en route en laissant Hadès et Perséphone poursuivre leur balade.

— Alors, vous étiez du côté d'Hécate pendant la guerre ? demandé-je, fascinée par cette nouvelle rencontre.

— Disons que j'ai trahi les Olympiens, pour nuancer les événements. Hécate n'était pas la seule à avoir la magie et les mystères sous son aile. Ils sont également une partie de moi.

Les paroles de Deimos prennent aussitôt un nouveau sens. Lui qui le qualifiait de « dieu à oublier » et « d'admirateur d'Hécate », il aurait pu me préciser que Dionysos avait en fait changé de camp. Ce qui explique pourquoi Deimos ne le porte pas dans son cœur. Je dirais même que si Deimos le considère aux antipodes de lui-même, c'est plutôt bon signe.

Alors que Dionysos pousse le battant du café de la rue principale, tout en le maintenant ouvert pour nous laisser un passage, Circé me retient sur le trottoir. Méroé et Dionysos ne nous attendent pas pour commander au comptoir.

— Ella, ne va pas plus loin sur ce sujet. On dit que Dionysos a perdu sa compagne, Ariane, durant la guerre. Ce n'est pas une bonne idée de souffler sur ces braises-là, alors que nous sommes supposées tasser les choses.

— Oh, soufflé-je, interdite. Oui, bien sûr.

Circé me sourit et fait un pas vers la porte, mais je l'arrête.

— Est-ce qu'il sait pour Hécate ?

— Non. Dionysos est un dieu avant tout, un fils de Zeus. Il ne doit rien savoir.

J'acquiesce.

— Ce serait le mettre de toute façon dans une situation délicate vis-à-vis des siens.

— Tu as raison, oui.

Elle fait à nouveau un pas et je l'immobilise une nouvelle fois.

— Cici, pourquoi Hécate s'est lancée dans cette guerre ? Pourquoi tant de secrets autour de sa survie ? Si on lui rend un corps, tu ne crois pas que les dieux pourraient se sentir trahis ?

Circé enlace mes épaules.

— Ne t'en fais pas. Cette guerre appartient effectivement au passé. Je ne peux pas tout te dévoiler parce que ce sont des secrets d'initiées. Tout ce que tu dois savoir, c'est que nos deux guides veulent éviter que… eh bien que d'autres sorcières comme toi naissent.

Elle pose son front contre ma tempe.

— Ne le prends pas mal, Citrouille.

— Non, non, je comprends.

Je dis ça, mais je comprends de moins en moins pourquoi elles me tiennent encore à l'écart. J'aimerais écarter cette impression que les guides se servent de moi, mais elle s'incruste de plus en plus dans ma tête.

— Viens.

Circé m'entraîne avec elle dans le café. Méroé et Dionysos sont installés près de la grande fenêtre et nous font signe. Ils ont visiblement commandé pour nous, on n'a plus qu'à s'asseoir.

— Alors c'est toi, la Fiancée de la Terreur.

Dionysos me scrute avec son sourire aimable.

— Voilà bien longtemps qu'un dieu n'avait pas choisi de mortelle pour compagne.

Mon cœur se serre à l'idée qu'il songe à Ariane tout en disant cela. L'humaine, princesse de Crète, avait aidé Thésée à sortir du labyrinthe du Minotaure grâce à son fil, trahissant par la même occasion son propre père. Elle a fui avec le héros qui l'a ensuite abandonnée sur une île. La cruauté de Thésée n'est plus à prouver. Dionysos a recueilli Ariane et est tombé amoureux d'elle, au point où Zeus l'a divinisée pour qu'ils puissent passer l'éternité ensemble.

J'ignorais bien qu'elle aussi avait été pulvérisée pendant la guerre qui a opposé les sorcières aux dieux.

— Pourquoi cet air confus ? remarque-t-il alors que je dois afficher une moue attristée.

— Oh, rien, dis-je en souriant.

Je bois quelques gorgées de cappuccino en espérant que l'on change vite de sujet. Mais aucun d'entre nous n'a le temps de partir sur autre chose car une voix tremblante nous aborde.

— Excusez-moi, vous… vous êtes bien Bakkhos ?

Une jeune fille se tient près de Dionysos, le visage cramoisi. Son amie, elle aussi troublée, se tient les joues plusieurs pas derrière elle. Mes sœurs et moi observons Dionysos et son charme éclatant s'épanouir. Il a un pouvoir d'attraction incroyable, lui aussi. Il se tourne complètement vers l'intruse et saisit le carnet qu'elle tend à bout de bras.

— Moi qui pensais passer inaperçu, s'amuse-t-il en signant un autographe.

Quelque chose doit forcément m'échapper ! Je sors mon portable discrètement et lance une recherche en me disant que si les mortels le reconnaissent et l'identifient sous le nom de Bakkhos, c'est que Dionysos mène une carrière publique, quelle que soit sa nature. Et je tombe effectivement sur des réseaux sociaux suivis par des millions de personnes, des centaines de vidéos en ligne et une flopée d'activités à laquelle je ne m'attendais pas : DJ, compositeur, producteur, organisateur d'événements. Bakkhos est une sorte de superstar du milieu de la nuit que je ne connais pas du tout. Il officie à Dubaï mais Internet a fait en sorte que le monde entier parle de lui. J'ai sûrement dû entendre ce nom sur le campus sans jamais faire le lien… Je n'écoute pas vraiment ce genre de musique.

La DJ de la soirée Alpha-Oméga bondit aussitôt au milieu de mes pensées. Les ménades forment le fameux « thiase » dont m'a parlé Deimos. Mon regard sur Dionysos change à nouveau. Est-ce qu'il sait que des ménades sont en roue libre dans l'État ?

Après des selfies et une pluie d'éloges, les deux fans s'éloignent et Dionysos se tourne vers nous. Méroé et Circé affichent un air perplexe alors que moi, j'attaque direct.

— C'est vous qui contrôlez les ménades ?

Son sourire s'élargit mais je lis une pincée d'amertume dans ses yeux violines.

— L'une d'elles s'est introduite sur mon campus et a tenté de transformer une fête d'étudiants en thiase.

— Je vois, dit-il en secouant la tête. Lorsque Zeus m'a banni, il m'a assuré qu'il s'occuperait de mes satyres et de mes ménades.

— La puissance de Zeus est en berne, explique Circé avec un haussement d'épaules.

Une lueur moqueuse prend la place de l'amertume chez Dionysos.

— J'imagine que Deimos ne s'en sort pas avec elles ?

Je ne sais pas quoi lui dire. Tout ce que j'ai pu constater, c'est le comportement brutal de mon promis lors de ses interventions. J'ignore si c'est un aveu de faiblesse ou non.

— Disons que ça l'occupe, m'hasardé-je à répondre.

— Étrange, je n'aurais jamais misé sur Deimos pour sceller une union avec un parti adverse, déclare le dieu avant de siroter son thé à la menthe.

— Nous non plus, commente Méroé à voix basse.

— Mais après tout, il est un fils d'Aphrodite, ajoute Dionysos en me faisant un clin d'œil. Ça devrait lui conférer quelques facultés intéressantes pour un mariage.

Je plonge dans ma boisson pour masquer ce que je pense véritablement de ses sous-entendus qui m'angoissent tout autant que la terreur de Deimos.

— Il est surtout un fils d'Arès, grogne Circé.

Dionysos dodeline de la tête.

— C'est vrai. Deimos et son frère Phobos ont toujours été plus proches d'Arès, comme Éros et Antéros sont les deux chouchous d'Aphrodite.

— Et Harmonie ? demandé-je, intriguée par le fait que cette déesse étrange – et à mes yeux, folle – soit si peu citée dans cette fratrie.

— Harmonie a toujours été très aimée par ses parents et ses frères. Son sacrifice n'en a été que plus douloureux pour toute sa famille.

J'acquiesce en songeant au mariage imposé par Zeus pour unir Harmonie à Cadmos, le mortel dont elle n'était pas éprise. Je suis touchée par la bienveillance dont Dionysos semble faire preuve face à ce sort peu enviable. C'est vrai que ce dieu a un côté chaleureux et très humain. Plus humain que tous les dieux que j'ai rencontrés jusque-là.

Méroé repose son gobelet, comme frappée par une révélation.

— Attends, Harmonie ne serait pas ta…

— Ma grand-mère ? Si. Et ma nièce aussi.

Circé secoue la tête en marmonnant un « les Olympiens, tous des fous ».

— Quoi ? relevé-je, incrédule.

— Harmonie et Cadmos ont eu Sémélé, ma mère. Que Zeus a séduite.

— Et pulvérisée, ajoute Méroé. Lorsque Zeus a accepté de lui révéler son essence, ses éclairs l'ont foudroyée.

Je comprends parfaitement que l'essence divine de Zeus puisse tout bonnement éradiquer la personne qui l'aperçoit.

— Zeus a réussi à me sortir du ventre de ma mère pour me coudre dans sa cuisse, le temps que je termine ma croissance, précise Dionysos sur un ton des plus banals.

— Donc, Deimos est à la fois ton neveu et ton grand-oncle ?

Il hoche la tête. Visiblement, il a appris à faire avec tout ça depuis très longtemps. Tant mieux ! Il y aurait effectivement de quoi perdre la tête. Harmonie, elle, n'a pas eu cette chance.

— Vivement le gin de Zelda, ne puis-je m'empêcher de soupirer, prête à tout pour oublier les absurdités de ma future belle-famille.

Dionysos sort aussitôt une flasque en argent d'une poche de sa doudoune, frappée d'une feuille de vigne, la débouche et me la tend. L'espace d'une courte seconde, j'espère qu'il s'agit bien du gin et accepte la boisson tout en apercevant du coin de l'œil les regards suspicieux de mes sœurs.

— Du Nectar, m'informe-t-il de lui-même.

Alors que j'allais en boire une gorgée, je l'abaisse immédiatement. Circé s'en empare, la referme et la refile à Dionysos avec toute l'autorité dont elle est capable.

— Je croyais que c'était interdit pour les mortels, dis-je, un peu perdue.

— Il est interdit d'en faire le commerce avec les mortels, nuance Dionysos. Mais tu seras bientôt ma nièce et ma grand-tante, tu es quasiment de la famille.

— Deimos dit que c'est une drogue, ajouté-je en espérant que mon idiot de promis ne me prenne pas pour une gamine au point de me raconter n'importe quoi pour m'empêcher de boire.

— C'est possible. Si tu en consommes en grande quantité et fréquemment.

Bon. Soit.

— Comment le trouves-tu ? enchaîne Dionysos. Je ne pourrais pas t'en dresser de portrait rassurant même si tu me le demandais, nous avons beaucoup trop de points de divergence, tous les deux. Mais tu as passé un peu de temps avec lui, n'est-ce pas ?

Je commence par regarder rapidement autour de moi pour m'assurer qu'il ne surgisse pas à l'improviste comme il en est capable. Puis je réfléchis deux secondes à quel ton adopter. Maintenant que ce mariage est réduit à un plan avec un début et une fin, je ne vois pas tellement l'intérêt de le charger. Je dois pouvoir en dire du négatif et du positif.

— Hum, il est le dieu de la terreur, donc il n'est pas la personne la plus chaleureuse que j'ai pu rencontrer. Mais il semble accorder de l'importance à ce mariage et vouloir faire les choses bien.

Dionysos hoche la tête avec un demi-sourire surpris.

— C'est rassurant à entendre. Il n'était pas partisan d'un mariage de tradition hellène au départ. Puisque son père, son frère et lui ont longtemps été vénérés à Sparte, il pensait suivre la tradition spartiate. Héra et Athéna ont décidément fait des prouesses avec cette union.

J'ai peur de poser la question, mais je me lance tout de même :

— C'est quoi, la « tradition spartiate » ?

— Eh bien, le fiancé enlève la fiancée sans qu'elle s'y attende, il lui rase la tête, l'enferme dans une pièce et la déflore dans le noir avant de la visiter plusieurs nuits de suite dans les mêmes conditions. Un vrai sauvage.

Glacée, je déglutis difficilement. Méroé s'empare de ma main sur ma cuisse et la serre dans la sienne en guise de soutien. Je n'ai plus qu'à compter sur l'aide de mes sœurs. Car il me paraît évident, à présent, que ma nuit de noces sera couronnée d'un viol.

— Rassure-toi, Ella, reprend Dionysos. Tes sœurs sont de puissantes sorcières.

CHAPITRE VIII

La Clairière s'est remplie de sorcières et de leurs familles, ainsi que des dieux qui arrivent un par un. C'est du moins ce que m'affirme Méroé. Moi, je ne perçois que les échos de l'extérieur, depuis la grande pièce dans laquelle je me trouve. Circé la Grande et Médée la Jeune m'ont réservé cette salle pour me préparer en compagnie de mes sœurs et d'Athéna. Je n'aurais le droit d'en sortir que lorsque la cérémonie débutera, dans une ou deux heures, je ne sais plus. Je me sens déconnectée de tout ici, à l'abri des regards.

Le « boum-boum » répétitif et puissant des battements de mon cœur n'a pas cessé depuis que j'ai ouvert les yeux. Je parle peu, je laisse faire les autres. J'ai juste hâte d'être demain matin, lorsque toute cette mascarade sera terminée.

— Qu'en penses-tu ?

Je lève les yeux sur Athéna qui m'expose une pièce tissée grenat si fine que l'on voit au travers. La déesse aux yeux pers a tout de la divinité sur laquelle n'importe qui pourrait aveuglément se reposer. Elle m'inspire la droiture, la loyauté et la bienveillance sans aucun doute possible. Ses longs cheveux bruns sont rassemblés en un chignon lâche, elle porte un péplos orné de petites plumes blanches ou tachetées qui rappellent sa chouette fétiche. Une pelisse recouvre ses épaules, épinglée par une tête de gorgone en or.

— C'est magnifique, ne puis-je que dire devant son travail.

Elle me sourit et dépose la pièce sur le lit.

— Le voile sera mis en dernier et sera la première chose que Deimos retirera, m'indique-t-elle en croisant les bras pour m'inspecter.

Il faut dire que j'ai eu droit à une préparation de compétition : un bain rituel dans une eau purifiée par ses soins, puis un massage à l'huile de rose, et enfin un deuxième bain mais cette fois-ci avec un savon à l'olive. Après ces ablutions, j'ai pu choisir la crème à la lavande que mes sœurs m'ont achetée avant d'enfiler une robe de lin blanc, tenue par deux broches, fermées sur les épaules. Circé s'est occupée elle-même de mes cheveux : des nattes et des ondulations, maintenues par un tour de tête, créent un chignon volumineux et complexe à l'arrière. Je me demande si j'arriverai à défaire tout ça moi-même. Et autant le dire, je ne fais pas du tout confiance à Deimos pour s'en charger !

— Il ne manque plus que la ceinture d'Aphrodite, et nous en aurons fini pour notre part, conclut Athéna avec un sourire adorable.

Deux petits coups à la porte retentissent à la fin de sa phrase.

— Aphrodite vient d'arriver, indique la voix d'Hermès, de l'autre côté du battant.

— Quand on parle du loup, commente Athéna avec un clin d'œil.

Elle ne cache pas le léger agacement que le nom de sa rivale éveille en elle. Athéna et Aphrodite, c'est un peu la raison contre le cœur. La pensée contre la passion. Tout ne peut que les séparer. Ça a même déclenché les pires conflits de notre monde.

Athéna nous laisse donc et sort. Mes sœurs, plutôt silencieuses jusque-là, s'approchent de moi, dans leurs magnifiques robes parme pour l'une et émeraude pour l'autre, toutes deux brodées de motifs floraux multicolores.

— À nous de te faire un cadeau qui te servira ce soir, me dit Circé en sortant de son minuscule sac une petite lame.

Elle s'entaille le creux de la paume, Méroé l'imite immédiatement derrière. Elles se donnent ensuite la main et serrent leur poignée jusqu'à ce qu'une goutte de sang en tombe. Je m'attends à ce qu'elle finisse sur le plancher, mais la goutte reste suspendue dans les airs. Elle grossit d'une seconde larme rouge, puis d'une troisième. Mes sœurs reprennent leurs mains, les incises se refermant au même instant. La goutte, elle, se solidifie tout en conservant l'aspect brillant du liquide de vie. Mes sœurs la manipulent sans la toucher. Elles font apparaître une chaîne si mince qu'il est difficile de distinguer de quel métal elle est constituée. Elle attrape la goutte comme un pendentif et s'enroule autour de mon cou.

Circé et Méroé posent leur front contre le mien et nous nous enlaçons toutes les trois.

— *Nous te cédons une part de nous, murmurent-elles, chacune à l'une de mes oreilles. Pour te protéger, tu auras trois sorts. De toutes menaces, tu viendras à bout. Et aucun mal ne pourra te faire de tort.*

Je les serre dans mes bras, touchée. Une douce chaleur me réchauffe le ventre.

— Merci.

Malgré le contexte, je ne me suis jamais sentie aussi proche de mes sœurs. Nous avons enfin un but commun. Elles me relâchent mais restent près de moi.

— Tu n'auras rien à craindre ce soir, me rassure Circé. Cette Stilla est un objet magique très puissant. Les dieux en ignorent tout.

— Tu n'auras qu'à la garder dans ta main, poursuit Méroé. Dès que tu te sentiras menacée par Deimos, pense au sort que tu aimerais jeter.

— La Stilla se chargera de lui faire croire tout ce que tu désires. Demande-lui que Deimos soit persuadé que le mariage a été consommé et ça suffira à te protéger.

J'acquiesce, tellement rassurée d'avoir ce pendentif avec moi !

— Et si jamais tu n'y arrives pas, tu hurles, ajoute Méroé. Nous, on débarque, et on lui colle la raclée de sa vie.

Elles parviennent à m'arracher un sourire avant le retour d'Athéna. La déesse referme derrière elle, un coffret sous le bras.

— Le présent d'Aphrodite.

Elle l'ouvre sous mes yeux et dévoile une ceinture faite de disques en bronze doré, liés les uns aux autres. Des pommes et des roses sont finement ciselées sur chacun d'entre eux. Athéna refourgue le coffret dans les bras de Méroé et saisit l'objet de parure pour me le mettre.

— Elle symbolise ta virginité. Seul Deimos pourra te l'enlever, elle aussi.

Ça, ce n'est pas près d'arriver.

— Joli pendentif, remarque-t-elle rapidement.

— Un cadeau de mes sœurs.

J'espère que je ne réponds pas trop vite, au risque de me trahir.

— Je peux me dégourdir les jambes dans la maison ? En attendant la cérémonie.

— Oui, répond Athéna sans méfiance. Mon père ne devrait plus tarder.

J'adresse un signe à mes sœurs et sors enfin de la pièce. J'avais dans l'idée de dévaler l'escalier à toute vitesse, mais avec ma coiffure et ma robe, je préfère y aller doucement. Ce n'est qu'une fois dans le hall que le soleil bas me frappe. Il est si tard déjà ! La maison est presque vide, tout le monde se trouve à l'extérieur. Je me dirige donc vers la cuisine, espérant rencontrer Zelda, mais l'endroit est propre. Curieusement. Zelda a dû transférer le gros de sa production dehors. Cette cuisine vidée de ses senteurs et de son bazar habituel me déprimerait presque. Heureusement, la porte est grande ouverte sur l'automne et le brouhaha des voix lointaines. Je m'appuie contre l'encadrement et prends le temps de respirer.

« Boum-boum », mon cœur n'a pas cessé de frapper ma poitrine et mes tempes. Je n'ai eu aucune nouvelle de Deimos à la suite de ma fuite. Je ne sais pas comment il l'a prise, ni ce qu'il pense de moi à présent. J'aimerais pouvoir lui parler encore une fois avant la cérémonie, mais c'est trop tard. Pour lui dire quoi, de toute façon ? Qu'il n'a plus à craindre de rejet, que je suis résolue à l'épouser ? J'étais rassurée de savoir que l'entière communauté ne connaissait pas forcément le véritable but de ce mariage, mais en vérité, c'est moi qui vais avoir le plus de mal à lui mentir.

— Faire reposer la paix sur Deimos, je ne sais pas à quoi ton père pensait.

Le nom de mon promis et le ton inquiet attirent aussitôt mon attention. Sans oser mettre un pied dehors, de peur de décevoir Athéna, je me penche sur le côté. Un couple s'est isolé dans le jardin aromatique. L'homme est très grand et très musclé. Il ressemble beaucoup à Deimos, avec son teint sable blanc et ses cheveux blonds, la seule différence étant qu'ils sont coupés très courts. Il est vêtu d'un costume antique rouge, retenu sur l'épaule gauche et qui dévoile une partie impressionnante de sa musculature : des pectoraux larges, des bras épais, le tout strié de cicatrices… C'est un dieu physique sans l'ombre d'un doute ! Il fait une de ces têtes en plus… vraiment comme Deimos : grincheuse.

La présence à côté de lui, celle qui a parlé et qui croise les bras, visiblement angoissée, me confirme l'identité des deux personnes : Arès, dieu de la guerre, et Aphrodite, déesse de l'amour et du désir. Et elle est somptueuse, je dois bien le reconnaître. Sa peau est d'un caramel des plus suaves, sa chevelure volumineuse et noire retombe librement dans son dos et sur ses fines épaules. Seul un bandeau piqué de pierres précieuses dégage son front et son visage d'un charme absolu. Elle a de grands yeux noirs et une bouche d'un rouge éclatant. Ses formes sont pourtant loin des canons de beauté contemporains : elle a la taille fine, certes, mais des hanches pleines et une volupté toute en rondeurs. Et bon sang pourquoi je la mate à ce point ?

Je me redresse pour détourner les yeux, le cœur battant encore plus fort. Voilà qu'Aphrodite parvient à me troubler, même de loin ! Même vêtue d'un péplos léger et blanc.

— Depuis la fin de cette guerre contre Hécate, Deimos est le jouet de mon père, grogne Arès. Il ne fait que lui obéir.

— Il a déchiré notre famille, et voilà qu'il se compromet dans cette union afin de plaire à Zeus !

Le ton d'Aphrodite a monté et je perçois les « chut » d'Arès qui doit craindre d'être surpris. Je hasarde un nouveau coup d'œil. Le dieu de la guerre a pris son épouse dans ses bras alors qu'elle semble encore bien tendue. Il lui caresse la nuque, le menton posé sur le sommet de sa tête. Ils ont quelque chose d'adorable tous les deux, à se soutenir de la sorte. Je ne comprends pas vraiment ce qu'ils peuvent bien reprocher à leur fils, mais ils ont l'air soudés.

— Ce qu'il a fait à son propre frère…

— Allons, ma Nymphia, ne ressasse pas tout cela. Pas ici.

De quoi parlent-ils ? Ils m'interpellaient jusque-là, mais à présent, ils m'inquiètent. Qu'a bien pu faire Deimos à l'un de ses frères ? Quelque chose de grave au point de l'éloigner de sa famille ? Mis au service de Zeus ? Il m'a dit qu'il était redevable au maître des dieux, est-ce que ça a un lien ? Ses parents ont l'air de lui reprocher beaucoup, au point d'utiliser le mot « déchiré ». Que s'est-il passé ?

— Que fais-tu ?

Je sursaute. Harmonie se tient juste derrière moi. Une main sur le cœur, je m'extrais de mon point d'observation pour la contourner prudemment. Surtout, ne pas la taquiner, ne pas l'affoler. Harmonie me toise sans expression, le corps engoncé dans une robe fourreau en peau de serpent.

— Rien, je prends l'air, dis-je avec un sourire.

— Je suis contente que tu deviennes ma belle-sœur. J'avais déjà Psyché, l'épouse d'Éros, mais elle est trop heureuse pour moi.

OK. Donc, pour Harmonie aussi, le bonheur c'est nul.

En revanche, ça signifie que je n'inspire pas moi-même le bonheur. Il ne faut pas que je paraisse trop tourmentée aujourd'hui. Je dois me détendre et donner l'impression que cette alliance me satisfait complètement.

— Je suis surtout nerveuse, dis-je alors. Comme toutes les mariées lors du grand jour.

— Il y a de quoi, tu vas entrer dans la maison d'Héra et de Zeus, d'Aphrodite et d'Arès.

J'acquiesce sans perdre mon sourire. Je connais déjà le pedigree de mon si gentil fiancé ! Merci Harmonie de remettre une couche de pression !

— Eh bien je suis ravie que tu sois là. Tout le monde s'est réuni dehors, tu devrais rejoindre les autres invités.

Je ne peux pas faire plus poli et plus neutre pour l'inviter à me laisser tranquille. Mais Harmonie ne me lâche pas du regard, tout en jouant avec les grosses perles dorées de son collier.

— Il manque… Zeus.

Elle hoquette au milieu de sa phrase et son regard me fuit le temps que le nom du maître des dieux franchisse ses lèvres. Je n'arrive pas à savoir si c'est par respect, par crainte ou par haine. Et comme le hasard fait bien les choses, le grondement du tonnerre à l'extérieur annonce son approche. Harmonie tend ses bras le long du corps et serre les poings.

— Ne reste jamais seule avec lui, murmure-t-elle.

Et elle file.

La sœur de Deimos me fait peur, c'est un fait. Elle est imprévisible et brutale. Mais qu'a-t-elle bien pu vivre pour devenir ainsi ? Son affection pour ses frères a l'air sincère.

— Ella ! m'appelle Athéna, talonnée par mes deux sœurs.

Elle déplie le voile tissé par ses soins et s'approche de moi. On dirait une chasseuse munie d'un filet, prête à bondir pour capturer sa proie. Je me laisse faire. Ma belle-famille a l'air ravagée par les secrets et les blessures, alors que la mienne est là, en soutien total. Le voile retombe autour de moi, jusqu'à la taille, aussi léger qu'une plume. Tout devient rouge. La déesse m'attrape la main et me guide en dehors de la maison, mes sœurs à mes côtés.

*

Je ne sais pas pourquoi, je pense à mon père. J'écoute à peine Héra, debout derrière un autel en marbre apporté par les dieux, vêtue d'une robe à plumes de paon spectaculaire et coiffée d'un diadème luxueux. Elle alimente un feu dans une coupe de bronze épais en y déposant des fleurs et des herbes. Sa voix est perçante, mais elle me paraît éthérée. Zeus se tient près d'elle, dans sa tunique immaculée, sa chevelure électrique couronnée de lauriers d'or, tout en laissant à sa femme le devant de la scène. La Clairière est parsemée de fleurs alors que l'automne bat son plein. Des lumières virevoltent au-dessus de nous, des pétales tombent lentement du ciel, l'assemblée est attentive dans la lumière orangée, presque rose, du soleil couchant. Tout est somptueux et coloré.

Moi, je pense à mon père. Et je me souviens pourquoi. Il avait lâché un jour une phrase qui m'est restée alors qu'elle me semblait banale à l'époque. Il se réjouissait de pouvoir un jour assister aux cérémonies qui jalonneraient ma vie. Sans dons, je n'avais plus qu'à me projeter dans un futur qui suivrait ses coutumes à lui, celles des humains. Il me parlait de « première danse, père-fille », « de me conduire à l'autel », « de copiner avec son gendre »... Des paroles un peu en l'air mais qui me rapprochaient de lui et le faisaient sourire.

Les sorcières ne se marient pas. Habituellement. Elles se mettent en couple, avec une femme ou un homme, mais sans jamais se lier devant une quelconque autorité. Les hommes étant bannis de la Clairière, ils sont essentiellement présents dans la vie des sorcières pour la procréation, même si les sentiments s'en mêlent. Ma mère a aimé mon père, mais jamais elle ne l'a impliqué dans ses affaires. Il savait à peine ce que faisaient Circé et Méroé ici, lorsqu'elles suivaient leur initiation. Même moi, alors que je n'avais aucune raison de m'y trouver, j'y étais. Seule. J'aurais pu passer tellement plus de temps avec lui.

Je me demande encore si les sorcières ne jouent pas avec la volonté des pères. Sont-ils tous conscients de notre véritable nature ? Après tout, Circé la Première a gardé Ulysse une année entière auprès d'elle, sans qu'il s'aperçoive du temps qui passait.

— Donnez votre main.

La voix s'est rapprochée, Héra se tient à présent devant nous, un long bandeau entre les mains.

J'avais si bien évité la présence à côté de moi que je suis presque étonnée de la haute taille de Deimos quand je me tourne vers lui. Rhapso lui a conçu une tunique grecque longue, d'un noir profond, parcourue de broderies végétales au fil d'or. Elle peut être fière de son ouvrage, il est somptueux.

Alors que je reste immobile, oubliant la consigne d'Héra, le regard perdu dans les méandres des feuillages qui s'étendent sur le corps de mon promis, Deimos me prend la main. Je tressaille, surprise par la chaleur de sa peau. Nos doigts enlacent le poignet de l'autre. Mon cœur bat si vite et si fort que je suis certaine qu'il perçoit mon pouls sans mal. Je m'attends à sentir le sien, mais rien n'ébranle sa veine. Jusqu'à ce qu'un battement pulse, fort et lent. C'est vrai que leur cœur bat beaucoup plus posément que celui des mortels. Un long moment passe avant qu'un second fasse frémir sa peau contre la mienne.

Je n'ai pas écouté Héra, encore une fois. Aussi, lorsqu'elle enroule le bandeau autour de nos poignets, je suis à nouveau prise de court. Je lève les yeux sur Deimos, son regard dépareillé transperce mon voile.

— Comme Gaïa et Ouranos, je vous unis, Ella et Deimos. Que Hestia au feu sacré bénisse votre foyer, qu'Eiréné instaure la paix dans votre foyer, que Rhéa remplisse d'enfants votre foyer.

Héra pose ses mains sur les nôtres et je vois apparaître son sourire plein de bienveillance.

— Il est des promesses faites pour l'éternité. Ce lien vous unit sans être noué. Promettez que vous le respecterez sans contraindre l'autre, que vous vous protégerez et resterez fidèles à ces vœux.

— Je le promets, dit Deimos sans hésitation.

Promettre pour l'éternité… Mon estomac se noue douloureusement. Je me répète que Deimos n'est qu'une entité, une incarnation terrible. Mais je ne parviens pas à me vider sereinement la tête.

— Je le promets, soufflé-je, remerciant Hécate d'être voilée.

Héra retire le bandeau alors que l'assemblée applaudit. J'espère que c'est terminé, mais même sans le bandeau,

Deimos garde ma main dans la sienne. Héra lui tend alors un anneau qu'il glisse à mon index gauche. Je ne savais pas qu'on échangerait des alliances… Je n'en ai pas pour lui, Circé la Grande et Médée la Jeune ne m'en ont jamais parlé ! Apparemment Deimos n'en attend pas en retour puisqu'il me relâche et se détourne de moi.

Je glisse ma main sous mon voile pour le regarder de plus près. Je ne sais pas en quoi cet anneau est fait, mais il est lourd, d'un noir dense, saupoudré d'une poussière brillante. Je n'en avais jamais vu de tel. Quel peut bien être sa signification ?

Dois-je vraiment me torturer pour en trouver une ? J'ai passé le cap de la cérémonie. J'ai une mission à mener, une fête à laquelle participer, des invités étranges à rencontrer, autant ne pas m'appesantir sur tous ces gestes et toutes ces paroles que nous venons d'échanger.

CHAPITRE IX

On est assis tous les deux sur une banquette depuis une bonne heure, à recevoir les félicitations et les présents des sorcières et des dieux. Sur les Douze les plus importants, seul Héphaïstos manque à l'appel. Une « absence attendue » d'après mon époux, sans qu'il ne s'étende plus sur le sujet. J'ai cependant pu parler à Poséidon, frère de Zeus, fringant dans sa tunique grecque bleue, tirant sur le violet, et à Apollon et Artémis, les jumeaux solaire et lunaire, radieux et sauvages tous les deux.

Lorsqu'Hadès s'avance jusqu'à nous, j'ai l'impression de voir Deimos tant ils se ressemblent. Impossible de ne pas voir leur lien familial. Mon époux se lève et ils se donnent une accolade. Perséphone les rejoint, avec toujours autant de fleurs dans ses cheveux. Sa présence explique très probablement toutes les floraisons sauvages qui ont embelli la Clairière. Elle est d'ailleurs cernée de nymphes des bois qui semblent l'aduler, leurs silhouettes vaporeuses, frémissantes de feuilles et de fleurs, s'agitant auprès d'elle sans la déranger.

— Comment ton épouse trouve-t-elle son alliance ?

Les trois regards se tournent vers moi. Je finis par me lever pour participer à la conversation, puisqu'ils ont l'air de guetter mon avis.

— Plutôt étrange, en fait, réponds-je sans savoir où aller à ce sujet. Elle semble massive sans être imposante.

— C'est parce que le métal dont elle est faite provient du centre de la Terre. Il est plus lourd que celui contenu dans les minerais habituels, explique Hadès avec un sourire aimable.

— Ils sont partis tous les deux en expédition pour en ramener et commander l'anneau à Héphaïstos, indique Perséphone. Il a rajouté de la magnétite et de la poussière de diamant.

Je suis soufflée malgré moi par le prodige !

— Mais… ce n'est pas trop dangereux comme expédition ? Pour un anneau ?

Perséphone allonge son sourire et se tourne vers son époux.

— Tu vois, je ne suis pas la seule à le penser.

Hadès lève les yeux au ciel, avec un air beaucoup trop complice pour l'interpréter autrement.

— Je n'ai jamais rien craint dans les mondes souterrains. Et Deimos est bâti dans la même matière que moi.

Perséphone secoue la tête avant de revenir vers moi.

— J'espère que tu parviendras à raisonner ton époux mieux que moi.

« J'en doute. » C'est tout ce que j'ai envie de répondre, mais je me contente d'acquiescer, tout de même amusée. Le couple nous félicite encore une fois et s'éloigne. Je cherche encore en quoi Hadès est une divinité malveillante. Il a seulement l'air d'un homme amoureux de sa femme et plutôt proche de son petit-neveu. Soit, il est le dieu des Enfers. Mais si lui, il est la mort, elle, sa compagne et sa moitié, est la vie. Ils se complètent peut-être au point de le rendre moins malveillant ?

Cela dit, Hadès me semble moins fourbe que Zeus. C'est plutôt positif de savoir que Deimos est proche de lui, aussi.

— Je comprends qu'il soit votre préféré, dis-je alors. Mais pourquoi cet anneau ? Est-ce que je dois vous en offrir un ?

— Non. J'ai voulu suivre une coutume qui t'était plus familière, c'est tout.

— Les sorcières ne se marient pas.

— Tu es plus humaine que sorcière.

Je dodeline de la tête. Il n'a pas tort. C'est ce que mon père aurait voulu voir. J'ai envie de lui demander s'il souhaite suivre une tradition qui lui tiendrait à cœur, mais le discours de Dionysos sur le mariage spartiate revient me hanter et je préfère ne pas m'étendre plus sur ce sujet.

— Merci, pour le cadeau. Il est très beau. Mais c'était plus un prétexte pour passer du temps avec Hadès, n'est-ce pas ?

Il sourit sans me témoigner d'agacement.

— Un peu des deux, avoue-t-il.

— Héphaïstos a tout de même accepté de le faire ? J'aurais pensé le contraire, puisque vous êtes le fils d'Aphrodite. Et qu'il a été humilié par votre père lorsqu'elle l'a quitté pour lui. Même si Héphaïstos les a humiliés à son tour en les exposant aux yeux de tous...

Pitié, arrêtez-moi ! Pourquoi je me suis lancée là-dedans ? Et Deimos qui ne pipe pas un mot, ses yeux fichés sur moi comme deux flèches. Je déglutis, espérant ne pas avoir remué un couteau déjà bien enfoncé.

— L'anneau n'est pas maudit, si c'est ta question.

Absolument pas, mais je suis d'autant plus intriguée à présent.

— Comment ça ?

— Héphaïstos a donné un collier maudit à Harmonie, le jour de son mariage avec Cadmos. Celui qu'elle porte encore aujourd'hui.

Je jette un œil discret sur sa sœur qui me toise de loin, ses doigts jouant encore avec les grosses perles dorées du collier. Est-ce que c'est cette parure qui a provoqué tous les malheurs de sa descendance ?

— Comment être sûr qu'il n'a pas maudit l'anneau ?

— Athéna a surveillé son travail. Et personne ne peut berner Athéna.

Voilà qui me rassure, et qui explique un peu plus la personnalité si troublée de sa sœur.

— Ma mère et Harmonie ont été offertes en mariage à un dieu et à un mortel qu'elles ne désiraient pas, grogne Deimos à voix basse. C'est une chose qui n'arrivera plus jamais.

Comme Deimos est perturbant ! C'est pourtant exactement ce que nous sommes en train de faire, tous les deux. Moi, en tout cas. Sans ajouter un mot, il plonge sa main dans une poche de sa tunique et en ressort son paquet de cigarettes aux herbes. Maintenant que je le vois en allumer une, je m'étonne qu'il soit resté sans fumer aussi longtemps, au moins durant la cérémonie. Je ne doute pas qu'il a dû les enchaîner avant.

Mes deux sœurs débarquent comme une bourrasque. Leur embrassade me décolle de la banquette, m'arrachant un sourire enfin sincère, et on se blottit toutes les trois.

— Citrouille, je n'arrive pas à croire que tu es mariée ! me dit Circé en nous secouant.

— Qu'est-ce qu'on va faire sans notre Citrouillette ? ajoute Méroé.

— Peut-être commencer par arrêter de m'appeler Citrouille, grogné-je, amusée malgré tout.

Elles ne répondent rien sur le coup et je devine la même émotion que moi. Pour un temps limité mais inconnu, je ne serai plus auprès d'elles, la petite dernière de la famille.

— C'est impossible, on t'appellera toujours Citrouille, finit par me dire Circé.

— OK, mais plus de Citrouillette et autres déclinaisons, marchandé-je, la gorge serrée.

— Promis, m'assure Méroé.

Et on reste comme ça de longues minutes. Sans en être sûre, j'ai l'impression qu'elles m'insufflent leur force parce que je me sens revigorée comme jamais.

— Quant à toi, beau-frère, on t'a à l'œil, prévient subitement Circé en se tournant vers un Deimos muet. Si tu blesses notre sœur, d'une quelconque manière, Méroé et moi t'infligerons la punition la plus humiliante de toute ton éternelle vie.

La seule réponse que je perçois de Deimos est une longue bouffée de laurier et de dictame silencieuse. Il ne va pas s'aviser de répondre. Je sais qu'il craint les sorcières. Alors Circé et Méroé me relâchent et cèdent leur place à Zelda et ma mère qui ignorent à leur tour complètement Deimos. Ma tante me tend un verre de gin que j'accepte volontiers.

— À toi, Ella, trinque Zelda.

— À toi, ma fille.

Je bois avec elles, et chacune d'entre elles me prend dans ses bras.

— Tu es forte, courageuse et invincible, me chuchote Zelda.

Aussi efficacement que son gin, ses paroles me réchauffent de l'intérieur.

— Tes sœurs t'ont fait le meilleur des cadeaux, poursuit ma mère. Sers-toi de la Stilla ce soir, ne le laisse pas te faire de mal.

— Ne t'en fais pas pour moi, maman, la rassuré-je.

Depuis que j'ai la Stilla autour du cou, ma crainte a baissé. Elle est toujours présente, parce que j'appréhende la violence mentale de ce qu'il peut arriver ce soir, bien plus que la violence physique. Mais je sais que je pourrais éviter cette dernière, quoi qu'il en soit.

— Je t'aime, Ella.

Elle m'embrasse les deux joues et s'éloigne, les yeux brillants. Mon cœur se serre alors que je reprends ma place sur la banquette.

— Si tu dois boire, tu devrais manger quelque chose, me recommande sèchement Deimos.

J'aimerais bien, mais je suis incapable d'avaler une bouchée. Et je n'ai pas le temps de le lui dire, Zeus apparaît devant nous. J'imagine qu'il va s'adresser exclusivement à Deimos mais c'est à moi qu'il accorde la parole.

— Ella, je souhaite m'entretenir avec toi.

Il tend le bras pour m'inviter à le suivre. Harmonie m'a bien prévenue, mais difficile d'échapper à la surveillance des sorcières dans leur propre tanière, Zeus serait idiot s'il tentait quelque chose ici. Alors je me lève pour faire quelques pas avec lui. Deimos n'a de toute façon pas bronché. Zeus me guide volontairement à l'écart des invités mais sans quitter la Clairière. Les étincelles électriques de ses cheveux s'enroulent autour des feuilles de laurier.

— Ella sans dons, je n'accueille pas n'importe qui au sein de ma famille. Les mortels auxquels je veux bien accorder la divinité se font rares de nos jours.

— Je ne cherche pas à devenir immortelle, protesté-je.

— Peut-être pas dans l'immédiat, mais la question se posera forcément tôt ou tard. Les mortels la désirent toujours.

Je me permets une grimace. Je n'imagine pas une sorcière envier le sort des dieux qui ont l'éternité devant eux. Cela dit, même si Zeus va avoir une opinion totalement orientée dans son sens, il reste une bonne source d'informations sur Hécate. Je devrais pouvoir faire le tri derrière.

— Et Hécate ? Elle était une déesse, mais ça ne vous a pas empêché de la détruire. Il n'y a pas que les mortels qui vous posent problème.

Peut-être que je suis un poil trop « grande gueule » avec le maître des dieux…

— Les mortels sont des poussières sur ma route, grogne Zeus en ralentissant.

Sa voix gronde plus qu'autre chose. De quoi me faire frissonner. Mais rien de plus. En fait, niveau « terreur », Deimos est bien au-dessus de Zeus. Et j'ai déjà eu mon lot. Je ne sais pas si le maître des dieux tente de m'intimider, mais il n'arrive pas à la cheville de son petit-fils.

— Quant aux traîtres…

Il pivote face à moi et ses yeux devenus incandescents transpercent mon voile sans peine. Ses cheveux se dressent et l'électricité parcourt tout le haut de son corps. Je recule d'un pas, de peur de me prendre un coup de jus. Si Deimos terrorise, Zeus impressionne. La puissance incarnée s'impose d'elle-même.

— Je les écrase.

Je déglutis.

— Ne me trahis jamais, servante d'Hécate. Ne trahis pas les miens ou tu connaîtras un sort bien pire que ta déesse déchue.

Raidie, j'aimerais hocher vivement la tête, mais j'en suis incapable. Par Hécate, je vais les trahir, quoi qu'il en soit ! Ma bouche s'assèche et des sueurs froides s'emparent de mon échine. Attend-il une réponse ? J'ai plus l'impression qu'il est là pour me rappeler qui est le maître ici.

— Papa !

La boule électrique devant moi s'assagit immédiatement. Zeus retrouve ses yeux gris, sa chevelure ondulante et un air radouci complètement inattendu. Athéna lui prend le bras et l'attire à elle, le détournant de moi. Je capte son clin d'œil alors que son père semble absorbé par sa présence.

— Ma petite Pallas, mon adorable Promachos ! dit-il en lui enlaçant les épaules.

— Tu ne m'as toujours pas raconté comment tu as réprimandé les satyres qui revendaient du Nectar.

— C'est vrai, tu vas voir, je ne les ai pas loupés…

Et ils s'éloignent tous les deux. Je savais qu'Athéna était spéciale pour Zeus, sa fille préférée, la seule d'entre tous qui a le droit de porter le foudre de son père, mais je ne m'attendais pas non plus à le voir fondre aussi vite !

— Oui, c'est quelque chose.

La voix de Dionysos me fait sursauter, mais je suis contente de le voir ! Contrairement à tous les autres dieux, il ne s'est pas vêtu à l'olympienne, mais plutôt comme il l'a senti : avec une tunique indienne en soie pourpre, assortie à un pantalon de la même matière.

— Un peu de vin ? Tu as l'air d'en avoir besoin.

— Oui, merci !

Je saisis le verre, soulève le voile et bois un gorgée.

— Pas trop, attention !

Il parle du vin ? Non, liant le geste à la parole, Dionysos rabaisse mon voile.

— Quoi ?

— Seul Deimos peut faire ça. Et il nous regarde déjà de travers.

Je jette un œil sur le côté. La grande silhouette sombre de Deimos se détache au milieu des couleurs éclatantes de l'assemblée. Et effectivement, il est tourné vers nous. J'aperçois la fumée de sa cigarette qui s'échappe en continu de sa bouche.

— Viens, m'entraîne Dionysos en me prenant le bras.

On s'éclipse à l'autre bout de la Clairière, parmi les sorcières et les nymphes, là où on mange, on boit et on chante. Je souris avec amusement pour la première fois aujourd'hui. Dionysos me soustrait aux regards en nous planquant derrière un camélia.

— Tu as autant peur de Deimos ? me moqué-je, plus détendue.

— Lui et moi, on s'est déjà affrontés sur un champ de bataille. La seule présence de Deimos et Phobos, entourant leur père sur un char de guerre, c'est s'assurer une victoire redoutable. J'ai vu des hommes désespérés au point de s'enfoncer un glaive dans le ventre, tant la peur et la terreur les ravageaient. Heureusement pour moi, les dieux sont versatiles. On n'a pas toujours été dans le camp adverse.

Il sort sa flasque de sa poche et boit une gorgée de Nectar avant de me la proposer, par pure politesse. Cette fois, je l'accepte.

Deimos avait raison, ça a le goût de grappa, de miel et de rose. C'est drôlement bon ! Et fort ! Pas le temps d'une seconde gorgée, Dionysos reprend vite la flasque.

— Si ton époux voit ça, je suis un dieu mort.

Son sourire me fait rire. Ça et le verre de gin, puis le vin et enfin le Nectar, alors que j'ai le ventre vide.

— Je n'ai pas l'intention de lui obéir au doigt et à l'œil.

— J'avoue que je connais bien « Deimos, le guerrier », mais « Deimos, l'époux »... Ce personnage m'échappe encore, devise Dionysos.

— Je ne sais pas si j'ai hâte de le connaître, avoué-je. Je n'arrive pas à savoir à quoi il pense.

Dionysos pose une main sur mon épaule.

— Cette union est bien trop importante pour qu'il en fasse n'importe quoi. La réouverture de l'accès à l'Olympe en dépend. Et j'ai hâte d'y retourner pour faire le plein de puissance et reprendre la main sur les ménades et les satyres qui échappent à mon contrôle.

Sa démonstration est un peu froide, mais il n'a pas tort. Ça me conforte aussi dans mon idée d'être vraiment prudente avec Deimos et de ne pas le rejeter trop durement.

— C'est vrai, dis-je avec un sourire.

Dommage que Dionysos ne se soit pas proposé pour l'union. Je ne suis pas sûre de sa stabilité puisqu'il a l'air de consommer beaucoup de Nectar, mais il est bienveillant, avenant et chaleureux. Et très séduisant aussi.

— Ton époux te cherche, dit une voix à ma droite.

Par Hécate ! Ces apparitions divines inopinées auront ma peau !

Une main sur le cœur, je regarde Harmonie qui a débarqué de nulle part, l'air dur et déphasé.

— J'arrive tout de…

Elle se détourne de moi avant que je puisse terminer ma phrase, l'attention distraite par Dionysos. Et soudain, tout son visage se détend et prend un coup de vieux. Une vive émotion l'envahit et elle pose délicatement une main sur la joue du dieu.

— Sémélé…

Dionysos prend sa main dans la sienne, presque aussi troublé qu'elle.

— Non, Harmonie, je suis son fils.

— Tu lui ressembles tellement.

Son sourire, heureux et dévasté tout à la fois, me prend à la gorge. Dionysos baise son front avec douceur.

— Voilà si longtemps que je ne t'avais pas vue, murmure-t-il.

Et elle se blottit contre lui. En voyant cela, je repense à Arès et Aphrodite. Je n'avais pas encore vu de gestes de tendresse de la part des dieux. Leur immortalité, pour moi, les projette bien trop loin pour qu'ils se permettent ces attentions qui ne durent que la fraction d'un instant, même pour les mortels. Et pourtant, ils en sont encore capables.

Lorsque Harmonie rouvre les yeux, ils sont tournés vers moi et semblent la déconnecter de ses retrouvailles. Elle se redresse avec un air hagard.

— Deimos te cherche, reprend-elle. Il est temps que tu rencontres ta nouvelle famille.

*

Finalement, à bien réfléchir, je crois que je préfère faire face à Zeus plutôt qu'à ma belle-famille réunie. Arès et Aphrodite se dressent devant moi, Harmonie près de son père, et deux autres dieux près de leur mère : des jumeaux identiques, tous deux bruns, tous deux à la peau hâlée, tous deux aux yeux sombres. Je ne vois pas le détail de leurs traits, mais je ne doute pas de la même perfection que celle des autres dieux. Je peux facilement en déduire que ces jumeaux, tout de rouge vêtus, sont Éros et Antéros. Mais où est Phobos alors ?

— Sois la bienvenue dans notre famille, Ella, dit Aphrodite d'un ton aimable mais que je devine forcé.

Arès, lui, ne prononce pas un mot. Il se tient auprès de son épouse, presque jalousement. Ma tension monte. Peut-être à cause de Deimos à côté de moi, qui enchaîne cigarette sur cigarette. Je perçois des sensations paradoxales au milieu d'eux : de certains, émane une chaleur enivrante et une curiosité réconfortante, et d'autres, une froideur glaçante et une défiance à couper au couteau.

— Merci, réponds-je en espérant me téléporter très loin.

— Notre sœur a eu le privilège de te rencontrer seule, je suis jaloux.

L'un des jumeaux s'approche de moi et me tend la main.

— Éros, dieu de l'amour et du désir, enchanté.

Sa présentation me fait sourire et je serre sa main en retour. Il a une poignée assurée sans être écrasante. Son jumeau s'avance aussi, il semble plus distant et nonchalant qu'Éros.

C'est exactement dans des moments pareils que j'ai envie de tout raconter à Rachel et Madeline ! Rencontrer Éros, c'est quand même quelque chose ! Maintenant qu'il se tient devant moi, je dessine peu à peu les contours de son visage et toute sa finesse. Il a un physique assez semblable à Deimos en vérité, mais dans une toute autre gamme de couleurs. Et ses grands yeux noirs pourraient faire chavirer n'importe qui !

— Ella, étudiante en art.

Éros sourit doublement.

Deimos rompt notre salutation. Il reprend ma main et la ramène à moi d'un geste frustre. Si je me souviens bien, il a du mal à supporter ses frères.

— N'en profite pas, grogne Deimos.

— Tout de suite ! s'insurge Éros. Tu devrais passer plus de temps à Cythère ! Les gens sont conviviaux et tactiles sans forcément « toucher » outre mesure.

— C'est justement pour éviter tout ça que je n'y mets pas les pieds.

— Tu sais que nous n'avons pas besoin de « toucher » pour « provoquer », ajoute Antéros d'une voix grave.

J'hésite encore sur le fond véritable de tels échanges. Avec mes sœurs, on se taquine toujours. Éros me fait penser à nos relations jusque-là. Mais la remarque d'Antéros ressemble presque à une menace.

— Si tu veux que ton épouse ressente du désir pour toi ce soir, tu n'as qu'à le demander.

J'esquisse un recul, plus vraiment rassurée. Je n'ai pas du tout envie que ces deux-là jouent avec mes sentiments ou mes désirs. J'ai déjà eu un aperçu de la ménade, mais sa portée était limitée dans le temps. Éros et Antéros, c'est permanent.

— Les garçons, soupire Aphrodite comme si elle avait bien trop l'habitude de ce genre de chamailleries.

— N'y songe même pas, prévient Deimos, sans écouter sa mère.

Éros se glisse entre eux pour les séparer.

— Allons, allons, ne donnons pas une mauvaise impression à notre belle-sœur.

Deimos et Antéros demeurent tendus, mais Harmonie pouffe dans son coin.

— « Une mauvaise impression », répète-t-elle avec moquerie.

— Nous ne sommes pas autre chose, grommelle Antéros.

— Mais si, voyons, tempère Éros en entraînant son jumeau quelques pas en arrière. Si moi, j'éveille la flamme dans le cœur de l'un, Antéros éveille la flamme en retour dans le cœur de l'autre. Ou non.

Antéros a alors un demi-sourire qui me frappe tant il semble cruel. L'amour à sens unique est donc sa spécialité.

— Mais Zeus tout puissant nous a punis et nous ne pouvons plus jouer avec les mortels.

Éros ponctue sa phrase d'un soupir plein d'emphase et de désespoir.

— Pour quelles raisons ? osé-je demander, toujours sur mes gardes.

— Bavures amoureuses, réplique Antéros avec un haussement d'épaules amer.

Le dieu de l'amour dodeline de la tête, une main sur sa nuque, visiblement embarrassé.

— Oui, bon. On a peut-être un peu déconné, parfois. Nos flèches vont plus vite que nos mots.

— Et je vais m'assurer que ça n'arrive plus, avertit Deimos de sa voix rauque la plus sévère.

— Tu es vraiment le chien de Zeus, crache Antéros.

— Tais-toi ! s'exclame puissamment Harmonie.

Des serpents pourraient surgir de ses mains d'un instant à l'autre ! Mais Arès semble canaliser son accès de colère en enserrant ses épaules entre ses mains.

— Tout ça pour dire, reprend Éros en croisant les bras avec impatience, que si vous souhaitez que nous déclenchions quelque sentiment chez vous deux, pour adoucir la situation, puisqu'il s'agit d'un mariage arrangé, moi et Antéros, sous l'avis favorable de notre mère et malgré l'interdiction de Zeus d'utiliser nos pouvoirs, sommes prêts à vous l'offrir.

Quelle horreur ! Ils veulent nous rendre amoureux !

— Hors de question, refuse catégoriquement Deimos.

Il me devance de peu. J'allais moi aussi balancer une objection claire et nette.

Aphrodite s'avance jusqu'à lui et lui témoigne, pour la première fois, une once d'inquiétude maternelle.

— Es-tu sûr ? Tu sais de quoi tu es capable, Deimos.

— Hors de question que ces deux-là s'amusent avec moi !

Sa colère vibrante me secoue. Mon cœur qui s'était apaisé relance sa course. Moi non plus, je ne veux pas sombrer dans un état second et perdre tout repère ! Et en même temps, je ne veux pas savoir de quoi mon époux est véritablement capable…

— Très bien, cède Aphrodite en baissant la tête.

— Je vous avais bien dit qu'il refuserait, commente Antéros dans son coin.

Leur mère se tourne vers moi et se met à sourire, comme si rien de dramatique ne venait d'arriver. Elle pose une main sur mon bras et le frotte gentiment.

— Le soleil vient de se coucher. La nuit de noces va commencer.

CHAPITRE X

Circé et Méroé me prennent dans leurs bras une dernière fois, me chuchotant des injonctions sur l'utilisation de la Stilla. Ma mère pleure contre Zelda, mais sans s'effondrer, tout en dignité. J'évite de la regarder pour ne pas me paniquer encore plus. Circé la Grande et Médée la Jeune, elles, me font des signes plein de confiance, qui parviennent à me ragaillardir.

On nous escorte sur un chemin jonché de flambeaux jusqu'à l'autre bout de la Clairière. Un pavillon de tentures aux couleurs chaudes, rond et plutôt vaste, a été dressé là, près des bois, à l'écart. Deimos soulève un pan pour me laisser un passage alors que les invités exclament des souhaits de fertilité avant de se disperser. Je fais quelques pas à l'intérieur : le sol est recouvert de tapis, un grand lit aux pieds en forme de pattes de lion trône au centre, drapé de blanc. Deux banquettes se font face dans un coin, autour d'un amas de nourriture sucrée et de vin. Quatre vasques enflammées éclairent l'intérieur de leur lumière tremblante.

Le silence soudain me surprend. Deimos a refermé la tenture derrière lui et plus aucun bruit ne nous parvient de l'extérieur. Le souffle coupé, je glisse mes mains sous le voile et agrippe ma Stilla, déterminée à ne pas la lâcher. Je n'ai plus qu'à envoyer le sort, mais je suis si embrouillée qu'aucune pensée claire ne me vient en tête. Je n'ai que trois chances, ce n'est pas le moment d'en gâcher une dans l'affolement ! Il n'est pas obligatoire de prononcer les paroles, mais ça aide à focaliser l'intention. Comment pourrais-je même prononcer une seule phrase, Deimos n'est pas idiot, il comprendra ce que je suis en train de faire !

— Viens, assieds-toi avec moi.

Deimos prend place sur l'une des banquettes. Je mets bien une dizaine de secondes avant de pouvoir ordonner à mes jambes de le rejoindre. Je me laisse choir en face de lui, le corps raide. Si le voile m'a aidée à mettre de la distance avec la situation, à présent il me gêne. J'aimerais déceler son air et pouvoir anticiper le moment où il fera un geste menaçant.

— Mange quelque chose, tu n'as touché à aucun plat.

J'ai encore l'estomac bien trop noué pour ça.

— Je n'ai pas faim.

Deimos garde le silence alors que le battement sourd de mon cœur prend de la vitesse. Est-ce qu'un sort doit rimer même en pensée ? Je n'ai aucune idée de comment fonctionne la magie et ça ne m'a pas effleuré l'esprit de poser la question à mes sœurs.

— Tu n'as pas à être nerveuse, finit-il par dire de sa voix grave et posée.

Cette remarque suffit à tripler ma nervosité ! Tout s'emballe dans ma tête : l'ichor que je dois prendre, le mari que je dois étudier, les invités à qui j'ai parlé, la tristesse de ma mère, l'absence de mon père, la proposition absurde d'Éros et Antéros tout à l'heure !

— Votre famille est folle à lier !

Je reprends mon souffle, la Stilla s'enfonçant dans la paume de ma main tant je la serre.

Le rire à peine contenu de Deimos me saisit. On dirait qu'il gronde comme le tonnerre mais avec la légèreté d'un nuage. C'est inattendu. Et confondant ! Est-ce que ma détresse lui donne envie de plaisanter ?

— Viens là, dit-il en se levant.

Impossible de bouger pour ma part.

— Je veux seulement retirer ton voile.

J'ai envie de protester, de lui balancer que cette tradition idiote n'est qu'un ramassis de paternalisme à deux balles qui soumet l'épouse à son mari, mais rien ne franchit ma bouche.

« Ce n'est pas un vrai mariage. » Il faut que je me le répète. Cette cérémonie du voile ne signifie absolument rien pour moi. Je me contente de me lever. Je ne vais pas non plus accourir dès qu'il me le demande !

Deimos réduit l'espace qui nous sépare et se dresse devant moi. Un sort, il me faut un sort ! « Tu feras comme si l'union a été consommée, et tu dormiras et oublieras tout » ? Pourquoi est-ce que ça semble ridicule même en pensée ? Et pourquoi Deimos ne fait rien ? Il tient à m'affoler plus que je ne le suis déjà ?

Sa main frôle mon coude sans que je m'y attende. Il agrippe le bord du voile et se met à le tirer lentement sur le côté. Le fin tissu d'Athéna glisse sur ma peau, semant ici et là des frémissements chauds le long de mes bras et sur mon visage. On dirait une caresse, agréable et douce. Et lorsque le voile se retrouve entièrement dans la main de Deimos, il laisse derrière lui une brûlure qui embrase mes joues. Peut-être parce que c'est une sensation plaisante au milieu d'une situation qui ne l'est pas.

Je vois enfin nettement le dieu auprès de moi et sa tunique aux merveilleuses feuilles dorées. Ses traits ne trahissent pas d'émotion si forte que celle qui m'agite à l'instant. Il semble toujours si froid et inexpressif. Allez, je veux bien y voir un peu plus de… de prévenance. On va dire ça. Et d'intensité au fond de son regard dépareillé. Beaucoup trop d'intensité. Mais rien de menaçant pour l'instant.

— Je sais que ma famille est folle, dit-il en reprenant sa place. Éros est peut-être conciliant, mais Antéros est le plus cruel de nous cinq.

C'est encore si bizarre de me dire qu'Éros et Deimos sont frères… Sa position sur Antéros ne m'étonne cependant pas. J'ai eu la même impression tout à l'heure. Mais je ne peux pas m'empêcher de le cuisiner.

— Plus cruel que la Terreur ?

Son sourire en coin, perçant et sûr, me comprime la poitrine. Comme un reste de toutes ces terribles sensations qu'il provoquait il n'y a pas si longtemps, d'un seul regard.

— Il a torturé bien plus de dieux et de mortels que tu ne le crois.

L'amour unilatéral, c'est beaucoup plus long et harassant qu'un bon coup de terreur, je veux bien le croire.

— Et Phobos ? Pourquoi n'est-il pas venu ?

À l'énoncé du nom, les mâchoires de Deimos se pressent l'une contre l'autre. Je me souviens très bien de la conversation que j'ai surprise entre Aphrodite et Arès : ils lui reprochent d'avoir fait quelque chose à son frère, quelque chose qui a déchiré sa famille. Et Phobos est le seul qui manque à l'appel. Qu'a-t-il bien pu se passer ?

— Phobos n'a pas pu faire le déplacement.

J'ai envie d'en savoir plus, de lui demander pourquoi sa propre mère craint ce dont il est capable dans ce cas, mais je crois que je vais me faire autant de mal à moi-même en entendant ou en espérant ses réponses.

— Ella, pourquoi as-tu accepté ce mariage ?

Sa question imprévisible m'interloque.

— Je veux ta vraie raison.

— Parce que j'en ai des fausses, d'après vous ? répliqué-je nerveusement.

Il hausse les épaules.

— Tes guides t'ont forcément poussée à accepter, le bien de ta communauté te préoccupe probablement, mais tu aurais tout de même pu refuser. Tu dois avoir une raison plus personnelle, non ?

C'est là que je me rends compte que je viens d'épouser le M. Police des Olympiens. Et que jamais Deimos n'a autant parlé !

Je me mordille la lèvre. Je pourrais être en partie honnête parce que la raison première de mon engagement peut être révélée sans danger.

— J'ai accepté pour protéger ma sœur.

Deimos incline la tête, l'air satisfait.

— Je l'ai également fait pour mon frère.

J'acquiesce à mon tour. Je ne mesure pas bien la portée de sa décision. J'imagine qu'il le fait pour Phobos, mais j'ignore encore tout de ce frère invisible.

Puisqu'on en est à parler à cœur ouvert, je vais oser une question dont la réponse pourra peut-être influencer son comportement cette nuit.

— Est-ce que vous m'en voulez d'avoir fui New York ?

S'il nourrit encore de la colère à ce sujet, je n'ai pas très envie qu'il la libère maintenant.

— Non, répond-il sans attendre et d'un même ton égal. Tu devais voir ce que je peux être. Tu aurais pu tout annuler, mais tu es là.

Par Hécate, c'est ainsi qu'il l'interprète. Je suis ici seulement pour son ichor.

— J'y ai pensé, avoué-je à voix basse.

— Je comprends. Je ne voulais pas te piéger. Le temps que nous avons passé ensemble servait à cela.

Ma gorge s'entrave un court instant. Voilà que ma nervosité prend un autre chemin. Le Deimos brutal était plus prévisible que ce Deimos prévenant. Ces instants étaient si courts, si… anormaux et insensés ! Que peut-on en déduire, au juste ?

— Qu'avez-vous bien pu apprendre sur moi en si peu de temps ?

Et là, autant dire que je guette le moindre commentaire gauche !

— Que tu es sociable, généreuse et positive de nature, un peu naïve malgré tout mais je suppose que ça fait partie de ton charme. Tu n'as pas peur de l'ouvrir. Tu protèges les personnes que tu aimes. Tu es trop curieuse et trop tactile, mais ce n'est que mon opinion. Tu es vierge mais le sexe t'intrigue, ce qui me fait dire que tu me céderas tôt ou tard.

Le retour du mufle ! Il ponctue même sa démonstration d'un sourire d'une suffisance à damner Hadès.

— Il me semble que le côté « tactile » est indispensable pour coucher avec quelqu'un, grogné-je en sentant mon visage bouillir violemment.

Son sourire redouble, au point de me faire balbutier.

— Pas que je veuille vérifier ça dans l'immédiat…, me dépêché-je d'ajouter.

Bon sang, il m'a plutôt bien cernée. Il oublie de pointer du doigt ma duplicité. J'espère qu'il n'aura jamais à le faire. Qu'ai-je bien pu apprendre sur lui, moi ? Qu'il est arrogant, fier et terrifiant, oui, ça, je le savais déjà. Mais aussi qu'il est entouré des Érinyes et des Semés qui le suivent aveuglément, qu'il est implanté et actif au sein du Siège des dieux, qu'il est conscient de sa propre nature et qu'il n'a pas voulu me la cacher, pour mon bien. C'est ce dernier point qui me perturbe le plus.

De la part d'une divinité malveillante, c'est plutôt curieux, non ?

— Suis-moi.

Deimos se lève, prend un couteau incurvé posé près d'une coupe de fruits et se dirige vers le lit. Le moment est arrivé, je dois penser à un sort et l'envoyer ! Mais le comportement ambivalent du dieu me perturbe, je ne sais plus comment y faire face.

— Viens, répète-t-il calmement.

Un homme avec un couteau près d'un lit, ça n'inspire pas du tout confiance ! Comment il fait pour ne pas s'en rendre compte ? Il a l'intention de me menacer avec sa lame ?

Je me lève, forçant mon esprit à se focaliser sur un sort. Je peux le faire ! J'ai grandi avec deux sœurs et une mère sorcières ! Mais ça m'a toujours paru facile pour elles, c'est inné, la magie est présente dans leurs veines dès leur naissance. Et si j'en étais incapable même avec une Stilla ? Je me retrouve devant lui, transie de peur, moulinant à toute vitesse des rimes pitoyables dans ma tête.

D'un geste lent, il détache l'une de mes mains de son emprise sur le pendentif et la tend au-dessus du drap blanc. Il approche la lame de ma paume et la blesse d'une vive incise, me sortant de la torpeur dans laquelle j'étais plongée.

— Rassure-toi, reprend-il. Je n'ai pas l'intention de te toucher sans ton consentement.

Des gouttes de sang tachent le lit avant que Deimos referme l'entaille du bout du doigt.

Chamboulée, la main droite fermée sur la Stilla, la gauche à nouveau intacte, j'essaie de comprendre ce que cherche Deimos.

— Pourquoi ?

C'est tout ce dont je suis capable à cet instant !

— Tu me demandes vraiment pourquoi je ne veux pas violer quelqu'un ?

J'ouvre la bouche et la referme aussitôt. À vrai dire, il envoie balader un peu trop facilement les a priori que j'avais sur lui.

— Tu n'as rien appris sur moi de ton côté ? ajoute-t-il.

Il y a bien autre chose que j'ai pu voir sans l'identifier au premier abord : en me sortant de la maison des Alpha-Oméga menacée par une ménade, ou encore en s'en prenant au satyre qui me traitait d'empousa. Il est protecteur, même si ses manières sont parfois brutales. J'ignore si c'est par fierté, mais ça reste un constat.

— Mais… euh, ce n'est pas grave si on ne consomme pas le mariage ? osé-je demander, le cœur battant à tout rompre.

— Je me fous bien des attentes des miens. Tu sauras tenir ta langue ?

Je hoche la tête, soulagée. Pourtant, ma main droite ne desserre pas son étau. Je le redoute encore. Je ne sais plus sur quel pied danser…

— Je ne veux de toi qu'un baiser ce soir, pour sceller l'union.

Ah. Je m'en sors plutôt bien pour le moment. Un baiser, ce n'est pas non plus la fin de tout, et comme il l'a si bien décelé, je ne suis pas contre l'expérimentation. Alors, le visage cramoisi et une nouvelle tension folle dans la poitrine, je réponds :

— D'accord.

Deimos n'attend pas une seconde pour m'attirer contre lui. Je ramène ma main gauche sur la droite qui oppresse la Stilla. Son mouvement éclair semble le surprendre lui-même. Je me retrouve blottie contre son corps bouillant, ses mains dans mon dos exerçant une pression subtile. Est-ce qu'il sait se contrôler ? Est-ce qu'Aphrodite faisait allusion à cela ?

— Désolé, souffle-t-il d'une voix rauque.

Je l'avais déjà remarqué qu'il sentait le feu de bois, hein ? Et maintenant que j'ai le nez dans son cou, je décèle même quelques notes de cèdre qui font clore les paupières instantanément. Par Hécate, il sent divinement bon… C'est le bout de son nez contre le mien qui récupère mon attention. J'entrouvre la bouche parce que j'ai besoin d'air. Il approche ses lèvres des miennes mais sans me quitter des yeux, comme s'il guettait un repli. Non, comme s'il était *sûr* de ce repli. Moi, je n'ose vraiment pas bouger. J'ai des milliers d'interrogations en pagaille dans ma tête – est-ce que ce baiser aggrave mon cas de duplicité ? est-ce qu'il va bien s'arrêter à un baiser ? est-ce que ma famille va m'en vouloir ? est-ce que j'ai manqué une occasion de lui prendre de l'ichor ?… – mais j'envoie tout balader.

Parce que j'en ai envie, de ce baiser. Peut-être depuis cette cave dans le bar clandestin des satyres. Ou même depuis cette danse involontaire, hypnotisée par une ménade. Ou alors je me sens redevable ? Ce serait idiot d'en arriver là. Alors que mon cœur bat comme jamais, que mes jambes tremblotent, qu'un hoquet me saisit à l'instant où ses lèvres frôlent les miennes sans se poser. Tout mon corps est en roue libre, il enchaîne les chutes de température et les remontées vertigineuses, il se tend et se détend, devient fébrile, impatient. Il est très partant, moi aussi, mais Deimos ne s'engage toujours pas.

Son nez se frotte au mien. Son œil bleu si proche, si clair et limpide, et son œil noir si indéchiffrable… quel spectacle lorsqu'ils ne distillent pas toute cette terreur ! Je me dresse sur la pointe des pieds, histoire de me rapprocher un peu. Ses mains, au creux de mes reins, me plaquent davantage contre lui et contre cette tunique d'une douceur à toute épreuve. Ma main gauche se détache doucement pour se poser sur son épaule. On ne sent pas la différence entre sa peau et le tissu. La seule chose qui les distingue est la fermeté de son corps. Ça, il le tient de son père. Il n'y a qu'une broche à défaire pour aller plus loin dans l'étude…

Je m'égare ! On est là pour un baiser, rien de plus !

Au fait, pourquoi il ne se décide pas ?

« Je ne veux de toi qu'un baiser. » OK, c'est lui qui attend. Pas l'inverse.

Alors, et parce qu'il ne me reste qu'un centimètre ou deux à franchir, j'embrasse ses lèvres. Un peu de travers, certes, mais ce premier contact agite puissamment mon cœur. Ce n'est qu'à ce moment-là que Deimos reprend le contrôle, l'une de ses mains remontant mon dos pour s'enrouler sur ma nuque, son pouce pinçant le lobe de mon oreille, m'arrachant un gémissement que j'étouffe tant bien que mal. Alors là, non, pas question de lui faire des démonstrations bruyantes ! Heureusement, il ne relève pas. Il préfère reprendre plus vigoureusement mes lèvres, en emprisonne une entre les siennes, la mordille avant de l'embrasser sagement.

Par Hécate… C'est grave si j'aime ce baiser ? Je voudrais l'interrompre, histoire de lui faire comprendre qu'on n'ira pas plus loin, mais je ne peux pas. Après tous ces jours de doute et d'appréhension, savoir que Deimos est capable de ça, c'est si réconfortant, si bon et si perturbant à la fois. C'est même lui qui se retire, tout en gardant son front contre le mien, me laissant reprendre ma respiration, reprenant lui aussi la sienne. J'ai les genoux qui s'entrechoquent ! Et j'ai peur d'ouvrir les yeux et de le regarder en face. Son pouce a quitté mon oreille et caresse ma pommette, frôlant mes cils, affolant un peu plus mon pouls.

— Ne me crains pas.

Ces mots, soufflés et rocailleux, me font ouvrir les yeux. Je n'ai que le temps de le voir faire un pas en arrière et se transformer en chien-loup. L'animal s'écarte et se couche au pied du lit, la gueule appuyée sur ses pattes avant.

Je demeure figée une longue minute. J'ai l'impression de voir flou et d'avoir été trimballée par une tornade pendant des heures. Toute ma tension latente vient de me quitter.

Mes épaules raidies se relâchent, j'écarte mes doigts devenus douloureux à force de compresser la Stilla, et je recule à petits pas jusqu'à m'échouer sur le lit.

De là où je suis, je vois encore le bout du museau de Deimos qui dépasse.

Est-ce que je ne viens pas d'épouser la plus étrange des créatures ?

Est-ce normal de penser que ce baiser vient de créer un lien entre lui et moi ?

On était deux entités uniques et indépendantes, jusqu'à cet instant à l'importance insaisissable.

Je retire mes nu-pieds et m'allonge sur le lit, épuisée. Pourtant je ne suis pas certaine de pouvoir dormir. Je roule sur le côté. Je me sens en sécurité, alors que je ne m'y attendais pas du tout. Et en constatant cela, ma peau se met à rayonner.

CHAPITRE XI

— Ella.

Je plonge ma tête sous le coussin en grognant. Je suis encore engourdie, j'ai sommeil, pas question de bouger de là.

— Ella, le soleil est levé.

La voix est plus proche que je ne le croyais. La main qui se pose sur mon bras me paraît bien réelle. J'ouvre les yeux et me redresse instantanément. La silhouette de Deimos, assis près de moi, me surprend.

— On nous attend dehors.

J'acquiesce en me frottant le visage. J'avais accumulé tellement de fatigue que j'ai dormi comme une masse. Je tuerais pour un café, bon sang ! Mais je doute qu'on nous en serve à l'extérieur. J'ai faim en plus. Les gâteaux déposés sur la table basse, à quelques pas, me font vraiment de l'œil. Je m'extirpe du lit alors que Deimos s'est relevé. J'enfile mes nu-pieds, démêle mes cheveux en parvenant à défaire le chignon et m'étire longuement, une fois debout. Mon époux en profite pour tendre la main et retirer la ceinture d'Aphrodite de ma taille. Je reste vierge, mais pas aux yeux de tous.

Je le retiens par le bras.

— Deimos, hum. Merci, pour cette nuit.

Il prend ma main dans la sienne.

— J'attendrai que tu sois prête. Mais ça ne signifie pas qu'il ne se passera jamais rien. Si les attentes des dieux et des sorcières m'importent peu, tu es mon épouse, et t'initier fait partie de mes privilèges d'époux.

Même si je perçois un accès volontaire d'arrogance, me faisant donc plus penser à de la provocation qu'à une affirmation bête et méchante, je n'ai qu'un seul mot qui me vient en tête : mufle. J'ai épousé un mufle.

— J'ai droit à quel privilège, moi ? répliqué-je alors, l'agacement titillé mais avec une part d'amusement.

— Celui de me faire attendre.

J'acquiesce.

— J'ai bien l'intention d'en profiter, vous savez.

Il sourit, le visage détendu.

— « Tu », corrige-t-il ensuite.

J'ai l'impression que le tutoyer va instaurer une familiarité beaucoup trop réelle entre nous. Je n'arrive pas encore à m'y faire.

— Je vais essayer.

On sort tous les deux du pavillon et la lumière du jour nous aveugle quelques secondes. Les deux camps sont réunis là, de part et d'autre d'une allée, les sorcières d'un côté et les dieux de l'autre. On s'avance au milieu d'eux, auprès de Zeus et de Circé la Grande et de Médée la Jeune. Une fois sous les yeux de nos autorités respectives, Deimos prend la parole.

— Le mariage a été consommé, déclare-t-il d'une voix forte.

L'atmosphère se détend aussitôt. J'ai l'impression qu'une grande partie de l'assemblée redoutait qu'il ne se passe rien. Verser des gouttes de sang sur les draps avait son utilité : ça confortera les plus méfiants.

Je jette un œil à mes sœurs et leur souris pour leur assurer que je vais bien, et elles aussi, elles semblent soulagées.

— Bien ! s'exclame Zeus. À présent, sorcières, remplissez votre part et rouvrez l'accès à l'Olympe.

— C'est ce qui était prévu, répond Circé la Grande. Mes sœurs !

Toutes les sorcières de la Clairière se donnent la main. Je les regarde faire, impressionnée par cet ensemble qu'elles forment. Elles allient toute leur puissance. C'est ce que nos ancêtres ont dû faire il y a cent ans. J'en ai des frissons d'avance. Circé la Grande et Médée la Jeune, d'une seule et même voix, lancent le sort à voix haute pour focaliser les pouvoirs des leurs sur le même objectif :

— *Hécate, entends-nous, nous traçons la voie des cieux, nous rouvrons le foyer des dieux, Hécate, guide-nous !*

Une impulsion massive s'élève de la foule jusqu'aux astres. Tous les visages sont levés. Moi, je remarque que les dieux inspirent profondément et sereinement. Leur peau semble fourmiller d'éclats d'or, à présent que leur lien est restauré avec l'Olympe.

— Enfin, soupire Zeus, les paupières closes. Allons-y, ne perdons pas de temps.

Ma mère m'attire à elle, me détachant de Deimos qui s'avance vers Zeus. Peut-être qu'ils vont tous se téléporter sur l'Olympe et y rester un temps indéfini. On n'en a pas parlé tous les deux, mais après tout, ce serait plausible. Les mortels n'ont pas accès à l'Olympe, donc je n'ai rien à y faire.

— Un instant, demande Deimos au maître des dieux. J'aimerais de l'Ambroisie pour que mon épouse m'accompagne.

Ah mais non, je ne suis pas du tout d'accord ! Je n'ai pas envie d'aller sur l'Olympe ! D'ailleurs personne n'a l'air d'approuver Deimos, qu'est-ce qui peut bien lui passer par la tête ? Ma mère resserre son emprise sur mon bras et Zeus fulmine.

— Tu veux emmener une sorcière sur l'Olympe ? Tu as perdu la raison !

— Ella n'a aucun pouvoir, temporise Deimos. Si elle nous accompagne, les sorcières n'oseront pas nous tendre de piège. Nous ignorons ce qui nous attend, là-haut.

Les dieux se mettent à douter, surpris de ne pas avoir songé à la possibilité d'une ruse, tandis que les sorcières s'insurgent, agacées d'être soupçonnées de remettre en cause la paix. Quelle mouche a bien pu piquer mon époux ! Il veut vraiment m'utiliser à ce point ?

— Tu n'as pas tort, grommelle Zeus en faisant apparaître une fiole contenant une bouillie dorée.

Deimos me regarde, en attendant de moi que je le suive sans broncher. Non mais pour qui il se prend au juste ?

— Pourquoi tiens-tu à emmener notre sœur dans votre antre ? lance mon aînée.

— C'est vous qui lui tendez un piège, renchérit Méroé.

Un brouhaha secoue les sorcières.

À peine mariés, et déjà la paix qui devait nous lier est remise en question. Je n'ai pas très envie que tout soit fait en vain alors je m'éloigne de ma mère pour rejoindre Deimos. Ce serait bien pire s'il devait utiliser la force pour que je vienne.

— Je vais y aller, tout ira bien, rassuré-je mes sœurs.

Je prends la fiole et la débouche. L'odeur fleurie qui s'en dégage me picote les narines. Je ne prévoyais pas de voyager dans une autre dimension. Et le pire, c'est que j'espère, dans un coin de ma tête, que mes guides n'ont effectivement pas tendu de piège sur l'Olympe.

— Avale, c'est sans danger, m'encourage Deimos.

Je retiens un soupir et ingurgite le contenu. Deimos enroule son bras autour de ma taille pour me ramener à lui. Autant j'ai perdu la tête la nuit dernière, avec ce baiser qui n'aurait jamais dû me bouleverser à ce point, autant ce matin, j'ai l'impression de me réveiller pour de bon.

— Je suis quoi pour vous ? Une otage ? grogné-je à voix basse.

— Non, tu es l'Épouse de la Terreur. Ta place est à mes côtés comme la mienne est aux tiens.

Je n'ai pas le temps de répliquer que ma place serait plutôt ici, dans la Clairière, et qu'il serait le bienvenu s'il souhaitait me tenir compagnie. Un battement de paupières suffit à me faire changer d'environnement. Si la première téléportation que j'ai expérimentée avec Deimos a duré une fraction de seconde, celle-ci dure plus longtemps. Le voyage est brusque, comme si j'étais dans un trou de ver, cernée par des bourrasques et sans aucune visibilité. Quand je finis par me sentir stabilisée, au bout de trois longues secondes, je suis plaquée contre Deimos, le souffle court.

La température s'est rafraîchie. Je m'attendais à être éblouie par des édifices de pierre blanche, peinte de multiples couleurs, par une luxuriance digne des fantasmes les plus fous, par une légèreté et une folie qui n'auraient pu naître que des esprits divins qui m'entourent, mais non. Non, autour de moi, il n'y a qu'un champ de ruines. Des morceaux de murs et de colonnes à terre, des nuages qui s'enroulent autour de restes délabrés, des troncs d'arbres brûlés… à perte de vue.

Les dieux se tiennent sur une place circulaire recouverte d'une mosaïque représentant les Douze en pleine gloire. Tout autour, des statues à moitié debout ou totalement effondrées rappellent la présence de toutes les autres divinités en ces lieux, toutes dimensions confondues. Ça me rappelle la Clairière, cernée d'arbres. Sauf qu'ici, leur clairière est cernée de figures en pierre dans un piteux état. Sauf une. Une seule statue est encore intacte et je la reconnais tout de suite, les sorcières ont la même dans leur hall : Hécate, déesse de la magie et protectrice de ma communauté.

Hécate. Bien sûr. C'est elle qui a réduit l'Olympe à ce terrain à vague. L'escalade punitive qui a suivi prend tout son sens.

Je me frotte les bras, avant d'examiner les personnes qui m'entourent. Leurs airs ahuris me frappent. Aucun d'eux ne dit un mot. Tous observent le désastre.

— Ce n'est pas viable dans l'état, déclare Athéna en faisant quelques pas. Mais nous allons rendre à l'Olympe l'éclat qu'elle mérite.

— Ça prendra du temps, commente Aphrodite.

La famille de Deimos reste groupée, Harmonie semble secouée mais Arès la garde auprès de lui comme un vrai soldat.

— Vous avez bâti un empire sur Terre, de quoi vous faire patienter, fait remarquer Dionysos, les mains dans les poches. Hécate n'a pas manqué son coup.

— Est-ce que l'essence de l'Olympe est encore présente ? interroge Éros en s'adressant au maître des dieux.

Zeus capte toutes les inquiétudes soulevées. Il s'accroupit et pose sa main sur le sol de la mosaïque. Plus rien ne se fait entendre. Une nouvelle chose me frappe : le silence désolé de l'endroit. Pas de chants d'oiseaux, pas de bruissements de feuilles, pas de filets d'eau. Je fais un pas de côté vers Deimos.

— L'Olympe a une essence, elle aussi ? murmuré-je.

— Dans laquelle nous puisons la nôtre.

Le sol tremble sous nos pieds et chaque tesselle de la mosaïque se met à briller. À en croire le sourire satisfait de Zeus, j'imagine que cette même essence peut être réinsufflée par les dieux. On dirait une sorte de symbiose, ils se nourrissent l'un l'autre. Je comprends mieux dans quelle situation urgente les dieux se trouvaient et pourquoi ils ont planifié l'Union. L'Olympe était sur le point de disparaître, ils auraient fini par subir le même sort, petit à petit.

— Elle est encore là, affirme Zeus, alors qu'une aura argentée émane de lui.

— Nous allons reconstruire, partager notre temps entre l'Olympe et le Siège, motive Athéna en faisant apparaître une lance affûtée dans sa main. Je suis sûre qu'Apollon me prêtera main-forte.

Le dieu solaire, plus lumineux que jamais, opine de la tête.

— Les Enfers peuvent participer, propose Hadès. Nous ne manquons pas de ressources.

— Toute aide sera la bienvenue, répond Héra.

Zeus lève le bras et attire un éclair dans sa main. Sa lumière aveuglante crépite tout autour de lui. Il brandit son foudre, une arme infaillible, droit devant lui, prêt à frapper.

— Mon premier acte de refonte de l'Olympe sera d'effacer toute trace de la traîtresse !

Il vise la statue d'Hécate et lui décoche le foudre. La pierre vole en éclats. Je plaque mes mains sur ma bouche pour étouffer un cri. Je ne suis vraiment pas à ma place ici...

— Athéna, appelle Deimos.

La déesse de la sagesse nous rejoint.

— Neveu.

— Je vais redescendre sur Terre avec Ella, elle ne peut rester plus longtemps ici avec le peu d'Ambroisie qu'elle a avalé.

La déesse approuve tandis que ses yeux pers nous scrutent discrètement.

— Oui, vous faites bien.

Puis elle tend la main devant elle et une clé apparaît au creux de sa paume.

— Mon cadeau, pour votre mariage. L'emplacement vous plaira, j'en suis sûre.

Athéna nous offre un appartement ? Bon sang ! Deimos accepte la clé en la remerciant, mais la déesse en profite pour lui agripper le bras. J'ignore ce qu'elle va lui reprocher, mais je n'aimerais pas être à sa place ! Je n'ai pas à attendre bien longtemps pour le savoir puisqu'elle m'attrape à mon tour avant de nous parler à voix basse.

— Les autres ne l'ont peut-être pas encore remarqué, mais vous ne me trompez pas. Ce mariage n'a pas été consommé. Je ne sais pas à quoi vous jouez tous les deux mais ce n'est pas très malin !

Je déglutis péniblement. Moi qui espérais ne jamais mettre Athéna en rogne ! Je dois me décomposer mais ce n'est absolument pas le cas de Deimos qui demeure d'un calme pénétrant.

— Vous devez y remédier et donner naissance à une Médée. C'est votre tâche.

— Athéna…

— Deimos, le coupe-t-elle sèchement. Ouvre les yeux. Ce conflit peut renaître de ses cendres aussi vite que l'effigie d'Hécate a été pulvérisée. Tout repose sur vous deux.

Toute ma tension m'envahit de nouveau. Rendre un corps à Hécate provoquera-t-il une nouvelle guerre ? Les paroles de la déesse insufflent un nouveau doute en moi.

— Fais-moi confiance, parvient à dire Deimos.

— J'aimerais, neveu.

Elle nous relâche et sans perdre une seconde, Deimos nous téléporte sur Terre.

CHAPITRE XII

— C'est un manoir.

Et je reste ahurie devant. On est en plein cœur de New York, à quelques blocks de Central Park, et Athéna nous offre un manoir imposant, haut de trois étages et d'un attique, à la façade en pierres massives, décorée de caryatides gigantesques qui soutiennent de larges fenêtres et encadrent des baies à vitraux encore plus grandes. C'est une demeure d'Olympiens, sans aucun doute. Des chouettes stylisées étendent leurs ailes sur les linteaux, des piliers et des colonnes antiques rythment chaque niveau et des vases en bronze doré, monumentaux bien sûr, au décor épique relatant la guerre de Troie, bordent la porte à double battant. La seule chose qui m'emballe vraiment, c'est la serre accolée au côté gauche.

— Athéna ne se serait jamais contentée d'un appartement, relève Deimos d'un ton suffisant. Tes affaires sont rassemblées chez ta mère ?

J'acquiesce.

— Les Semés vont les ramener. Ils ont déjà dû se charger des miennes.

Deimos grimpe sur le perron et déverrouille la porte. Je le suis de près, impatiente de voir l'intérieur. Nous avons à peine posé le pied dans l'entrée qu'un nuage de paillettes éclate devant nous, me faisant reculer d'un pas. Une petite déesse à la chevelure rose et au visage rond apparaît, enveloppé dans une combinaison en pilou gris souris, ouvrant de grands yeux mauves, les bras levés en l'air et un sourire radieux s'étirant jusqu'aux oreilles.

— Bienvenue ! s'exclame-t-elle. Athéna m'a chargée de vous faire faire le tour de votre nouveau foyer !

Elle abaisse ses bras, ramène ses poings sous son menton et me lance un regard langoureux avant de m'approcher à petits pas.

— Épouse de la Terreur, on m'a tellement parlé de toi. Est-ce que…

Elle me tend les bras.

— Est-ce que je peux ?

Mais non ! Une déesse qui aime les câlins ! Elle est beaucoup trop mignonne pour que je ne craque pas ! J'accepte immédiatement et je la serre contre moi. Elle trépigne littéralement et en plus, elle sent bon le bubble-gum. J'adore. Je sais que Deimos me trouve trop tactile, mais franchement, il n'y a rien de plus réconfortant qu'une embrassade pareille. La déesse se détache de moi après un délai parfait et semble proposer la même chose à mon époux qui a gardé le silence jusque-là.

— Deimos ?

— Ne t'approche pas de moi, Philophrosyne.

La silhouette menue et colorée se renfrogne.

— Comme d'habitude.

— Philophrosyne, c'est adorable comme prénom.

La déesse s'hérisse d'excitation en m'entendant. Si des bulles de bonheur pouvaient s'échapper d'elle, elle en serait cernée ! Rho bon sang, elle est trop chou ! Si moi je m'ébahis, Deimos, lui, s'impatiente.

— Le tour, Philophrosyne. Le tour.

— Oui ! À vos ordres, Terreur !

La petite déesse se lance dans une visite commentée de l'immense entrée à l'escalier en trois volées, et à la statue d'Athéna au style art nouveau revu et corrigé par les dieux. Elle se dandine sur les marches, s'extasie sur la rambarde et prend bien le temps de guetter nos réactions. Quelle créature divine vraiment étonnante, surtout après ce que je viens de voir sur l'Olympe et la tension redoutable qui habite les dieux.

— Qui est-elle ? chuchoté-je à Deimos.

— La déesse de la gentillesse et du bon accueil. Elle travaille avec Athéna dans son parc immobilier.

Impossible de retenir un sourire un brin moqueur. Deimos le repère tout de suite.

— Quoi ?

— Vous avez une déesse de la gentillesse ? C'est quand la dernière fois que vous l'avez priée ?

Je glousse, les dents serrées, et Deimos me jette un regard en coin terrible. Philophrosyne poursuit sa présentation et nous entraîne dans les étages sans se préoccuper de notre échange : au premier, les deux appartements des maîtres de maison, composés chacun d'eux de deux salons, d'une chambre et d'une salle de bains privée ; puis au deuxième, plusieurs chambres d'amis ou d'enfants – le tout énoncé avec un tressaillement empressé de la part de la déesse –, un petit salon de musique réputé pour ses fêtes durant les années 1930, et une salle de sport ultra moderne ; enfin, au troisième étage, l'opulence olympienne s'étale dans toute sa splendeur avec une piscine géante, une bibliothèque digne des plus grands palais et, Hécate seule sait pourquoi, une scène de théâtre à l'antique. Philophrosyne ne tarit pas d'éloges sur les performances d'acteurs qui ont été jouées ici.

Et c'est là que je comprends : Athéna a vécu dans ce manoir lorsque les Olympiens ont débarqué sur Terre. L'architecture, le décor martial, les arts… tout me semble cohérent, mais aussi déroutant.

Deimos presse le pas alors que je reste hébétée devant ce luxe surréel. Je crois que j'aurais préféré le duplex froid aperçu lors de ma première visite à New York. C'était au moins à l'échelle humaine. Le manoir, lui, est magnifique, mais tout est singulier et fantasque : le mobilier antique qui semble neuf, la décoration à la gloire des dieux, partout, ou encore le système de tubes pneumatiques en cuivre, dont chaque ouverture est décorée d'un Caducée, pour communiquer avec le Siège, comme je l'avais déjà remarqué dans le bureau de Deimos.

— Tu n'aimes pas, finit par remarquer Philophrosyne en blêmissant d'un coup, stoppant net dans l'escalier que nous redescendons.

— Oh si, si ! me dépêché-je de dire.

Je ne vais pas faire de la peine à la déesse de la gentillesse !

— Je me demandais juste si je pouvais réaménager mon appartement comme je le souhaitais.

— Bien sûr, Épouse de la Terreur !

Ouh, il va falloir mettre le holà sur ce surnom, je le sens.

— Ce ne sera pas nécessaire, coupe Deimos.

Je ralentis alors que nous arrivons dans l'entrée, interloquée.

— Pourquoi ?

— Parce que nous allons partager un seul appartement. Tu pourras remeubler l'une des deux pièces, si tu veux.

Je reste muette une seconde, avant de sentir la déception se coincer en travers de ma gorge. J'espérais vraiment avoir mon coin à moi et surtout, ne pas partager l'intimité de ma vie avec mon dieu fraîchement épousé. J'ai envie de discuter cette décision prise sans moi en balançant tout un tas d'arguments, mais la présence de Philophrosyne me perturbe. Elle semble tellement vouloir me faire plaisir que je n'ai pas envie de lui montrer mon côté grognon. Elle a l'air d'en avoir déjà tout son saoul avec les dieux. Alors je pose la question plutôt calmement, avec un sourire passe-partout :

— Quel est l'intérêt d'avoir autant d'espace si on ne peut pas chacun avoir le sien ?

— Nous sommes mariés, nous partagerons la même chambre, réplique Deimos.

Bon sang, on va dormir dans le même lit toutes les nuits ?

Il n'y a que Philophrosyne pour se réjouir d'une telle chose. Elle joint ses mains contre son cœur et papillonne à deux pas du géant blond et impassible.

— C'est si romantique que tu veuilles passer tout ton temps avec ta jeune épouse !

La grimace froide de Deimos en dit long sur ce qu'il pense de cette interprétation.

Je ne me sentais déjà pas à ma place sur l'Olympe, je sens que ça va être la même chose ici. Le gargouillis qui s'échappe de mon ventre en rajoute une couche sur mon malaise. Je n'ai rien pu avaler hier et cette journée est déjà bien avancée. J'ai hâte de prendre une douche, de retrouver mes vêtements et de manger un morceau.

— La cuisine ! s'exclame Philophrosyne en me prenant en pitié. Il faut descendre dans le sous-sol pour la trouver !

La longue pièce, accolée à une vaste cave, est à semi-enterrée. Des fenêtres hautes et minces donnent directement sur le trottoir. Je m'attendais presque à voir des vieux fourneaux et de la vaisselle en porcelaine ancienne, mais non. Tout est ultra moderne ici, en inox et en acier. Et c'est déjà habité : les Érinyes et les Semés sont là, autour d'une machine à café Elektra en laiton chromé et en cuivre assez spectaculaire.

— Maître ! Félicitations ! lance l'une des Érinyes en levant sa tasse.

Ses comparses l'imitent. Leurs bons souhaits, pourtant sympathiques, ne suffisent pas à dérider Deimos qui me paraît bien distant. Peut-être qu'il se rend compte qu'il est, lui aussi, piégé dans cette union.

— Vous avez pris vos quartiers dans l'attique ? réplique-t-il seulement.

Parce qu'ils vont vivre avec nous ? Il aurait pu m'en parler !

Ses serviteurs manifestent leur contentement, pour une fois qu'ils ont chacun leur propre chambre ! Seuls les Semés demeurent silencieux, mais ils approuvent d'un signe de tête. Peut-être qu'ils ne peuvent pas parler… Après tout, ce sont des ombres armées ayant pour seul but de se battre.

Philophrosyne se repointe sous mes yeux, une panière remplie de fruits, de *ginger beer*, de gâteaux et de confiseries en tout genre.

— J'ai mené mon enquête auprès des sorcières et je t'ai composé ce panier de bienvenue pour que tu te sentes chez toi !

Une boule chaleureuse se propage dans mon ventre. J'ai presque envie de pleurer en voyant les étiquettes des bouteilles avec le nom de ma mère dessus. Je prends le panier, émue, et le serre dans mes bras.

— Merci.

Je perçois à peine le clin d'œil que lance Philophrosyne à Deimos. Nous remontons au rez-de-chaussée, mes affaires sont rassemblées au milieu de l'entrée, quelques cartons, deux valises et mon cher Norbert. Nous terminons le tour par la salle à manger et la galerie de réception, et enfin par la fameuse verrière que j'avais aperçue depuis l'extérieur. À cet endroit, baigné de soleil, recouvrant le sol et les murs, un ensemble de mosaïques évoque les quatre saisons : les couleurs sont chatoyantes et les motifs semblent bouger tout seuls, comme si les pétales de fleur s'ouvraient, les branches des arbres ondulaient sous la brise, les feuilles rouges tombaient et les flocons de neige tournoyaient lentement. La verrière est soutenue par une armature en métal vert émeraude imitant des tiges et des joncs au bout desquels s'épanouissent des ampoules en forme de lys et de grenades. On dirait que tout a été dessiné et imaginé par Mucha. C'est si beau que je ne sais pas quoi dire.

— Perséphone a passé un été ici, m'indique Philophrosyne en déposant mon ficus sur une longue table en bois, près des vitres. Elle a conçu cet endroit avec Athéna. Les mosaïques ne bougeaient plus depuis longtemps, la réouverture de l'Olympe a dû les réactiver.

— C'est magnifique, dis-je, la gorge nouée.

Je me sens bien ici, enfin. J'attendais que cette sensation apparaisse à un moment ou à un autre durant cette visite. Je suis soulagée qu'elle arrive enfin. La déesse, à côté de moi, tapote dans ses mains, ravie.

— Je vais pouvoir vous laisser ! Chère Épouse de la Terreur…

— Ella, corrigé-je aussitôt.

— Ella, reprend la déesse, le visage rougi par la joie. Si tu souhaites communiquer avec moi, tu n'as qu'à m'envoyer un message par les tubes d'Hermès, en écrivant mon nom sur le rouleau. Il y a plusieurs stations dans le manoir.

J'acquiesce, touchée. Je pose le panier près de mon ficus pour un dernier câlin. Philophrosyne me le rend sans aucun problème avant de le proposer à nouveau à Deimos qui se tient à l'écart.

— Non. Toujours pas.

La déesse aux cheveux roses soupire mais se décourage moins que la première fois.

— Ce n'est pas grave. À présent, j'ai Ella.

Elle agite ses mains sous mes yeux en guise d'au revoir et disparaît dans un nuage de paillettes qui s'évaporent. À présent, il n'y a plus que lui et moi. Et sa horde de serviteurs infernaux. Deimos m'observe de loin sans un mot. Je le voyais impassible jusque-là, mais en vérité, il m'inspire un sentiment de satisfaction. Peut-être à cause de ce mince sourire en coin, ou de ce regard un peu en-dessous, plein d'assurance.

— C'est vous qui avez demandé à Philophrosyne d'être là, n'est-ce pas ?

Il hausse les épaules.

— Je connais ton point faible.

C'est sûr que la présence de la déesse de la gentillesse m'a tranquillisée et a adouci mon arrivée ici. Je pourrais protester et lui reprocher cette manipulation, mais ça ne m'avancerait à rien et j'ai de toute façon réellement apprécié la présence de Philophrosyne.

J'ai épousé le dieu de la terreur, je dois faire avec. Je vais donc m'imposer un plan en trois points : primo, je considère Deimos seulement comme une entité malveillante et rien d'autre. Deuzio, je vais poursuivre ma vie comme si elle n'avait pas tant changé que cela. Et enfin, tertio, je dois dénicher les faiblesses de Deimos et en informer mes guides.

Car telle est ma mission.

*

Le soir venu, après avoir défait mes cartons, sorti mes livres et mon ordinateur, et installé un presque-bureau dans la pièce de l'appartement qui m'est attribuée, et après avoir grignoté une bonne partie du panier tout en me restreignant le plus possible sur la *ginger beer*, je me retrouve dans la salle de bains que nous allons partager, Deimos et moi. Je remplis l'immense baignoire en marbre et me cale sous la mousse, la tête appuyée contre une serviette repliée. Je n'ai plus qu'à me détendre.

La quiétude est de courte durée puisque la porte s'ouvre et Deimos entre, une fouta autour de la taille, dévoilant à mes yeux son imposante musculature. Je retiens mon réflexe de bondir hors du bassin, à la fois outrée et paniquée, et ravale une bruyante protestation. À la place, je ramène mes genoux sous mon menton et balbutie quelques onomatopées que mon époux ignore royalement.

— Je prends juste une douche, finit-il par dire.

J'ai perdu ma voix, parce que le torse divin qui s'affiche devant moi me coupe tous mes moyens. J'avais déjà deviné les épaules larges et les abdos béton, mais le découpage de l'ensemble est si parfait, si harmonieux… et blessé.

Je n'aurais jamais pu imaginer une telle cicatrice à l'emplacement du cœur, en forme d'étoile. On dirait le résultat d'un impact violent. Les cicatrices des mortels sont toujours un peu rouges ou roses, mais la sienne est ocre doré. Deimos semble si inébranlable en temps normal que l'imaginer fragilisé par une telle entaille me secoue.

Sans un mot, il se penche au-dessus d'une vasque remplie d'eau et se rafraîchit le visage. Tous les muscles de son dos roulent sous sa peau dès que ses bras bougent.

— D'où vient… comment est-ce que… euh.

Il tourne à moitié son visage vers moi, des gouttes perlant de son nez et de ses cils. Seul son œil noir me regarde.

— La cicatrice ? me devance-t-il.

— Oui.

— La guerre contre Hécate.

Malgré l'eau chaude, je frissonne dans mon bain. C'est probablement pour ça qu'il craint les sorcières. Un sentiment de honte m'envahit alors que je sais très bien que je ne suis pas directement coupable.

— Je croyais que les dieux pouvaient guérir de tout.

— Ils le peuvent, oui. J'ai choisi de la conserver.

— Pourquoi ?

— Pour ne pas oublier.

Je baisse les yeux et fixe les minuscules bulles de la mousse s'évaporer lentement. Du coin de l'œil, je surveille Deimos qui retire sa fouta et passe derrière la cloison en bois ajourée qui sépare le bassin de l'espace douche. Si le premier a un système de robinet, expliquant mon choix du bain, le second n'avait rien de détectable pour l'arrivée d'eau.

— Nérée, orage.

Il ordonne et des nuages anthracite apparaissent au-dessus de lui et libèrent une pluie drue sur Deimos. Il se lave à l'eau de pluie. Littéralement.

J'observe les fragments visibles de son corps à travers la cloison, captivée. Par Hécate, il me fascine. Il m'interloque, m'interroge, et me fascine. Je le savais bien que ce baiser nous avait liés, d'une manière ou d'une autre. Il faut absolument que je fouine et déniche ses faiblesses. Ce qui n'est pas une mince affaire, vu qu'il est l'incarnation de l'adage « Ce qui ne me tue pas me rend plus fort ». Sa famille est une faille potentielle, mais j'en doute. Ils n'ont pas l'air de s'entendre. Si je le cuisinais à leur sujet, il perdrait vite patience. Ça ne me mènerait à rien… Mais oh là là ce torse sous la pluie chaude d'un orage d'été !

Un plongeon sous l'eau va noyer ces pensées tordues fissa ! Je dois me concentrer et ne pas sombrer dans ce piège, surtout pas ! Les failles ! L'ichor !

Je remonte mes yeux tel un périscope de sous-marin pour surveiller la progression de la douche de l'époux divin. Il passe ses mains dans ses cheveux. Très bien. Focus, Ella. Focus. Le problème, c'est que Deimos est bien trop droit dans ses bottes. Il est le chef de la sécurité, il suit les règles à la lettre… Comment trouver quelque chose qui le rende vulnérable ?

Oh ! Il bouge. La pluie s'est arrêtée. Il sort, il sort à poil ! *Mayday !*

Je replonge sous l'eau à temps. Quelques secondes devraient suffire pour qu'il attrape un drap de bain et se couvre un minimum. J'envoie donc un œil pour vérifier… et je spote tout de suite le fessier ferme de Deimos qui sort de la pièce, une serviette autour du cou.

Rho bon sang, il va falloir qu'on mette en place des tours pour la salle de bains, je ne peux pas continuer comme ça. Je veux bien mater tranquillou, posée dans l'immense baignoire, mais je ne serais jamais sereine à ce stade. J'ai le cœur qui bat la chamade et mes pensées ricochent sur son dos, sur ses épaules, sur le son de la pluie et sur sa poitrine marquée. Il a *choisi* de la garder. Pourquoi s'infliger ça ?

Je tente de me détendre à nouveau et reste jusqu'à ce que l'eau tiédisse. Alors que j'enfile mon shorty et sweat pour dormir, une nouvelle question émerge dans mon cerveau ramolli : quel genre de pyjama porte Deimos ? Le combo classique pantalon-chemise bleu ? Le tee-shirt et caleçon décontracté ? La vieille chemise de nuit désuète ?

« Je ne porte pas de pyjama », m'avait-il dit.

— Bon sang.

Je peux le faire !

J'ouvre la porte et fais quelques pas dans la chambre. À part une cheminée et une banquette devant, il n'y a qu'un grand lit dans cette pièce, avec des baldaquins et des voiles rouge et or qui pendent lâchement de part et d'autre de la couche. Deimos est allongé là, sur le dos, sûrement nu, un livre tenu au-dessus de lui. Je m'avance sans oser m'étendre. Dans un coin de ma tête, j'espérais une toute autre configuration.

— Vous n'allez pas…

— Me changer en chien-loup et dormir au pied du lit ? Non.

Le tout sans sortir de sa lecture.

J'aurais essayé.

— Je n'ai jamais dormi dans le même lit qu'un homme.

— Je me saurai me tenir, soupire-t-il.

— Ce n'était pas réellement ce que je voulais dire, grommelé-je en m'allongeant bien de mon côté.

Son odeur me titille le nez. Il sent la pluie. Ou plutôt, la nature après la pluie, le bois et l'herbe mouillés.

Un mordillement de lèvre suffit à me rappeler à l'ordre.

— Juste pour le préciser, il y a une frontière invisible, ici, dis-je en dessinant une ligne de la main entre nous.

J'ai droit à un coup d'œil, mi-impatient, mi-curieux.

— OK.

Ouh, facile !

— Et tant que j'y suis, j'apprécierais qu'on instaure des tours pour la salle de bains.

— Tu étais trop longue.

— Ce qui n'arriverait pas si on avait chacun la nôtre, rebondis-je.

Ah ah ! Coincé !

— Tu t'y feras.

Et il reporte son attention sur son livre.

C'est bien le coup de pied aux fesses qui me manquait !

Époux, tu ignores tout ce dont je suis capable pour empiéter sur ton temps et ton espace. C'est toi qui vas me céder, et pas l'inverse.

— Vous lisez quoi ? Un polar ?

— Tu veux vraiment savoir ? Ou tu es nerveuse ?

— Pourquoi je serais nerveuse ? D'après vous, je n'ai pas de raison de l'être.

Il se tourne vers moi et dessine à son tour la droite entre nous.

— Tu viens pourtant de tracer une frontière invisible entre nous.

Je ravale ma défense. Soit.

Il reprend sa lecture et je reste là, silencieuse et fébrile. Deimos m'a déjà fait une démonstration de sa parole hier soir. Je creuse mon coin en agitant mes épaules. Le matelas est bon, les oreillers ultra moelleux, la couverture chaleureuse, le crépitement du feu apaisant, je n'ai qu'à me laisser porter.

Au milieu de ma somnolence, je l'entends poser son livre sur le sol. J'attends un moment avant d'ouvrir les yeux et de rouler sur le côté. Deimos s'est endormi, il me tourne le dos. Je n'ose pas encore bouger, mais l'idée fait son chemin. Parmi les instants propices à une ponction d'ichor discrète, la nuit reste une opportunité non négligeable. Mais avant de sortir les couteaux ou les seringues – et rien qu'à cette image, je grimace –, je devrais tester le sommeil de mon dieu de mari.

Très lentement, je tends la main et l'ongle de mon index grattouille vite sa peau.

Je retiens mon souffle.

— Ne t'avise pas de franchir la frontière que tu as toi-même établie, gronde-t-il, immobile.

Je reprends ma main, crispée.

— J'ai le sommeil léger, ajoute-t-il en guise d'avertissement.

— Désolée. Bonne nuit.

— Mmh.

Bon. La tâche sera ardue. Mais cher époux, sache-le, je vais te rendre fou. Fou, fou, fou. Tu n'en pourras plus de moi ! J'aurai mon appartement et mes gouttes d'ichor, sois-en sûr !

CHAPITRE XIII

Dix jours passent et mon quotidien a tendance à ressembler à une grande partie de Risk. Décidée à occuper le plus d'espace possible pour que Deimos cède sur le second appartement, je l'envahis de plantes. J'en ai mis dans la verrière bien sûr, qui commence à ressembler à un véritable antre de sorcière, mais aussi dans notre chambre, dans la salle de bains, dans la salle à manger, et j'entame une conquête de la salle de sport qu'il utilise régulièrement. Je n'ose pas encore m'attaquer à la cuisine qui reste un lieu de rendez-vous fréquent des Érinyes et des Semés. Et les serviteurs de Deimos ne me mettent pas encore tout à fait à l'aise. Leur attitude frontale et sans détour me fait peur. Sans compter que les Érinyes hurlent très souvent, rient aux éclats, à en faire trembler les murs, et se mettent parfois à voler dans les airs, traversant les étages et les pièces à vive allure, me surprenant dès que je cherche le calme. Les Semés, eux, même s'ils sont muets, ont pris l'habitude d'apparaître en surgissant du sol sans que l'on s'y attende.

Deimos se contente de ce chaos, moi, j'ai plus de mal à me concentrer sur mes études au milieu de tout ça. J'ai reçu des cours à lire et des devoirs à faire, je profite des bibliothèques en ligne et de celle que j'ai sous la main ici, mais mes camarades me manquent. Le travail en groupe me manque. Je me sens isolée avec cette partie humaine que j'ai mis tant de temps à cultiver et à regarder grandir avec plaisir. J'ai l'impression de n'être plus qu'une sorcière – sans dons ! – en pleine mission.

Soupirant une énième fois sur la dissertation que je dois rédiger, ironiquement au sujet de la réinterprétation des mythes gréco-romains à la Renaissance, je décide de faire une pause et d'aller prendre un café. Je quitte mon bureau qui me semble encore trop grand pour que je m'y sente bien. J'ai rajouté un canapé club, plein de coussins et de plaids, des tapis et des monsteras, mais la pièce demeure vaste et tout semble s'y perdre.

Avant même d'arriver à la cuisine, j'entends les éclats de voix des Érinyes. Dès que Deimos fait appel à elles et aux Semés – généralement par une sorte de sommation orale, comme j'ai déjà vu les dieux le faire –, ils s'éclipsent sans discuter. Ils obéissent au doigt et à l'œil !

— Épouse de la Terreur, me saluent-elles dès que je pose le pied dans la cuisine.

Les Semés inclinent respectueusement la tête.

— Ella, s'il vous plaît, rappelé-je en prenant une tasse et en m'approchant de la cafetière.

Je sais qu'ils n'oseront jamais. Ils ont cette sorte de respect conformiste bien ancré dans leurs têtes, mais peut-être qu'un jour, nous briserons tout ce mur de glace qui nous sépare.

Shtouk !

Le bruit devenu familier de l'arrivée d'une capsule dans un tube pneumatique retentit. L'une des Érinyes l'attrape et le déplie. Une seconde plus tard, elle ricane.

— Il est con, ce Thanatos !

Elle tend le rouleau à ses comparses, et chacune se met à rire en lisant le message.

— Thanatos, il vit dans les Enfers, non ? demandé-je en tentant d'établir un vrai dialogue avec les femmes et les hommes de main de mon époux.

— Oui, les tubes d'Hermès plongent jusque-là-bas.

Shtouk !

Le message est déroulé et de nouveaux ricanements retentissent.

— Voilà que Charon s'y met, lui aussi !

Les Semés se penchent par-dessus les épaules de leurs comparses pour tenter de voir de quoi il s'agit, puis leurs ombres tremblotent. Est-ce que ça ressemble à ça, un Semé qui rit ?

— Ça me manque, les Enfers, devise finalement l'une des Érinyes.

— Vous venez de là ? m'intéressé-je.

— On appartient à Hadès, à l'origine. C'est lui qui nous a mis au service de Deimos sur Terre.

Le mot « appartenir » m'interloque sur le coup, mais ça ne semble pas les travailler plus que ça. Après tout, ce sont des êtres qui n'ont qu'un but dans la vie : punir.

— Et vous n'y retournez jamais ?

— Pas tant qu'on ne nous l'ordonne pas.

Dommage, ça m'aurait fait des vacances.

— Vous ne travaillez pas aujourd'hui ?

Avec un peu de chance, ils vont me répondre qu'ils attendent un appel d'un moment à un autre et ils vont dégager du manoir, me laissant enfin le calme dont j'ai besoin.

— Non, le maître est très occupé au Siège cet après-midi.

— Ah oui ? Par quoi ?

Tous échangent des regards mi-amusés, mi-méchants. Vraiment déstabilisants.

— Il a audience avec les pires créatures olympiennes !

Et elles pouffent. Et les épaules des Semés gigotent.

— On ne doit pas le déranger, ajoute l'une d'elles.

— On n'y penserait pas de toute façon !

OK. Intéressant ! Puisque je n'arrive de toute façon pas à étudier, je pourrais rendre une petite visite impromptue à mon époux sur son lieu de travail. Une nouvelle phase de mon plan d'invasion va s'ouvrir avec un rôle tout trouvé : l'épouse qui débarque et enquiquine. Par-fait ! J'avale mon café un peu trop vite et fouille les placards pour trouver un thermos. Les Érinyes et les Semés reprennent leurs discussions et échangent des messages avec les Enfers. Moi, je fais infuser une camomille, persuadée qu'il va la détester, et ajoute des biscuits aux figues faits hier. Les museaux affamés des Érinyes se pointent immédiatement et je leur en cède volontiers, me disant que gagner des points auprès d'eux ne serait pas du luxe.

Une fois prête, je ferme la porte du manoir derrière moi et pars à pied. On n'est pas loin de Central Park et du Siège. C'est l'adresse idéale, cet endroit ! Je parcours les mètres restant en accélérant le pas, pressée d'embêter Deimos là où il doit se sentir le plus assuré. Je sors la carte magnétique qu'il m'a donnée – contenant une infime part d'ADN divin –, m'autorisant à entrer au Siège en qualité d'épouse du dieu de la terreur. Je baisse la tête pour éviter le regard acéré de la Sphinge, me rue dans un ascenseur et monte jusqu'à l'étage de Deimos.

Ce n'est que devant la porte que je prends du recul. Il est en audience avec les « pires créatures olympiennes ». Ça ne va pas m'arrêter, mais il ne faudrait pas non plus que je froisse les divinités présentes. J'appuie tout doucement sur la poignée et entrouvre le battant pour jeter un œil discret à l'intérieur. Si je m'attendais à une foule de conviés, il n'y a en fait que deux personnes : Deimos, dans son costume entièrement noir, assis à son bureau, la mine très sombre, et une déesse à moitié affalée sur une banquette, la chevelure brune, ondulée et volumineuse, des lunettes sur le nez, une écharpe rouge autour du cou, un pantalon et un pull noirs près du corps et des Richelieu en cuir rutilant aux pieds. Au comble de la curiosité, je décide de me faire une idée de la situation avant de signaler ma présence.

— C'est une catastrophe, se lamente la déesse. Jamais je n'aurais dû accepter ce projet dans mon théâtre ! Je suis la muse du chant et de la tragédie, bordel ! Pas Athéna ni Apollon ! Ils croient quoi au juste, ces acteurs ? Que je peux les changer en stars du jour au lendemain ?!

Deimos, accoudé, le menton posé sur ses mains croisées, soupire bruyamment. Je n'avais pas assimilé « pires divinités olympiennes » et « muses » pour ma part, mais connaissant Deimos, même un peu, j'imagine que ce n'est pas si exagéré que cela pour lui.

— Melpomène, je vais me répéter, mais quel est le rapport entre le montage de ta comédie musicale et ta sécurité ?

La muse se redresse d'un coup, visiblement outrée.

— Le rapport ? Tu me demandes quel est le rapport ?!

Elle bondit sur ses pieds et se met à faire les cent pas devant le bureau de Deimos.

— Et ma sécurité mentale, tu en fais quoi ? Je me sens menacée par un ensemble d'incompétents sur mon propre terrain ! J'ai fait des castings de malades ! Terpsichore les a fait danser jusqu'à ce qu'ils aient les pieds en sang ! Mais ils n'arrivent toujours pas à atteindre la perfection !

Melpomène s'immobilise, les larmes aux yeux. Elle contourne le bureau et se plante à côté de Deimos, les lèvres tremblantes.

— Non seulement mon premier rôle ne comprend rien au destin tragique d'Héraklès, mais en plus, Terreur, en plus… il chante mal !

Et elle s'effondre, en pleurs. Deimos se frotte le visage, laissant émaner de lui une tension folle qu'il contient malgré tout.

— Et tu veux que je punisse ton premier rôle ?

— Le punir ?! s'exclame-t-elle tout en geignant. Mais qu'est-ce que ça changerait ?

Mon époux ferme les yeux et se masse les tempes.

— En même temps, faire chanter Héraklès... Quand on a connu l'animal, ce n'est peut-être pas l'évidence même.

Melpomène se redresse, scandalisée.

— Tu me vexes. Disney l'a fait !

— Qui ?

— Ô désespoir ! lance la muse en plaquant le dos de sa main sur son front.

Finalement, Deimos n'a pas besoin de moi pour qu'on l'embête au boulot. Melpomène a l'air d'épuiser son peu de patience avec un talent rare ! Elle s'éloigne et se laisse choir sur la banquette en marmonnant des « personne ne peut comprendre ma douleur » et autre « Broadway aura ma peau ». J'y vois une fenêtre d'intervention et frappe à la porte avant de la pousser.

— Bonjour, bonjour !

— Ella, ne peut que dire Deimos, surpris et, je crois bien, soulagé.

Melpomène lève des yeux rougis et larmoyants sur moi.

— Bonjour, É-Épouse de la Te-Terreur, dit-elle en hoquetant.

— Ella, corrigé-je encore une fois. J'apporte de la camomille, vous en voulez ?

La muse hoche la tête. Je pose mon panier sur le comptoir du coin cuisine et sers deux tasses. J'en dépose une devant Deimos et je rejoins Melpomène pour tenter de la consoler.

— Je n'ai pas pu m'empêcher d'écouter ce que vous disiez, abordé-je en prenant place près d'elle. Peut-être que vous imposez trop à votre troupe. Mais je dirais surtout que vous vous mettez beaucoup trop de pression à vous-même, au point de perdre de vue l'aspect artistique, non ?

La muse me fixe avec de gros yeux, tout en buvant de petites gorgées du liquide réconfortant.

— Tu crois ? hésite-t-elle d'une voix cassée.

— Mais oui. Si vous ne vous sentez pas bien sur votre propre sujet, c'est normal que les humains qui travaillent avec vous soient, disons, défaillants.

— Alors… c'est ma faute si Héraklès chante mal ?

Je me dépêche de poser une main sur son épaule.

— Non. C'est la faute des attentes que l'on a placées sur vos épaules. Toujours être la meilleure en chant et en tragédie, ce doit être épuisant !

Elle hoche vivement la tête.

— Oui ! C'est vrai !

— Commencez par penser à vous. Prenez des vacances, allez vous amuser un week-end, retrouvez des copines dans un bar !

— Avec Terpsichore, on voulait se moquer de Thalie dans son Comédie Club, mais on n'a jamais trouvé le temps.

Je ravale une critique sur la forme que prend son passe-temps et préfère approuver en tapotant sa cuisse.

— C'est une très bonne idée.

La muse retrouve le sourire et tourne un visage froid vers Deimos.

— Pourquoi tu ne m'as pas conseillé ça, toi ?

— Parce que je suis le responsable de la sécurité, rappelle-t-il d'un ton agacé.

Elle a un haussement d'épaules vexé, puis elle se relève et me rend la tasse vidée.

— C'est une perle, Terreur, sache-le, dit-elle avant de me prendre dans ses bras pour une accolade.

Deuxième câlin avec une divinité ! Merveilleux !

— Puis-je te venir en aide à mon tour ? me propose Melpomène.

— Oh, euh, j'ai un devoir d'histoire de l'art à rédiger et je bloque complètement dessus.

— Mmh. Ce serait plutôt le rôle de Calliopé mais madame est bien trop occupée à écrire des séries historiques à Los Angeles, grogne-t-elle. Je lui passerai ta requête.

Sans me laisser le temps de la remercier, la muse du chant et de la tragédie sort du bureau avec un jeté de cheveux en arrière digne des meilleures *drama queens*. Satisfaite, je croise les bras et adresse un coup d'œil à Deimos, qui s'est affaissé dans son fauteuil et me fixe, un mince sourire aux lèvres, content.

Damned ! J'étais venue lui pourrir sa journée mais je l'ai juste aidé ! Je suis vraiment la dernière des cloches, mais je ne supporte pas les gens malheureux, qu'ils soient humains ou divins.

— C'est ça votre boulot ? Vous torturez aussi des muses ?

— Une fois par mois, les divinités peuvent me faire part de leurs préoccupations vis-à-vis de leur sécurité. Les muses dépassent souvent les bornes.

Je lui souris poliment, et peut-être aussi un peu amusée. Une dizaine de jours avec lui, c'était à la fois long, intriguant et attachant. Je ne peux pas dire qu'il soit le pire des époux puisqu'il ne fait jamais rien pour me contraindre, mis à part l'appartement et l'intimité que je lorgne. Mais ce n'est pas parce que nous partageons un lit qu'il se permet des gestes déplacés. Il continue d'entrer dans la salle de bains avant que je finisse parce que je fais exprès d'allonger au maximum mes baignades, mais jamais il ne râle ni ne me reluque. Il prend juste une douche de son côté. J'ai beau placer autant de plantes que possible sur son chemin, il se contente, pour le moment, de les regarder de loin, avec méfiance.

Je n'arrive toujours pas à le pousser à bout.

— La camomille vous a plu ?

— Non, c'est affreux comme goût.

Je reviens vers lui, la tasse est vide.

— Vous avez tout bu, pourtant.

— Je voulais te faire plaisir.

Idiot !

Plutôt me mordre la langue très fort que de paraître affectée. Je reprends la tasse, déterminée à la poser dans l'évier et à me tirer d'ici le plus vite possible. Mais c'était sans compter la chose la plus inattendue et la plus mignonne que je découvre, planquée derrière la cafetière, dans un recoin sombre : un mini riquiqui cactus rond à longues épines, dans un mini riquiqui pot avec des yeux et un sourire. Le coup de foudre est violent !

— Ooooh !

Je le prends délicatement entre mes mains.

— Qui c'est ? Qu'est-ce qu'il fait là ? Il est tout pâlichon !

— Un cadeau de Philophrosyne.

— Pourquoi vous le maltraitez ?

Deimos fronce les sourcils.

— Comment ça ?

— C'est un cactus, il a besoin de soleil. Pauvre petit, je t'emmène avec moi, je t'installe dans la verrière et tu vas retrouver tes couleurs ! Je vais t'appeler Gédéon, petit cactus.

Je le dépose dans le panier, abandonne les gâteaux sur place et m'apprête à partir quand le battant vole, laissant apparaître une nouvelle déesse vêtue d'une veste en jean, les cheveux courts et décolorés, des bottes en croco aux pieds et une guitare à la main.

— La Terreur ! Combien de temps je dois attendre encore ?

— Euterpe, entre.

Ouh, la muse de la musique. C'est reparti pour une bonne heure de torture !

— On doit parler d'un immonde scandale qui me menace tout particulièrement !

— As-tu rencontré mon épouse, Ella ? réplique Deimos en me désignant.

La muse ne m'accorde qu'une grimace impatiente. Je me suis peut-être loupée en aidant Melpomène tout à l'heure, mais je ne vais pas réitérer ! Je me dirige vers la porte, un large sourire aux lèvres.

— Contente de vous connaître, Euterpe. À ce soir, Époux de la Sorcière sans dons !

J'ai tout de même le temps de constater l'air désemparé de Deimos et d'entendre le problème insurmontable de la muse alors que je referme la porte.

— Le *air guitar*, la Terreur ! C'est une plaie dont on doit se débarrasser au plus vite !

Oh, il va adorer ce qui va suivre !

Je rentre tranquillement au manoir, m'arrête à la petite jardinerie du quartier, achète tout ce qu'il faut pour prendre soins de Gédéon et me réfugie dans la verrière. Les plantes s'épanouissent bien ici. J'en ai fait livrer plein et dès que je sors, j'en ramène toujours une. C'est vraiment mon refuge. Je déterre doucement le cactus et le rempote dans un tiers de terreau, un tiers de sable et un tiers de terre. Puis je le pose auprès de Norbert, mon ficus.

Je n'ai plus qu'à me remettre au travail. Je traverse la grande entrée et me baisse précipitamment pour éviter le vol d'une Érinye. Les deux autres suivent derrière et elles se mettent à tourner en rond dans les airs. Impossible de me concentrer avec tout ce boucan !

— S'il vous plaît ! Pourrais-je avoir votre attention ?

Elles atterrissent sous mon nez et croisent les bras d'un air renfrogné. J'ai bien une idée, qui m'est venue après ma conversation avec Melpomène, reste à savoir si elles vont m'écouter et accrocher.

— Voilà, ça fait dix jours que je suis ici et que je vous vois trimer avec les Semés…

Qui surgissent du sol au même instant. Après un sursaut et une main sur le cœur, je poursuis :

— Et je me demandais si vous aviez des congés à prendre. Ce serait l'occasion pour vous de faire un tour aux Enfers, non ?

S'ensuit un silence perplexe.

— Des quoi ?

— Des congés. Des jours sans travail, durant lesquels vous n'avez pas à rappliquer dès que Deimos vous appelle. Tous les employés ont des congés de leurs employeurs.

Les serviteurs de mon époux se regroupent pour discuter entre eux, déstabilisés.

— Personne ne nous a jamais rien dit à Olympus.

— Ils ont des « congés », les autres ?

— Mais même aux Enfers, on n'en a jamais eu !

Les Semés secouent la tête et les Érinyes se mettent à parler en même temps. Je serre les poings, partagée. C'est ce que je voulais, les troubler et les faire partir quelques jours, mais j'ai aussi l'impression d'être allée un peu loin cette fois-ci. Arf, je n'aime pas me sentir mal ni aussi coupable. J'espère qu'ils vont juste prendre leur journée pendant que Deimos n'est pas là, comme ça j'aurai la paix jusqu'à ce soir et personne n'en saura rien.

Soudain, les serviteurs infernaux se figent et se redressent.

— Le maître nous appelle.

Et pouf ! Ils disparaissent. Finalement Deimos a besoin d'eux. Alors qu'il était censé recevoir les doléances des dieux. Il se passe peut-être quelque chose…

Bah, tant mieux. Je respire enfin au milieu d'une quiétude plus que bienvenue. Je grimpe les étages et me réinstalle devant mon ordinateur. Et au moment où je me souviens que je suis coincée sur ma rédaction, l'inspiration déboule dans ma tête.

— Merci Calliopé !

*

Lorsque je mets un point final à mon devoir, la nuit est tombée et le calme règne au manoir. Je descends me préparer un encas dans un silence confondant. Je râlais du bazar ambiant il n'y a pas si longtemps et voilà que je crains le contraire. Je me sens soudainement... seule. Je remonte vite dans ma pièce, me pelotonne sur mon canapé, près du feu, mon ordinateur sur les genoux et ouvre l'application de streaming Lugh+. C'est l'une des rares choses qui me raccorde à ma vie d'avant et à mes deux amies, Madeline et Rachel.

Je me laisse absorber par la série un bon moment. Je devrais envoyer un message à Philophrosyne et lui proposer une soirée *binge watching* en fait. Elle adorerait, c'est certain !

À défaut d'une petite déesse absolument craquante, c'est un chien-loup abattu qui entre dans mon antre et se couche à mes pieds, l'air maussade. Ma gorge se noue. Je l'ai vu bougon et plein d'assurance tous les jours, mais jamais aussi accablé. Ça ne devrait pas du tout m'embêter ni me chambouler. Alors pourquoi c'est le cas ?

— Rude journée ?

Deimos se contente de grogner, les oreilles baissées.

Aouch. Les muses lui ont vraiment cassé les pieds jusque tard. Je ne dois pas culpabiliser, je n'y suis pour rien !

— Vous pouvez prendre la salle de bains, si vous voulez.

Deuxième grognement peu collaboratif.

— OK. Vous voulez regarder un épisode avec moi ?

Le chien-loup hésite, puis se redresse, grimpe sur le canapé et pose mollement sa tête sur ma cuisse sans changer d'expression. Je l'ai bien cherché, là. J'appuie sur *Play.* Au bout d'une longue minute, le besoin de lui résumer les choses devient si fort que je craque. Alors que je devrais m'en moquer !

— C'est l'histoire d'une prise d'otages dans une banque, et pendant que la bande retient tous les employés, leur chef manipule la police pour arriver à ses fins.

Troisième grognement. J'ignore s'il approuve ou non l'histoire. J'essaie de suivre le cours de l'épisode mais Deimos capture toute mon attention. Je me retiens de lui caresser la tête pour le réconforter. Il a l'air si triste. Et je n'arrête pas de penser à la nuit qui nous attend. J'ai tenté la grattouille chaque fois que nous nous sommes couchés dans notre lit : une fois tard le soir, une autre au beau milieu de la nuit, encore une vers 3 heures du matin, puis avant le réveil, et ainsi de suite. Mais à chaque fois, il a grommelé des « Ella » parce que je le réveillais. Sans jamais se mettre en colère. C'est pas bizarre, ça ? Il devrait rugir.

Sans pouvoir résister plus longtemps, je plonge ma main dans sa fourrure.

— Je vous gratte l'oreille, marmonné-je, le rouge au joue.

Je crame, littéralement. Et je me déteste. Mais au fil de l'épisode, Deimos semble remonter sa pente et ses oreilles se redressent. Au générique, il saute du canapé et s'éloigne avant de se transformer.

— Les Érinyes et les Semés m'ont tenu la jambe deux heures ce soir, pour que je leur accorde des congés, me dit-il, le dos tourné.

Le ton est froid, mais posé. Sa colère est passée. En revanche, mon cœur s'envole. Un mélange de honte et de sentiment de tort tournoie dans ma tête.

— Ce sont vos employés, me contenté-je d'expliquer.

— Et aussi des créatures que nous devons contrôler, comme les satyres ou les ménades.

Autant m'enfoncer une épée de culpabilité dans la poitrine !

— Cela dit, je comprends qu'ils soient bruyants, du moins pour les Érinyes. Ils n'ont jamais réellement eu de chez eux, mais je tacherai de les convoquer plus souvent au Siège.

J'ai envie de disparaître maintenant. Deimos pivote et me fait face. Je me fige immédiatement, comme si le terrible regard de la Méduse me frappait.

— Demain, tu auras ton appartement.

— Quoi ? m'interloqué-je. À cause des congés ?

Il me sert son fameux « mmh » rocailleux avant de me livrer sa réelle pensée.

— Non, parce que tu me réveilles toutes les nuits.

— Oh.

— Et si tu pouvais retirer les plantes au moins de la salle de sport, j'apprécierais.

Je hoche la tête alors qu'il se rend dans la chambre sans un mot de plus.

Une émotion imprévisible me compresse l'estomac : le chagrin. Je veux bien me sentir coupable de lui avoir rendu sa journée difficile mais, par Hécate, pourquoi je me sens triste de ne plus partager ses nuits ?

CHAPITRE XIV

Je sors les biscuits du four et les dispose dans un bol alors que les Érinyes et les Semés patientent, serrés les uns aux autres, les yeux brillants de désir. J'ai gagné mon appartement, mais je n'ai pas considéré les personnes qui m'entourent comme je l'aurais dû. Les Érinyes et les Semés sont peut-être des créatures infernales mais elles ont aussi besoin de notre protection. C'est un peu comme si j'avais des lionnes et des tigres chez moi. Alors, puisqu'ils avaient dévoré mes gâteaux aux figues, j'ai instauré une routine de fabrication de biscuits rien que pour eux les après-midis.

— Et voilà ! Cookies noisette chocolat !

Et comme des fauves, ils se jettent dessus et dévorent tout goulûment. Pour éviter de me faire bousculer, je fais toujours deux pas en arrière avant de donner le top.

— Il en reste ?

Deimos apparaît à côté de moi. J'attrape une petite assiette pour lui en offrir un. Je lui en réserve toujours un, au cas où. Depuis qu'on ne partage plus ni chambre, ni salle de bains, on se croise moins fréquemment. Et ça m'agace. Ça m'agace encore plus d'être agacée pour ça. Tout est bien embrouillé dans ma tête, ça, c'est certain. Je scrute mon divin époux croquer dans le cookie et approuver la recette d'un haussement de sourcils. Ce n'est pas une expression très parlante, mais je commence à savoir le lire.

— À propos, dit-il en désignant nos Érinyes et nos Semés. Tu avais raison.

J'arrondis mes yeux, surprise par cette déclaration soufflée dans un son rauque.

— Je leur ai donné un jour de congé par mois à la condition qu'ils la passent aux Enfers, et non pas sur Terre sans supervision.

Une bouffée de plaisir me fait bouillir les joues. C'est moi ou j'ai très souvent envie de sourire avec lui ? Je presse nerveusement les lèvres, afin de contenir un maximum mon excès d'enthousiasme, mais puisque mes joues rougissent à vue d'œil, c'est vain ! Même lui, il a l'air plus… relax. Enfin, c'est un bien grand mot ! Deimos est une boule de nerfs, et là, j'ai l'impression qu'il a les épaules un peu moins raides.

D'ailleurs, toute l'ambiance de cette cuisine me semble subitement plus détendue et plus chaleureuse. On se sent bien ici, bizarrement. Megaira – puisque je commence enfin à retenir les prénoms des Érinyes – se comporte même de manière tout à fait inhabituelle : elle se balance doucement de droite à gauche, les mains croisées devant elle, presque timidement, alors qu'un Semé – impossible encore de les distinguer – lui tend le dernier cookie qu'il s'apprêtait à manger.

Est-ce qu'ils sont en train de se séduire ?

— Bordel, jure Deimos.

Ça n'interpelle pas que moi ! La boule de nerfs à côté de moi se contracte à nouveau.

— Mes frères, grogne-t-il sombrement. Ils arrivent.

La cloche de l'entrée retentit au même instant.

— Et en plus, ils passent par la porte.

Ils auraient pu se téléporter, en effet. Leur « normalité » me conquiert donc immédiatement ! Je fonce dans l'entrée pour leur ouvrir. Éros et Antéros se tiennent derrière la porte, souriant, lumineux, magnifiques ! Je ne les avais vus qu'à travers mon voile de mariée, je confirme désormais mon impression : ils ont les traits gracieux de Deimos mais en tons caramel et bruns. Rho les grands yeux noirs ! Ils peuvent briser des cœurs en une œillade, sans aucun doute.

— Ella ! me salue Éros avec un plaisir flagrant. Étudiante en art !

— Épouse de la Terreur, ajoute Antéros avec son sourire écrasé, amusé et cruel tout à la fois.

Ce sont des jumeaux vraiment identiques. Jusqu'aux vêtements : ils portent tous les deux un pantalon chino à carreaux gris et une chemise rose pêche sous un bomber à capuche beige. Mais Antéros a un petit côté méfiant en plus et moins avenant que son frère qui s'offre à bras ouverts. Ils entrent tous les deux, je veux fermer la porte derrière eux mais une troisième silhouette m'en empêche.

— Harmonie !

On dirait une gravure de mode avec sa petite robe noire, son chapeau à larges rebords et ses lunettes teintées.

— Bonjour, dit-elle sobrement avant d'entrer.

Chouette, elle est là, elle aussi… La sœur de Deimos me met toujours autant mal à l'aise.

Les trois visiteurs saluent leur frère et toutes leurs tensions remontent à la surface.

— Qu'est-ce que vous faites là ? s'enquiert Deimos en enfilant son caban pour partir d'ici le plus rapidement possible.

— On vient passer du temps avec toi et notre belle-sœur, répond simplement Éros.

Mon époux acquiesce une fois, se tourne vers moi et dit :

— À ce soir.

Et il s'éclipse. Le lâche ! Il m'abandonne avec les siens. Éros, Antéros et Harmonie m'observent en silence, comme s'ils attendaient une explication que je ne peux même pas leur donner.

— Hum, vous pouvez vous installer au deuxième, il y a des chambres pour tout le monde.

— On connaît le manoir d'Athéna, nos affaires sont déjà là-haut, me répond Éros.

— Mon idiot de frère a voulu sonner à la porte pour toi, commente Harmonie.

— Et j'apprécie, dis-je aussitôt.

— Je vous l'avais dit ! insiste Éros.

— Oui, passons, s'empresse Antéros avant de me faire face.

Il croise les bras et se penche sur moi pour m'examiner de près. Pourtant, lorsqu'il reprend la parole, ce n'est pas à moi qu'il s'adresse :

— Tu as senti quelque chose chez Deimos, toi ?

Éros dodeline de la tête, les lèvres retroussées.

— Difficile à dire.

— Là, moi, je ressens… un trouble.

Je me glace sur place ! Est-ce qu'ils sont en train d'enquêter sur notre vie amoureuse ?! Paniquée, je réagis comme une gamine et le repousse des deux mains. Éros s'emballe comme une pile électrique.

— Mais non ! Plutôt par-là ? demande-t-il en agitant sa main dans les airs, au niveau de ma poitrine, avant de la baisser. Ou par-là ?

— Définitivement en bas, assure Antéros en croisant les bras.

Je me sens rougir violemment.

— Ella aimerait s'envoyer en l'air ! fanfaronne Éros.

Mon souffle se coupe. Il ne faudrait pas que ces deux idiots découvrent que je suis encore vierge. La fuite ! Et vite ! J'ai besoin d'aide !

— Vous l'ennuyez, intervient Harmonie qui n'entre pas du tout dans leur jeu.

— Non, non ! m'exclamé-je en m'éloignant rapidement. J'ai du travail pour l'université ! Installez-vous, faites comme chez vous !

Et hop, j'avale les marches et cours me réfugier dans mon appartement, le cœur battant à tout rompre. J'attrape mon téléphone et me dépêche d'appeler mes meilleurs soutiens.

— Citrouille ! décroche Circé.

Rien que d'entendre sa voix, je respire. J'entends celle de ma mère se rapprocher et Méroé se battre pour attraper le combiné. Elles chahutent toutes les trois, parvenant à me faire sourire. J'arrive enfin à en placer une entre deux rires et trois cris de leur côté :

— Hé, Circé, Méroé, vous ne voulez pas venir quelques jours ?

*

Je guette la Coccinelle aubergine dans la rue, une fois le soir tombé. Deimos n'est toujours pas rentré, et j'imagine qu'il n'a pas hâte. Harmonie est venue me trouver au bout d'un moment, parce qu'elle s'ennuyait au bord de la piscine, contrairement à ses frères. J'ai prétexté avoir beaucoup trop de devoirs en retard pour m'amuser.

Le klaxon qui retentit au bout de la rue me fait tressaillir. La voiture de mes sœurs se gare juste devant notre porte et Circé et Méroé en sortent en bondissant. Je saute dans leurs bras et on se blottit les unes contre les autres. Elles parlent en même temps, me balancent des nouvelles en pagaille, ouvrent le coffre pour dévoiler des cartons entiers de *ginger beer*, des plantes et des bocaux préparés par Zelda, brandissent une bouteille de gin, attrapent leurs sacs et on rentre avec tout notre bazar de sorcières dans le manoir.

Je les emmène directement sous la verrière qui les scotche dès que j'allume les lumières. Les mosaïques bougent plus que jamais. L'Olympe doit retrouver quelques forces depuis que j'y suis allée.

— C'est magnifique, s'ébahit Méroé.

— Et Deimos est d'accord avec tout ça ? s'étonne Circé.

— Bien sûr, dis-je, étonnée qu'elle puisse penser le contraire. Il a même une plante, là, le mini cactus.

Mes sœurs se penchent sur Gédéon.

— Le dieu de la terreur a une plante, reformule Circé, perplexe.

Étrange, soudainement je me souviens d'où je viens. À force d'être ici, avec Deimos, j'ai fini par mettre de côté la méfiance totale qu'ont les sorcières envers les dieux.

— Hé.

On pivote toutes les trois, Deimos se tient à l'entrée de la verrière.

— Hé, le salué-je en déglutissant.

Bon sang, j'espère que cet idiot d'Éros a tort, mais je ne peux pas contrôler tout mon corps qui s'enflamme juste à la vue de mon époux. Pourvu que Circé et Méroé ne remarquent rien.

— J'ai invité mes sœurs, puisque vos frères et votre sœur sont là.

Sans un mot, Deimos sort son paquet de cigarettes, en saisit une du bout des lèvres et l'allume. Je suppose que sa fratrie plus la mienne doivent vraiment le rendre nerveux. Est-ce qu'il va me décrocher un mot ? Non. Il se contente de ce son rauque venu du fond de sa gorge et il tourne les talons.

— Il a toujours l'air aussi sympathique, marmonne Méroé.

— La visite de ses frères n'aide pas, expliqué-je avec l'impression de prendre sa défense.

Mes sœurs acquiescent, tout en semblant soucieuses.

— Installons-nous dans ta chambre, me propose Circé. On va faire monter toutes nos affaires chez toi et nous parlerons.

Aussitôt dit, aussitôt fait. L'amas de cartons et de sacs disparaît, les bocaux et les bouteilles s'envolent tout seuls dans la cuisine et le gin trouve refuge dans les bras de Méroé qui me fait un clin d'œil complice. Je les emmène dans mon appartement et on se pose sur un tapis, près de la cheminée, dans ma chambre. Circé chuchote une formule dès qu'elle a pris place.

— Voilà, nous avons un bouclier autour de nous, il ne faudrait pas que les dieux entendent ce que nous avons à dire.

— Ils ne peuvent pas entrer ? m'interrogé-je, inquiète qu'ils repèrent la protection.

— Si, mais on les sentira arriver dès qu'ils franchiront la barrière.

Méroé nous sert un verre de gin et ouvre une boîte contenant les fameux bâtonnets croustillants au romarin de Zelda.

— Alors, où en es-tu ?

L'interrogatoire familial commence. J'avale une gorgée de gin, tassant mon stress.

— Eh bien, je tente de suivre mes cours en ligne, j'ai l'impression qu'on a huit enfants avec les Érinyes et les Semés, et j'ai trouvé une super recette de muffins hier.

Circé et Méroé clignent des paupières en me fixant. Je ne peux pas m'amuser à leur confier tous mes doutes, ni leur dire que ça me manque de ne pas le reluquer sous la douche…

— On pensait plutôt à l'ichor, tu sais, le plan ?

Le visage cramoisi, je hoche la tête.

— Oui, oui, bien sûr. À vrai dire, je ne sais toujours pas comment m'y prendre. Quand on partageait un lit, j'ai bien tenté de lui…

— Minute ! m'interrompt Méroé, un sourire moqueur aux lèvres. Vous n'avez pas toujours fait chambre à part, alors ?

Circé pose son menton sur ses deux coudes avec la même curiosité dévorante que Méroé. De mon côté, je sais que je m'engage sur un terrain miné !

— Non, pas au départ, mais j'ai fini par avoir mon propre appartement. Bref, je…

— Tu t'es servie de la Stilla ou tu as fait des cochonneries avec Deimos ? poursuit Méroé.

« On ne fait pas de cochonneries parce que Deimos respecte ma volonté »… Est-ce que mes sœurs sont prêtes à entendre cela ?

— On n'a rien fait, grogné-je, de plus en plus embarrassée. Là n'est pas la question. J'ai testé son sommeil et il est bien trop léger pour lui prendre de l'ichor à ce moment-là.

Je me mordille la lèvre en bout de phrase.

— Est-ce que les guides s'impatientent ?

— Non, ne t'en fais pas, tu n'en es qu'au début, me rassure Circé.

Je n'ai pas tellement cherché d'autres solutions, bien trop préoccupée par mes propres scrupules.

— Deimos est quelqu'un de méfiant, devise Méroé. Est-ce que tu as identifié des faiblesses chez lui ?

— Il déteste les sorcières et il ne supporte pas ses frères. Phobos est absent…

En le disant, ma conversation avec Deimos, lors de notre nuit de noces, me revient en tête. Il s'est marié pour protéger son frère. Ce pourrait être une faiblesse, mais je ne sais rien de plus sur ce frère invisible.

— Peut-être Harmonie, ajouté-je pour ne pas lancer mes sœurs sur ce mystère.

— Harmonie ? Pourquoi ? s'étonne Circé.

Je m'en veux aussitôt d'évoquer la sœur de Deimos. Je ne sais pas jusqu'où il serait prêt à aller pour elle, mais il semble vouloir la protéger à tout prix. Le jour de notre mariage, sans s'appesantir sur le sujet, il m'avait dit qu'il n'accepterait plus jamais que sa mère ou sa sœur soient offertes en mariage sans leur consentement.

Non, je dois garder la tête froide, mon camp est celui des sorcières.

— Il a l'air vraiment attaché à elle, dis-je en déglutissant.

Mon cœur se tord dans tous les sens. J'ai honte.

— Ce n'est pas inintéressant, réfléchit Circé.

— Comment ça ? Je vois mal en quoi elle pourrait nous aider, dis-je en buvant d'autres gorgées de gin pour me soutenir.

— Elle peut être un moyen de pression, une monnaie d'échange, une complice…

— Une complice ? m'étonné-je, glacée par les suppositions de mes sœurs.

— Si elle est manipulable, elle peut prendre l'ichor de Deimos pour nous, propose Circé.

— Ou donner le sien pour épargner son frère, ajoute Méroé.

Ravies de leur déduction, elles trinquent alors que je me sens envahie de vertiges. Dans quoi me suis-je embarquée !

— Tout ceci ne serait que du dernier recours, reprend Circé après avoir secoué la tête. Notre priorité est de prendre nous-mêmes de l'ichor.

Et je préfère largement ce plan plutôt que de manipuler Harmonie qui est mentalement si instable.

— Tu as essayé la nuit alors qu'il était conscient que tu étais près de lui dans son lit, résume Méroé. Mais maintenant que tu n'y es plus, ce sera peut-être différent.

— D'autant plus si, lorsqu'il ouvre les yeux, il ne te voit pas, précise Circé.

Je grimace d'avance.

— Comment ne pourrait-il pas me voir ?

— Ta Stilla, réplique mes sœurs en chœur.

J'attrape le pendentif que je porte tous les jours sans parvenir à l'utiliser. Je n'ai pas du tout ce réflexe.

— Avant d'envisager un sort pour t'emparer de l'ichor puisqu'il a le sommeil léger, commençons par voir si tu peux t'approcher de lui sans attirer son attention sur toi, me propose Circé. Si jamais il te découvrait, tu es son épouse, ça ne devrait pas éveiller sa méfiance.

J'acquiesce, plutôt convaincue.

— Et la Stilla ? m'enquiers-je.

— La situation dans laquelle tu vas te mettre devrait être suffisamment périlleuse pour déclencher un sort de protection qui te rendra invisible.

Je n'ai pas hâte de tenter ma chance, mais il va le falloir. Au moins pour contenter les attentes de mes sœurs et de mes guides.

— L'important est que tu ne te mettes pas en danger. Si jamais il te repère, il faut que tu aies une bonne raison d'être là où tu ne devrais pas être.

Méroé paraît plus perplexe.

— Une autre bonne raison que coucher tu veux dire ?

Je me redresse en retenant mon souffle. Deimos attend que je vienne à lui, s'il me découvre dans sa chambre, en train de le fixer ou de le grattouiller alors que j'ai tout fait pour avoir mon espace, je vois mal comment il pourrait le prendre autrement !

— Sauf si tu veux passer à la casserole, suppose Circé avec plusieurs haussements de sourcils.

— Je trouverai une idée, me dépêché-je de dire.

Je commence presque à regretter d'avoir appelé mes sœurs…

— Attention, dit soudain Méroé en levant le bouclier. Des dieux approchent.

Une poignée de secondes plus tard, Éros et Antéros se présentent à la porte de ma chambre, des provisions dans les bras.

— On vous dérange pas ? demande poliment Éros. On se disait qu'on pourrait passer un moment ensemble puisque nous sommes en paix, Antéros a ramené un jeu de cartes.

Mes sœurs me jettent un coup d'œil, attendant apparemment mon avis. J'accepte sans hésiter. Voilà qui va me changer les idées !

— Bien sûr, venez.

Les deux dieux prennent place auprès de nous avec une aisance à l'opposé de celle de mon époux. Mes sœurs les acceptent même avec plaisir. Des divinités bienveillantes, ça change tout ! Tous échangent des paroles amusées et détendues, on dirait une soirée comme j'en ai tant connu à l'université.

— Deimos ne vient pas ? demandé-je tout de même.

Antéros éclate de rire, tandis qu'Éros me répond :

— Non, notre frère ne goûte pas du tout aux plaisirs simples comme celui-là.

— Harmonie lui tient compagnie, ajoute Antéros en ouvrant une bouteille de Nectar pour servir son frère et lui-même.

Circé se frotte les mains et Méroé bat les cartes.

— On va vous plumer ! s'exclame-t-elle.

— C'est ce qu'on va voir, assure Antéros avec ambition.

*

Le calme est revenu dans ma chambre. Éros et Antéros sont montés se coucher après avoir bien bu et bien joué. Mes sœurs se sont allongées sur mon lit, vannées. J'aurais pu leur donner une chambre au deuxième, mais on a préféré rester proches et j'ai l'habitude de dormir avec elles. Sauf que, contrairement à elles, qui sombrent lentement mais sûrement, je n'ai pas sommeil. Je triture la Stilla entre mes doigts depuis un moment.

La gorge nouée, je me lève sans un bruit, enfile un sweat sur mon débardeur, et sors de mon appartement pour me diriger vers celui de Deimos. Il dort sûrement à cette heure-là. Mais plus j'approche de sa chambre et plus j'entends des voix. C'est une chose de se faire surprendre par Deimos, c'en est une autre d'ajouter un second dieu qui se poserait encore plus de questions. J'avais peur de ne pas me sentir suffisamment menacée pour déclencher les pouvoirs de la Stilla – Deimos ne m'ayant jamais donné de raisons de le craindre –, et finalement, le sort me vient en tête sans difficulté alors que je serre le pendentif dans ma main.

— *Protège-moi, Stilla, peu importe le coût ; et rends-moi invisible aux yeux de mon époux.*

Une énergie inconnue, comme une bouffée de chaleur chatouillante, se diffuse en moi. Je regarde ma main disparaître, et baisse les yeux sur mon corps sans le voir. Incroyable ! J'ai fait de la magie, moi ! J'ai envie de trépigner d'excitation mais je me ressaisis bien vite. J'ignore combien de temps le sort dure. Alors je reprends mon chemin et me plante derrière la porte entrouverte de la chambre de Deimos.

Ce n'est pas une conversation normale qui agite Deimos et son frère, Éros, mais plutôt une engueulade.

— Rentrez à Cythère ! Vous n'avez rien à faire ici ! s'agace Deimos.

— Harmonie voulait te voir ! Après sa fugue il y a quelques semaines, pour terroriser ta promise, notre mère refuse qu'elle échappe à notre vigilance ! explique Éros, sur le même ton.

— Il fallait la convaincre de rester ! reproche Deimos.

Une aura sombre l'enveloppe peu à peu.

— La rapprocher du Siège la rend nerveuse ! ajoute-t-il.

— C'est parce qu'elle a besoin de toi !

— Tu n'es pas obligé de rester avec Antéros ! Vous débloquez les Érinyes et les Semés ! Ils deviennent faibles et sentimentaux quand vous êtes dans les parages !

Éros lève les bras au ciel avant de les laisser retomber et de tourner en rond.

— Parce que les maintenir dans la colère et dans la peur, c'est mieux ? Pourquoi tu ne dis pas que c'est toi qui crains de ressentir autre chose ?

Mon cœur s'emballe en les entendant s'écorcher à ce sujet. Est-ce que Deimos élimine d'office la possibilité de tomber amoureux ?

— Je refuse de te servir de cobaye, rappelle froidement le dieu de la terreur. Demain, vous rentrez pour Cythère.

Éros soupire et baisse les bras. Il abandonne Deimos. Je recule pour qu'il ne me bouscule pas en passant. Je tente de reprendre mes esprits avant de me reconcentrer sur ma mission. De toute façon, Deimos n'est pas près de dormir, il doit d'abord retrouver son calme. Je profite de la porte ouverte pour me caler dans un coin de la chambre. Je fais bien parce que mon époux fait trois grandes enjambées et claque puissamment le battant, nous isolant sans le savoir.

Il se déshabille en plusieurs gestes désordonnés, et retire son boxer avant d'entrer dans la salle de bains. Je me mets à frissonner seulement à cet instant. Mon pouls et ma respiration sont loin de se calmer ! Je suis toujours invisible, mon époux va se détendre et tout va redevenir possible pour moi. J'entends le tonnerre gronder dans la petite pièce adjacente. Il a dû commander à Nérée une tempête, ça semble plus fort que son orage quotidien.

Lorsque Deimos ressort de là, toujours aussi nu, me forçant à regarder ailleurs, il baisse la lumière et s'allonge sur le lit, de son côté, alors qu'il est seul. Moi, j'ai repris mon habitude de célibataire, à savoir m'étaler dans mon lit.

Sur la pointe des pieds, je m'avance. Il reprend la lecture de son livre, une main sous sa nuque. Rho bon sang… La vue de son corps alangui m'avait manqué. La chaleur irréelle qui irradie de lui me manque. Et cette sensation si particulière, que je n'éprouve qu'à de rares instants, grâce à lui, me manque : une sécurité bien réelle.

Au fur et à mesure des minutes qui s'écoulent, il dépose son livre, au bord de la somnolence. Il ne devrait pas tarder à s'endormir alors que les battements de mon cœur sont si bruyants ! J'espère de toutes mes forces qu'il ne va pas les percevoir.

Deimos fait ensuite quelque chose d'imprévisible : il regarde à côté de lui, là où je dormais, d'un air pensif. Est-ce que ma présence pourrait lui manquer, à lui aussi ? Ou est-ce que c'est moi qui interprète son comportement comme ça m'arrange ?

Les pieds ancrés au sol, je le regarde s'endormir, plus troublée que jamais. J'essaie de ne pas songer aux paroles d'Antéros, même si j'ai de plus en plus de mal à nier cette évidence : mon corps brûle pour lui. Je suis attirée par lui. Et je repense aux paroles de Madeline qui m'affirmait qu'il fallait savoir se dévoiler à son partenaire. Le fait est que plus ça va, et plus je gagne en assurance à ses côtés. Et comme il ne me force à rien, qu'il attend tout de moi, je me rends compte que le pouvoir est entre mes mains.

— Arrête ça, Ella.

Je sursaute ! Pourtant je suis encore invisible ! Et je n'ai même pas eu le temps de le grattouiller ! Deimos me regarde droit dans les yeux.

— Tu luis.

Je tends la main devant moi, une lumière en jaillit, bien plus forte que les dernières fois. Comme je suis repérée, le sort d'invisibilité se lève et je me mets à balbutier.

— Désolée. Mes sœurs m'ont jetée ce sort pour que je puisse t'observer et mieux te connaître.

Ma voix tremble et mes paroles sortent à toute vitesse. Deimos se redresse sur ses coudes, sans aucune colère, mais visiblement intrigué.

— Tu peux me poser directement des questions, tu sais.

C'est vrai qu'on n'a eu aucune discussion de fond depuis qu'on est mariés. Le seul échange honnête, ou presque, que nous avons eu date de notre nuit de noces. J'ai toujours des questions en suspens pour lui, sans jamais oser les poser. Alors, afin de bien appuyer ma version des faits, je m'assieds au bord du lit et me lance.

— Pourquoi vous vous transformez en chien-loup ?

Il ne devait pas s'attendre à cela. Il se redresse et le drap glisse au niveau de son abdomen. On est très proches et ça me plaît.

— Parce que le chien est l'animal de mon père, et le loup celui de ma mère.

— Alors vous tenez aussi d'Aphrodite, dis-je avec un petit sourire.

Ce n'est pas une origine qu'il semble revendiquer, malgré son attachement pour elle.

— Je tiens plus de mon père, affirme-t-il d'un ton dur ne pouvant être contesté.

— C'est parce que vos parents sont si différents que vos relations sont difficiles avec votre famille ?

— Probablement oui.

OK. Il n'a pas envie d'aller plus loin. Mais moi, si.

— Je suis désolée, mais vous avez l'air isolé au milieu d'eux.

Il ne répond rien sur le coup. Il me fixe intensément, ses iris dépareillés me renvoient des impressions contraires.

— C'est toi qui me dis ça ? finit-il par dire à voix basse.

Je ravale mes mots. Ma propre phrase résonne dans ma tête. Moi aussi, je dois avoir l'air isolée au milieu de ma famille. Et je le suis véritablement. Ce que je ressens pour lui, alors que je ne le devrais pas, va m'isoler davantage.

Deimos tend la main et ramène une mèche de mes cheveux derrière mon oreille. Un geste si tendre que je le saisis au vol, mes doigts se resserrant sur les siens. Le fait est que je ne me sens pas isolée avec lui, curieusement. Je ne comprends pas tout ce qui se passe dans ma tête, mais je ne me sens pas seule.

Je m'éclaircis la voix, tout en conservant ce contact avec lui. La paume chaude de sa main frôle ma joue et me force à fermer les yeux pour ne pas perdre pied. Son odeur de pluie et sa voix grave, lorsqu'elle ne rugit pas, font vibrer toutes mes cordes.

— Et votre frère ? murmuré-je. Phobos. Parlez-moi de lui.

Je perçois un court soupir embêté.

— Je ne peux pas te parler de Phobos.

Il n'y a pas d'agression dans sa réponse, plutôt une sorte de résignation.

— Pourquoi ?

— Parce que je ne te connais pas suffisamment, Ella.

C'est la réponse la plus vraie qu'il puisse me donner. Et aussi celle qui me fait le plus mal.

— Je comprends.

Sa main quitte ma joue mais nos doigts restent liés. Je rouvre les yeux, il s'est un peu rapproché de moi. Je me sens comme une cocotte-minute prête à siffler. Son regard devient incandescent, son souffle est plus profond et je me rappelle juste à cet instant combien son cœur bat lentement alors que le mien percute ma poitrine de plus en plus vite.

— Pourquoi tu luis comme ça ? m'interroge-t-il à son tour.

Ce n'est plus le cas à cet instant, mais Deimos en a été témoin deux fois à présent. Et je n'ai toujours aucune explication.

— Je ne sais pas.

Je me penche vers lui avec une seule envie : presser mes lèvres sur les siennes. Il ne m'arrête pas, loin de là. Sa main se glisse dans mes cheveux pour mieux me rendre mon baiser. Je grimpe sur le lit, il m'attire contre lui et je me retrouve à califourchon sur ses hanches. Le contact de mes genoux nus et de son torse me fait hoqueter. Je n'ai plus qu'à me raccrocher à ses épaules, le souffle court. Ses mains au bas de mon dos me font tourner la tête ! Je veux reprendre le baiser mais il me devance en me ramenant encore plus près de lui, ses bras m'enlaçant. J'enroule les miens autour de son cou, sombrant dans une pure satisfaction en me sachant enfin blottie contre lui, pleinement volontaire, un désir brut au creux du ventre.

Sa langue quémande le droit d'entrer, je le lui accorde sans hésiter. Je la fais danser avec la mienne, me surprenant à frissonner dès qu'il grogne. Je réprime si fort un gémissement que je ne contrôle plus mes griffes. Deimos tressaille et je recule, essoufflée.

— Pardon !

Il sourit. Avec une arrogance folle et un côté séduit qui me conforte complètement dans mes préliminaires hasardeux. Je pose mon front sur le sien, il soulève mon sweat et me le retire d'un geste empressé. Ma tension était déjà bien haute, il en remet un coup ! Toute mon intimité s'engorge dès que je me retrouve en débardeur, contre sa peau brûlante. Je peux caresser son dos si sculptural alors qu'il s'aventure dans mon cou pour le mordiller. J'ai envie de me frotter à lui toute la nuit !

— On devrait arrêter là, dit-il.

Mais apparemment, on n'est pas sur la même longueur d'onde.

— Pourquoi ?

Entre ce qu'il vient de dire et ce qu'il est en train de faire – à savoir soulever petit à petit mon débardeur et ravager mon cou –, il y a tout de même un gouffre !

— Parce que c'est la présence de mes frères qui nous influence.

Quelle drôle d'idée… Je n'ai jamais été si sûre de moi qu'à cet instant, je n'ai pas l'impression d'être sous l'ascendance de quelqu'un.

— Je suis consentante, lui assuré-je. Et j'en ai très envie.

Je me sens alors basculée en arrière sur le lit, Deimos au-dessus de moi.

— Moi aussi, grogne-t-il en passant ses mains sous mon débardeur, capturant fermement mes seins.

Mon corps m'échappe ! Je me cambre et gémis d'une manière si aiguë et tremblante qu'un rire étouffé franchit les lèvres de mon époux, occupé à marquer ma peau de toutes les manières possibles.

— J'étais sûr que tu aimerais ça, Ella, ma promise.

J'aimerais surtout protester et lui faire regretter son excès de suffisance, mais je suis bien trop excitée par tout ça pour vouloir le ralentir.

— Ne t'arrête pas, le prié-je seulement, dans un souffle.

Il s'immobilise pourtant. Je viens de le tutoyer, ça m'a paru la chose la plus naturelle du monde. Deimos écarte doucement mes jambes pour s'allonger entre elles. Il remonte ma cuisse de sa main et il m'embrasse. Tout devient intense et fort sans que je comprenne pourquoi. Il veut peut-être assagir les choses, c'est ma première fois, après tout. Et même si je sais à peu près à quoi m'attendre, ma nervosité revient au galop. Après plusieurs mordillements divins de lèvres, Deimos reprend la parole.

— Ella…

Il n'a pas le temps de poursuivre qu'un hurlement retentit dans le manoir. On se fige tous les deux, notre bulle qui nous isolait de tout vient d'éclater. Un second cri, plus féroce encore que le premier, suit rapidement. Je sais que ce n'est pas Circé, ni Méroé, c'est une voix féminine mais déchaînée et irrationnelle.

— Harmonie, comprend Deimos en se relevant.

Il enfile rapidement son pantalon resté par terre, je me dépêche d'attraper mon sweat et de m'élancer à sa suite. Il dévale les marches de l'escalier pour atteindre le deuxième étage, repousse brutalement Éros et Antéros qui restaient pourtant en retrait devant la porte ouverte de la chambre. Je me faufile derrière lui, mais ses frères me retiennent au dernier moment.

Le corps d'Harmonie se tord sur le sol, le visage déformé par une expression terrible, un mix de peur et de fureur. Ses hurlements me prennent à la gorge.

— Terreur nocturne, murmure Éros à mon oreille.

Deimos s'agenouille à côté d'elle. Est-ce que c'est une bonne idée que le dieu de la terreur s'approche d'elle ? Ne va-t-il pas exacerber sa propre terreur ? Je croise les bras, angoissée. Mais qu'a-t-il bien pu arriver à Harmonie pour qu'elle soit aussi instable ?

J'entends Circé et Méroé nous rejoindre sans franchir le seuil.

Deimos, lui, prend délicatement sa sœur dans ses bras alors qu'elle se débat, exécutant des mouvements brutaux et imprévisibles. Plus il la garde contre lui et plus elle s'apaise. Ça paraît long et court tout à la fois. En voyant Harmonie revenir à elle, bouleversée mais moins agitée, et en voyant son frère la blottir contre lui avec plus de tendresse, je me rends compte d'une nouvelle chose : si Deimos inspire la terreur, il peut tout autant l'absorber.

Qu'il le veuille ou non, il est un fils d'Aphrodite.

CHAPITRE XV

On sort du théâtre, Circé, Méroé, Éros, Antéros et moi. Melpomène, en apprenant la visite de nos fratries, a fait jouer ses relations et nous a offert des tickets pour la séance d'après-midi de… *Wicked.* Une comédie musicale sur des sorcières. On peut dire qu'au départ, mes sœurs et moi, on a un peu traîné les pieds et nos deux compagnons divins nous ont poussées jusqu'aux portes de la salle de spectacle. Mon avis a doublement changé après avoir vu le combat de cette sorcière à la peau verte, différente de tous les autres, se battre pour ses idéaux. Ça a plu à mes sœurs et ça a calmé les dieux. Des étoiles dans les yeux, des sacs de souvenirs de touristes à la main, nous marchons d'un pas détendu sur la Cinquième Avenue, direction le Metropolitan Museum of Art. Éros et Antéros ont, d'après eux, un péché mignon : se moquer des statues et autres œuvres d'art les représentant au fil des époques. Éros prend la chose avec légèreté, mais Antéros est beaucoup moins connu. Je sens qu'il va surtout râler et que ça réjouit d'avance mes sœurs qui m'ont désignée guide à cause de mes études.

Ces trois-là marchent d'ailleurs devant, chahutant, un hot dog à la main. Je ralentis un peu le pas et Éros m'imite pour me tenir compagnie. J'ai tant de questions que je retiens depuis la nuit dernière ! Je préfère ne surtout pas aborder ma chance manquée avec Deimos – j'en ai encore des bouffées de chaleur aux joues quand j'y pense – mais Harmonie, elle, occupe mon esprit. D'autant plus à présent, avec mes sœurs qui l'envisagent comme une faiblesse de Deimos.

— Je n'aurais jamais cru revoir des sorcières et des dieux s'entendre comme ça, commente Éros en désignant mes sœurs et son frère d'un mouvement de menton.

— Moi aussi, même si je regrette de ne pas avoir connu le temps d'avant. On ne m'a jamais parlé de l'époque où les sorcières et les dieux s'entendaient bien, c'était comment ?

Éros grimace avec exagération.

— Ça n'a jamais été la parfaite osmose. Les sorcières… vous avez toujours été un cercle fermé, même si vous descendez d'Hélios. Circé la Première a toujours détesté Hermès pour avoir révélé le secret de sa potion d'envoûtement à Ulysse, Médée la Première n'a jamais reçu aucun soutien des Olympiens quand Zeus a tenté… d'abuser d'elle.

Je ralentis en entendant les mots choisis par Éros et en constatant son expression gênée.

— Je suis le dieu de l'amour et du désir, forcer ce genre de choses me met à cran, rappelle-t-il à voix basse.

— Est-ce que c'est pour ça que vous nous avez proposé « d'éveiller une flamme » le jour de notre mariage ?

Éros incline la tête sur le côté avec un mordillement de lèvre coupable.

— Oui et non. On ne l'avait pas fait pour le mariage d'Harmonie, et j'ai encore beaucoup de regrets. J'y avais pensé, à l'époque, sans oser le proposer.

Je prends son bras pour le soutenir.

— Ce n'est pas non plus une vraie solution, lui dis-je. En fait, il vaudrait mieux éviter les mariages arrangés.

Il me sourit, un peu plus détendu.

— Va dire ça à nos grands-parents qui ont des milliers d'années.

Ça me fait penser à Deimos et à ses idées d'un autre âge, et qui ne voyait pas le rapport avec ses milliers d'années. J'en ai des papillons dans le ventre juste en songeant à son expression perplexe. J'étais alors bien loin de m'imaginer quasi nue dans ses bras à ce moment-là.

J'entends un « mmh ! » malin à côté de moi.

— Et si tu me parlais de ton mariage, Ella. Je dois dire que nous avons tous été assez surpris par l'engagement de Deimos lorsqu'Héra et Athéna ont demandé qui se proposait parmi mes frères pour ce mariage.

Je hoche poliment la tête sans oser évoquer Phobos. Je l'aurais fait si Deimos et moi n'avions pas partagé ce moment, la nuit dernière. Je vais attendre qu'il vienne à moi sans fouiner ailleurs.

— Je suis surprise moi aussi, je ne m'attendais pas à un tel comportement de sa part.

— Grognon et autoritaire ?

— Aussi, oui, ris-je. Patient et attentionné, c'est ce que je voulais dire.

— Oui, peu de monde le voit ainsi.

On arrive en vue du Metropolitan, Circé, Méroé et Antéros gravissent les marches du parvis en nous faisant des signes pour les rejoindre.

— Éros, ce qu'il s'est passé hier soir, avec Harmonie, est-ce que ça arrive souvent ? m'empressé-je de lui demander avant que nous mettions tout cela de côté.

Il acquiesce et ne semble pas très enclin à poursuivre sur cette voie.

— Depuis un bon moment, oui. Harmonie…

Éros se met à sourire, visiblement ému.

— Son nom dit tout. Elle est la déesse qui équilibre tout. Ce n'est pas pour rien que Zeus l'a choisie pour cette alliance avec le mortel Cadmos. Mais lorsque son époux est arrivé au bout de sa vie terrestre, Zeus a décidé de les transformer tous les deux en serpents pour qu'il puisse accéder aux Champs Élysées, un endroit normalement réservé aux plus vertueux.

— Tous les deux ? Pourquoi ? Harmonie est une déesse !

— Parce que, selon lui, une épouse suit son époux où qu'il aille.

Tous mes muscles se tendent d'écœurement.

— Les épreuves qu'elle a vécues ont dégradé ses pouvoirs.

— Et sa santé, ajouté-je.

— Elle ne parvient plus à s'accorder avec elle-même.

Éros attrape mes deux mains et plonge son regard noir dans le mien.

— Nous ne sommes pas infaillibles, sache-le, murmure-t-il avec confiance.

Je déglutis, confuse. Une part de moi voudrait rebondir sur la faiblesse de Deimos, et une autre me garde bien de le faire.

— Ne le criez pas sur tous les toits, réussis-je à prononcer en espérant feindre autant que possible la plaisanterie.

Il me fait un clin d'œil et m'entraîne avec lui dans le musée.

*

On a bien tourné dans le musée et finalement la petite bande que nous formons décide d'aller goûter dans une enseigne réputée pour ses donuts, un peu plus loin. C'est là que je commence à ralentir. Je sais que Deimos passe de temps en temps au manoir, l'après-midi, comme hier, et j'ai envie de le voir. Je passe un bon moment avec mes sœurs et avec les deux dieux de l'amour, mais depuis la veille, je ne pense qu'à ses caresses, à ses mains partout sur moi et à ses lèvres qui ont laissé des traces au bas de mon cou, à l'abri des regards.

— Je vais rentrer, on se retrouve au manoir plus tard ? lancé-je en une fois, espérant qu'ils ne cherchent pas à me faire changer d'avis.

— OK, répond sans réfléchir Circé.

— T'es sûre ? hésite pourtant Méroé.

Éros lui donne un coup dans les côtes.

— Pas de souci, ajoute-t-il avec un sourire aimable.

Antéros, lui, semble s'en moquer totalement.

Je pivote et m'éloigne à pas rapides. J'espère que cet idiot d'Éros ne va pas s'amuser à balancer mes confidences à mes sœurs. Je n'ai pas envie qu'elles doutent de moi. Nerveuse, j'entre dans Central Park pour le traverser, préférant souffler au milieu d'un semblant de nature plutôt que de faire demi-tour sur le goudron. Si Deimos est à la maison, j'ai envie de lui proposer de reprendre là où on s'était arrêtés, mais Harmonie sera dans le coin. Elle est restée dans sa chambre pour se reposer. Je devrais peut-être plutôt aller la voir. Elle m'a fait une terrible première impression, certes. Il faudrait pourtant que je mette tout cela de côté pour tenter d'établir une vraie relation avec ma belle-sœur.

Lorsque je lève les yeux du chemin en terre battue, je me rends compte que je suis dans un coin désert du parc, au milieu d'arbres et d'arbustes aux feuilles mortes. Ça me rappelle la Clairière et je profite de cet instant, malgré le brouhaha lointain de la ville. Je décide de sortir du chemin pour sentir l'herbe sous mes pieds et m'éloigne encore plus de tout.

Ce n'est qu'au bout de longues minutes d'insouciance qu'une silhouette masculine, debout à plusieurs mètres, immobile et tournée vers moi, m'arrête dans mon élan. Il me regarde, moi, puisque je suis la seule aux alentours. Je pourrais miser sur un hasard, mais le bonnet noir qu'il porte et les boots montantes à ses pieds m'interpellent d'abord inconsciemment. Je connais cette dégaine et sa posture dégingandée est due à ses pattes de bouc. Un satyre.

Ce pourrait être une coïncidence. Je sais qu'ils sont encore perdus, que le Siège tente de reprendre la main sur eux et que Dionysos regrette beaucoup de ne plus avoir de lien avec eux. Mais ce satyre-là paraît m'attendre. Pour discuter ? Ça me semble irréel. Pourquoi un satyre voudrait discuter avec moi ? Est-ce qu'ils m'avaient repérée lors de l'intervention de Deimos dans leur bar clandestin ?

Mon cœur s'emballe brutalement. Coïncidence ou non, je sens au plus profond de moi le malaise grandir. Je pivote pour rejoindre le chemin le plus rapidement possible, mais je tombe nez à nez avec un nouveau satyre. Mon mouvement de recul me déséquilibre. Son mince sourire de travers me fait froid dans le dos !

Je m'élance sur le côté, ne sachant plus si je m'enfonce dans le parc ou si je rejoins le chemin. Je les entends derrière moi et la panique me submerge. Je cours droit devant, pressée de retrouver la civilisation, et me retrouve coincée par un ensemble de rochers décoratifs, à l'abord d'un petit tunnel caché au milieu des arbres. Un endroit parfait pour un guet-apens et j'ai foncé dedans !

Le temps se fige une poignée de secondes et mon souffle se coupe. Tout un tas d'idées absurdes s'entrechoquent dans ma tête pour me sortir de là et soudainement, alors que je suis cernée par trois satyres qui s'avancent lentement vers moi, guettant une possible réaction, je me souviens de ma Stilla. Si je ne l'avais pas utilisée hier, je crois que je l'aurais juste oubliée. Je la saisis en tremblant comme une feuille. La concentration que va me demander le sort me semble inaccessible ! Je la serre dans ma main, et rien que ce geste me rassure un peu.

Vite, vite ! Une idée !

Le stress que génèrent ces satyres autour de moi et ce qu'ils prévoient de faire m'empêche de trouver une bonne rime. Puisant d'abord dans mon instinct de survie, je tends la main vers eux et ne pense plus qu'à une chose : qu'ils disparaissent ! La bouffée chatouillante bouillonne dans mon estomac et je la sens filer dans mes phalanges. Je m'attends à sentir un flot d'énergie jaillir devant moi mais le rayon est détourné au dernier moment. Je chute sur le côté, renversée par une masse à la fourrure tachetée. Une panthère. Une panthère vient de me bondir dessus !

D'un coup de patte très maîtrisé, elle arrache la fine chaîne qui retenait la Stilla et l'envoie loin de moi, dans l'herbe.

D'abord incapable de crier, je finis par hurler la seule chose qui me fait me sentir en sécurité.

— Deimos !

Je ne sais pas si c'est vain, ça ne marche peut-être qu'entre les dieux et leurs créatures.

Sur le dos, transie de peur, j'observe la panthère appuyer ses pattes avant sur mon abdomen et me menacer en montrant ses crocs acérés. Mes doigts s'enfoncent dans l'herbe. J'aimerais à nouveau crier mais la terreur est soudainement bien trop forte. Les membres de mon corps se glacent, je peine à respirer et mon cœur bondit avec violence.

La panthère me quitte des yeux et tourne la tête. Un énorme chien-loup noir fonce sur elle. Les deux animaux roulent sur le côté et entament un échange de coups de pattes sauvages, de hurlements rauques et de morsures mortelles à éviter.

Je me traîne sur le sol, apercevant les Semés s'élancer à la poursuite de satyres qui abandonnent le fauve à son combat. Je cherche des yeux la Stilla mais le spectacle bruyant m'accapare.

Vite, la Stilla ! Avec un peu de chance, je pourrais aider Deimos, car il semble dominé par la panthère qui le renverse sur le dos. L'éclat rouge du pendentif attire mon œil à plusieurs mètres quand le couinement aigu du chien-loup me fait tressaillir. Je me redresse et vois la panthère balayer de ses griffes le ventre de l'animal noir. Une fois, deux fois, trois fois ! Des projections d'ichor doré volent autour d'eux.

Tout se noue en moi. Happée par la lutte, apeurée et furieuse, je tends les deux mains devant moi et le puissant jet d'énergie jaillit sans aucune rime. La panthère est projetée dans les airs. Elle roule plusieurs fois avant de s'immobiliser, inconsciente. Deimos, lui, reprend sa forme humaine et tente de respirer, de profondes entailles lacérant son torse.

— Ella, souffle-t-il en me regardant.

Je lis toute la douleur qui le secoue au fond de ses yeux. Alors je me relève, agrippe la Stilla au passage et me rue sur lui.

Il attrape aussitôt mon poignet et nous téléporte.

*

On atterrit sur son lit. Je mets quelques secondes à recouvrer mes esprits. On a fui, on est en sécurité, et vivants. Du moins, je l'espère, car Deimos convulse. Ses blessures sont profondes et l'ichor coule partout autour de nous. Moi qui devais en prendre seulement quelques gouttes, mes mains en sont pleines. De l'or liquide, chaud et hypnotique.

— Que dois-je faire ? soufflé-je, un sentiment d'impuissance me saisissant à la gorge. Dois-je appeler quelqu'un ? Harmonie ?

Deimos resserre son emprise sur mon poignet.

— Non ! Surtout pas ! dit-il, les traits grimaçants. Je vais guérir…

J'acquiesce, mais décide aussi de l'aider à ma façon. Je détache ses doigts raidis et cours dans la salle de bains pour attraper des serviettes. Je reviens, déchire sa chemise et appuie les compresses improvisées sur son ventre pour qu'il ne se vide pas complètement de son ichor. Je réfléchis aux remèdes que j'ai apportés avec moi en emménageant ici. Oh oui ! Je dois avoir un vulnéraire à base de fleurs de lys quelque part, et sûrement une infusion pour la fièvre.

— Je reviens !

Je fonce dans mon appartement et fouille la petite réserve de produits que ma mère m'a concoctés. J'attrape le bocal rempli de pétales de lys qui ont macéré dans de l'alcool, déniche mes sachets d'infusion d'écorce de saule avec une tasse, et retourne vite dans la chambre.

— C'est un cicatrisant, annoncé-je en m'agenouillant près de Deimos et en brandissant le récipient.

Je retire les serviettes couvertes d'or et remarque que la profondeur des entailles s'est réduite. Il devrait effectivement guérir tout seul, mais si je peux l'aider à se soigner plus vite, je vais le faire. J'imbibe une fouta du liquide au parfum fleuri et la pose doucement sur l'une des plaies.

— Bordel ! Ella ! siffle-t-il, les dents serrés, son corps fiévreux se soulevant.

— Ça risque de brûler, j'ai oublié de prévenir, dis-je, confuse, mais la tête à nouveau froide.

La cicatrisation s'accélère bel et bien. Sa respiration saccadée s'apaise peu à peu, il tremble moins et ses paupières ne sont plus serrées. Je dirais même que Deimos paraît lutter contre le sommeil. Je n'aimerais pas qu'il sombre dans l'inconscience parce qu'il est trop grièvement blessé. Préférant le garder alerte, le temps que ses chairs se referment, je lance la discussion.

— C'est normal qu'une panthère puisse vous atteindre à ce point ?

— Non. C'était sûrement une compagne de Dionysos, elles… elles font partie de son thiase. Seuls les créatures et les êtres divins peuvent nous blesser ainsi.

Il est encore essoufflé lorsqu'il parle, mais il garde toute sa tête.

— Il est vraiment temps que Dionysos reprenne le contrôle de ses créatures, affirmé-je.

— On y travaille, répond-il en grimaçant. Cette panthère-là était particulièrement féroce.

Je penche la tête sur le côté. Oui, c'est vrai. Mais, je l'ai envoyé paître avec une facilité étonnante.

Je l'ai envoyée paître. Sans l'aide de la Stilla.

Un précipice s'ouvre devant moi et j'ai l'impression de basculer dedans sans pouvoir me rattraper à une quelconque certitude. Comment j'ai bien pu faire ça ? D'où ça venait ? Du second sort qui a raté sa cible ? J'ai emmagasiné un trop-plein qui s'est déversé dans un second temps ? Tout me semble flou. J'ai juste voulu défendre Deimos.

— À quoi penses-tu ? demande-t-il face à mon silence préoccupé.

Je me mords la langue avant de répondre.

— À ce que j'ai fait, tout à l'heure. Ce n'est pas normal, je suis née sans dons, ce que j'ai fait est impossible.

Il pose sa main sur la mienne et fait baisser ma tension par la même occasion.

— Nous y réfléchirons plus tard, si tu le veux bien.

Sa voix est épuisée. Je touche son front, il est brûlant. Même s'il cicatrise et même s'il est un dieu, il a perdu beaucoup d'ichor. Je nettoie ses plaies qui ne saignent plus et je l'abandonne quelques secondes, le temps de remplir la tasse d'eau chaude dans la salle de bains et de faire infuser un sachet d'écorce dedans. Puis je l'aide à se redresser pour qu'il boive la potion.

— Ça fera baisser votre fièvre.

Il hoche la tête, à nouveau somnolant. Je l'aide à retirer sa veste et sa chemise pour qu'il soit plus à l'aise, et le laisse se reposer. Son état me semble moins incertain à présent.

Je m'assieds, bouleversée. Mes avant-bras sont recouverts d'or. C'est une occasion inespérée d'avoir ce que je voulais. Mais je n'y arrive pas. Ce n'est pas juste. Il a risqué sa vie pour me sortir de là, et moi j'en profiterais pour trahir sa confiance ? Quel genre de personne cela ferait de moi… Ce ne sont que quelques gouttes d'ichor. Qui mettraient fin à tout ça.

Je croise les bras contre moi et regarde Deimos dormir, enfin serein.

Ai-je envie de terminer tout cela ?

J'ai eu peur, au milieu de ces satyres et de cette panthère, et voilà que j'ai peur de perdre ce que je commence à ressentir ici, avec lui. Je scrute les serviettes, mes vêtements, le drap, tous tachés d'ichor. Je dois faire disparaître tout ça.

Lentement, je tire le drap de sous son corps. Il gémit de douleur avant de se rendormir. Je déplie le drap par terre et j'y mets tout. Tout ce qui n'a même qu'une seule goutte de son ichor, mes vêtements compris. Mon cœur accélérant sa course, de plus en plus déterminée, je referme le drap sur l'ensemble et descends jusqu'à la cuisine, en culotte et soutif. Une fois devant la machine à laver, je me mets à paniquer comme un meurtrier qui tenterait d'effacer des preuves. Je balance tout dans le tambour en tremblant. Ma précipitation fait tomber des lambeaux de sa chemise sur le sol. Je me dépêche de tout fourrer dans la machine et de la mettre en marche, jetant des coups d'œil vers la porte, angoissée à l'idée qu'une Érinye débarque soudainement et me surprenne dans une telle situation.

Sans regarder en arrière, je sors de là, remonte l'escalier, retourne dans la chambre, la traverse rapidement et me réfugie dans la salle de bains. Je finis de me déshabiller et passe dans le coin douche.

— Nérée, orage, commandé-je, la gorge nouée.

Le grondement au-dessus de moi précède une pluie chaude et drue. Elle emporte avec elle l'ichor de ma peau et je ne peux pas m'empêcher d'éclater en sanglots en voyant s'échapper ma chance aussi facilement. Je tombe à genoux, expulsant à travers mes pleurs la vibrante trahison que je suis en train de commettre.

CHAPITRE XVI

Je ne sais pas ce qui m'a pris. Je le regrette sans le regretter véritablement. En sortant de la douche, j'ai enfilé un pull de Deimos piqué dans son dressing, et je me suis allongée à côté de lui. Ma main a pris son bras et je le regarde dormir alors que le soir tombe. Le manoir est toujours aussi silencieux. Aucun signe de mes sœurs et des frères de Deimos. Ils avaient parlé restaurant, ils se sont peut-être décidés à dîner dehors. Rien du côté d'Harmonie. Rien des Érinyes, ni des Semés. Ils ont dû attraper les satyres et les ramener au Siège en attendant le retour de leur maître.

Maître qui finit par rouler sur le côté, face à moi, et par ouvrir les yeux. Plus aucune trace des entailles sur son torse.

— Hé.

Il prend ma main dans la sienne et j'oublie toutes les questions qui me tourmentaient.

— Vous allez mieux ?

Deimos a repris des couleurs.

— Je suis un dieu.

Qui vient de se faire malmener par une panthère, mais je ne vais pas le lui rappeler.

— Tu doutes ? remarque-t-il.

— Je ne m'attendais pas à vous voir blessé.

— Ça peut arriver.

La cicatrice qu'il a décidé de garder en témoigne, tout comme celles qui recouvrent au moins les bras de son père. Je soupire, résignée.

— Merci, dis-je alors. D'être venu m'aider. Je n'étais pas sûre que vous entendriez mon appel.

— Je l'entendrai toujours, m'assure-t-il du tac au tac. On entend toujours les prières des mortels. Leurs voix finissent par passer inaperçues, mais certaines demeurent immanquables.

Comment ne pas se sentir touchée par une telle déclaration ! Mes joues se parent de rouge et je ne réfrène même pas mon sourire. Deimos se rapproche de moi et son air devient plus grave.

— Tu es ma femme, Ella.

Il en faut peu pour que je sombre dans ses yeux et dans le son rocailleux de sa voix. On se retrouve tous les deux dans ce lit, une nouvelle fois. Il a mis sa vie en jeu pour moi et me témoigne un attachement plus sincère que toutes les paroles échangées le jour de notre mariage.

— Vos frères et mes sœurs ne sont pas encore rentrés, murmuré-je avant de déglutir. On devrait peut-être reprendre là où on s'était arrêtés hier ?

Je me pétrifie et retiens mon souffle en attendant sa réponse.

— J'en ai très envie… dit-il lentement. Même sans la présence de mes frères.

Le trémolo dans sa voix trahit sa surprise à l'énoncé de ses propres mots. Il va falloir qu'il se rende compte qu'il tient d'Aphrodite tout autant qu'Éros et Antéros !

— Raison de plus, affirmé-je avec un sourire.

Il me le rend et fond sur mes lèvres pour m'embrasser. Ses bras se glissent autour de ma taille, les miens suivent le même chemin autour de la sienne. Je retrouve ma place contre lui. Cette fois, c'est certain, on va faire l'amour et je n'ai peur de rien. Ni même de tomber enceinte. Ce serait trop tôt, pour moi comme pour lui. Aussi, depuis notre mariage, j'avale un mélange d'herbes et de magie qu'utilisent les sorcières pour contrôler leur corps.

Ses mains s'égarent sous le pull et remontent le long de mon dos puis descendent plus bas. Un sourire appréciateur se fait sentir sous ma bouche lorsqu'il se rend compte que je n'ai aucun sous-vêtement.

— Tu es nue.

En guise de réponse, je déboutonne son pantalon et le baisse. Je veux le voir entièrement, je veux le connaître, je veux lui appartenir. Les paroles de Madeline m'apparaissent plus claires. Se dévoiler à l'autre demande en effet un minimum de confiance. Et je crois que j'en suis au-delà. J'ai même envie de mieux connaître son côté terrible.

Deimos soulève le pull et je me redresse sur mes genoux pour le retirer. Un flot de sang envahit mon visage. J'ai si chaud subitement ! Mon époux finit d'envoyer son pantalon sur le sol et se retrouve tout aussi nu que moi. Il se rapproche et nous restons face à face, tendus et pourtant impatients. On se dévore des yeux et je finis par les détourner en riant nerveusement.

— Quoi ? demande-t-il.

— Pourquoi tu ne dis rien ?

— Je t'admire, répond-il en caressant ma joue du dos de sa main.

Il tombe dans mon cou et longe mon épaule, se délectant probablement des frissons qu'il déclenche si facilement. Ne voulant pas en rester là, je me lance dans l'exploration à mon tour et frôle sa cicatrice. C'est si étrange d'avoir fait un tel choix. La blessure déséquilibre la perfection mais ça me plaît. Il expose une partie de lui que personne ne devrait voir. Je pose ma deuxième main sur sa poitrine. Sa peau est si ferme, si chaude sous mes paumes. Quel spectacle fascinant ! On pourrait presque voir les veines charrier l'ichor, offrant des reflets dorés à sa peau.

Je m'avance jusqu'à ce que nos deux corps se touchent. Il y a les caresses des mains, mais il y a aussi ce contact brut entre nous, mes seins pressés contre lui et son membre gonflant sur mon ventre. Des vertiges me troublent et je me raccroche à ses épaules, nichant mon visage dans son cou. Son odeur de champ de bataille me prend à la gorge. Ses doigts s'entortillent dans mes cheveux, câlinent ma nuque et plongent au bas de mon dos pour suivre la courbure de mes fesses.

Je ne m'attendais pas à cela, seulement toucher et être touchée, si délicatement, et de plus en plus intimement. Le front posé contre sa poitrine, je m'aventure plus bas et prends son sexe dans ma main. J'entends Deimos soupirer gravement, ébranlant le peu de calme qui me restait. À mesure de mon va-et-vient, il durcit. Son souffle s'emporte et je presse mes cuisses entre elles, de plus en plus chatouillées. La peau de son membre est si fine et douce que je prends tout autant de plaisir que lui.

Et puis, soudainement, tout s'emballe. Deimos relève mon visage vers lui et il m'embrasse en me penchant en arrière, sa vigueur me coupant le souffle. Nos langues dansent, me faisant tout lâcher pour seulement me pendre à son cou.

— Je fais tout ce que je peux pour y aller doucement, dit-il entre deux baisers, la voix éraillée. Tu me permets d'accélérer les choses ?

— Oui, oui…

Ces deux seuls mots m'essoufflent. Deimos me bascule sur le dos, s'allonge entre mes jambes qu'il replie contre lui et s'attarde sur le haut de mes cuisses. Son sexe palpite sur le mien, je ferme précipitamment les yeux et écoute mon cœur partir à toute vitesse. Jamais encore je ne m'étais sentie si excitée. Mon époux est partout, sans m'écraser. Ses mains, ses lèvres contre ma gorge, son odeur enivrante, les sons graves qui s'échappent de sa bouche… tout m'affole, tout m'emporte et tout m'arrache un gémissement sonore qui me surprend la première. J'ouvre les yeux, confuse.

— Laisse-toi aller, s'amuse Deimos.

Je lui souris.

— Tu peux m'arrêter à tout moment, me rappelle-t-il.

— Oui, je sais, lui réponds-je, touchée qu'il se montre si soucieux de ce que je désire.

Il reprend les hostilités en dessinant une route de baisers sur mes seins. Il en mordille les pointes, me forçant à chercher plus d'oxygène, la tête renversée. Mes doigts agrippent un oreiller et mon dos se cambre alors qu'il poursuit son chemin. Il explore mon ventre et finit par appuyer mes cuisses sur ses épaules pour se consacrer à mon sexe. Le premier baiser qu'il dépose sur mes petites lèvres est une véritable décharge électrique ! Il aspire doucement mon clitoris et l'enroule de sa langue. Mon corps entier se couvre d'une fine couche de sueur. La fébrilité devient insoutenable. Chaque parcelle de ma peau est très sensible et mon intimité ne cesse de s'engorger. Lorsqu'il enfonce un doigt en moi, je perds pied.

Je passe des mains tremblantes dans les cheveux de Deimos pour le ramener à moi. Il peine à lâcher le cunnilingus qu'il exécute avec beaucoup de talent, et parvient à revenir près de moi. Je saute sur ses lèvres et on s'embrasse comme si c'était la dernière fois.

— Je vais faire attention…

— Oui, vas-y, soufflé-je avec impatience.

Il positionne son sexe à l'entrée du mien sans quitter ma bouche, et il s'enfonce délicatement en moi, me laissant le temps de m'accoutumer à la légère douleur et à la taille de son membre. Sans rien brusquer, il se retire et reprend, toujours plus profondément. Il remue un peu, et je sens toute sa tension, toute sa maîtrise ferrée, en attente de mon feu vert.

Moi qui pensais souffrir plus que ça, je suis surtout surprise par cette sensation de satisfaction planante.

— C'est bon, Deimos, bredouillé-je. C'est bon...

Il me pénètre entièrement et entame un va-et-vient à la vigueur croissante. Je me laisse porter, expérimentant un flot de nouvelles sensations. Deimos attrape l'une de mes mains, entrelace nos doigts et la plaque au-dessus de ma tête. Ses phalanges se contractent et se détendent, comme une pulsation marquant son rythme effréné. Il va vite, de plus en plus vite. Je manque d'air. Une tension naît dans mon bas-ventre. J'ai déjà connu des orgasmes mais qui ne dépendaient que de moi. Là, je me sens livrée à mon époux. S'il poursuit sur cette voie, l'orgasme va éclater furieusement dans quelques secondes. Mais Deimos ralentit.

Mon regard doit suffisamment l'interroger car il s'explique aussitôt.

— C'est bon pour moi aussi, Ella. Je veux en profiter.

Je libère ma main de la sienne pour lui attraper la nuque et l'embrasser plus tendrement. Cette pause suave semble lui plaire puisqu'il m'enlace et me serre contre lui avant de reprendre son va-et-vient corsé. Il dépêche son pouce sur mon clitoris et l'entoure de caresses. Je hoquette plusieurs fois. Mes jambes se nouent sur ses fesses, j'ai l'impression de me démener pour me raccrocher à la réalité. Et ses yeux, si près des miens, éblouissants, à la couleur changeante, ne m'aident pas du tout. De noir et bleu, ils deviennent or, comme deux bijoux cachés soudainement révélés. Sa divinité irradie de lui, belle et flamboyante ! Tout le contraire de son néant terrible. Ce spectacle ne m'encourage qu'à lâcher prise, à m'enrouler sur lui, à m'abandonner. Alors que je ressens les premières contractions d'un orgasme violent, son prénom est la seule prière qui peut franchir mes lèvres.

— Deimos...

— Ella !

Tous mes muscles se resserrent brusquement sur son sexe alors qu'il continue de bouger avant de freiner. Nos gémissements se confondent et on se laisse submerger par la vague déferlante, lovés l'un contre l'autre, trempés de sueur.

Il nous faut bien plusieurs minutes pour émerger de cette puissante jouissance qui nous a enflammés. Deimos roule sur le côté tout en gardant ma main dans la sienne.

*

La tête posée sur sa poitrine, j'écoute le battement très lent de son cœur. Quel son étourdissant, fort et si indolent. Je rayonne depuis un moment maintenant sans m'en préoccuper. Je veux juste profiter des sentiments qui surgissent et que je suis prête à accepter : je tiens à lui. On a peu à peu tissé un lien et il vient de se nouer.

J'en arrive à affirmer sans hésitation que Deimos n'est pas qu'une entité malveillante. Il est beaucoup plus. Est-ce parce qu'il est issu de deux divinités contraires ? Ou est-ce que les dieux sont comme nous, capables du pire comme du meilleur ? J'ignore depuis quand les sorcières sont parties sur cette idée d'une dichotomie bienveillant-malveillant si tranchée. C'est faux, j'en suis convaincue.

— Ça va ? me demande-t-il alors que sa main s'emmêle dans mes cheveux.

Je suis blottie contre son corps chaud, tout ne peut qu'aller.

— Oui, et toi ?

— Pas de retour au « vous » ?

Je souris, amusée.

— Ce serait un peu ridicule maintenant, non ?

— Ridicule, je ne sais pas, mais dommage, oui.

Ouais, il a bel et bien un côté séducteur caché.

— Je ne veux pas te retirer ton appartement, mais je veux que tu reviennes dans mon lit.

— Moi aussi, affirmé-je, le feu aux joues.

Rien qu'en disant cela, je me sens excitée. Je me vois bien au lit à 20 heures tapantes et faire l'amour autant de fois que possible avec lui, avant que le jour et ma situation embrouillée ne reviennent. Je suis complètement obsédée, ce n'est pas possible !

— J'ai beaucoup de choses à t'apprendre.

Rho le retour de l'arrogant ! Je n'arrive même pas à lui en vouloir, je ris dans mon coin, consciente qu'il me taquine et impatiente de découvrir tout ce qu'il a à m'enseigner.

Je me détache de lui pour me redresser et le regarder dans les yeux. Je ne me souviens pas de l'avoir jamais vu aussi apaisé. Bien malgré moi, une interrogation jaillit dans un coin de ma tête. Est-ce qu'il m'a épousée pour ça ? Pour avoir une vierge à initier ? C'était l'une des raisons qu'il a évoquées. Quelque part, je doute encore qu'un tel cynisme puisse exister, mais c'est peut-être le cas finalement. Et peut-être qu'il est en train de changer d'avis…

— C'est vraiment pour ça que tu m'as choisie ? ne puis-je m'empêcher de le questionner.

Il m'observe, étonné, puis pensif. Ma gorge se noue. Je n'ai pas envie qu'il me blesse alors que nous étions si bien une seconde auparavant.

Deimos se relève et sort du lit, mon cœur s'emballe d'angoisse.

— Habille-toi et retrouve-moi dans l'entrée, m'invite-t-il sans colère dans la voix.

Il élude la question ? Que veut-il ? Qu'a-t-il en tête, bon sang ?

— Où on va ?

— Je vais te répondre. Mais pour cela, nous devons nous rendre quelque part.

Il pousse la porte de son dressing et disparaît à l'intérieur. Intriguée, je me rue dans mon appartement pour enfiler un jean, un pull, mon manteau et des bottines. J'enroule une écharpe autour de mon cou et dévale l'escalier. Deimos est en bas, emmitouflé dans un caban bleu marine. Je m'attends à ce qu'il attrape ma taille pour qu'on se téléporte, mais non. Il me prend la main et se dirige vers la porte qu'il ouvre en silence.

Juste derrière, Circé, Méroé, Éros et Antéros s'apprêtaient à entrer dans le manoir.

— Vous sortez ? s'étonne Éros.

Les quatre forment subitement une sorte de barrière devant nous. Ils semblent surpris de nous voir partir tous les deux.

— Pour aller où ? ajoute Circé avec un regard de travers.

— On va faire un tour, réplique sèchement Deimos, sur la défensive.

— Une minute… dit Antéros en croisant les bras et en nous examinant.

Oh pitié, ne dis rien ! Je ne veux pas que mes sœurs apprennent que je viens de m'envoyer en l'air avec Deimos et que j'ai aimé ça !

De plus en plus paniquée, je cligne des paupières et on se retrouve subitement au bas du perron, de l'autre côté de la barrière pleine de suspicions de nos frères et sœurs. Deimos nous a téléportés. Il m'entraîne avec lui sur le trottoir en ignorant les appels d'Éros et d'Antéros et en envoyant un « bonne soirée ! » qui coupe court à toute protestation. Je n'ose surtout pas regarder derrière moi. Je trouverai bien une histoire à raconter à Circé et Méroé…

On s'arrête devant une voiture alors que je pensais qu'on allait marcher un moment.

— Tu conduis ?

— Le moins possible. Je déteste ça, grogne-t-il.

— Alors pourquoi on ne se téléporte pas ?

Deimos ouvre le coupé noir et s'assied derrière le volant. Je m'engouffre à l'intérieur, de plus en plus perplexe.

— Je préfère prendre mon temps pour aller là où on va, répond-il seulement.

— Mais on va où ? répété-je, perdue.

Il tourne la clé de contact et le moteur vrombit.

— Voir mon frère, Phobos.

*

Le voyage a mis en lumière une tout autre facette de Deimos au milieu des humains : il est un conducteur-râleur. Ce n'est pas si étonnant que cela, puisqu'il est grognon de nature. Mais je ne m'attendais pas à le voir autant se crisper sur le volant d'agacement, regrettant que les mortels ne sachent pas respecter des règles pourtant claires et simples, à deux doigts de sortir du véhicule plusieurs fois pour dégager lui-même un automobiliste trop lent sur la route, et soupirant de désespoir face à l'obligation de patienter devant les passages piétons, surtout lorsque ces derniers s'avisent de passer au rouge.

Au moment où il m'a dit que nous allions voir Phobos, je n'ai pas fait de commentaires. J'ai vraiment hâte d'en savoir plus, mais apparemment le sujet le trouble beaucoup. J'ai préféré compatir avec lui sur l'inconscience des mortels sur la route. Me retenant parfois de me moquer de lui pour le taquiner.

Une fois sortis de la ville, on se retrouve au milieu de nulle part, à rouler dans la nuit. Deimos s'est muré dans le silence. Je commence à comprendre pourquoi il a opté pour la voiture plutôt que pour la téléportation. Il avait l'air d'avoir besoin de se passer les nerfs d'abord, pour désormais profiter de la quiétude d'une route déserte. Toute sa silhouette se détend peu à peu.

Une nouvelle route, plus petite, surgit sur la droite, avec un panneau qui indique « Clinique privée Saint-Jude ». Deimos tourne là. Au bout de plusieurs mètres, il se gare devant un édifice tout en briques, entouré de jardins et d'arbres. Il éteint le moteur et s'affaisse dans son fauteuil sans bouger. Mes doigts s'enroulent dans les manches de mon pull.

— Ton frère est hospitalisé ? demandé-je à voix basse, troublée par cet endroit.

— Je crois que le mot approprié est « interné », répond Deimos.

Je regarde la porte de l'établissement à l'architecture ancienne. Rien n'indique une présence olympienne ici : ni le nom de l'endroit, ni aucun élément décoratif.

— Pourquoi ici ? Si loin de vous tous ?

— Parce qu'aucun dieu ne peut plus l'approcher sans risquer de déchaîner ses pouvoirs.

Phobos, dieu de la peur. J'imagine qu'il doit être redoutable.

Deimos descend de la voiture et fait quelques pas, je l'accompagne, décidée à rester à son écoute, prête à le soutenir dans sa démarche. Il sort l'une de ses cigarettes au laurier et au dictame, et la fume lentement. Va-t-on entrer ? Ou ne peut-il pas aller plus loin ? Si j'en crois ses parents, Phobos serait ici par sa faute et c'est pour cela que toutes leurs relations sont compliquées. Pourtant il semble s'en vouloir profondément, pour se traîner jusqu'ici, aussi tendu, rongé par une culpabilité certaine.

— Depuis quand il est ici ?

Il souffle plusieurs volutes avant de répondre.

— Depuis quelques années, mais il a été interné dans divers établissements depuis la guerre.

Deimos termine sa cigarette et en allume une seconde.

— Nous faisions tous face aux sorcières et à Hécate, raconte-t-il alors. Phobos était avec moi, auprès de notre père. On s'est toujours battu côte à côte, tous les deux.

C'est en disant cela, sur un ton bourré de regrets et d'un bonheur lointain, que mon cœur se serre douloureusement. Phobos devait être si proche de lui.

— Et puis, au milieu de la bataille, une sorcière m'a jeté un sort en plein cœur, décuplant mes pouvoirs. J'ai relâché toute la terreur dont je suis capable au milieu des miens.

Je retiens mon souffle, glacée de l'intérieur. Sa cicatrice est l'impact de ce sort-là. C'est sûrement pour cette raison que même les dieux le craignent autant, parce qu'ils ont été touchés malgré eux.

— Phobos a tout pris, ajoute-t-il de sa voix rauque, s'efforçant de tasser la colère qui l'agite encore. Ma terreur l'a abattu. À présent, il est incapable d'accepter la présence d'un dieu près de lui, les mortels peuvent encore l'approcher mais avec beaucoup de précautions. Car tout l'effraie.

Au bout de son récit, je me sens démunie. Comment le réconforter ? Moi, qui suis du camp adverse ? Je fais un pas vers lui et lui prends le bras.

— Je suis désolée, bredouillé-je.

Il termine sa cigarette en hochant la tête. Il ne me repousse pas, c'est déjà ça. Au contraire, il m'emmène avec lui à l'intérieur de la clinique. Nous franchissons les barrières de sécurité, le personnel reconnaît Deimos et échange avec lui poliment. On attend quelques instants dans un sas, puis une femme médecin vient nous chercher. Elle échange des salutations aimables avec mon époux qui m'introduit auprès d'elle, confirmant que j'ai à présent le droit de venir jusqu'ici. Elle nous félicite, visiblement heureuse pour nous, puis elle nous conduit dans un nouveau couloir déverrouillé par un passe électronique.

On s'arrête devant une porte blanche qui semble épaisse.

— Comment va-t-il ? s'enquiert Deimos.

— Son état est plutôt stable ces derniers temps, répond-elle avec un sourire. L'un des infirmiers est même parvenu à partager un moment de lecture avec lui. C'est vraiment très encourageant.

Elle lui tend une carte avec un air insistant.

— Je sais que vous refusez encore et toujours de l'approcher, mais au cas où vous changez d'avis, si jamais vous voulez lui présenter votre épouse… la clé de la porte. Et Marco est juste là, indique-t-elle d'un mouvement de menton.

Un infirmier baraqué, assis tout au bout du couloir, nous fait un signe de la main. La femme médecin nous laisse, nous promettant de revenir dans un petit moment pour nous raccompagner. J'ai l'estomac noué d'appréhension. Toute la profondeur des émotions de Deimos m'atteint. Il fait coulisser un panneau sur le mur et dévoile une vitre sans tain qui donne sur l'intérieur. Je m'approche de lui pour jeter un œil.

Je m'y attendais : Phobos est le jumeau de Deimos. Un jumeau identique. Mais plus pâle encore, amaigri, l'air hagard, allongé sur le sol de sa cellule entièrement capitonnée, une camisole entravant ses bras. La violence de cette vue me fait reculer d'un pas. Je suis impressionnée par le traitement qui semble indispensable pour le contenir. Je croise les bras contre moi, bouleversée.

— Ella, si je t'ai choisie, c'est parce que tu es la plus humaine des sorcières, reprend Deimos, navré et résolu tout à la fois. Tu es pleine d'empathie et de générosité. J'ai besoin de puiser en toi une humanité que je n'ai pas, pour pouvoir approcher mon frère.

C'est plus du désespoir que j'entends dans ses paroles et qui me touche. Ce mariage lui apporte bel et bien quelque chose de personnel. Je l'ai accepté pour protéger Méroé d'abord, puis pour puiser son ichor et donc sa divinité, afin d'éviter une future sorcière sans dons. Ironiquement, nos objectifs sont semblables. Mais sa motivation me semble plus importante.

Je pressens que je suis en train de craquer pour lui, parce qu'il est séduisant avec son côté clair-obscur, il est beaucoup plus complexe que je ne le croyais, et parce que j'ai aimé faire l'amour avec lui. Mais peut-être que ce n'est que cela. Il me respecte et me protège pour que je sois là, à cet endroit, avec lui. Pour l'aider à approcher son frère. C'est seulement ça qui nous lie à présent. Je vais l'aider, et il va m'aider avec son ichor. Et nous pourrons nous séparer sans regretter quoi que ce soit.

Cette détermination me remplit d'un chagrin absurde, mais je n'en ai pas de meilleure.

Je plonge ma main dans ma poche pour en sortir ma Stilla. Je l'avais déposée dans ma chambre, je l'ai fourrée mécaniquement dans mon manteau tout à l'heure, habituée à l'avoir sur moi. C'est peut-être une erreur de l'évoquer, mais je dois lui faire confiance sur ce coup.

— Mes sœurs me l'ont offerte au mariage, je peux essayer de m'en servir ce soir.

Deimos me fixe d'un drôle d'air. Je ne dirais pas qu'il devient méfiant, mais il est définitivement intrigué.

— C'est grâce à elle que je suis devenue invisible, avoué-je.

— Et que tu as repoussé la panthère ?

— C'est possible, je ne sais pas vraiment comment les deux pourraient être liés, mais je n'ai pas d'autre explication.

Deimos acquiesce, perplexe. J'imagine que ça ne doit pas l'emballer que son épouse « la plus humaine des sorcières » lui propose de la magie, mais la Stilla ne peut que « protéger ». Ce n'est qu'une bonne chose.

— Et que veux-tu faire ?

— Tu me confirmes que ça peut être dangereux d'entrer tous les deux dans la cellule ?

— Oui, réplique-t-il, en grognant. C'est pour ça que c'est une très mauvaise idée.

— Je te promets que je ne vais utiliser la Stilla que si le besoin se présente, et ce ne sera pas pour vous faire de mal parce que c'est impossible.

Deimos regarde ailleurs, la mâchoire serrée. C'est beaucoup à accepter pour lui, je m'en rends compte. Mais il doit me faire confiance à son tour. Il finit par acquiescer sans dire un mot.

— Rejoins-moi quand je te ferai signe, dis-je en tendant la main.

Il comprend que je réclame la carte et me la donne, nerveux. J'ouvre la porte alors que Deimos reste derrière la vitre. Je garde la Stilla au creux de ma main.

Phobos me voit. Il n'est pas inconscient de ce qui l'entoure. Il m'observe de son œil bleu et de son œil noir, les mêmes que son frère, mais inversés. C'est si étrange de voir ce double de Deimos mais complètement vulnérable. Lorsque je remarque qu'il recule contre le mur, je m'arrête au centre de la pièce et m'agenouille, à deux mètres de lui.

— Bonjour Phobos, dis-je avec un sourire et un signe de la main.

Toute sa frayeur et sa déroute me frappent au cœur.

— Qui es-tu ? murmure-t-il, interpellé par ma présence.

Il vaut mieux ne pas évoquer son frère ni notre lien tout de suite.

— Je m'appelle Ella.

Phobos acquiesce, toujours aussi défiant. Une personne comme lui, isolée de tout, je n'ai qu'envie d'établir un contact avec elle, lui faire comprendre que ça va aller et qu'elle n'est pas seule. Je m'approche un peu et m'arrête, guettant ses réactions. Il n'a pas bougé mais il a fixé mes genoux.

— J'ai toujours trouvé que la proximité avait quelque chose de rassurant. Je ne te toucherai pas si tu ne le veux pas, mais je peux peut-être te tenir compagnie un moment ?

Je m'avance encore un peu, il ne me lâche pas des yeux, mais ne recule pas non plus. Je tends le bras et pose ma main sur le sien. Il tressaille.

— Ça va ?

Phobos acquiesce. Je m'assieds plus confortablement, sans rompre notre lien. Il me paraît de plus en plus intrigué. Maintenant que je suis près de lui, je vais pouvoir mettre mon plan à exécution. Dès que Phobos laissera échapper son pouvoir, il sera susceptible de me blesser et la Stilla réagira pour moi.

— On ne m'a pas beaucoup parlé de toi, mais je sais que tu manques beaucoup à tes proches.

Le mot le fait ciller. Je jette un œil sur le miroir, sachant que Deimos se trouve derrière, puis je reporte toute mon attention sur son frère. Ce dernier semble apercevoir la silhouette de son jumeau par-dessus mon épaule. Tout son visage se décompose violemment. Je sens son bras se raidir.

— Phobos, appelle doucement Deimos.

Une explosion de frayeur jaillit de lui alors qu'une aura aveuglante l'entoure. La menace est si imminente et tangible que je n'ai même pas le temps de formuler un sort. La Stilla m'envoie la magie suffisante pour annuler tout le surplus de pouvoir qui émanait de Phobos. La lumière disparaît et la peur s'évanouit.

Je n'entends plus que nos trois respirations rapides dans la cellule.

Deimos apparaît à côté de moi, abasourdi d'être aussi proche de son frère. Ce dernier a la même expression stupéfaite.

— Phobos ? répète mon époux.

Son jumeau se redresse.

— Deimos ?

Et son prénom dans sa bouche suffit à les émouvoir aux larmes. Je recule et laisse les deux frères se retrouver, ébahis, incrédules, se redécouvrant soudainement. Je sais que l'effet du sort s'estompera au bout d'un moment, tout comme l'invisibilité s'était levée lorsque Deimos m'avait repérée.

— Pas longtemps, préviens-je avec un mince sourire.

Je ne veux pas que Deimos soit déçu lorsque les pouvoirs de Phobos reprendront le contrôle. Il hoche la tête avant de saisir son frère par la nuque et de le serrer contre lui.

— Pourquoi tu n'es pas venu me voir avant ? balbutie Phobos.

— Pardon, murmure Deimos, secoué. Pardonne-moi.

Je les regarde, émue par ces retrouvailles. Cent ans. C'est la première fois en cent ans qu'ils peuvent se prendre dans les bras. Je ne sais pas si je pourrais tenir une année sans pouvoir approcher mes sœurs. Quelle épreuve épouvantable vivent-ils tous les deux, sans réel soutien des leurs. Sa famille sait-elle que Deimos tente tout pour réparer ce qu'on lui reproche ?

Lorsque j'ouvre la main, la Stilla s'évapore. J'ai épuisé mes trois sorts et je n'en regrette aucun. Je n'ai plus besoin de protection auprès de Deimos.

CHAPITRE XVII

On ressort de la clinique tous les deux. Comme si on était devenus timides, aucun de nous n'ose parler le premier. Deimos s'en veut peut-être d'avoir fait la démonstration de toute sa vulnérabilité. On fait quelques pas et on prend le temps de respirer. On a quitté Phobos avant que le sort se lève, sa folie n'a pas disparu.

— Merci, Ella. Ça signifie beaucoup pour moi.

— De rien, dis-je, le cœur battant langoureusement.

Bon sang, ces sentiments naissants ne sont vraiment pas une bonne idée ! Je dois les oublier. Si je veux mettre un terme à ce mariage, je ne peux pas tomber amoureuse de lui. Deimos s'est conformé à cette union, il est prêt à partager mon lit pour que je tombe enceinte, prêt à s'investir au point de me respecter et d'essayer de bien s'entendre avec moi.

Ce mariage a été motivé par de bonnes raisons, pour lui comme pour moi, mais aucune ne concerne l'amour.

— Deimos, je vais rentrer avec mes sœurs quelques jours, lui annoncé-je alors.

Une coupure, histoire de garder la tête froide, ne me fera pas de mal. Mon époux semble surpris mais qu'à moitié.

— Tu as besoin de réponses, devine-t-il.

J'acquiesce avec un sourire. Je suis limpide, décidément !

— Je veux demander à Circé la Grande et Médée la Jeune pourquoi je rayonne et si elles ont une explication pour ce qu'il s'est passé avec la panthère.

— Je comprends.

Il planque ses mains dans ses poches et paraît préoccupé.

— Le fait que les satyres s'en soient pris directement à toi m'inquiète.

— Je serai à la Clairière, c'est l'endroit le plus sûr du monde, lui assuré-je.

— Mmh. Mais tu ne seras pas avec moi. S'il t'arrive quelque chose, je m'en voudrais, grogne-t-il.

Sa confiance en nous, sorcières, reste à construire.

— C'est toi qui as fini blessé, lui rappelé-je d'un ton léger.

Il me jette un petit regard en coin qui me fait sourire de plus belle. Puis il tend la main vers moi et deux objets apparaissent au creux de sa paume : une plume d'un blanc immaculé et une fiole au contenu doré.

— Une plume d'Hermès et de l'Ambroisie, garde-les toujours sur toi. Ils te permettront de te rendre sur l'Olympe et d'y rester un moment. Il y a toujours Athéna ou Apollon sur place.

Je les glisse au fond de ma poche. Je n'ose pas lui répéter que je n'en ai pas besoin. Ça doit le rassurer quelque part, au milieu de toute sa culpabilité pour l'état de son frère.

— Promis. Dis, ton pouvoir te permet d'invoquer n'importe quoi ?

— Oui.

— Donc, là, si j'avais envie d'une bière, il te suffirait de la faire venir à l'instant ?

Il affiche un sourire moqueur tout en opinant, puis il se penche vers moi et dépose un baiser suave sur mes lèvres.

— Mais tu n'as toujours pas l'âge de boire, me rappelle-t-il d'un ton malin.

De bonne guerre. Je voulais lui changer les idées, je pense que c'est gagné !

— Tu veux que je conduise ? lui proposé-je alors qu'on rejoint sa voiture.

— Hors de question, refuse-t-il catégoriquement. Je risque d'être encore plus énervé.

On rentre au manoir dans une atmosphère heureusement détendue. Je parviens même à faire parler Deimos de son frère. Deux ou trois anecdotes franchissent ses lèvres : leur complicité sur le champ de bataille – ce qui pourrait être adorable dans un autre contexte –, les bagarres de gosses avec leurs deux autres frères jumeaux sur l'Olympe, ou encore les balades avec leur père sur les nuages d'orage que Zeus formait rien que pour eux.

Une fois devant le manoir, on peine à sortir de la voiture. J'ai des papillons partout dans le ventre, ça devient n'importe quoi. Il faut arrêter ça tout de suite !

— Je vais passer la nuit avec mes sœurs, je dois leur parler de ce qu'il s'est passé à Central Park. Je pense que nous partirons à l'aube.

Deimos affiche une grimace chagrinée tout en retenant ma main. On s'était dit qu'on partagerait le même lit dorénavant, mais je ne peux pas me laisser entraîner sur cette pente. Je doute de tout sauf de mon désir pour lui. Je veux bien croire qu'il en ressente aussi pour moi – la chouette d'Athéna l'avait déjà repéré – mais étant donné son histoire, je comprends qu'il peine à lâcher prise, même sur ce terrain-là.

— Comment te convaincre de monter avec moi ? grogne-t-il.

J'ai envie de rire en lui affirmant qu'il n'a même pas à lever le petit doigt pour ça. Mais je bloque tout ça au fond de ma gorge pour trouver la meilleure excuse qui soit :

— Tes frères sont là.

Sa mine s'assombrit. Il a l'air autant perdu que moi. On a peut-être tous les deux besoin de recul. Il m'attire à lui et dépose un baiser sur mes lèvres, tendre et résigné.

— Bonne nuit, Ella.

Et il s'éclipse. Me séparer de lui me fend le cœur. Lorsque je grimpe les marches, chamboulée jusqu'aux tripes, regrettant de ne pas l'avoir suivi et expérimentant une poussée de fièvre sortie de nulle part, je serre les poings. Je fais bien de m'éloigner. Vraiment.

L'opération « enterrer mon crush pour mon époux » peut commencer.

*

Quand la Coccinelle de mes sœurs s'arrête devant la maison de la Clairière, j'éprouve un étrange retour aux sources. Ça ne fait que quinze jours que je suis mariée et j'ai l'impression que ça fait une éternité ! Ma mère se jette sur ma portière pour l'ouvrir au plus vite et me serrer dans ses bras. Sans pouvoir prendre le temps de profiter de l'extérieur, ni des arbres qui commencent à se dénuder, je me retrouve aspirée à l'intérieur.

— Ella !

Circé la Grande et Médée la Jeune m'interpellent aussitôt. Moi qui ai l'habitude de me réfugier dans la cuisine auprès de Zelda, me voilà encerclée par les sorcières et devenue le centre de l'attention dans le hall.

— Thessa, nous te rendons ta fille tout à l'heure, s'engage Circé la Grande en me prenant le bras.

Ma famille proteste pour la forme mais rien ni personne ne pourrait arrêter les deux guides. On s'installe dans le petit salon adjacent. La fenêtre entrouverte sur les jardins me fait frissonner de plaisir. J'ai hâte de parcourir la Clairière sauvage et ses couleurs sans craindre de croiser un satyre.

— Alors, où en es-tu ? s'impatiente Médée la Jeune.

Mes mains recouvertes d'ichor me reviennent à l'esprit. J'inspire lentement en repoussant ce souvenir coupable. Il faut que je choisisse bien mes mots. Je suis toujours déterminée à ramener de l'ichor ici, mais pas de n'importe quelle manière. Je ne veux pas trahir au point de traîner un poids mort derrière moi, qui me ferait sûrement sombrer bien trop bas. Je veux pouvoir me regarder dans un miroir sans éprouver de honte. Il faut juste que je trouve comment m'y prendre !

Je leur raconte donc mes tentatives nocturnes et mes observations en demeurant la plus neutre possible : Deimos travaille beaucoup, passe énormément de temps au Siège et est très souvent entouré de ses Érinyes et Semés. Il est quasi intouchable.

Circé la Grande et Médée la Jeune écoutent attentivement. Elles ne me paraissent pas si inquiètes. Elles me disent même que ça ne fait que quelques jours. Leur sérénité m'étonne. Peut-être que je me suis mis trop de pression sur les épaules.

— Il y a autre chose, finis-je par dire alors que Médée la Jeune nous sert une tasse de thé.

— Nous t'écoutons.

— Voilà… je rayonne. De temps en temps.

Je les cloue sur place. Médée la Jeune a à peine le temps de relever le bec de la théière, mais elle reste penchée en avant, ses longs cheveux noirs glissant de son épaule. Circé la Grande allait attraper sa tasse et ses doigts se sont figés à quelques centimètres de l'anse.

— Tu quoi ? s'interloque-t-elle.

— Il m'arrive de luire, ça ne dure jamais, mais ça fait plusieurs fois.

Médée la Jeune se redresse et partage un regard avec Circé la Grande. Plus ça va, et plus je suis convaincue qu'elles communiquent par la pensée, toutes les deux. Elles se fixent, les traits crispés, m'excluant de leur dialogue intérieur. Bon sang, mais qu'est-ce qui se passe ?

— C'est grave ? demandé-je, de plus en plus angoissée.

Les deux guides se rassoient.

— C'est surtout inattendu, déclare Circé la Grande. Tu sais que nous sommes des descendantes du Titan solaire Hélios ?

Pourquoi je n'ai pas fait ce rapprochement évident moi-même ?

— Il est possible que ta nature de sorcière soit en train de s'éveiller.

Mon cœur manque un battement. Ma « nature de sorcière » ?

— Q-quoi ?

— Tes pouvoirs s'éveillent, si tu préfères, précise Circé la Grande. C'est ce que nous voulions avec cette union, puiser la magie dans un Olympien.

Cette fois, ma cage thoracique se serre douloureusement. C'est vrai que chaque fois que j'ai rayonné, j'étais près de Deimos !

— Nous pensions que ça éviterait de nouvelles générations de sorcières sans pouvoirs, mais pas que ton cas était…

— Réversible, termine Médée la Jeune.

Elles semblent tout autant stupéfaites que moi !

— Je suis en train de devenir une sorcière avec des dons ? J'ai pu repousser une panthère sans l'aide de la Stilla ! m'aperçois-je alors.

— Comment ça, une panthère ? relève Circé la Grande, abasourdie.

— J'ai été attaquée par des satyres et une panthère à Central Park, mais Deimos a…

— Quoi ? Tu as été attaquée ?

Les deux guides se mettent à bouillir sur place !

— On ne va pas laisser passer ça ! Les dieux devaient contrôler leurs créatures, ça fait partie des termes de cette union !

— On va convoquer Hermès et lui remettre un message pour Zeus, confirme Circé la Grande.

— Mais je m'en suis sortie, insisté-je, paniquée par l'escalade soudaine de tension.

— Là n'est pas la question, me coupe Circé la Grande. C'est toi qui as été visée par cette attaque, ce n'est pas rien.

— Je vais m'en charger, dit Médée la Jeune en se levant et en sortant.

Bon sang, je n'en ai même pas parlé à mes sœurs… Je sens que la journée va être longue !

— De mon côté, je vais battre le rassemblement. Ce soir, nous célébrons ton entrée dans notre communauté en tant que sorcière.

Ça me semble si confus ! Et impossible ! J'ai peut-être rêvé tout ça ?

— Tu es sûre ?

Circé me sourit avec confiance. Elle me prend les mains et on se lève, face à face. Elle ne dit rien mais je sens une chaleur émaner d'elle et me parcourir les bras. Ma peau se met à nouveau à luire, avec plus de force encore que les dernières fois. Un bouillonnement m'enflamme le ventre et se diffuse jusqu'au bout de mes doigts.

— Tu es une fille d'Hélios, m'assure-t-elle d'une inclinaison de tête.

Émue, j'acquiesce à mon tour.

C'est tout ce que j'ai toujours voulu. Depuis que je suis enfant.

*

Mes sœurs ont sauté partout et ma mère a pleuré. Toutes se sont réjouies pour moi, Zelda, nos guides, les sorcières de passage à la Clairière, et toutes ont commencé à se rassembler, des petites filles aux sorcières confirmées. J'ai l'impression de revivre la journée de mon mariage : la préparation, l'attente et la stupeur. Je flotte dans un autre univers sans parvenir à toucher le sol. Je suis folle de joie et d'excitation, et la seconde d'après je plonge dans un océan de questions. Pourquoi maintenant ? C'est vraiment Deimos qui a réveillé mes pouvoirs ? Est-ce que je deviens « Ella, la sorcière-à-dons » ? Qui suis-je, même ? Je me suis construite pendant des années avec cette unique identité : la Sorcière sans dons. Qui est-elle à présent ? Vais-je beaucoup changer ? Enterrer la personne que j'étais jusque-là ? Ou est-ce que rien ne va bouger ?

Dans ma tourmente intérieure, je me rends compte que je suis encore et toujours isolée. J'ai l'air d'être la seule à me poser autant de questions et à douter de qui je suis. La réjouissance de mes propres sœurs finit par m'interroger. Est-ce que je n'étais pas assez bien jusqu'à présent pour susciter désormais un tel enthousiasme ?

Me voilà à nouveau au centre de l'attention, au milieu de la Clairière, dès la nuit tombée, dans une robe légère rouge, les cheveux lâchés. Les sorcières ont entonné des chants anciens en tapant dans leurs mains. Des vasques enflammées projettent sur elles des lumières tremblotantes. C'est plus bruyant et mystérieux que je l'imaginais.

La cérémonie d'accueil est normalement réservée aux fillettes de sept ans, lorsqu'elles débutent leur initiation. Je m'en souviens encore, alors que je n'y ai pas assisté. Je devais faire acte de présence à la Clairière, mais sans pouvoir participer. Ma mère m'a laissée dans une pièce de la maison, avec de quoi m'occuper, et le rite s'est déroulé dehors, sans moi. Me retrouver ici, ce soir, me déroute.

Une part de moi refuse d'y croire. Parce que ça fait vingt ans que je souffre de l'exclusion qui s'est naturellement imposée et qui s'est insidieusement installée en moi.

Je fais tourner l'anneau noir que je porte à l'index. J'avais fini par oublier cette « alliance » forgée par les Olympiens. À cet instant, au milieu des chants de ma communauté, elle est la seule chose qui me raccroche à ma vie sans dons.

Les sorcières s'écartent et laissent un passage à Circé la Grande et Médée la Jeune. Les deux guides s'immobilisent devant moi, chacune avec une coupe dans la main.

— Ella, fille de Thessa, sœur de Circé et de Méroé, entame la première. Ce soir, tu rejoins notre communauté en tant que sorcière. Née du Soleil, tu es la Terre.

Circé la Grande enduit ses doigts d'un ocre rouge liquide contenu dans sa coupe et les passe en travers de mon visage.

— Si tu veux être puissante, sois puissante ! Si tu veux être courageuse, sois courageuse ! Si tu veux être forte, sois forte !

L'assemblée pousse une nouvelle exclamation. J'ai les jambes qui flanchent ! Le souvenir qui déboule dans ma mémoire me fait sourire et renifler tout à la fois. Quand j'avais sept ans, j'ai passé la soirée d'accueil de mes camarades seule dans une pièce. Mais lorsque nous sommes rentrées à la maison, mes deux sœurs m'ont prise par la main et nous avons trouvé refuge dans le jardin. Je me rends compte seulement maintenant qu'elles avaient mis en scène cette cérémonie, en me disant la même chose, et en me tartinant de ketchup.

Je me tourne vers Médée la Jeune, impatiente de réentendre les mots que Méroé avait prononcés.

— Ella, fille de Thessa, sœur de Circé et de Méroé. Ce soir, tu rejoins notre communauté en tant que sorcière. Née du Soleil, tu es la Terre.

Elle me tend la coupe pour que je boive une gorgée du liquide parfumé qui la remplit. C'est une sorte d'infusion douçâtre, à la rose et au miel. Un peu comme le Nectar, mais sans l'alcool. Mes sœurs, elles, avaient bien évidemment misé sur la *ginger beer* de notre mère.

— Si tu veux être féroce, sois féroce ! Si tu veux être savante, sois savante ! Si tu veux être sauvage, sois sauvage !

Toute la Clairière se met à nouveau à pousser des cris de joie.

Je me sens ragaillardie, émue et pleine de reconnaissance. Je ne sais pas pourquoi j'ai laissé tant de place à mes idées noires encore une fois ! Tout le monde m'entoure mais je ne veux prendre dans mes bras que mes sœurs. Elles ont l'air aussi heureuses que moi, me glissant à l'oreille que leur cérémonie était quand même plus rigolote.

Ma mère, elle, semble plus… attristée. Ou confuse.

— Ça va, maman ?

— Oui, oui.

C'est vraiment étrange, je perçois même un fond de colère ou de rancœur. Peut-être parce que j'ai passé tant d'années isolée et que soudainement les choses changent.

— Thessa, intervient Circé la Grande. Nous voudrions qu'Ella reste avec nous quelques jours. On doit lui apprendre les bases, elle sera plus concentrée en s'installant ici.

Le corps de ma mère se tend, mais elle acquiesce.

— Ça va aller, lui dis-je alors, inquiète.

Elle m'attrape les mains et les embrasse.

— On reste avec elle, décident mes deux sœurs, interpellées elles aussi par ce chagrin.

Notre mère accepte volontiers avant de rejoindre Zelda pour l'aider à servir des verres de gin ou des tisanes infusées.

— T'en fais pas, elle perd juste sa petite moldue, me taquine Méroé.

Je la fusille du regard et tente le tout pour le tout :

— *Méroé dans son coin, n'aura plus qu'un groin !*

Je m'attends à ce que son nez se transforme, mais rien ne se passe. Mes sœurs croisent leurs bras en faisant les malignes.

— Bien essayé, fillette, mais tu ne maîtrises pas encore tout.

Je grimace, déçue.

— Et c'est long ?

Elles dodelinent de la tête, puis m'embarquent avec elles pour fêter ça. On échange, on trinque, et chacune de mes compagnes me fait une démonstration de son sort favori : la création d'une lumière, l'éclosion d'une fleur, ou la transmission d'une émotion inattendue. Tout est plus doux que ce que je croyais. Au fur et à mesure, je me rends compte qu'elles sont soulagées de voir que mon cas est réversible.

Je fais tout pour retenir cette nouvelle pensée sombre qui émerge : je devais être réparée. Ce n'est pas volontaire de leur part, c'est inconscient. Mais ça me heurte. Je vais changer, c'est certain, et j'ai même hâte de devenir une vraie sorcière comme je l'ai toujours espéré. Mais je ne veux pas perdre de vue ce que j'ai vécu jusque-là.

Je profite de l'inattention de mon entourage pour leur fausser compagnie. Je sors de la Clairière et m'enfonce dans la forêt. Est-elle encore là ? La cabane dans l'arbre que ma mère avait fini par m'installer ? Mon refuge d'enfance, quand mes sœurs suivaient les enseignements des guides et que je devais m'occuper loin d'elles.

Elle est bien là, une forme sombre au bout d'une échelle, dans la nuit. Je grimpe les barreaux et me hisse à l'intérieur. J'ai grandi, mais je tiens encore assise dedans, au milieu du silence et de l'obscurité.

C'est vrai que c'est un soulagement. Je suis contente qu'aucune petite fille n'expérimente ce que j'ai vécu. Je m'allonge sur le dos et ferme les yeux.

Et puis…

Et puis, il y a *lui*. Mon crush impromptu. L'époux auquel j'essaie de ne plus penser, mais qui est là.

Je joue avec l'anneau à mon index. Il m'a choisie parce que je n'avais aucun pouvoir, que va-t-il penser maintenant ?

Je me sens bien avec lui. Et confiante.

La lumière qui émane de mon corps éclaire l'intérieur de la cabane et me fait sourire.

CHAPITRE XVIII

— Ella !

J'ouvre les yeux et me redresse en sursaut. Méroé m'appelle de l'autre côté de la porte. Je n'ai pas entendu mon réveil. Il faut dire que mes journées à la Clairière sont intenses ! Je travaille avec Circé la Grande et Médée la Jeune tous les matins et une bonne partie de l'après-midi, que je termine avec mes deux sœurs dans une détente relative. Le soir, je tente de suivre des cours en ligne et de terminer des devoirs universitaires que je peine à entamer.

— J'arrive !

Je bondis sur mes pieds et enfile jean et pull en laine aubergine. La petite chambre de la grande maison est confortable au possible. Remplie de plaids, de tapis et de fauteuils, c'est merveilleux ! Mais j'avoue que le chien-loup, débarquant le soir tard pour regarder un épisode de série avec moi, me manque. Mon cœur se serre rien qu'à cette pensée. C'est comme si j'étais en désintoxication : je me bats tous les jours contre ce creux qui prend de plus en plus de place en moi.

— Ellaaa ! s'impatiente ma sœur.

En deux enjambées, j'atteins la porte et l'ouvre.

— Viens vite !

Je fronce les sourcils. OK, je pensais qu'elle m'appelait pour mes leçons, mais j'ai l'impression qu'il s'agit d'autre chose. On dévale les étages et elle m'entraîne jusque dans la cuisine. J'entends la cafetière frémir sur le feu. Alors que Méroé sort dans le jardin par la petite porte, j'exécute un virage sec pour me servir un mug entier de la liqueur noire. Son odeur me monte à la tête. J'attrape un gâteau de Zelda et le dévore.

Ça me manque, de ne plus faire de gâteaux pour les Érinyes et les Semés… et d'en garder un pour lui. J'espère qu'ils s'en sortent. Ils sont tous un peu fous et marginaux, mais attachants en fin de compte. Je leur ai épargné la tâche d'arroser mes plantes, j'ai envoyé un message à Philophrosyne avant de partir en lui suppliant de venir arroser Norbert tous les vendredis et de garder un œil sur Gédéon, le mini cactus de Deimos.

— Ella ! gronde Méroé qui est revenue me chercher.

— Mais qu'est-ce qu'il y a ? grogné-je, encore fatiguée de ma courte nuit.

Elle m'attrape la main et me traîne dans le jardin.

— Là !

Oh ! Un nouvel épisode du feuilleton Circé-Hermès !

L'envoyé de Zeus, les bras fermement croisés, semble déjà las des remontrances de notre sœur qui, elle, a une posture d'accusatrice digne des meilleurs procès.

— Comment ça, vous n'avez jamais retrouvé cette panthère ?

— Ce sont des créatures divines sauvages, on ne peut pas discuter avec elles, réplique Hermès.

— Elle s'en est prise à notre sœur qui est sous votre protection !

Hermès pose ses mains sur sa taille.

— Ella est sous la protection de Deimos, corrige-t-il.

— Ah, oui, parlons-en, du dieu de la terreur, grommelle Circé. Il a quand même été blessé dans l'affaire, tu parles d'un garde du corps !

Sa réplique me surprend. Je n'ai jamais dit à personne que Deimos avait été blessé, j'ai seulement raconté ce que moi, j'avais pu faire en repoussant la panthère.

— Comment Circé est-elle au courant ? interrogé-je Méroé.

Ma sœur met bien deux ou trois secondes à m'accorder son attention, se détournant difficilement de la confrontation qui agite son « couple fétiche ».

— Une Érinye nous l'a dit lorsque nous sommes rentrés au manoir et que vous êtes partis en courant.

OK. Les Érinyes et les Semés n'étaient pas là, mais après tout les Semés ont arrêté les satyres, ils ne sont pas partis aussi loin que je le croyais. Ils ont peut-être vu ce qu'il s'était passé dans Central Park et ont passé le mot, d'une manière ou d'une autre.

— D'ailleurs, vous êtes partis où, tous les deux ? rebondit Méroé.

— Nulle part, on a juste fait un tour, répliqué-je vite.

Je n'attends même pas que Méroé me relance, je rejoins Circé afin de discuter avec Hermès. Parce que bon, je veux bien que les dieux ne voient pas l'utilité d'un ordinateur ou d'un téléphone portable, mais Deimos pourrait peut-être tenter de prendre de mes nouvelles ? J'essaie de moins penser à lui pour oublier ces idiots de sentiments, mais lui, en tant qu'époux, il pourrait se demander comment je vais ?

À mon approche, Circé et Hermès se séparent d'un pas, contrariés.

— Bonjour, dis-je joyeusement pour détendre l'atmosphère.

— Épouse de la Terreur, me salue Hermès.

— Ella, s'il te plaît, insisté-je en plaquant mes mains autour de mon mug. Est-ce que tu as des nouvelles de Deimos ?

Le dieu messager paraît surpris par ma question, au moins autant que mes sœurs.

— Pourquoi j'aurais de ses nouvelles ?

— Vous travaillez tous les deux au Siège.

— Je ne le croise pas tous les jours.

Désespérant. Deimos ne cherche pas à savoir comment je vais en s'adressant au seul dieu qui nous rend visite. C'est le bon coup de pied aux fesses qui me fallait mais je n'arrive pas à me résigner. J'ai peur que me sœurs en déduisent quelque chose, pourtant je poursuis.

— Et il y a moyen de communiquer avec lui de loin ? Ou c'est peine perdue ?

Hermès pousse un soupir et lève les yeux au ciel. Circé l'a mis de mauvaise humeur, en plus. Il sort un stylo de la poche intérieure de sa veste et fait apparaître un bloc-notes dans sa main.

— Est-ce que tu veux que je prenne un message ?

Là, il me laisse sans voix !

— Euh ça dépend, est-ce que tu dessines les smileys ?

— Les quoi ?

Si je l'embrouille alors qu'il est prêt à me rendre service, je ne vais pas y arriver.

— « Je suis un diplomate, pas un gratte-papier », se moque Circé en croisant les bras.

Hermès lui jette un regard glacial. Ils se fixent avec intensité, comme s'ils allaient en arriver aux mains d'une seconde à l'autre.

— Rho mais pitié, prenez une chambre ! s'exclame Méroé.

Circé lui assène un coup de poing dans l'épaule qui la fait geindre tandis que le dieu messager se masse calmement les sinus.

— Je t'écoute, Ella, presse-t-il.

Je m'éclaircis la gorge. L'exercice est périlleux : comment envoyer un message personnel à Deimos sans qu'il paraisse justement trop personnel aux oreilles de ceux qui m'entourent ?

— « Cher Époux de la Sorcière sans dons… »

Je m'interromps alors qu'Hermès me regarde de travers tout en prenant note. Ce n'est plus vraiment le cas en fait.

— Non, attends, on va recommencer.

Les épaules droites d'Hermès s'affaissent. Il grogne mais arrache la page sans commenter.

— « Cher Deimos, tu pourrais me donner de tes nouvelles et me dire comment vont les Érinyes et les Semés… »

OK, OK, beaucoup trop énervé !

— Attends, c-c'est pas ce que je veux dire, en fait.

— Vraiment ? s'impatiente Hermès.

— Prends une autre feuille.

Il serre les dents et s'exécute. Je le trouve plutôt compréhensif. Est-ce qu'il a peur de Deimos ou du regard noir de ma sœur ?

— « Deimos, tout va bien ici, j'espère qu'au manoir aussi. »

Je m'interromps. J'ai envie de lui dire beaucoup trop de choses en vérité.

— Ne me dis pas que je dois recommencer ?

— Non, non. Euh, écris « Prends bien soin de Gédéon, Ella. » Et rajoute deux points et une parenthèse fermante après mon nom.

— Quoi ?

Je me penche sur son bloc-notes pour guider sa main.

— Deux points et une parenthèse fermante, ça forme un sourire.

Hermès, une moue perplexe sur le visage, acquiesce.

— Un sourire pour le dieu de la terreur, marmonne-t-il en détachant la page du bloc qui disparaît aussitôt. Les mortels…

Il enroule la page, écrit le nom de Deimos dessus, range son stylo, claque des doigts et une capsule de tube pneumatique apparaît. Il enferme le message dans la capsule et elle s'envole dans les airs. Je le regarde faire, ébahie. C'est Hermès, après tout. Il peut en envoyer de n'importe où, c'est lui qui a inventé ce système.

— Bon, on a fini ? reprend-il en s'adressant autant à moi qu'à mes sœurs.

On hoche toutes les trois la tête.

— Avant de vous quitter, un dernier mot au sujet de cette attaque de satyres, dit-il avec plus de gravité. Zeus est très nerveux à ce sujet et il n'hésite pas dire que tu as manqué de prudence.

— Moi ? m'étonné-je.

— Dis donc, espèce de dieu de pacotille… s'agace Circé.

— Ce que je veux dire, coupe Hermès d'une voix forte, c'est que les tensions sont loin d'avoir entièrement disparu entre nous. Vous devez faire attention, vous toutes.

Je déglutis en songeant à Athéna qui nous avait prévenus, Deimos et moi, lorsque nous étions sur l'Olympe. Elle n'avait vraiment pas tort.

— Oui, merci Hermès.

— Au plaisir de vous revoir, dit-il avec un sourire poli avant de s'éclipser.

Mon message, lui, est parti, mais comment me répondra Deimos ? Il n'y a pas de station de tube pneumatique ici. Aura-t-il seulement envie de me répondre, alors qu'il ne semble pas chercher de mes nouvelles ? Je n'étais pas censée enterrer ce crush qui prend de plus en plus de place, moi ? Apparemment, dix jours ne sont pas suffisants.

Je vais finir mon café froid et rejoindre ma première leçon de la journée. Je pivote et tombe nez à nez sur mes deux sœurs qui me fixent, les bras croisés.

— Quoi ?

— « Un sourire pour le dieu de la terreur » ?

— Et alors ? Je suis juste polie.

En disant cela, je me sens virer au cramoisi sans pouvoir m'en empêcher. Est-ce que ça a encore un sens de cacher mes sentiments à mes sœurs qui peuvent peut-être m'aider à les surmonter ?

— Ella ?

— Dis-nous tout.

— Il me plaît.

Circé et Méroé échappent des gloussements aigus qui me plongent dans l'embarras.

— Mais c'est stupide ! m'exclamé-je. On n'est pas faits pour ça ! Ce mariage n'est qu'un échange de bons procédés, qui en plus prendra fin dès qu'Hécate reviendra. L'Olympe est ouvert, tout ira bien pour les dieux et tout ira bien pour les sorcières, le mariage, lui, n'aura plus lieu d'être !

Je m'interromps, essoufflée. C'est la panique en fait !

— Ella ! appelle la voix de Médée la Jeune qui doit me chercher.

Mes sœurs attrapent chacune l'un de mes coudes et m'entraînent à l'écart.

— Qu'est-ce que je dois faire ? demandé-je à voix basse. Y a pas un sort pour enterrer un crush ?

— Jamais d'la vie, grimace Méroé.

— On ne joue pas avec les sentiments, ni avec la mémoire, ce sont deux règles inébranlables ! rappelle Circé. Il va falloir que tu gères toi-même.

Je me rembrunis en buvant des gorgées de mon café refroidi.

— Cela dit, pourquoi ? comment ? s'emballe Méroé. Il s'est passé quelque chose ? Oh tu n'es plus vierge !

— Chuuut ! m'affolé-je.

— Citrouille, tout va bien ! me rassure Circé. Tu ne serais pas la première à craquer pour un dieu et je…

— J'le savais, la coupe Méroé. Tu craques complètement pour Hermès.

— Mais tu vas arrêter avec ça, oui ? grogne Circé. Ella, tu es dans une situation particulière avec ce mariage, ce n'est pas si étonnant ni si grave que tu aies un coup de cœur pour celui que tu as épousé.

Je fronce les sourcils, interloquée.

— Je vous trouve très compréhensives.

— On a parlé avec Éros et Antéros, avoue Méroé. On les a un peu cuisinés sur leur frère, pour savoir comment il se comportait avec les femmes de manière générale.

— Le maître mot a été « correct », appuie Circé. Apparemment, il suit un code de conduite assez strict.

Ça me fait sourire et papillonner tout à la fois. Oui, c'est bien Deimos. Et il me manque encore plus maintenant.

— Bref, tu ne feras probablement pas ta vie avec lui, mais une aventure, en passant…

Mes deux sœurs approuvent totalement l'idée. Moi, j'espère qu'il ne s'agit que d'un crush et rien de plus.

— Alors, alors, insiste Méroé. Vous avez couché ensemble ?

— Une fois, oui.

— Et c'était comment ?

J'ai tant fait jusque-là pour ne pas penser à cet instant brûlant qu'on a partagé que tout me revient comme une tornade : ses caresses, ses morsures, sa voix rocailleuse…

— T'es plus vive qu'une citrouille, s'amuse Circé en secouant la tête.

J'enfonce mon visage dans mon mug.

— Hé ! surgit Médée la Jeune, me faisant sursauter. Je te cherche depuis un bon moment. Trêve de balade, au travail !

*

La nuit tombe doucement. Je dois encore terminer un devoir à quatre mains avec Madeline qui attend ma part du travail, mais je choisis de prendre l'air avant. Je me balade dans la Clairière avant de monter dans ma cabane. C'est devenu mon lieu de décompression. Ma solitude en ces lieux, malgré toute l'attention des guides, n'a pas changé. C'est aussi pour cela que Deimos me manque. Avec lui, je n'étais plus seule. Mais cet idiot ne m'a pas répondu. Donc vraiment, quelle perte de temps ces sentiments !

Prendre son ichor avec son consentement : tout l'enjeu de mon nouveau plan. Une équation impossible à résoudre. J'ai beau tourner l'énigme dans tous les sens, je ne vois pas comment ce serait envisageable.

— Hécate, viens-moi en aide…

Je suis si proche d'elle, en vérité. La curiosité me pique. Je suis une initiée à présent, ce qui signifie que je peux pénétrer la bulle de protection qui entoure Hécate. Tout comme les dieux seuls peuvent pénétrer le Siège. Je descends de mon perchoir et me rends jusqu'au bouclier magique. Une fois à l'endroit même où Circé la Grande et Médée la Jeune m'avaient menée après ma fuite de New York, je passe la main devant moi et dit : « Révèle-toi. » La bulle apparaît, avec son manteau transparent violet. J'avance à l'intérieur et me retrouve seule face à l'arbre blanc à trois branches et aux flammes mauves qui dansent comme des feuilles sous la brise.

— Hécate, je le ferai pour toi, mais dis-moi comment ?

Je pose ma main sur le tronc luisant. Je n'avais pas osé le toucher la première fois, ça me semblait profane à l'extrême ! L'écorce est tiède, elle transmet des fourmillements agréables qui donnent envie de se serrer contre elle. C'est bienveillant, et doux. Ça éveille de plus en plus l'envie de la rencontrer, Hécate, en chair et en os. Le spectacle fascinant des lueurs mauves me captive. La déesse de retour parmi nous, c'est quelque chose que je ne veux pas manquer. Surtout maintenant que j'en apprends plus sur elle.

Grande amie de Perséphone, elle a partagé son temps entre la Terre et les Enfers. Elle a aussi été proche d'Hadès, et comme je sais que Deimos tient à lui, le dieu des Enfers me paraît de moins en moins en phase avec le portrait qu'en font les sorcières : une personnalité cruelle qui vit du décès des mortels. La mort fait pourtant partie du cycle de la vie. La nature nous l'apprend chaque année. Hécate était indépendante, rusée, savante. Elle charmait et envoûtait autour d'elle. J'ai enfin pu lire des récits écrits par nos ancêtres qui ont débarqué ici il y a plusieurs centaines d'années. Hécate les a guidées et protégées dans la nuit. Avec l'aide d'Artémis, elles ont offert aux sorcières la Clairière, un lieu hors de portée des humains, au milieu d'une forêt dense et millénaire.

Tout ne me donne qu'envie de la connaître, et tout me motive à lui donner un peu d'ichor de Deimos. Peut-être même que sa proximité avec Hadès et Perséphone sera un bon moyen de convaincre Deimos que la résurrection du corps d'Hécate est une bonne chose ?

Des bruits de pas me font décoller du tronc que j'avais enlacé avec plaisir. Je me réfugie derrière, apeurée à l'idée que Circé la Grande ou Médée la Jeune me découvrent ici sans leur autorisation. Mais la voix qui lève le bouclier n'est pas du tout celle que j'attendais. Elle est masculine.

— Révèle-toi.

Je jette un œil sur l'ouverture créée : une silhouette apparaît, vêtue d'un jean et d'une longue tunique indienne cendrée. Dionysos s'approche de l'arbre, les traits frappés de stupeur. Je me cache à nouveau derrière le tronc, le cœur battant. Comment a-t-il su ? Pourquoi est-il là ? Que se passe-t-il bon sang ?!

— Hécate, c'est donc vrai, dit-il à voix basse. Tu es encore vivante.

Ses paroles me reviennent en tête : lui aussi, il est un dieu des mystères et de la magie, il a donc pu lever le bouclier. Mais comment s'est-il même douté que l'essence d'Hécate était préservée ? Il a trahi les dieux pour se ranger du côté de notre déesse durant la guerre, certes, mais selon mes sœurs, il reste un Olympien qui est redevable à Zeus pour avoir levé son exil. On ne peut pas lui faire entièrement confiance. Dans tous les cas, son intrusion ici m'embrouille.

— On a partagé la même magie il y a très longtemps. J'ai pu te retrouver grâce à elle. Ton pouvoir est encore grand, Hécate. Tu sais que je te respecte et que je t'admire, plus que tout.

Sa voix s'est rapprochée. Je me tasse en priant pour que le dieu ne me voie pas.

— C'est pour cela que tu devras me pardonner, murmure-t-il. Je n'ai pas le choix.

L'arbre agite ses branches comme s'il était secoué. Je retiens mon souffle, pensant que Dionysos est en train de s'en prendre à lui quand un flash me saisit.

Je me retrouve à flanc de coteau, au milieu du jour et d'une nature jaune et verte baignée d'un soleil méditerranéen. Des pieds de vigne poussent tout seuls autour de moi, avec leurs nœuds et leurs formes sinueuses, les feuilles s'épanouissent d'un coup et des grappes pleines et juteuses les font pencher sur le côté.

— Pas mal ! commente une voix près de moi.

Une femme regarde le spectacle, les poings posés sur sa taille. La peau sombre, les cheveux noirs parcourus de tresses ornées de perles d'or, elle est vêtue d'un péplos antique violet, rehaussé d'une ceinture dorée. Ses grands yeux mauves admirent la vigne avec une sagacité remarquable.

— Je prends ça pour un compliment, renvoie une autre voix, à quelques pas.

Dionysos s'approche d'elle, vêtu d'un long manteau de lin blanc, bordés de bandes multicolores. Il lui confère une allure orientale très ancienne. Ses cheveux noirs et ses feuilles de lierre s'emmêlent toujours autant et avec grâce.

— C'est sincère, tu t'es bien débrouillé… pour un fils de Zeus, semble-t-elle le taquiner.

— Tu m'as mis au défi, je m'exécute, Hécate !

J'avais déjà le pressentiment que c'était elle, mais en avoir la confirmation me bouffit les joues d'excitation !

— Si tu veux être féroce, sois féroce, c'est ce que je conseille toujours à mes empousas, confirme Hécate.

Dionysos incline la tête en signe de respect.

— Tes servantes ont bien de la chance de t'avoir pour guide.

Ils se sourient, tous les deux. Il n'y a pas d'ambiguïté possible, une amitié pure les lie. Ils observent la vigne qui les entoure. Un sentiment de fierté et de devoir accompli jaillit d'eux.

— Comment va-t-elle ? s'enquiert Hécate.

Les traits de Dionysos grimacent.

— Elle pleure encore Thésée.

Hécate prend le bras de son ami dans le sien.

— Ariane se remettra, tu es à ses côtés.

Elle le réconforte avec toute la bienveillance possible. La fameuse Ariane a malheureusement disparu au cours de la dernière guerre. Je voudrais me rapprocher d'eux et tenter d'établir un contact mais la vision s'interrompt brutalement.

— Révèle-toi ! entends-je derrière la bulle.

Je reconnais sans peine la voix de Circé la Grande, elle se précipite vers l'arbre, suivie de près par Médée la Jeune. Je suis encore tapie derrière, mais je me doute que Dionysos s'est éclipsé dès qu'il les a entendues arriver. J'avais peur qu'il veuille faire du mal à Hécate, mais pas du tout. Il n'était là que pour établir un lien avec elle et partager un souvenir. Moi-même en contact avec le réceptacle de son essence, j'ai participé malgré moi. Mais voir Hécate sous sa vraie forme, avec son charisme et sa puissance, m'a touchée.

— Je suis sûre d'avoir ressenti quelque chose d'étrange, réfléchit Circé la Grande.

Je sors de ma cachette, gênée.

— C'est moi.

Les deux guides peinent à masquer leur surprise.

— Ella, que fais-tu ici ? s'enquiert Médée la Jeune.

— Je voulais juste la voir, puiser dans sa sagesse.

Elles me scrutent toutes les deux en silence. Je dois être en train de passer au détecteur de mensonges… Et je préfère mentir, quoi qu'il en soit. Je pourrais leur dire que Dionysos était là, mais étant donné les tensions entre les dieux et ma communauté, je n'ai pas envie d'en rajouter. Je n'ai pas non plus l'impression que Dionysos ait fait quoi que ce soit de mal.

— Je peux vous poser une question ? dis-je alors pour détourner l'attention.

D'un signe de tête, elles acceptent.

— Pourquoi n'arrive-t-on pas à puiser la magie d'Hécate puisque son essence est toujours là ? Il lui faut vraiment un corps ?

Ça traînait dans un coin de ma tête depuis longtemps. Mais à présent que je l'ai aperçue dans un souvenir de Dionysos, j'ai encore plus envie de la voir.

— Hécate nous a toujours guidées, nous avons besoin d'elle pour dialoguer. Tu vois bien que c'est une chose impossible, là, réplique nerveusement Circé la Grande.

Confuse, j'opine de la tête. Je suis tout à fait d'accord en plus, j'aimerais pouvoir lui parler directement.

— Est-ce que le sort pour lui créer un corps est sans risque pour Deimos ? Est-ce qu'il va se rendre compte de quelque chose si on utilise son ichor ?

J'avais déjà éveillé de l'inquiétude et probablement de l'agacement avec mon irruption ici et ma première question, mais à présent, je les déconcerte. Elles croisent même toutes les deux les bras.

— Pourquoi cette question ? Le sort d'un Olympien aussi malveillant que Deimos ne devrait pas te tracasser à ce point, premièrement. Et deuxièmement, bien sûr qu'il ne craint rien, ni ne ressentira rien.

La réponse et le ton me glacent. Je suis déjà convaincue que Deimos n'est pas juste malveillant et que leur pensée est biaisée par des années de haine entre dieux et sorcières. Mais si elles peuvent se tromper sur ce point, peuvent-elles aussi se fourvoyer sur l'autre ? Sont-elles sûres de leur plan ?

Deimos ne craint-il vraiment rien ?

— Rentre, à présent. Va te reposer.

— Oui, désolée encore, m'excusé-je, le ventre noué.

Elles me sourient et je fais demi-tour, assaillie de doutes.

CHAPITRE XIX

Deux jours passent et toujours aucune nouvelle de Deimos. Je le déteste officiellement. Jamais plus je ne m'aventurerai sur le terrain du smiley souriant pour un Olympien. Dorénavant, ce sera deux points et parenthèse ouvrante.

Il est midi et je profite d'un instant de pause pour m'allonger dans la cabane en haut de l'arbre. Je ne sais plus où donner de la tête au milieu de toutes mes interrogations et de mes doutes. Je souffle enfin avec mes travaux à l'université, mais je suis si perdue face à mes sentiments que mon cerveau est dans un état de bouillie informe.

— Que peux-tu bien faire, Deimos ? Est-ce que tu m'entends ? marmonné-je à moi-même.

Il doit torturer des satyres ou subir les Muses au Siège…

— Ella ?

Voilà que j'entends sa voix !

Je me redresse et rampe jusqu'à l'ouverture pour jeter un œil en bas. Deimos est bien là ! Droit comme un i, dans son costume de travail sombre. Il n'a pas pu entendre ma minuscule prière quand même, si ?

— Qu'est-ce que tu fais là ? lancé-je, abasourdie.

Il disparaît. Est-ce que j'hallucine ?

Il réapparaît à côté de moi, plié en quatre. Ça doit ressembler à ça, un géant dans une maison. Deimos finit par s'allonger sur le dos, les jambes pendant par-dessus le bord de la plateforme, dans le vide. Il grimace un peu, pas très à l'aise, mais je n'ai envie que de sourire pour ma part. Je me couche près de lui. Son parfum boisé s'accorde à la perfection à l'endroit. Ses yeux dépareillés, ses cheveux blonds, ses grognements mécontents… tout m'enchante à nouveau. Je suis très loin d'avoir envoyé paître mon attirance ! Circé et Méroé ont raison, une aventure, ça ne fera aucun mal. Une fois que mon crush se sera épuisé tout seul, tout rentrera dans l'ordre.

— Je te cherchais, tes sœurs m'ont dit que tu étais là.

— Tu as reçu mon message alors ?

— J'ai confié Gédéon à Philophrosyne et je ne comprends pas tes deux points et ta parenthèse fermante, répond-il en sortant le papier qu'il gardait apparemment sur lui, dans sa poche.

Je tourne la lettre sur le côté.

— Ça forme un sourire.

J'ai droit à la même réception perplexe qu'Hermès.

— Un sourire, répète-t-il en tournant un regard interrogatif vers moi.

J'affiche mon meilleur en guise d'illustration.

— Pourquoi tu n'as pas cherché à prendre de mes nouvelles ? demandé-je en clignant des paupières.

— Ça ne fait que douze jours que tu es partie.

— Oui, c'est énorme, lui assuré-je, déroutée.

— Ce n'est rien pour moi, dit-il en haussant les épaules.

Pour un immortel, peut-être, mais pour moi, bon sang !

— Tu as toujours la plume d'Hermès et l'Ambroisie sur toi ?

— Dans ma chambre.

— Ella, râle-t-il.

— Je ne crains rien ici.

— Ça, tu n'en sais rien.

C'est peut-être le bon moment pour lui annoncer que je suis officiellement devenue une sorcière avec des dons. Je me place sur le côté pour bien l'avoir en face de moi au moment où je vais devoir lui expliquer que ça ne changera rien du tout. Mais à peine j'ouvre la bouche, qu'il approche la sienne sans pour autant s'imposer. Il glisse sa main dans mes cheveux avec délicatesse. Il m'invite à poursuivre, me laissant maîtresse de la suite.

Un baiser. C'est bien aussi, un baiser. J'appuie mes lèvres sur les siennes avec plaisir. J'avais peur qu'il s'en foute totalement de me retrouver au bout de douze jours, mais peut-être pas finalement. Il me serre même contre lui, sa langue s'enroulant avec la mienne, ses doigts parcourant mon dos, sous mon pull. Si mon moi du passé, l'ado triste et isolée qui venait encore se réfugier là, me voyait embrasser un dieu dans la Clairière, elle n'en croirait pas ses yeux !

Est-ce que ce serait exagéré d'imaginer aller plus loin, ici ? J'ai très envie de lui, mais on est à l'étroit. Et puis l'interdit de cette situation ne m'aide pas : je veux tout arrêter et tout céder à la fois !

— On va être en retard, parvient à dire Deimos entre deux baisers.

Sa phrase met quelques secondes à m'atteindre.

— Hein ?

Il enroule un bras autour de ma taille et nous téléporte en bas. Heureusement qu'il me retient contre lui, le passage de la position « couchée, alanguie par son baiser » à « debout et prête à décoller » est violent ! Il défroisse son costume en un tour de main alors que j'ai encore des vertiges de désirs inassouvis et les cheveux en bataille.

Deimos commence à s'éloigner, je le rattrape, perdue.

— En retard pour quoi ?

— Pour aller chez mes parents, ils nous invitent à passer quelques jours chez eux.

La barbe… Il semble autant emballé que moi. À grandes enjambées, on rejoint la maison au milieu de la Clairière.

— Prépare tes affaires, je t'attends là, me dit-il en sortant son paquet de cigarettes.

Je rentre et croise mes sœurs pour leur dire rapidement que je pars quelques jours, elles me taquinent sur Deimos jusqu'à la porte de ma chambre. Je fais mon sac en grommelant qu'on n'est pas près de s'envoyer en l'air si on se retrouve au milieu de sa famille et de leurs relations tordues. Je glisse la plume d'Hermès et l'Ambroisie dans ma poche, me promettant de les avoir toujours sur moi pour rassurer Deimos. Circé et Méroé me souhaitent un bon séjour et je sors rejoindre mon époux.

— En route pour New York, dis-je en espérant me motiver en chemin.

— Si seulement on allait à New York, regrette-t-il. On va à Cythère.

Cythère ! C'est vrai qu'Arès et Aphrodite vivent à là-bas.

— On part en Grèce ? me rends-je compte en sautillant.

Deimos sourit tout en secouant la tête, dépité par mon excitation. Mon humeur fait à nouveau un virement à cent quatre-vingts degrés.

— Mais… je n'ai pas de passeport, remarqué-je en blêmissant.

— Là où on va, on n'a pas besoin de passeport.

Il me prend contre lui et nous fait nous éclipser.

*

Pas d'heures interminables d'avion, pas de douanes, pas de frontière. La téléportation devient officiellement mon mode de voyage préféré ! Lorsque j'ouvre les yeux, je me retrouve devant le portail d'une grande villa blanche, nichée sur une butte donnant sur la mer, entourée de buissons jaunes et de palmiers. Le ciel est bleu, la luminosité orange, la chaleur beaucoup plus intense même si le soleil plonge lentement dans l'horizon. Si j'avais su, j'aurais pris des vêtements plus légers, mais je n'ai fourré dans mon sac que des pulls et des pantalons.

— Viens, m'invite Deimos en poussant un battant du portail en fer forgé.

Je le suis et le domaine change du tout au tout. C'est une villa bien plus grande encore qui s'étale sous mes yeux. Des pans entiers de murs sont recouverts de fresques colorées, figurant des divinités ailées, des cygnes et des dauphins. Des terrasses, des patios et des jardins apportent de l'ombre et de la fraîcheur à divers endroits, sans symétrie. Tout est raffiné et parfait, mais dans un chaos sublime. On entend même l'eau de fontaines bruisser ici et là, des petites cascades se déversent des étages de la villa jusque dans des rigoles sillonnant des parterres et des bassins.

Rien à voir avec le manoir d'Athéna à New York, froid dans sa grandeur, malgré la verrière. Tout y est raisonné, alors qu'ici, tout n'est que plaisir. Autant dans la vue avec cet amoncellement de beautés que dans l'odorat avec les rosiers en fleur, le jasmin qui grimpe partout et les fleurs de frangipaniers. Même l'ouïe est sollicitée, avec les chants d'oiseaux et de cigales, et les vaguelettes de la mer en contrebas.

J'ai hâte de tout explorer et de tout toucher ! Et j'ai hâte de goûter les pommes dorées qui alourdissent les branches de leurs arbres.

— Ella ?

Je ne peux pas l'affirmer avec certitude, mais il me semble que Deimos m'appelle depuis un moment maintenant. Tout ce qui m'entoure est si incroyable que je peine à me concentrer sur sa voix. Est-ce que c'est une sorte d'hypnotisme ambiant ?

— Ella !

Je secoue la tête.

— Oui ?

— Ne te laisse pas emporter par l'envoûtement de ma mère.

— Un envoûtement ?

— Aphrodite est la déesse de la beauté, tout porte sa marque ici. Si nous n'avions pas mis de barrière d'illusion à l'entrée, nous serions envahis d'humains curieux.

— Je vois, dis-je en glissant mon bras sous le sien. C'est quand même magnifique.

Impossible de ne pas sourire ni de soupirer devant cet endroit qui laisse pourtant mon époux aussi froid qu'un iceberg. On remonte ensemble l'allée qui mène à une immense porte en bois sombre, décorée de fines appliques en bronze doré.

— C'est le Palais des Débauches, grogne-t-il. Je déteste cet endroit.

Je me mords la lèvre pour ne pas rire. Ça ne m'étonne pas du tout !

— Pourquoi est-ce qu'on est là alors ?

— Parce que ma mère a insisté, grommelle-t-il à mi-voix, comme un enfant qui se forcerait à manger son assiette de légumes verts.

— Ella ! hurle une voix au-dessus de nous.

Deimos se fige alors que je sursaute. Éros nous fait des grands signes depuis une terrasse au deuxième étage. Et il semble nu. Ou pas. Éros grimpe sur la rambarde et dévoile un maillot de bain et une paire d'ailes blanches qui se déploient majestueusement. Il bondit dans les airs, fond sur nous et atterrit sous nos yeux, ses ailes se rétractant dès qu'il touche le sol.

— Oh bordel, ça commence, marmonne Deimos en mettant des lunettes de soleil sur son nez.

— Ella ! Étudiante en art ! se réjouit Éros. Bienvenue au Palais des Plaisirs !

Je ris, mais plus parce que je comprends le « Palais des Débauches » de Deimos qu'autre chose. Une deuxième silhouette atterrit soudainement à son côté, une jeune femme avec des ailes de papillon. Typée méditerranéenne avec ses longs cheveux bouclés noirs, ses yeux bruns, et son teint cuivré, elle affiche un sourire à dix mille volts dans son riquiqui bikini rouge. Éros lui prend la main et dépose un baiser sur ses doigts.

— Laisse-moi te présenter mon âme-sœur, Psyché.

La jeune déesse me donne une chaleureuse accolade.

— Je suis si contente d'enfin faire ta connaissance ! On m'a tellement parlé de toi !

Je n'ose pas lui dire que la seule fois qu'on m'a parlé d'elle, c'était quand Harmonie se réjouissait de mon mariage et de mon arrivée dans sa famille, parce qu'elle n'en pouvait plus du bonheur envahissant du couple Éros-Psyché. Et maintenant que je les vois tous les deux, si beaux, si adorables et si heureux, j'avoue que je comprends Harmonie, qui ressemble beaucoup à Deimos.

— Moi aussi, je suis contente de te rencontrer.

Elle attrape mon sac, le pose par terre et prend mes mains dans les siennes.

— Chérie, tu vas cuire dans ces vêtements. Viens avec moi, tu vas piocher ce que tu veux dans mon dressing.

Je jette un œil à Deimos, il se baisse déjà pour s'emparer de mon sac, sachant par avance que je vais être entraînée par la compagne de son frère. Je la suis donc à l'intérieur et par Hécate ! je ne suis pas déçue. C'est bling-bling et épuré tout à la fois ! Beaucoup de marbre blanc, de l'or ici et là, et des fantaisies extravagantes comme cette sculpture en forme de cygne stylisé au beau milieu d'un salon luxueux. Le mobilier reste d'inspiration antique, mais dans des lignes définitivement modernes.

J'ai envie de sautiller d'excitation. Je suis chez Aphrodite ! Avec Psyché !

Quelle histoire elle a eu ! Éros devait la punir pour sa beauté, mais il en est tombé fou amoureux, aux dépens de sa propre mère. Il l'a enlevée et gardée à l'abri sans dévoiler son identité, le temps que la jalousie d'Aphrodite se tasse. La bulle dans laquelle ils se sont enfermés a fait naître des sentiments réciproques. Du moins, je l'espère. Antéros étant le frère d'Éros, j'espère qu'il n'a rien à voir dans l'amour qu'éprouve Psyché. Parce qu'elle en éprouve ! Elle me parle de lui, le rouge aux joues alors qu'on entre dans leur chambre. Un véritable nid d'amour, avec un lit défait, des couvertures et des coussins sur le sol, un bassin rempli d'eau parfumée en plein milieu… Tant de possibilités érotiques. J'en déglutis.

On aura la même chambre avec Deimos ?

— Ta-da ! s'exclame-t-elle en ouvrant son dressing digne d'une star de cinéma. Prends ce que tu veux !

Bon sang qu'elle est intimidante, cette fille ! Elle fait partie de celles qui sont belles, charismatiques et gentilles en même temps.

— Je n'ai parlé aux parents de Deimos qu'une seule fois, à mon mariage, je voudrais faire une bonne impression maintenant.

Psyché accepte la mission d'un hochement de tête d'experte sans faille. Elle parcourt sa penderie et me sort la petite robe parfaite.

— Imprimé fleur, je sens que c'est ton style.

Je serre mes mains contre mon cœur.

— Ouiii !

— J'en étais sûre ! Et j'ai des nu-pieds pour toi !

J'attrape la robe, convaincue que Psyché et moi, on va être les meilleures amies du monde. Et juste à cet instant, le visage d'Harmonie apparaît par-dessus son épaule. J'ai à nouveau un sursaut de surprise. Psyché, elle, semble habituée.

— Bonjour Ella, je suis contente de te voir, dit la sœur de Deimos, d'un ton plat.

— Harmonie, toi aussi tu trouves qu'Ella est canon, hein ? lance Psyché.

La sœur de Deimos approuve sans emballement. En les voyant toutes les deux, je compatis presque avec Harmonie. Elles sont aux antipodes ! Je la salue à mon tour, déterminée. Je dois profiter de ce séjour pour nouer un lien avec elle.

Les deux femmes me laissent me changer puis m'embarquent à l'extérieur pour rejoindre la famille rassemblée autour d'un buffet, près d'une immense piscine, à l'ombre de rosiers gigantesques. Aphrodite et Arès donnent le ton : paréos et tee-shirts avec maillots de bain – sauf Harmonie qui porte un bermuda trop grand et un débardeur trop large –, cocktails à ombrelles, mezze grecs et vue sur le coucher de soleil et la mer. Tout le monde est là et m'observe, il ne manque que Deimos.

Il n'a pas intérêt à m'abandonner ce soir !

— Ella, bienvenue chez nous, me salue Aphrodite en me plantant un cocktail dans la main.

Ils n'ont pas l'air de se focaliser sur mon âge pour boire, tant mieux !

— Votre maison est incroyable, dis-je, encore sous le charme.

La déesse me répond d'un sourire à la fois touché et d'une fausseté extraordinaire. Elle n'a pas l'air de m'apprécier tout à fait. Mais comment lui en vouloir ? Ce mariage est arrangé, aucune mère n'a envie de voir son enfant piégé de la sorte. Je ne vais pas m'en faire. Je veux au contraire me montrer aimable et serviable, histoire qu'ils me tolèrent un minimum. Arès, lui, demeure muet. Il a l'air si décalé dans cet environnement, avec ses muscles saillants et ses cicatrices. Il a dû vouloir les garder lui aussi. Ça doit faire partie des fiertés à afficher quand on est dieu de la guerre.

Mais maintenant que j'ai rencontré Phobos, je vois le vide au milieu d'eux. Et l'absence de Deimos ne fait qu'accentuer encore son isolement.

— Deimos ! s'exclame soudainement Harmonie.

Il finit par apparaître, en pantalon de lin blanc et chemise ivoire aux manches retroussées, les lunettes de soleil toujours sur le nez. Je le trouve absolument séduisant. Ça doit être pour ça que je ne percute pas tout de suite sa fureur. Il se plante devant ses parents en brandissant une bouteille.

— Du Nectar à la portée des mortels que vous invitez ici ?

Est-ce qu'il parle pour moi ou d'autre chose encore ? Par précaution, je vais avaler mon cocktail avant qu'il me le prenne des mains. Rho, de la liqueur mandarine, du champagne et de la menthe ! Tellement bon !

— Deimos, s'il te plaît, ne commence pas, soupire sa mère. De toute façon, ils ne se souviennent pas du temps qu'ils passent ici.

— Ça n'est toujours pas une raison valable, le Nectar divin est interdit aux mortels.

Et tel le responsable de la sécurité des dieux qu'il est, Deimos pose brutalement la bouteille sur la table du buffet avant de sortir un sachet transparent de sa poche, rempli de cachets roses.

— Et ça ?

— Ne me dis pas que tu as fouillé la villa dans les moindres recoins ?

— Je n'ai pas eu besoin de chercher très loin.

Je me penche vers Psyché qui échange mon verre vide par un verre plein.

— C'est quoi ? murmuré-je alors que mon époux se prend la tête avec sa mère.

— Du Lotus, une drogue qui désinhibe pendant deux ou trois heures. Quand on revient, on a tout oublié. Très puissant.

Je quitte des yeux la querelle et regarde les autres tout en sirotant mon deuxième cocktail. Antéros lève les yeux au ciel, agacé, Éros observe d'un œil mais semble plus détaché, Harmonie grignote des crevettes en ignorant l'affrontement, et Arès reste attentif mais en retrait. Étrange. Je n'ai pas visité toute la villa, loin de là, mais je n'ai pas vu sa patte à l'intérieur.

Deimos revient vers moi, prend mon verre et le termine cul sec.

— Je déteste cet endroit.

Toute la soirée passe dans une tension qui finit par me mettre mal à l'aise. Lorsque les membres de la famille se séparent, je suis même soulagée. Deimos m'entraîne avec lui jusqu'à notre chambre, dans un silence de mort. Il n'y a aucun dialogue de fond entre eux, ils ne parlent que du Siège, de l'avancée des travaux sur l'Olympe ou de la vie ici, à Cythère, sans chercher à savoir comment va réellement chacun. Tout me semble superficiel dans leurs relations. Aphrodite prétend être de bonne humeur, mais parfois son sourire se mue en grimace lorsqu'elle regarde à côté de Deimos, comme si elle s'attendait à y voir Phobos. Et au milieu de ces conversations vides de sens, un reproche surgit : « Deimos est trop sévère », auquel mon époux ne réplique que par un grognement.

— Ça va ? m'enquiers-je alors qu'on entre dans la chambre.

Elle est similaire à celle d'Éros et de Psyché, mais sans aucune touche personnelle. Deimos n'a peut-être pas de chambre attitrée ici.

— Mmh.

Bon, je n'aurai pas mieux. Il retire chemise, chaussures, pantalon et boxer et plonge dans le bassin sans dire un seul mot. Il s'est complètement refermé sur lui-même. Je m'approche et le regarde couler au fond de l'eau comme pour s'isoler encore plus. Je m'assieds au bord et bat lentement l'eau avec mes jambes.

Lorsque Deimos remonte à la surface, il passe ses mains dans ses cheveux et s'appuie contre la paroi, face à moi.

— Tu veux qu'on en parle ? lui proposé-je.

— Pour dire quoi ? me rétorque-t-il froidement.

OK. Je ne vais pas insister pour l'instant. Il va peut-être finir par se détendre. S'il était moins grognon, peut-être que tout se passerait mieux.

— Tu viens souvent ici ?

— Non.

Question stupide.

— C'est pour ça que tu n'as pas de chambre à toi ? On dirait une chambre d'amis ici.

— C'est une chambre d'amis. On venait plus souvent quand on était enfants, c'était le lieu de séjour terrestre favori de mes parents.

Je lui souris en retour, pour l'encourager à poursuivre, mais il n'a pas l'air de vouloir s'épancher plus. Bon. Il ne veut pas parler. Cela dit, moi non plus. On est dans le Palais des Plaisirs, cernés par une chaleur moite délicieuse et par des parfums enchanteurs. Je me laisse glisser dans le bassin. Ma robe me colle à la peau. Je vois dans son regard que ça pique sa curiosité.

— On peut aussi en faire notre chambre à nous, dis-je en m'approchant de lui.

Son regard me suit mais son front reste plissé par la contrariété. Il faut que je me pende à son cou pour qu'il se détende un tout petit peu. Il semble même baisser les armes au moment où il se penche sur moi pour frotter son nez contre le mien, ses mains s'attardant sur mes hanches. On va se changer les idées tous les deux ! Dès que je l'embrasse, il émet des sons rauques qui me chatouillent l'échine. Je frissonne, excitée comme jamais.

— Attends, murmure-t-il.

Je dépose mes lèvres dans son cou, mes mains dévalant de ses épaules. Puis, alors que je me laisse complètement aller, je me sens décollée et repoussée sans comprendre. Deimos me retient devant lui, les bras tendus et le souffle rapide, comme si j'allais le mordre, des éclats d'or au fond des yeux trahissant son trouble.

— Quoi ?

Je n'ai pas du tout mesuré sa véritable volonté, je dois l'avouer.

— Pas ici.

Je jette un œil dans le lit. Peut-être qu'il préfère juste qu'on se téléporte dans les draps !

— Ni là, ajoute-t-il. Ce n'est pas toi, ni moi. Ce sont eux qui provoquent ça.

Il m'abandonne et sort du bassin, me laissant les idées confuses. J'ai du désir pour lui et je sais qu'il vient de moi. J'en avais même avant que Deimos débarque à la Clairière pour m'emmener ici. Est-ce qu'il ne sait pas discerner ce qu'il ressent de ce que ses frères semblent déclencher chez lui ? Il ne distingue pas l'origine de son propre désir ?

Je l'entends se coucher et sors à mon tour de l'eau pour me sécher et me changer, refroidie. On est dans le Palais des Plaisirs, mais pour moi, ça va être le séjour de la frustration. J'enfile le shorty et le débardeur que j'ai embarqué dans mon sac et me couche de mon côté du lit, puisque Deimos s'est bien rangé du sien. Cette fois, la frontière invisible ne vient pas de moi.

Je roule sur le côté, déçue, agacée et chagrinée. Je ne sais plus quelle émotion choisir.

Enterrer mon crush, enterrer mon crush, enterrer mon crush… je vais me le répéter encore et encore ! Prendre son ichor. C'est mon seul but.

Enfin, oui et non. Tant qu'à être là, j'ai bien l'intention de profiter aussi de la plage, de la piscine et des visites à faire dans le coin.

CHAPITRE XX

Il y a autre chose que je ne veux pas lâcher : tout faire pour bien m'entendre avec sa famille. La villa est calme le matin et j'en profite pour l'explorer, un café à la main. Ma plus belle trouvaille est un patio ouvert sur la mer d'un côté et recouvert de portraits en mosaïque de l'autre. Les minuscules tesselles permettent des tableaux très précis. Les cinq enfants sont représentés à différents âges : Éros et Antéros, toujours souriants, Harmonie, si douce et calme, et de plus en plus torturée à l'adolescence, et Deimos et Phobos, adorables avec leurs trognes ronchonnes. Je reste émue devant le portrait de Deimos adolescent même s'il semble tourmenté. J'aimerais l'avoir connu à cette époque-là. Il faut croire que les dieux débutent leur éternité lorsqu'ils sont jeunes adultes car Arès et Aphrodite n'ont pas l'air plus vieux que leurs enfants. Tout se joue dans leurs attitudes et dans leurs regards, comme si les expériences accumulées finissaient par les marquer seulement au fond d'eux. Zeus et Héra paraissent un peu plus âgés cela dit…

— Ils sont beaux, n'est-ce pas ?

La voix d'Aphrodite m'arrache à mes réflexions. Elle a des petits yeux fatigués et est vêtue d'un kimono de soie rose à grosses fleurs. Elle tient dans une main un mimosa qu'elle savoure à petites gorgées.

— Oui, je craque complètement sur le portrait de Deimos et de Phobos quand ils étaient tout petits.

— Mes bébés, plussoie Aphrodite avec un sourire. Si adorables. Si vulnérables.

— J'ai du mal à l'imaginer, avoué-je, le cœur serré.

Ça me touche d'entendre la déesse parler ainsi. Elle a l'air hyper exigeante, mais elle tient à ses enfants. Ma mère, elle, se jette toujours sur moi quand je viens la voir. L'accueil de Deimos, hier, m'a déroutée.

— Je me disais que j'aurais bien aimé connaître Deimos quand il était ado.

— C'était un garçon patient et timide, comme son frère. Et si tourmenté, ajoute-t-elle en passant ses mains sur le visage de son fils. Je n'ai pas le souvenir de l'avoir vu réellement heureux, même aujourd'hui.

Quelle terrible chose à dire ! Son regard en coin semble même m'accuser. Que pourrais-je bien lui répliquer ? Je ne l'ai vu « heureux » qu'une seule fois : auprès de Phobos, lorsque son instant de lucidité leur a permis de se retrouver. Mais est-ce qu'auprès de moi, il l'est ? C'est un mariage arrangé, comment ce serait possible ?

Ça fait des jours que je tente de tasser mon coup de cœur pour lui, alors qu'il ne suffit que d'une déclaration de sa mère pour l'envoyer violemment paître.

— Il pourrait l'être, ici, dis-je alors en m'en tenant à mon idée d'apaiser les choses entre eux.

Si je ne peux rien lui apporter, personnellement – après tout, même le sexe pour le plaisir, il le refuse –, je peux tenter de faire comprendre à sa mère que son propre fils traîne le poids de sa culpabilité derrière lui et qu'il fait tout pour son frère.

Aphrodite hausse les sourcils, dubitative.

— Baissez votre garde avec lui.

Elle finit sa coupe et la brise dans sa main. Des gouttes d'or s'échappent de ses doigts.

— Il a fait perdre la tête à son propre frère, crache-t-elle, furieuse.

— Son essence, pas sa volonté.

— C'est ce qu'il est ! insiste-t-elle avec force. Tu ne comprends rien aux dieux, sorcière. Nous sommes ce que nous sommes !

Je serre les poings et respire calmement.

— Vous l'aimez, affirmé-je.

— Bien sûr que je l'aime, il est mien. Je l'ai mis au monde.

— Alors c'est contre vous-même que vous êtes en colère, et pas contre lui.

Aphrodite ravale une puissante réplique. Elle baisse les yeux, la mâchoire crispée.

— Je n'ai jamais rien pu faire pour mes enfants.

Je sais qu'elle fait aussi référence au sort d'Harmonie et à son mariage terrible avec Cadmos. Peut-être même à son propre sort, et cette union forcée avec Héphaïstos. Elle n'a pas l'air de voir ce qu'elle fait de bien, aveuglée par le mal qui a été fait autour d'elle.

— Vous avez permis à Éros de vivre avec Psyché, lui dis-je alors. Vous n'étiez pas obligée de l'accepter auprès de vous.

Elle dodeline de la tête.

— Cette pimbêche est trop gentille, grommelle-t-elle.

Oh par Hécate, on dirait Deimos ! Ils se ressemblent un peu tous les deux, finalement !

— Et vous avez essayé de protéger Deimos contre lui-même au moment de notre mariage, ajouté-je.

Aphrodite a un regard en coin.

— Vous aviez peur qu'il soit incontrôlable et violent avec moi, mais ça n'a pas été le cas. Il a été très correct. Je crois même n'avoir jamais rencontré un homme aussi correct.

Elle a un sourire attendri. Et son visage si beau et si parfait me renvoie une impression de sérénité que je n'avais pas encore vu chez elle.

— Je n'ai pas élevé mes fils autrement, dit-elle sans masquer un certain soulagement.

Elle doit douter du fait qu'il soit capable de se contrôler. Elle était dans le camp des dieux, au moment où Deimos a relâché tout son pouvoir. Malgré son amour inconditionnel pour lui, elle a été marquée directement par sa terreur.

— Et c'est réussi, lui assuré-je.

Je ne connais pas très, très bien toute la fratrie, mais je n'ai pas eu d'autres impressions d'eux jusque-là.

Aphrodite se tourne vers les portraits et s'attarde sur celui de Phobos. Je voudrais la rassurer, lui dire que Deimos a un plan. Mais j'ai peur de mettre les pieds dans le plat. Si rien ne marchait, elle aurait de trop gros espoirs pour rien.

— Il n'a juste pas l'air de vouloir accepter son côté… « Aphrodite », finis-je par confier d'une petite voix.

— Il a été élevé pour les champs de bataille par son père, répond la déesse en battant l'air d'une main. L'amour, ce n'est pas qu'une question de force et de courage, même s'il en faut. C'est aussi reconnaître ses faiblesses.

Elle demeure pensive à la fin de sa phrase avant de reprendre :

— J'aimerais préparer des olives et du fromage frais pour ce soir, mais il me manque des cristaux de sel que l'on ne trouve que sur cette île. Deimos et toi, vous devriez aller au marché du village, près d'ici. Passez par la plage, le chemin se récupère plus loin.

Je note la complicité. Aphrodite me tend une perche pour que je passe du temps seule avec Deimos, et je vais en profiter pour tenter de percer son armure et l'apaiser.

— Comptez sur moi, lancé-je, motivée.

*

On se retrouve tous les deux sur la plage, mon mari ronchon et moi. Lui en lin blanc, moi en robe fleurie. Lui grimaçant, moi ravie.

— Je pensais que l'automne me manquerait, mais non !

Deimos ne partage pas du tout mon entrain. Il a fouré ses mains dans ses poches, ses lunettes teintées masquent son regard et il avance lentement. Ses portraits de jeunesse en tête, je suis décidée de mon côté. La mer bruit, le sable s'infiltre dans mes nu-pieds, tout me semble positif !

— Je déteste le soleil, grogne mon époux.

Je le dépasse de quelques pas et marche à reculons pour lui faire face.

— Hé, descendante d'Hélios et peau de rousse, s'il y a bien une personne qui a le droit de râler ici, c'est moi.

Je lui arrache un demi-sourire. C'est toujours mieux que rien. Après la déconvenue de la nuit dernière, je ne vais pas le coller, mais j'avoue que je ne pense qu'à ça : lui prendre la main ou le bras, établir un contact avec lui. Dire qu'au tout début, il me terrifiait… Ici, il est une sorte d'aimant qui m'attire inlassablement. Peut-être malgré lui, peut-être qu'au contact de ses frères et de sa mère, sa polarité change. De la terreur, il passe au charme.

Ou alors, c'est moi qui ai relâché mon attention. Ce maudit crush incontrôlable…

Je me mords la lèvre et regarde la mer.

— Je peux te poser une question ?

— Bien sûr, répond-il.

Il reste bien tendu. Mais il n'a pas discuté ma proposition d'aller jusqu'au marché. Je n'ai pas non plus dit que l'idée venait de sa mère, de peur d'essuyer un refus catégorique. Pourtant, j'ai l'impression qu'il est super conciliant pour se rattraper d'hier soir. Mais je ne veux pas non plus qu'il s'en veuille de m'avoir repoussée.

— Pourquoi tu détestes tes frères ?

— Je ne déteste pas mes frères, réfute-t-il du tac au tac.

— T'es sûr ? me permets-je de douter.

Je continue de marcher à reculons et d'afficher un air taquin, histoire qu'il ne prenne pas trop la mouche.

— On est juste différents, prétexte-t-il. Tu devrais regarder où tu vas.

— Pourquoi ? Tu es là, tu me diras si un obstacle se présente.

— T'es sûre ? réplique-t-il avec un sourire malin.

J'éclate de rire et me sens basculer en arrière, les pieds butant contre un tas de sable. Je chute sur le dos, tellement stupéfaite que je demeure immobile. OK. Je l'ai bien cherché.

Le visage de Deimos finit par apparaître au-dessus de moi, son air supérieur me tord le ventre d'agacement et de fascination. Foutu crush !

Je tends la main, il la saisit. Mon premier but est de le faire tomber à son tour, donc j'essaie de l'attirer à moi, mais il me soulève d'un coup. Faire tomber un géant aussi… Je secoue mes cheveux et mes bras en réfléchissant à un plan.

— Tu ne m'auras pas aussi facilement, me prévient-il alors.

Mon cœur bondit dans ma poitrine et charrie du sang en quantité. Il n'y a pas de double sens dans ce qu'il dit, mais je ne peux pas m'empêcher d'y voir un.

— C'est ce qu'on verra, réponds-je avec assurance. Je vais me passer de l'eau sur les mains, pour le sable.

Il me suit jusqu'à la mer, je me penche, plonge mes mains pour recueillir un maximum de liquide salé, et me retourne tout en me redressant pour projeter le tout sur mon voisin avec un « ah aaah ! » vengeur ! Mais l'eau retombe sèchement sur le sable. Il n'y a personne derrière moi.

— Même pas en rêve, Ella, me lance Deimos à plusieurs mètres.

Il s'est téléporté, le tricheur ! Je n'arrive pas à décider s'il n'a pas envie de jouer ou si au contraire il a la gagne. Je le rejoins et on rattrape le chemin escarpé qui mène au village. On grimpe et longe la côte en hauteur, les petites maisons blanches au bord du port apparaissent un peu plus loin.

— Même dans tes rêves, je ne t'atteins pas ? réattaqué-je en regardant bien où je mets les pieds.

Il ne répond pas immédiatement, il est plus occupé à attraper mon bras alors que je vacille sur des pierres, des graviers roulant dans la pente jusqu'à la mer. Deimos me tient par les épaules pour me garder près de lui. Son parfum boisé m'emplit les narines. Je glisse mon bras autour de sa taille, comblée.

— Si, tu m'atteins. Mais pas de la même manière.

Sa voix chaleureuse me fait frissonner. On entre enfin en zone de flirt !

— Pas d'eau de mer ni de sable ?

— Non. Tu es beaucoup plus douce.

Je retiens une protestation amusée, je préfère rester sur cette idée. Sa déclaration occupe toute mon imagination, jusqu'à ce qu'il me pose une nouvelle question.

— Tu as la plume d'Hermès et l'Ambroisie ?

J'attrape un lacet de cuir qui pend autour de mon cou : j'y ai noué le goulot de la fiole et la plume pour pouvoir les garder sur moi. Il a vraiment eu peur pour moi après l'attaque de la panthère ? Ou il s'est fait puissamment remonter les bretelles par Zeus, parce qu'Hermès est revenu de la Clairière avec les plaintes de Circé la Grande et de Médée la Jeune ?

— Content ?

Il dépose un baiser sur ma tempe en guise de réponse.

Je vais me contenter de son inquiétude qui me touche, quoi qu'il en soit !

On descend jusqu'au village. Les rues étroites et sinueuses mènent toutes au port. Deimos ne m'a pas lâchée, ni moi non plus. Il me glisse même un mot ici et là sur l'histoire du bourg, parce qu'il l'a vu changer depuis sa création. Lorsqu'on arrive sur le petit marché, au bord de la mer, près des bateaux de pêche, on part en quête des cristaux de sel au milieu des fruits et légumes, des poissons, des épices et des marchands de souvenirs.

Je me plante devant les statuettes d'Aphrodite, un large sourire aux lèvres.

— Cythère, c'est l'île de la beauté et de l'amour ! proclame le marchand en anglais, tout en se levant de derrière son étal.

Il ne croit pas si bien dire. Je lui en achète une sous le regard perplexe de mon époux.

— On la mettra dans la verrière, ta mère sera un peu avec nous comme ça.

Son bras quitte automatiquement mon épaule, mais il ne conteste pas non plus. Il se rembrunit un peu. On finit par trouver les cristaux de sel et on se met à flâner. Deimos m'offre une glace à la pistache que je savoure, assise sur un muret, près de lui.

— Tu veux goûter ?

Il avance sa bouche jusqu'au cornet, et je le devance en lui collant la glace sur le nez.

— J't'ai eu !

Deimos se redresse, stupéfait, alors que je glousse dans mon coin. Ça, il ne l'avait pas vu venir ! Et je doute que quiconque autour de lui, depuis qu'il est né, ne se soit jamais avisé de lui jouer un tour pareil.

— Ella ?

— Oui ? réponds-je en battant des paupières.

Il contrattaque d'une manière tout aussi imprévisible : il dépose sa bouche pleine de pistaches sur la mienne et m'embrasse. Il me mordille les lèvres et frotte son nez contre le mien, me rendant la glace de la meilleure façon possible ! Alors je prends un malin plaisir à lécher sa lèvre inférieure et à me raccrocher à son cou, abandonnant mon cornet sur le muret, préférant largement dévorer mon époux au merveilleux goût sucré-salé. Moi, des vacances en Grèce comme ça, j'en veux encore ! Il suffisait de s'éloigner du Palais des Plaisirs.

Le cœur battant à tout rompre, un désir brûlant mon bas-ventre, je quitte sa bouche pour poser ma tête sur son épaule, me laissant envahir par les vertiges que provoque ma jambe nue contre la sienne. J'ai envie de le supplier de rentrer pour qu'on donne libre cours à toute notre envie, mais je n'ose pas. Je ne veux pas qu'il me repousse encore une fois, je ne saurai pas quoi faire de ce rejet. Il me maintient contre lui, sa main sur le haut de ma cuisse m'enflammant encore un peu plus. Bon sang, c'était déjà peine perdue d'écraser mon crush, ça l'est encore plus d'étouffer mon désir pour lui.

— Tu veux faire un tour de l'île ? On ira nager un peu plus tard, me propose-t-il.

J'ai envie de lui dire que moi aussi, je veux passer du temps seule avec lui, parce que c'est comme ça que j'interprète son offre, mais je n'arrive pas à dévoiler autant mon faible pour lui. Les mots d'Aphrodite tournoient dans ma tête. L'amour, c'est aussi reconnaître ses faiblesses.

Non, non, non. Ce n'est pas de l'amour, c'est une question de survie ! Je dois absolument enterrer tout ça et vite !

— Oui, bonne idée, dis-je en me redressant et en espérant garder la tête froide toute la journée.

*

Le soleil est bas quand on rentre. On est partis en escapade sur l'île et on a enchaîné les visites de sites archéologiques, goûté la cuisine locale, nagé dans la mer… et j'en ressors avec un coup de soleil sur le nez malgré mes couches de crème, et une excitation au summum ! On arrive à la villa, main dans la main, et tout ce à quoi je pense, c'est agripper Deimos, le déshabiller et me jeter sur lui. Tout s'est si bien passé aujourd'hui, sans aucune pression. Il m'a même patiemment écouté déblatérer sur les styles architecturaux antiques alors que de toute évidence, il a été témoin de leur élaboration. On s'est embrassés de longs moments sur la plage ou à l'ombre d'une ruine, sans jamais glisser plus loin, entretenant de mon côté une frustration à son paroxysme. Toute cette journée a été un long préliminaire, le plus délicieux de tous, je le concède, mais un long préliminaire. Si bien que dès qu'on franchit la porte de la villa, avant même que les membres de sa famille ne débarquent, j'attaque.

— On pourrait donner le sel à tes parents et nous réfugier dans la chambre ? Il me semble que tu as des choses à m'apprendre.

Je minaude, pendue à ses lèvres. Deimos baisse lentement la tête jusqu'à coller son front contre le mien, me grisant davantage.

— J'aimerais, mais je dois passer du temps avec mon père.

La douche est glaciale. Je ne peux pas lui en vouloir, c'est une bonne chose pour lui et pour Arès, mais le sexe passe encore à la trappe. Tant qu'on est dans cette maison, auprès de ses frères, je crois qu'il ne se passera rien. Alors qu'il ressent du désir pour moi ! Il me l'a démontré toute la journée mais sans passer à l'acte.

Je recule tout en cachant ma déception.

— Oui, bien sûr. C'est une bonne chose, lui assuré-je en m'éloignant.

Le reste de la soirée se déroule tranquillement : le dîner en famille, Deimos et Arès qui s'isolent, les bords de la piscine dans le calme de la nuit, Éros et Psyché qui s'éclipsent tous les deux, direction Mykonos et ses fêtes, Antéros qui part de son côté, prétextant quelques conquêtes à qui rendre visite dans le coin, Aphrodite qui disparaît dans la soirée. Il n'y a plus que moi et Harmonie qui n'a pas décroché un mot. Je plonge les jambes dans la piscine et lève la tête pour observer les étoiles.

— Ça fait mal ?

La sœur de Deimos s'installe à côté de moi. Je touche mon nez en secouant la tête.

— Non. J'ai été un peu idiote aujourd'hui, j'ai passé trop de temps au soleil.

— Hélios t'a bénie.

J'échappe un rire. Si elle savait à quel point !

— Mon frère t'aime bien.

Comme un époux qui souhaite que son mariage fonctionne, je suppose. Une vague de chagrin me submerge, j'ai juste envie de la renvoyer d'où elle vient parce qu'elle ne devrait même pas pointer le bout de son nez ici. J'inspire et j'expire calmement.

— C'est réciproque, répliqué-je avec un sourire aimable.

Boum !

Un coup résonne et le sol tremble. L'eau de la piscine se trouble.

— Qu'est-ce que c'est ?

Harmonie ne me répond pas. Elle fixe la surface du bassin, perdue dans ses pensées.

Boum !

Je me relève, intriguée. Il ne reste que Deimos et Arès dans la villa. Ça ne peut donc venir que d'eux. Ou d'une intrusion. Sans réfléchir, j'attrape le lacet de cuir et agrippe la fiole et la plume. Je peux fuir, ou je peux agir grâce à mes pouvoirs. Je fais un pas, mais la main acérée d'Harmonie m'arrête.

— Non ! Laisse-les.

Elle semble soudainement craintive.

— De quoi parles-tu ?

— Deimos doit passer ce temps avec notre père.

Les coups viennent bien d'eux. Et ils s'enchaînent, de plus en plus violents. Au point où ils m'inquiètent.

— Je ne vais pas les interrompre, seulement jeter un œil, la rassuré-je avant de m'élancer à la recherche du père et du fils.

Je n'ai qu'à suivre le vacarme qui me mène dans un dédale de sous-sols insoupçonnables. J'ai l'impression d'entrer dans un bunker aux murs épais et aux lourdes portes. Tout est en marbre blanc, mais sans peinture. Des torches éclairent des couloirs et envoient leur lumière sur des trophées d'armes accrochés aux parois : des épées, des lances, des boucliers, des casques, tous rutilants. Et tous s'entrechoquent à chaque secousse. L'antre d'Arès était donc là, sous celle céleste d'Aphrodite.

Au bout d'un long couloir, j'aperçois une porte à double battant dont l'un est ouvert. Les coups sont de plus en plus réels. Mes mains tremblent. J'ignore ce que je vais voir dans cet endroit, mais la crainte m'envahit. J'ai la gorge serrée et l'appréhension accapare mon cerveau. C'est irrationnel. Deimos et Arès sont ensemble, ils sont de la même famille ! Pourquoi est-ce que je ressentirais une telle… terreur ?

Ce que je vois et qui m'immobilise à l'entrée de la vaste pièce explique mon état : Arès, grandi, magnifié, les muscles gonflés, se bat contre son propre fils, déchaîné. Ils s'envoient l'un et l'autre contre les murs, ébranlant les fondations de la villa sans la menacer pour autant. Deimos, le torse couvert de sueur, est cerné d'une aura sombre. Mes pieds semblent s'enfoncer dans le sol. Leurs échanges sont si brutaux et si enragés, que ce n'est pas que la terreur qui me fige, mais aussi l'excessive violence qui les agite.

C'est *ça*, le temps qu'ils passent ensemble ? Ils se battent ?

Sans même me remarquer, ils poursuivent leur combat. Arès envoie ses poings dans le ventre de son fils avec une vitesse effarante, ce qui le laisse essoufflé par terre.

— Ta sorcière t'a ramolli, fils !

Deimos se relève aussitôt.

— Montre-moi ton vrai visage ! harangue son père.

Son fils se jette sur lui et ils repartent dans un échange de coups rapides, frappant les murs et le sol. L'ombre menaçante de Deimos déborde de son corps mais sans s'échapper. Je ne sais pas ce que je regarde, si son père le met à l'épreuve ou s'il veut absolument faire sortir la terreur de son fils, mais ce spectacle me heurte. Pourquoi Deimos se laisse-t-il faire ? Pourquoi préfère-t-il vivre ça, plutôt que de rester avec moi ? Pourquoi Arès, qui paraissait si calme jusque-là, se déchaîne-t-il sur son propre enfant ?

Au point de le mettre à genoux et de l'étrangler dans son coude. Ce n'est que là qu'ils m'aperçoivent tous les deux, alors que je respire fort et vite, une sueur froide glissant le long de mon échine.

— Et si tu disais à ta sorcière ce que tu ressens quand tu la vois ? provoque Arès en le maintenant avec force.

Un hoquet me fait tressaillir. J'ai beau sonder le regard de Deimos, je ne vois qu'une pincée de surprise. La seconde d'après, son corps disparaît et fait place à ce néant noir et profond, avec deux yeux jaunes.

Tout se suspend. Je suis avalée par son gouffre sans fond.

J'ignore comment je m'en sors, mais pendant une poignée de secondes, j'ai une absence. Je ne sais plus où je suis. Je ne reprends conscience que dans un couloir, alors que je fuis en courant, choquée.

À cette question qui m'a saisie d'effroi, c'est tout ce qu'il a à répliquer ? Sa terreur ? J'ai certes moins peur de lui, mais sa réaction me plante une lance en plein cœur. Quelle réponse cruelle de sa part ! Aphrodite avait peut-être raison : même si son fils semble s'ouvrir par moments, avec une retenue qui m'a toujours séduite, il reste le dieu de la terreur.

*

La nuit est avancée. Je suis allée marcher au bord de la mer pour me calmer. J'ai même hésité à utiliser la plume d'Hermès et l'Ambroisie pour ensuite demander à Athéna de me déposer chez moi, mais j'ai changé d'avis assez vite. Ça ne sert à rien de fuir.

Je reste assise sur le lit de la chambre, guettant son retour. Il faut qu'on en parle, je ne peux pas tourner cette page aussi facilement.

Lorsqu'il finit par venir, ce n'est pas la haute silhouette pleine de froideur qui me fait bondir sur mes pieds, mais le chien-loup noir, les oreilles basses. Il ne veut pas parler. Il ne me jette qu'un regard de côté et se couche au pied du lit.

Il ne veut pas se confier ni rien partager avec moi. C'est un début de réponse à mon crush : quoi que je ressente, je ne peux le forcer à rien, ni à parler, ni à éprouver quoi que ce soit, ni désir ni sentiments.

CHAPITRE XXI

Je n'ai pas dormi de la nuit. Aux premières lueurs de l'aube, je me lève, enfile une autre robe que Psyché m'a prêtée, et je sors sans oser regarder le chien-loup. Lorsque je pose le pied dehors, je découvre tout un groupe d'humains qui dorment dans la piscine, affalés sur des flotteurs gonflables en forme de cygne et de cœur, ou encore sur des transats, à l'ombre de parasols déployés.

J'ai vraiment loupé quelque chose.

— Des amis récupérés à Mykonos, me glisse Éros à l'oreille.

— Ils savent qu'ils sont là ?

— Ils ne se souviendront pas de comment ils sont arrivés là, reformule-t-il. Ce soir, on organise une grande fête ici. Tu vas voir ce qu'est réellement le Palais des Plaisirs ! On compte tous sur toi pour garder un œil sur Deimos et l'empêcher de jouer au flic.

Je souris mais sans amusement. Je n'ai aucune envie d'assister à cette fête alors que ça m'aurait complètement emballé la veille. Je me soustrais à la compagnie d'Éros pour aller chercher un café. En réalité, j'ai plus peur qu'il lise dans mon cœur la confusion et la désolation que je n'ai pas cessé de ressentir depuis hier. Je m'isole sur la plage et espère que le temps passe plus vite. Lorsque je retourne à la villa, des rires et des exclamations surgissent de partout. De plus en plus de monde débarque alors qu'il n'est que midi.

J'espère passer encore plus inaperçue mais la silhouette de Deimos, à quelques pas, m'arrête. Il me voit et fend la foule pour me rejoindre. Vite ! Demi-tour ! Je me rue dans l'autre sens, pas du tout prête à parler avec lui, et je tombe sur Psyché et Harmonie, occupées à déplier des ombrelles à cocktails. C'est le moment rêvé de passer du temps avec elles deux !

— Hé ! Ella ! m'accueille Psyché avec son grand sourire si adorable.

— Aidez-moi, aidez-moi ! ne puis-je que dire, pressée.

Harmonie penche la tête sur le côté, étonnée.

— Ella, m'appelle Deimos derrière moi.

Je pivote, livide.

— Pouvons-nous parler ?

— Psyché et Harmonie m'ont proposé d'aller manger un morceau au village, inventé-je rapidement en attrapant leurs bras. Une autre fois, peut-être.

Je n'ai plus qu'à espérer que les deux déesses marchent !

— Oui, finit par dire Psyché. On t'emprunte ta jeune épouse aujourd'hui.

— On allait justement prendre nos affaires et partir, ajouté-je en les entraînant avec moi.

Et c'est ce qu'on fait. Elles ne discutent pas, vont chercher chacune un sac, un chapeau et des lunettes de soleil, et on se retrouve sur la plage, toutes les trois. Psyché est évidemment de toute beauté dans sa robe d'été bohème, et Harmonie, fidèle à elle-même, porte une paire de tongs dépareillées, un short et un tee-shirt bien trop grands pour elle. Son chapeau à large rebord lui obstrue le visage d'une manière presque comique.

Je fais le même chemin qu'hier avec une nouvelle compagnie.

— Alors, pourquoi on doit fuir Deimos ? interroge Psyché, une fois que nous sommes suffisamment éloignées de la villa.

— Je ne comprends pas, moi non plus, renchérit Harmonie.

— On n'est pas obligés de vivre l'un sur l'autre tout le temps, dis-je nerveusement.

Psyché me renvoie une grimace perplexe.

— Pressons-nous ! propose-t-elle en agrippant nos bras pour nous faire grimper plus vite la côte. On va s'installer à une table du meilleur restaurant du coin, et tu vas tout nous raconter.

J'ai presque l'impression que mes pieds décollent du sol. Même sans déployer ses ailes de papillon, la déesse nous fait survoler la route et on déboule dans la rue principale du village à toute vitesse.

— C'est par là ! lance-t-elle, pleine d'enthousiasme.

Harmonie lève les yeux au ciel avant de me jeter un regard blasé. Je lui renvoie toute ma compassion. En un tour de main, on s'installe à une table, sur une terrasse donnant sur la mer, à l'abri d'une pergola recouverte de vigne. Le cuisinier et les serveurs sont là, fous de joie devant Psyché, lui offrant tous les compliments possibles, prêts à tout pour nous faire plaisir.

— Cet endroit est si merveilleux ! s'enchante Psyché alors qu'ils tournent les talons avec notre commande, abandonnant des olives et des verres d'ouzo derrière eux.

Dès que nous sommes seules, la déesse reprend avec insistance la conversation en suspens :

— Alors, Ella, dis-nous tout !

Bon sang, je ne sais pas par où commencer ! Il y a tant de choses à passer sous silence que je me sens à nouveau piégée. Je crois que je dois juste accepter que Deimos ne ressente rien pour moi et qu'il passe son temps à se contenir en ma présence. Aphrodite l'a bien élevé, c'est vrai, puisqu'il fait tout pour être un bon époux. Mais c'est tout. Et j'ai du mal à consentir parce que je tiens à lui. C'est infernal, ce cercle vicieux qui tourne et retourne dans ma tête.

— Je m'inquiète de notre futur ensemble, dis-je le plus vaguement possible.

— Je vois. Je me suis posé la même question avec Éros.

Pour le coup, je vais me sentir plus proche d'Harmonie au cours de cette discussion.

— Vraiment ?

— J'étais une mortelle avant, moi aussi. Une histoire d'amour avec un dieu, ça a toujours une fin lorsque la vie est courte.

Elle ne pouvait pas faire mieux pour me déprimer encore plus. C'est vrai que quoi qu'il en soit, Deimos ne prend aucun risque en se montrant gentil avec moi. Je vais mourir tellement vite pour lui, même si j'atteins un âge séculaire.

— J'ai surmonté pas mal d'épreuves impossibles, et Zeus a fini par accéder au souhait d'Éros, mais ce n'était pas gagné, ajoute-t-elle.

— Zeus ne rendra jamais une sorcière immortelle, dis-je pour couper court à cette discussion.

— Il ne vaut mieux pas mêler Zeus à tout cela, de toute façon, appuie sombrement Harmonie.

Son histoire me revient en tête à cet instant : changée en serpent pour accompagner son époux jusque dans la mort, par les bons soins de Zeus.

— Je peux te poser une question ? quémandé-je, le cœur battant.

La sœur de Deimos a les yeux qui se mettent à briller lorsqu'elle me répond « oui ». Elle a vraiment envie d'établir un lien, mais elle ne sait pas comment s'y prendre. La déesse de l'harmonie, désharmonisée, au milieu de cette famille sans équilibre et si divisée… Est-ce que si Harmonie retrouvait ses pouvoirs, la famille suivrait derrière ? Ou est-ce que si la famille retrouvait sa concordance, Harmonie s'apaiserait ?

— Comment tu es sortie des Champs Élysées ?

La déesse blêmit un court instant. J'espère qu'elle ne va pas perdre pied et m'envoyer ses serpents à la figure ! Mais non, elle se focalise. Et la main douce que pose Psyché sur son bras, pour lui témoigner un soutien indéfectible, semble y être pour beaucoup.

— Je ne sais pas combien de temps je suis restée là-bas, commence-t-elle par dire. Je me souviens seulement de cette vision qui a transpercé le ciel des Champs Élysées : Deimos et Hadès ont débarqué dans cette dimension infernale. Mon frère m'a attrapée et m'a enroulée dans son bras, et nous sommes partis au palais d'Hadès. Perséphone a aidé son époux à me rendre ma forme et Deimos m'a ramenée ici, à Cythère.

Donc l'Olympe n'était plus accessible à ce moment-là. Ça a dû arriver après la guerre. Ça expliquerait aussi l'attachement entre le frère et la sœur, et ça ne m'étonne pas de Deimos, qui fait tout pour protéger les siens.

— Mais je croyais que personne ne pouvait partir des Enfers, relevé-je, intriguée.

— Personne ne le peut, en effet.

J'attends la suite mais rien ne vient. Les serveurs sont en train de déposer des assiettes sous notre nez et ont coupé toute l'attention d'Harmonie qui attrape sa fourchette pour touiller sa salade. Psyché prend alors la suite.

— Deimos a passé un accord avec Zeus. Il a échangé la vie de sa sœur contre ses services auprès du maître des dieux.

Voilà donc pourquoi Deimos lui est redevable ! Zeus a bien préparé son coup. Garder sous son coude le dieu de la terreur contre la libération d'Harmonie à qui il a si peu accordé !

— Zeus l'a piégé, corrige Harmonie. Ma famille a voulu me reprendre pendant des siècles, il a juste attendu le moment opportun. Une fois banni sur Terre, Zeus a eu besoin du meilleur élément auprès de lui, celui qui est capable de faire régner l'ordre en se faisant craindre.

Elle dit cela d'un ton rêche tout en plantant brutalement sa fourchette dans ses tomates. Je ne peux qu'approuver ! Ça tient debout, comme plan tordu. Zeus parvient toujours à ses fins.

— La seule chose à laquelle il ne s'est pas attendu, c'est que Deimos te choisisse, toi, ajoute Psyché avec un sourire amusé.

Harmonie hoche vivement la tête, les aliments plantés dans son couvert s'échappant dans son assiette.

— Zeus place le prestige de sa descendance mâle au-dessus de tout ! Pourtant, il déteste son propre fils, Arès…

— Et il a du mal à contrôler Éros, ajoute Psyché.

— En plus, son élément prometteur en la personne de Deimos choisit la seule sorcière sans pouvoirs.

Harmonie et Psyché ricanent, leur moquerie est clairement tournée vers le maître des dieux et non pas vers moi. J'aimerais participer, mais je ne suis plus la sorcière sans dons. Et Deimos sera beaucoup moins heureux de l'apprendre. Vu où on en est, il n'est pas obligé de le savoir tout de suite. Lorsque je le lui dirai, il prendra la fin de ce mariage encore mieux. J'entame mon déjeuner, l'estomac noué. Deimos me semble encore plus chevaleresque. Accepter la servitude de Zeus pour sauver sa sœur, il n'y a que lui pour faire ça.

Dommage que tout ce qu'il ressente réellement pour moi soit de la terreur pure.

— Psyché, est-ce qu'Éros ressent de la terreur quand Deimos est près de lui ?

Ma question l'étonne, mais je suis trop désabusée par la situation pour ne pas tenter de grappiller quelque chose de réconfortant.

— Ella, il faut que je t'avoue quelque chose. Deimos terrorise tout le monde.

Elle ne m'aide pas du tout. Ou presque. J'ai envie de lui répliquer que j'ai passé ce cap depuis longtemps, mais le souvenir de la veille me retient.

— Mais jamais il a influencé son frère avec ses pouvoirs ou par sa présence.

— Alors pourquoi il est persuadé de l'être par ceux d'Éros ?

Psyché hausse les épaules.

— Je ne nie pas qu'il règne toujours une certaine « atmosphère » à la villa, mais ni Éros, ni Antéros ne passent leur temps à dicter la conduite des autres.

Harmonie approuve, la bouche pleine.

Pourquoi Deimos est-il persuadé que son désir pour moi ne vient pas de lui alors ? Parce qu'il n'a pas envie de le ressentir et qu'il rejette aveuglément la faute sur ses frères ? Subitement, ce raisonnement me paraît crédible. Et me déprime un peu plus.

Derrière nous, des petits cris nous détournent toutes les trois de nos assiettes.

— Bakkhos ! C'est Bakkhos ! s'exclame un couple, le visage rougi.

Dionysos, vêtu d'un sarong et d'une tunique sans manches, se dirige vers nous sans faire attention aux appels de ses fans. Psyché se lève pour le prendre dans ses bras, ravie.

— J'étais sûre qu'Aphrodite ferait appel à toi pour ce soir !

— J'ai hâte de vous envoûter ! Ella, ma chère sorcière, me salue-t-il.

Je me lève à mon tour et le serre contre moi. Je suis contente moi aussi de le voir, il me rappelle Hécate et ça me réconforte. Dionysos dépose un baiser sur la tête d'Harmonie qui poursuit son déjeuner sans lever le nez.

Il se joint à nous avec plaisir et j'abandonne toutes mes craintes dans un coin de ma tête.

*

Lorsque l'on revient à la villa, l'après-midi touche à sa fin et les invités, divinités et mortels confondus, ont envahi les terrasses, les jardins et le bord de la piscine. Tout le monde salue Dionysos avec enthousiasme. Psyché et lui s'entendent comme larrons en foire. Avec Harmonie, on a fini par s'éclipser pour se balader dans un silence confortable. Elle me touche, en vérité, cette déesse fragilisée et un peu dans la lune. J'ai presque envie de lui demander de me tenir compagnie pour la soirée, pour ne pas être noyée dans cette foule, seule. Parce que je ne doute pas que Deimos parte très loin ce soir.

Je monte dans la chambre et découvre une robe moutarde qui n'attend que moi, avec un petit mot de la main d'Aphrodite : « Pour toi <3 ». La déesse de la beauté maîtrise le smiley cœur ! Adorable. Elle a vraiment choisi une couleur que j'aime, j'ai peut-être au moins réussi à percer cette armure-là. Je glisse le lacet de cuir sous le décolleté de la robe, enfile les nu-pieds et me prépare à sortir quand Deimos entre.

On se retrouve face à face, muets. Je m'étais si bien débrouillée pour l'éviter jusque-là.

— Ella, je dois t'expliquer ce que…

— Non, l'interromps-je immédiatement. Vous n'avez rien à m'expliquer, vous ne me devez rien.

Il garde le silence quelques secondes. Je suis passée au vouvoiement sans le prévoir. Depuis cette terrifiante scène dans l'antre d'Arès, un gouffre s'est à nouveau creusé entre nous. Deimos me paraît lointain et nébuleux. Un parfait inconnu.

J'évite soigneusement son regard. Je n'arrête pas de penser à ce que m'a dit Psyché. Si aucun des fils d'Aphrodite n'influence personne ici, alors tout ce charme que je lui trouve ne vient pas de cet endroit, mais bien de moi. C'est moi qui suis tant attirée par lui, sans l'aide d'Éros ni de sa mère.

— Comment ça ? s'étonne-t-il de sa voix éraillée.

— Je l'ai compris en rencontrant Phobos. On s'est peut-être mariés pour la paix, pour l'Olympe et pour la prospérité des sorcières, mais les deux vraies raisons sont d'épargner ma sœur et d'aider votre frère. Je vais vous aider. Mais vous n'êtes pas obligé de faire semblant en retour d'être un mari attentionné. Je n'en ai pas besoin.

— Ce n'est pas aussi simple, réplique-t-il nerveusement.

— Ça l'est ! m'exclamé-je. J'apprécie vos efforts et votre gentillesse, mais si tout ce que je vous inspire, c'est de la terreur, ce n'est pas la peine de vous forcer !

Mon souffle s'accélère. Un besoin urgent de le repousser me saisit les entrailles. J'ai besoin de me défendre. Je ne veux pas qu'il m'atteigne ni qu'il s'insinue trop loin en moi, au risque de me faire souffrir davantage. Alors je vais le chasser de toutes mes forces.

— Ce n'est pas du tout le cas, grommelle-t-il.

Je lève les bras pour les abaisser avec agacement.

— Les sorcières vous rendent nerveux depuis que l'une d'elles vous a frappé et je comprends parfaitement ! Vous m'avez choisie parce que je n'ai pas de pouvoirs mais j'en reste une ! affirmé-je avec vigueur.

Je reprends mon souffle et tente de me calmer alors qu'il est visiblement stupéfait.

— On n'est pas obligés de poursuivre cette mascarade, ajouté-je.

Mes yeux se gorgent de larmes. Oh pitié, je ne veux pas craquer devant lui !

— On a couché ensemble pour qu'Athéna sache qu'on a pris sérieusement cette union, rien ne nous pousse à aller plus loin. Si vraiment vous avez envie de vous trouver une fille ignorante à initier, je vous le permets ! Faites ! Vous serez probablement plus à l'aise avec une mortelle qui ne sait rien de vous ni de ce monde.

— Ella ! rugit-il, cette fois en colère.

Je serre les poings, moi aussi, d'humeur bagarreuse. Le repousser, encore et encore, le plus durement possible !

— Vous vous mentez à vous-même et vous me trompez par la même occasion ! m'emporté-je sans mesurer la force de mon reproche.

— Tu ne sais rien de ce que tu as vu hier ! me lance-t-il, sa voix caverneuse faisant trembler les murs.

— Non, je ne sais rien ! confirmé-je sur le même ton. Parce que vous m'avez terrorisée et que vous n'avez pas daigné vous expliquer en revenant ici !

On partage des choses en surface, sans creuser plus, je m'en rends compte. Moi qui trouvais sa famille très superficielle, je suis rentrée dans ce moule. Oui, la journée d'hier avec lui était merveilleuse, mais à aucun moment on a discuté de ce qu'on espérait ni ressentait. On ne s'est jamais vraiment livrés l'un à l'autre.

— Je vous en veux encore plus parce que je me sens... bien avec vous, dis-je plus calmement tout en essuyant les larmes qui roulent sur mes joues. Mais il n'y a rien entre nous.

Son visage si dur se décompose. Je guette une émotion sincère qui me ferait dire qu'il pense pareil, mais je n'arrive pas à lire son regard pourtant touché. Il s'avance vers moi, je recule d'un pas. Je ne ressens qu'une puissante levée de boucliers avec lui.

— Moi aussi, je suis bien avec toi. Je ne me suis jamais forcé à l'être en ta présence.

Je me raidis sans savoir quoi en penser. C'est si facile de répéter ce que je dis ! Mais si étonnant comme aveu de sa part. Il doit bien voir que je reste dubitative puisqu'il tend sa main vers moi avec gravité.

— Je veux te montrer quelque chose.

— Quoi ?

— Viens, et tu verras.

Est-ce qu'il fuit le dialogue encore une fois ?

— On nous attend en bas.

— Viens, insiste-t-il sans perdre sa foutue assurance. S'il te plaît.

Je suis curieuse et je n'ai pas envie de me faire balader. Je prends donc sa main avec prudence, sans démontrer trop d'impatience. Deimos nous téléporte aussitôt.

CHAPITRE XXII

Le rocher sur lequel on débarque est au large de Cythère. La mer s'écrase contre la pierre tout autour de nous. Un arbre se dresse seul au sommet, entouré d'un lit d'herbes sèches. Deimos m'aide à grimper jusque-là. Au loin, la villa d'Arès et d'Aphrodite semble minuscule. C'est probablement l'endroit le plus reclus que je n'ai jamais vu. Inaccessible, sauf par téléportation, car aucune barque ne peut s'approcher des écueils.

— Qu'est-ce qu'on fait là ?

— C'est ici que je me réfugiais avec Phobos, lorsque nous étions enfants.

Ma forteresse de solitude est une cabane en haut d'un arbre, petite et chaleureuse, mais la sienne… elle me semble si dépourvue de tout. Imaginer deux enfants ici me provoque de tristes frissons.

— Pourquoi ?

— Parce que je suis le dieu de la terreur, et mon frère celui de la peur. Dès qu'on était en colère ou agités, nos pouvoirs débordaient et tout le monde nous craignait. Alors on venait ici, pour ne plus avoir ces visages défaits autour de nous.

Je croise les bras contre moi. J'imagine trop bien la réaction des personnes qui tombent sous son terrible regard, mais pas du tout ce que lui, il peut ressentir de son côté. Comment j'ai fait pour ignorer cette dimension de lui ? Alors que j'ai eu la même expérience.

— Je voulais partager cet endroit avec toi, je sais que tu le comprends.

Je hoche la tête, émue. Il essaie de me montrer ce que nous avons en commun : cette réclusion imposée, par les autres ou par nous-mêmes.

— J'ai passé de très longs après-midis, seule, dans cette cabane perchée en haut d'un arbre, confirmé-je.

— Je l'ai senti lorsque je m'y suis allongé auprès de toi. Ça m'a donné envie de t'embrasser.

C'est la déclaration la plus étrange et la plus intime qu'il m'a jamais faite. Elle me laisse sans voix un instant. Lui, il regarde au loin, par mystère ou par pudeur. Ses mains sont à nouveau planquées dans ses poches. Il doit se sentir un peu plus confiant ici, ou à l'aise.

— Donc, ma solitude vous a attiré ?

— Oui.

Son œil bleu se tourne vers moi.

— C'est étrange, je sais.

— Hum, un peu, dis-je avec un sourire tout en retenue.

En fait, quelque part, et très curieusement, ça me contente. Sa solitude, qui le rend si inaccessible et à part, m'a toujours titillée. Moi aussi, il m'attire pour cette raison.

— J'ai souvent pensé que je ne me sentais pas seule avec toi, murmuré-je, les battements de mon cœur m'assourdissant.

Sans un mot, sa main trouve la mienne et nos doigts se lient.

— Je le pense aussi.

Un poids s'envole de mes épaules. On est sur la même longueur d'onde sur ce point, et ce n'est pas n'importe lequel. Reste une autre interrogation pour ma part.

— Mais je te terrifie, dis-je en m'éclaircissant la voix.

Deimos sourit tout en secouant la tête.

— Tu n'y es pas. Mon propre frère a peur de moi, mes pouvoirs l'ont rendu fou. Je suis terrifié, oui, mais à l'idée que je puisse te faire le même mal.

Mon cœur manque un battement.

— Mais tu es constamment dans le contrôle.

— Et je dois le rester. Mon père ne fait que m'aider à…

Il coince sur la formulation. Tout doit être si limpide et logique pour lui. Pourtant, je commence à comprendre, de mon côté, ce déferlement de violence dont j'ai été témoin hier.

— À te défouler ?

— En quelque sorte, oui, répond-il, gêné.

Je ne peux pas cautionner la méthode, mais l'objectif est légitime.

— C'est pour ça que tu crains les conséquences des pouvoirs des autres sur toi ?

— Je ne peux pas accepter d'être contrôlé par d'autres, m'avoue-t-il de sa voix rocailleuse, pleine de détermination et de crainte.

— Éros ne ressent pas de terreur en ta présence, ni moi non plus. Pourquoi tu serais influencé par son pouvoir à ton tour ?

— La prudence ? réplique-t-il rapidement.

Le soupçon de morgue dans sa réplique, probablement un de ses mécanismes de défense, me fait grogner. Je me plante sous ses yeux pour lui faire face.

— Tu as eu envie de m'embrasser loin de tes frères, affirmé-je.

Il soupire et pose son front contre le mien.

— Ella.

Ses mains glissent sur mes joues et encadrent mon visage. Je repars pour des montagnes russes de sensations : entre son parfum d'écorces sauvages, ses sons rauques aussi chauds que du whisky et sa présence éblouissante près de moi… Mes doigts s'agrippent à sa chemise.

— Dis-le.

Deimos longe mes épaules et tombe au bas de mon dos tout en me ramenant contre lui.

— Je te désire à chaque instant.

Un coup de fièvre me saisit.

— Ce désir ne vient que de toi, lui assuré-je, bouillonnante.

Il dépose un baiser sur mes lèvres sans s'attarder, juste ce qu'il faut pour m'affoler.

— « Tu », « vous », il va falloir te décider.

Je souris, avec la sensation d'avoir gravi une montagne et de retrouver l'époux séducteur et adorable de la journée d'hier.

— Ne me repousse pas.

Il sourit à son tour, caressant du bout des doigts ma joue.

— C'est vrai que je t'ai épousée pour mon frère, mais ton charme est redoutable.

Je pose mon front contre son épaule pour cacher tout l'effet qu'une telle déclaration me fait ! Je suis cuite, et très heureuse de l'être. C'est le retournement inattendu que lui et moi, on finisse par se plaire alors qu'on s'est mariés sans se connaître. Il est temps que j'accepte mon crush. On ne passera peut-être pas notre vie ensemble, mais mes sœurs ont raison, je peux me laisser aller avec lui, voir où tout cela nous mène, tout en sachant qu'il est dans le même état que moi.

Lorsque je le sens descendre lentement la fermeture Éclair dans mon dos, j'ai un frisson d'impatience incontrôlable.

— Je regrette de ne pas t'avoir cédé la nuit dernière, murmure-t-il gravement à mon oreille.

— Ne dis pas ça, répliqué-je la gorge nouée. Je veux que tu en aies autant envie que moi, sans arrière-pensées.

— Ici ? me propose-t-il seulement, dans un souffle qu'il contient à peine.

— Maintenant, confirmé-je en écartant sa chemise.

Elle tombe par terre aussi vite que ma robe glisse sur le sol. Deimos m'embrasse en me gardant contre lui, m'enrobant dans sa chaleur malgré les vents qui battent le rocher. Je ne ressens pas la fraîcheur du lieu, juste l'incandescence de la peau divine contre la mienne, et qui me fait tourner la tête comme une barque dans la tempête.

En tremblant, je défais le pantalon de Deimos alors que nos langues dansent. Les agrafes de mon soutien-gorge sautent. Dès que mes seins frôlent son torse, je hoquète. Deimos enlace ma taille et sa main saisit la chair tendre de ma poitrine, il en coince la pointe entre son pouce et son index avant de la relâcher. Son massage sensuel décuple mes sensations alors qu'il prend son temps.

— Ta peau est si douce et ton cœur bat si vite.

Sa bouche a à peine prononcé ces mots qu'elle s'égare dans mon cou, mordille et embrasse, descend encore, jusqu'à ce que Deimos tombe à genoux devant moi. Ses mains se campent sur ma taille, laissant libre cours à ses lèvres et à sa langue. Le sillon qu'il trace s'enroule autour de mes seins et de mon ventre, s'aventure sur le haut de mes cuisses et embrase mon entrejambe.

Je renverse la tête en arrière, à la recherche d'oxygène. Je n'ai plus que ses épaules solides et ses cheveux blonds auxquels me rattacher. Il baisse ma culotte et la retire avant de tenter une acrobatie : il pose l'une de mes jambes sur son épaule, me forçant à planter mes griffes sur sa nuque.

— Accroche-toi, s'amuse-t-il à dire avant d'embrasser mes petites lèvres déjà toutes humides.

Par Hécate ! Tout en caressant mes cuisses et mes fesses, s'agrippant à ma peau avec des gestes possessifs, il envoie sa langue en émissaire dans mon intimité, creuse un chemin jusqu'à mon clitoris et l'aspire à plusieurs reprises. Tout vole en éclats autour de moi ! Mon cœur sprinte, ma seule jambe qui me relie au sol tremble, des gémissements s'échappent de ma gorge sans retenue et le plaisir s'engouffre en moi, aussi profondément et durement que les grognements mâles de mon époux.

— Deimos ! Oui !

Je soupire, je sens que je vais défaillir d'un instant à l'autre ! Et au moment où le pic de la vague arrive, Deimos enfonce un doigt en moi. Tout se resserre violemment sur lui. J'ai l'impression de me recroqueviller sur lui en jouissant, m'enroulant autour de sa tête, perdant pied, n'entendant plus ni la mer ni mes propres cris. Emportée par une absence de plusieurs secondes, je ne m'aperçois pas que je glisse contre lui.

Lorsque je rouvre les yeux, mouillée de sueur, je suis à genoux, nichée contre le torse de Deimos qui me retient dans ses bras.

— Tu es vraiment le fils d'Aphrodite, lui dis-je en riant, comblée.

Et rien que de me frotter à lui, j'ai à nouveau un désir brûlant qui m'envahit. Son membre rigide contre moi ne fait qu'entretenir une douce attente.

— Tu m'ensorcelles, mon *Agápê*.

— *Agápê ?*

— Ma femme tant désirée.

Je parcours son dos de caresses en guise de réponse. Je voudrais fusionner avec lui, si seulement c'était possible ! Dans son odeur, dans sa peau si ferme. Oh je le veux encore et si fort ! Je prends son membre dans ma main pour le cajoler, l'impatience naît au creux de mon ventre. Deimos s'assied et m'invite à prendre place sur lui. Je me mets vite à califourchon et veux glisser son sexe en moi mais l'hypersensibilité de mon intimité m'arrête.

— Quand tu seras prête, me dit-il avec un sourire. Ne précipite rien.

Je me sens rougir d'embarras, mais il me ramène contre moi pour m'embrasser et me couvrir de caresses.

— On a toute la nuit et je suis à tes ordres, ajoute-t-il en reprenant ses mordillements.

C'est vrai que la nuit est tombée, je n'avais pas remarqué ! Je me laisse aller aux frissons qu'il déclenche partout dans mon corps, touchée par sa patience et son rôle d'initiateur qu'il prend très au sérieux. Il frissonne lui aussi, sa queue palpite, il en a très envie, et pourtant, il se contrôle.

Il a raison. Au fur et à mesure de ses baisers et de ses mains qui m'enveloppent, je me sens à nouveau prête à l'accueillir et me touche moi-même pour m'en assurer. Je suis puissante et maîtresse de mon plaisir, et seulement à cette pensée, mon corps se met à luire, nous éclairant au milieu de la nuit. J'ai un mouvement de recul, je ne m'y attendais pas vraiment à cet instant-là, mais Deimos n'a pas l'air de s'en soucier, il accompagne une mèche de mes cheveux derrière mon oreille.

— Tu as des pouvoirs ?

Ça ressemble à une question, mais j'ai plus l'impression qu'il l'affirme. Glacée sur l'instant, j'acquiesce avant de retrouver l'usage de la parole.

— Ils se sont réveillés à ton contact.

— C'est bien, c'est ce que tu voulais, non ?

— Oui.

Il me ramène à lui.

— Ça ne change rien pour moi, me dit-il en m'embrassant.

J'avais bêtement eu peur qu'il le prenne mal, mais Deimos, même s'il craint les sorcières et leurs pouvoirs, n'a jamais eu peur de moi. Il me l'a redit tout à l'heure.

— Je peux ? grogne-t-il en tenant son membre dans sa main.

J'enroule mes bras autour de son cou pour ne voir que lui et son regard dévorant.

— Oui, murmuré-je avec un sourire.

Il le place à l'entrée de mon sexe et m'accompagne dans la lente pénétration.

Je me surprends à retrouver brusquement mon souffle. La sensation est époustouflante ! Lui aussi, il ferme les yeux et ses traits se relâchent lorsqu'il est tout au fond de moi. On est enfin assemblés, tous les deux. Je bouge pour m'accoutumer à lui, et ça suffit à le faire gémir doucement. C'est à moi de mener le rythme, même si ses mains enserrent mes fesses, prêtes à participer. Je bouge, sortant son sexe presque entièrement avant de le reprendre en moi. J'essaie de voir ce qui semble lui plaire le plus, mais aussi ce qui m'emballe.

Je remue, de plus en plus vite. On ne se quitte pas du regard, haletant tous les deux, et ses iris deviennent or. Sa divinité céleste, héritée de sa mère, s'empare de lui et me touche en plein cœur.

— Tes yeux, soufflé-je en souriant, fascinée par cette transformation.

— C'est grâce à toi, répond-il avec le même sourire.

On s'embrasse en pleine communion. L'instant est d'une magie prodigieuse, sans aucun sort ni aucune potion. Je n'aurais jamais pu anticiper cela. Alors que le plaisir partagé grandit, je ne veux que lui en donner le plus possible.

— Dis-moi. Dis-moi ce que je peux faire…

— Serre-toi sur moi, grogne-t-il de sa voix la plus grave.

Je contracte tous mes muscles sur sa queue et son corps se raidit. Ses doigts s'enfoncent dans ma chair et il plante ses crocs dans mon cou, me faisant crier d'un plaisir violent et soudain. Tout devient rapide et nerveux. On bouge tous les deux sans plus pouvoir parler. C'est une course, plus grande et plus profonde que toutes les autres. Deimos gémit contre moi et je me sens partir dès qu'il roule mon clitoris sous son pouce. Ses épaules se raidissent et il se déverse en moi sans s'arrêter.

L'orgasme nous bascule dans des mouvements saccadés et imprécis. Nos corps ont pris possession de nous. Je plane, mon esprit se détachant de la réalité, et je retombe, le cœur battant, la vague me perdant sous son rouleau.

*

J'ai comaté, lovée contre lui. On est tous les deux allongés sous l'arbre et je ne ressens ni le froid, ni le vent. Son corps nu est chaud. Sa main va et vient dans mon dos, me berçant avec lenteur.

— Ça ne te dérange vraiment pas que j'aie des pouvoirs ? relancé-je, à la fois incrédule et satisfaite par sa première réaction.

— Non. Je commence à te connaître, ce n'est pas quelque chose qui changera la personne que tu es.

Je m'assieds sur ses cuisses au-dessus de lui, étonnée. Je suis pourtant persuadée que ça va me changer, mais Deimos paraît confiant. Il se redresse et on se retrouve nez à nez, rien que tous les deux.

— Pourtant, je ne peux pas m'empêcher de me demander pourquoi tu sembles si pressée de ressembler aux autres sorcières, alors que tu es déjà merveilleuse comme tu es.

Mes joues se parent de rouge. Il ne me flatte pas, il s'interroge sincèrement à ce sujet. C'est vrai que je veux absolument être comme les miennes, pour effacer l'intruse que j'ai été au milieu d'elles. Jamais ma famille ne m'a dévalorisée, mais jamais elle n'a fait l'inverse non plus.

— Peut-être parce qu'on ne me l'avait jamais dit avant, avoué-je, touchée. Je voudrais être comme n'importe quelle sorcière, mais pour l'instant, tout ce que j'arrive à faire, c'est ça.

Je lui fais la démonstration de ce dont ma magie est capable : créer, au creux de ma main, une boule lumineuse qui éclaire la cicatrice de Deimos, contre son cœur. Mon tour disparaît aussitôt. Mes doigts frôlent sa blessure.

— Tu n'es pas en cause pour ce qu'il s'est passé, la sorcière qui t'a jeté un sort est à blâmer.

Deimos pose sa main sur la mienne. Mon dieu si terrible ressemble de plus en plus à un homme tendre !

— J'aimerais te faire un présent, demande-moi ce que tu souhaites, me dit-il.

— Un présent ? Pourquoi ?

— Parce que tu es mon *Agápê*.

Je pense d'abord à des choses évidentes comme une plante ou un ordinateur, avant de me dire qu'on a déjà tout ce qu'on veut en vérité. Je cherche quelque chose d'insensé et de fou, puisque ce serait le cadeau d'un dieu, avant d'en arriver à l'ichor. Si Deimos me le donne de lui-même, ce serait plus acceptable. Il ne saura jamais ce qui suivra dans l'immédiat, mais je le lui dirai en temps voulu. Hécate me conseillera même.

C'est l'opportunité rêvée, je ne peux pas la manquer, mais mon cœur bat nerveusement.

— Donne-moi quelques gouttes de ton ichor.

Mon souffle se coupe en bout de phrase. Il pourrait très bien refuser et se méfier de moi, mais non. Il fait apparaître une lame dans sa main et s'entaille la paume sans discuter. Je le regarde faire, glacée d'effroi. Il serre le poing, fait couler quelques gouttes d'or et les fige. On dirait une Stilla mais faite d'ichor. Il ajoute même une chaîne pour retenir ce nouveau pendentif plus brillant que le précédent.

La main guérie, Deimos passe le collier autour de mon cou, auprès du lacet qui retient la plume d'Hermès et l'Ambroisie.

— Il est magnifique, dis-je, émue par son don.

— Il remplacera celui que tu as perdu.

Je prends l'ichor dans ma main, la goutte palpite comme si un cœur battait à proximité.

— Tu ne me demandes même pas pourquoi ?

— Tu es ma femme, ordonne et j'exécuterai.

CHAPITRE XXIII

Deimos nous téléporte sur l'île mais pas directement à la villa. On prend le temps de rentrer tous les deux, le cœur léger. Nos mains ne se lâchent pas et on parle de notre vie à New York qu'on a tous les deux envie de retrouver. Je marche à reculons, devant lui, alors que la villa est en vue, au bout de la petite route déserte.

— Si tu ne me préviens pas, ce sera moins drôle de tomber sur le goudron, le préviens-je en feignant un air sérieux.

Deimos sourit avec défi. J'enchaîne trois pas avant qu'il attrape ma main pour me retenir et m'attirer à lui. Sans un mot, il dépose un baiser sur mes lèvres. Je jette un œil derrière moi, intriguée par l'obstacle, mais rien.

— Ah ?

— Je t'ai eue.

Rho ! Le tricheur !

Il me prend dans ses bras pour m'embrasser le cou.

— Dans tous les sens du terme, rajoute-t-il d'un grognement.

Damned. Il lui en faut peu pour rallumer toute la flamme ! Je me blottis contre lui, je n'ai pas du tout envie d'arriver à la villa et de débarquer au beau milieu d'une fête.

— On devrait rentrer à New York demain matin, glissé-je à son oreille.

— Je pensais partir ce soir.

Je me décolle de lui. De base, je serais totalement partante, mais vu sa situation familiale…

— Ta mère m'apprécie enfin, je ne veux pas tendre à nouveau nos relations.

— Ma mère apprécie très peu de monde, confirme-t-il.

— On pourrait faire la même chose chez moi ? Tu passerais un week-end avec ma mère et mes sœurs ?

Ses traits se crispent à mesure que je parle. Peut-être que c'est précipité.

— Ou les inviter à New York mais en passant du temps avec elles ? ajouté-je.

Il concède en inclinant la tête.

Lorsque l'on franchit le portail de la villa pleine de cris et de musique, les basses envoyant des vibrations dans le sol, on ralentit tous les deux.

— On fait acte de présence et on s'enfuit, décide-t-on en poussant la porte.

Avec peine, on se fraye un passage au milieu des fêtards. L'alcool coule à flots, champagne et Nectar, abreuvant humains et divinités. Tous s'enivrent et dansent, sautent, hurlent, rient… Quand on n'a pas connu le début de cette fête, on a l'impression de poser le pied sur une autre planète. Une fois au bord de la piscine, je suis surprise de remarquer que ce n'est pas Dionysos, ou Bakkhos, qui est aux platines, mais une jeune femme qui se donne entièrement à son art. Ça me donnerait presque envie de danser à mon tour. Le bout de mon pied bat en rythme.

Des mortels exécutent des plongeons dans la piscine depuis une terrasse à l'étage, sans se rendre compte du danger. J'aperçois Psyché et Éros, les bras recouverts de bracelets lumineux fluorescents, s'élever dans les airs parmi des Niké ailées et des vents en la personne de Zéphyr et de Borée. Un bal aérien s'engage, de toute beauté, si étrange et incroyable que j'en reste bouche bée.

— Ella, ne suis pas la musique, me recommande Deimos, inquiet.

— Pourquoi ? Ce n'est pas normal cette ambiance ?

— Regarde les danseurs, ils ne sont pas eux-mêmes. Ça te rappelle quelque chose ?

Je les scrute plus soigneusement et reconnais les mouvements rapides puis ralentis de mes camarades du campus, lors de la fête Alpha-Oméga.

— Une ménade ? Mais Dionysos est pourtant là.

— Je vais m'en occuper, décide Deimos.

— Et je vais chercher Harmonie, dis-je mon côté.

Ça m'inquiète de la savoir livrée à un thiase. Deimos en semble touché et me prend dans ses bras.

— Fais attention à toi.

— Toi aussi.

Un dernier baiser, chaleureux, complice, unique, et on se sépare.

Je reste focalisée sur le problème tout en marmonnant une formule qui me protégerait contre la transe que tous les invités subissent. Je ne sais pas si je parviens à quelque chose ou si je m'occupe suffisamment l'esprit, mais je fends la foule sans encombre et sans sombrer. C'est parti pour la fouille de la villa. Si Harmonie est quelque part, c'est probablement dans sa chambre, à l'écart. Je ne l'imagine pas au milieu de ce monde. Je parcours les salons qui sont dans le même état que l'extérieur.

Mais au fur et à mesure de mon exploration, l'atmosphère change. Les couples sont plus lascifs. Au point où de nombreuses personnes finissent nues et enlacées un peu partout. C'est la suite logique du thiase, mais je ne m'attendais pas à la voir. Heureusement que je suis totalement mordue de Deimos, parce qu'aucune de ces images d'un érotisme fou ne m'attirent.

Je passe dans une autre pièce où l'action est encore plus avancée quand une silhouette m'immobilise. Un animal traverse l'espace, les pattes foulant le sol avec élégance. La panthère qui m'a agressée à Central Park. J'en suis persuadée. Elle ne m'a pas vue, elle se dirige jusqu'à l'ouverture, au fond, vers une terrasse.

Le souffle coupé, je me mets à la suivre avec toute la discrétion possible. Pas d'autres panthères à l'horizon, elle est seule. C'est ce qui m'intrigue le plus. Hermès a évoqué « des créatures sauvages », je n'en ai vu qu'une à New York et elle était très déterminée. La revoir ici, seule, aussi passive, au milieu du déchaînement qui l'entoure, c'est suffisamment intrigant pour voir où elle va. Je me plaque contre le mur et regarde à l'extérieur.

La terrasse est quasiment vide, une seule silhouette se dresse à cet endroit et accueille la panthère d'un regard froid, les mains croisées dans le dos. Les cheveux argentés voletants, le costume d'apparence décontractée mais sans un pli, les filaments électriques qui parcourent ses yeux, Zeus s'impatiente. La panthère approche et se redresse. Elle prend forme humaine, et pas n'importe laquelle : Dionysos.

Par Hécate…

— Alors ? réclame Zeus.

— Tout le monde est envoûté, nous pouvons discuter.

La femme aux platines est une ménade, sans aucun doute ! Mais est-ce que ça veut dire qu'Arès, Aphrodite et leurs enfants sont eux aussi sous son influence ? Pour avoir aperçu Éros et Psyché, ça me semble plus que probable. Deimos va-t-il résister à son tour ? Il n'avait pas été impacté sur le campus de Springfall… Peut-être que ça touche les divinités qui ne s'y attendent pas. Zeus et Dionysos ont toute leur tête !

Dionysos… mais pourquoi ?

— Où en es-tu ? interroge Zeus.

Le dieu du vin témoigne lui aussi d'une certaine impatience et d'une résignation qui me font froid dans le dos.

— Les sorcières ont réussi à maintenir l'essence d'Hécate dans leur Clairière. Elle est emprisonnée dans un arbre, mais de toute évidence, elles veulent lui rendre un corps.

Il baisse les yeux. De mon côté, mon cœur tambourine. Lui, son ami, il trahit Hécate. Zeus se met à faire les cent pas.

— Pour lui rendre un corps, elles auront besoin d'ichor.

Il s'immobilise et se téléporte en une fraction de seconde devant son fils. L'atmosphère devient si électrique et pesante que j'attrape le lacet de cuir et le serre dans ma main. Je devrais aller chercher Deimos, mais comment lui expliquer les révélations qu'est en train de faire Dionysos ? Alors qu'il vient de me donner quelques gouttes de son ichor ?

— Je ne leur ai rien cédé, affirme Dionysos, d'un ton agacé.

— Comment pourrais-je en être sûr ? Tu avais choisi leur camp il y a cent ans !

Les nuages couvrent le ciel et la chaleur de l'orage s'abat sur la villa.

Dionysos s'écarte de l'ombre grandissante de son père.

— Je ne peux pas te trahir et tu le sais ! enrage-t-il. Tu détiens Ariane ! Pourquoi je mettrais sa vie en danger ?

Zeus empoigne violemment le visage de son fils.

Ariane, la compagne de Dionysos, est censée être morte ! Zeus la détiendrait pour faire pression sur son propre fils ? Il s'était déjà servi d'Harmonie pour contrôler Deimos, ce ne serait pas si étonnant, mais quelle cruauté à multiples visages ! Torturer sa propre famille et risquer de la briser plus qu'elle ne l'est déjà.

— Pour ta sorcière !

— Hécate était mon amie la plus chère, maintient Dionysos en s'extirpant de son emprise. J'ai accepté d'entretenir les tensions entre toi et les sorcières avec mes ménades et mes satyres, j'ai même accepté de m'impliquer moi-même en attaquant l'épouse de Deimos, mais je n'irai pas plus loin ! J'ai fait ma part, rends-moi Ariane !

— Seulement lorsque la traîtresse aura complètement disparu ! impose Zeus d'une voix forte qui fait trembler le sol.

— Je ne peux pas faire ça, ne me force pas la main, insiste Dionysos, désemparé.

Zeus a un rire sinistre.

— Il faut croire que tu ne tiens pas tant que cela à ta princesse crétoise.

Les mâchoires du dieu du vin s'écrasent l'une contre l'autre. Il est piégé. Et moi, je suis perdue. Il faut que je rentre le plus vite possible chez moi pour prévenir les autres.

— Tu sais que je n'ai pas accès à la Clairière comme ça, reprend Zeus. Seul Hermès peut franchir leur barrière sans invitation. Hermès et toi, qui connais leur magie. Tu peux m'ouvrir un passage.

Mon souffle se coupe à nouveau. Circé la Grande m'avait expliqué que l'accès à la Clairière était limité pour les dieux. Hermès, le diplomate, peut aller et venir comme il le souhaite – c'est d'ailleurs pour cela qu'il avait surpris ma sœur en train de bronzer. Lors de la visite de Zeus, une ouverture spéciale avait été autorisée pour lui ainsi que pour le fiancé choisi. Mon mariage a été une exception dans l'histoire du lieu, les sorcières avaient une liste précise des dieux et divinités invités pour l'événement. Quant à Deimos, il a dû demander à entrer dans la bulle à son arrivée seulement. Même s'il est lié à moi. C'est ainsi que mes sœurs l'ont accueilli et aiguillé jusqu'à moi, dans la cabane perchée.

Mais Dionysos est bien le seul qui peut écarter de lui-même la protection établie par nos deux guides. J'en ai été témoin.

S'il crée une faille pour Zeus, la guerre reprendra et par surprise. Je dois absolument rentrer ! Et le plus vite possible !

— Les autres ne sont pas au courant.

La voix posée et presque menaçante de Dionysos me retient. Zeus ne répond rien.

— Athéna ne sait pas quel est ton projet. Ni même Héra qui a tant fait pour ce mariage d'union. Que vont-elles penser lorsqu'elles comprendront ?

Les filaments électriques éclatent autour du maître des dieux.

— Tu me menaces ?

— Je te demande ce que tu comptes faire, seul ?

— Oh, fils, soupire Zeus en souriant. J'ai le pouvoir de pulvériser ces maudites sorcières de mon foudre !

— Et après ? poursuit Dionysos.

Zeus penche la tête sur le côté.

— Et après, quoi ? Ne suis-je pas votre maître à tous ? Vous me devez obéissance, vous courberez l'échine, ce qu'Hécate avait fini par oublier en se refusant *encore* à moi.

Bon sang, c'est donc pour cela que les sorcières et les dieux se battent ? Parce que notre déesse a repoussé les avances de Zeus ?

— Tout ce que les autres savent de cette histoire, c'est qu'Hécate s'est rebellée contre toi pour acquérir plus de pouvoirs, mais tous ignorent la véritable raison de cette guerre. Tu as tenté de me faire taire en me bannissant, mais c'est terminé. Rends-moi Ariane, si tu ne veux pas que cet écart de trop s'ébruite.

Le maître des dieux se raidit de colère. Des éclairs foudroient le ciel, projetant une lumière blanche sur nous et révélant ma présence aussi sûrement qu'un coup de projecteur. J'attire aussitôt l'attention de Zeus qui braque son regard fou de colère sur moi.

— Empousa ! rugit-il.

Je détale à toute vitesse. Mon pied trébuche alors que je suis à peine lancée. Comment échapper à Zeus ? C'est impossible ! Je me rue dans un salon, au milieu des corps abandonnés au thiase alors que l'orage gronde dehors et que la foudre cisaille les fenêtres. Il aurait déjà pu m'attraper mais il a l'air de prendre son temps. La chasse est ouverte !

Soudain, il apparaît devant moi. Je stoppe ma course en vacillant.

— Où vas-tu comme ça ? Tu es de la famille à présent !

Il n'a pas l'air de vouloir m'agresser tout de suite, mais ses bras tendus le long de son corps et ses poings serrés ne m'inspirent rien de bon. Sans compter son déchaînement naturel qui éclate de toutes parts.

— Je parlerai ! lancé-je en tremblant.

C'est complètement idiot de le menacer de tout dire alors qu'il pourrait me tuer d'un seul coup, au milieu de la foule, sans que personne ne s'en rende compte ! J'essaie de réfléchir à une formule, un sort, quelque chose qui me protégerait, mais ma tête demeure creuse. On n'improvise décidément pas avec la magie. Enfin, si, mes sœurs y parviennent, mais après tant d'années de maîtrise…

— Et tu diras quoi ? Misérable insecte à peine sortie de sa chrysalide.

Les éclairs se mettent à jaillir de son corps à profusion. Je n'attends pas une seconde de plus pour faire demi-tour et tenter de lui réchapper tout en attrapant le lacet autour de mon cou. Appeler Deimos serait une idée, mais que pourrait-il faire face à son grand-père, son maître tout puissant et son patron par-dessus le reste ?

La foudre me frôle et fracasse l'une de ces sculptures modernes qui ornent le Palais des Plaisirs d'Aphrodite. Le marbre explose à ma hauteur. Je hurle, paniquée. Mes doigts tremblent tellement que je jongle avec les deux petits objets autour de mon cou.

— Reviens là ! Empousa rampante ! Ta disparition réparera l'humiliation de ce mariage avec ma lignée !

Un nouvel éclair m'aveugle en frappant le mur devant moi. Je m'engouffre dans une autre pièce sur ma droite tout en parvenant enfin à déboucher la fiole. Tout en tenant la plume d'Hermès dans ma main, j'avale l'Ambroisie et me focalise sur l'Olympe.

— Sale petite sorcière ! s'exclame le maître des dieux en apparaissant juste sous mes yeux, prêt à me griller de son foudre qui crépite dans sa main.

Mon corps s'éclipse juste à cet instant. Je suis avalée dans un tourbillon bruyant et rapide. Deux ou trois secondes plus tard, je tombe sur le sol et roule sur la mosaïque qui orne la place centrale de la demeure divine.

Le calme plat est saisissant. Sur le dos, je tente de reprendre mon souffle sans vouloir m'attarder ici. Zeus ignore peut-être que j'ai exceptionnellement accès à cet endroit, mais il n'est pas idiot. Il peut venir vérifier en un tour de main.

Je me redresse, la peur au ventre. Le froid est mordant ici. Je frissonne tout en sondant l'espace autour de moi. Il ne fait pas encore nuit, mais la lune semble si proche de cette dimension que la lumière blanchâtre est semblable à celle d'une fin d'après-midi d'hiver sur terre.

Je perçois des voix plus loin, près d'un palais en ruines. Je m'y rends tout en sachant que mon temps est compté ici. Je risque d'un instant à l'autre de retourner là d'où je viens, et donc entre les griffes de Zeus.

— Bien sûr que si, on va mettre des colonnes. Je veux bien qu'on adapte le style mais par Moi-même ! Il y a des immanquables.

Athéna semble irritée. Je suis sa voix en me frottant les bras, gelée. Apollon lui fait face, mains sur la taille, lui aussi apparemment exaspéré.

— Bien avant que nous soyons expulsés d'ici, on se posait des questions sur l'intérêt d'en rester aux colonnes, métopes et triglyphes, frontons et autres décorations figées !

— Je ne dis pas qu'il faut écarter toute nouveauté, mais tu ne me feras pas mettre de murs transparents dans notre hémicycle pour faire entrer plus de lumière !

Je trotte jusqu'à eux pour avaler l'espace qui nous sépare. Mon intrusion dans leur débat les surprend tous les deux. Pas parce qu'une sorcière n'a rien à faire ici, mais plus parce qu'ils ne sont pas près de lâcher leur morceau pour se consacrer à autre chose.

— Athéna, aidez-moi, lancé-je dès que je suis auprès de la déesse.

— Que fais-tu ici ? Deimos est avec toi ?

Apollon sonde les alentours, intrigué, lui aussi.

— Non, il m'a donné un peu d'Ambroisie et une plume d'Hermès en cas d'urgence.

Je m'aperçois que la plume a disparu. Il ne reste plus que la fiole vide.

— Deimos a permis l'accès à l'Olympe à une sorcière ? reformule Apollon, surpris.

OK, Deimos n'avait probablement pas l'aval des siens là-dessus.

— De quelle urgence parles-tu ? enchaîne Athéna en se tournant complètement vers moi.

Elle semble tout à coup inquiète. Mais je sais aussi qu'elle est la préférée de Zeus. Ce n'est pas une bonne idée de tout lui balancer comme ça, avec Apollon en témoin, lui aussi, fils chéri de son père.

— C'est une longue histoire, mais je ne peux pas rester ici longtemps. Pouvez-vous m'emmener à la Clairière ?

Athéna m'observe d'un œil, elle doit mesurer la gravité de ma présence ici et de ma demande. Je sens déjà le sol s'ouvrir sous mes pieds pour m'aspirer là d'où je viens.

— S'il vous plaît ! insisté-je.

La déesse empoigne mon bras et nous éclipse toutes les deux.

CHAPITRE XXIV

On atterrit dans la forêt, à l'extérieur du bouclier protecteur. Athéna n'a pas d'autorisation et n'a apparemment pas l'intention d'en demander une aujourd'hui. S'il fait nuit en Grèce, l'après-midi ensoleillé et frais de l'automne ici me déboussole.

— Je n'irai pas plus loin, dit-elle sans me lâcher. Nous sommes seules ici, alors parle.

Elle ne veut pas de témoins, ni de son camp, ni du mien. Athéna m'a toujours inspiré la confiance. La raison prime toujours sur tout le reste. Elle est née de la tête de Zeus après tout.

La situation me semble hors de contrôle à présent que son père sait pour Hécate. Je ne peux pas taire le conflit qui est en train de renaître de ses cendres. Pas à la déesse qui a œuvré pour l'enrayer.

— Vous aviez raison de penser que les tensions n'étaient pas mortes. Circé la Grande et Médée la Jeune ont l'intention de ramener Hécate sans l'avoir mentionné dans les accords.

Athéna paraît stupéfaite. Et je pense qu'il faut vraiment le faire pour provoquer son froncement de sourcils et cette dureté accrue dans son regard.

— Zeus n'a jamais eu l'intention de tourner la page ! ajouté-je rapidement.

Hors de question de minimiser son rôle. Surtout maintenant que je sais ce qu'il a fait. Mais le dire à sa propre fille… J'ai peur qu'elle pense que je mens pour soutenir les miennes. Alors je contourne la raison de la guerre pour en rester à la situation actuelle.

— Il a poussé Dionysos à m'attaquer sous sa forme de panthère pour que la situation ne s'apaise pas. Tout ce qu'il veut, c'est relancer la guerre entre nous.

Athéna recule d'un pas, fait apparaître sa lance et s'appuie dessus. Elle plonge ensuite son visage dans son autre main et demeure ainsi un moment, perdue dans ses réflexions. Je n'entends que mon cœur battre puissamment.

— Ce que tu dis est alarmant, finit-elle par répliquer sans bouger.

— Vous me croyez ?

Elle relève le visage, marqué par la sévérité.

— Malheureusement oui. Comment tes guides pensent-elles faire revenir Hécate ?

La réponse s'enraye dans ma gorge. Je sens le pendentif brûlant d'ichor contre ma peau. Je ne vois pas de raison de ne pas m'en servir. Si Zeus débarque ici, il nous faudra l'aide d'Hécate. Elle seule pourra lui faire face sans crainte. Elle a déjà réussi à détruire l'Olympe, elle est notre meilleure protection ! Mais si les dieux débarquent à plusieurs… J'ignore quel sort funeste nous attendra alors.

Ma bouche demeure scellée. Je suis contrainte par les miennes sans qu'elles l'exigent. Ce n'est pas moi qui révélerai les secrets d'initiés.

— Je ne peux rien te dire, avoué-je avec sincérité.

Et je crois que mon ton franc lui suffit. La déesse acquiesce.

— Soit. Quant à mon père, il est borné et inconstant, grogne-t-elle.

— Ça n'excuse pas tout, grommelé-je.

— C'est aussi mon avis, me renvoie-t-elle avec un regard de côté acéré. Mais il est notre maître à tous. Je vais retourner sur l'Olympe et convoquer certains des Douze. Nous devons en parler. Tente d'apaiser les choses ici.

Je déglutis.

— Je veux bien essayer.

Athéna s'éclipse et me laisse seule sur la route de la Clairière. Je me mets en marche, l'estomac noué. Tout va trop vite ! Il y a à peine une heure, Deimos et moi, on était juste heureux. Et voilà que la réalité de la situation nous rattrape brutalement.

Je prends l'ichor dans ma main. Le battement de cœur est lent, mais présent. Il est là, à mes côtés.

— Il faudra que tu me pardonnes, murmuré-je comme une prière.

La maison est enfin en vue. Zelda m'aperçoit depuis le jardin, sur le côté. Elle a les bras chargés d'un panier et d'herbes aromatiques.

— Ella ? Qu'est-ce que tu fais là ? demande-t-elle en venant à ma rencontre.

— Je dois voir Circé la Grande et Médée la Jeune, c'est urgent.

Elle dépose ses charges par terre et m'observe avec inquiétude.

— Qu'est-ce qui t'arrive ? Tu es glacée ! Et toute bronzée.

Zelda me frotte les bras et je me rends compte que je suis couverte d'égratignures. À force de courir et de me jeter partout sans m'arrêter, je n'ai plus fait attention à rien. Les mains de Zelda, en revanche, délivrent une chaleur réconfortante qui referme tous mes bobos.

— C'est mieux, non ?

Je hoche la tête, chamboulée. Ça fait du bien d'être là et d'être aussitôt rassurée.

— Elles sont toutes auprès d'Hécate, dans la forêt.

— Merci Zelda.

Je fais quelques pas avant de sursauter, un gilet en laine épaisse atterrit tout seul sur mes épaules.

— Prends mon gilet ! lance Zelda de loin. Tu me donnes froid rien qu'en te regardant !

Je m'emmitoufle dedans avec un sourire reconnaissant.

Je serre mon poing sur la goutte d'or. Je devrais me réjouir, mais je n'y arrive pas. Je n'ai que l'impression de trahir Deimos. Je voudrais disparaître au fond d'un fossé ! Que va-t-il penser de moi quand il saura ? Il croit déjà que je ne vais pas changer à cause de mes pouvoirs, que je suis quelqu'un de bien. Je le croyais, moi aussi. Mais je ne ressens qu'une culpabilité effroyable. Plus j'avance jusqu'à la bulle protectrice, plus je me force.

Un pied devant l'autre. Mécaniquement, je marche, alors que mon esprit échafaude des plans pour ne pas utiliser l'ichor. Deimos m'a fait ce don à un moment si unique, si intime… Je le salis d'un coup. « Ordonne et j'exécuterai. » Est-ce que si je lui ordonne de me pardonner, il le fera ? Sait-il où je suis ? A-t-il réussi à arrêter le thiase ? Harmonie est-elle saine et sauve au milieu de tout ça ? Aphrodite va me détester, c'est certain. Je n'ai jamais marqué de points auprès d'Arès, et je ne suis pas près de le faire.

— Révèle-toi, murmuré-je du bout des lèvres.

Le bouclier apparaît et me laisse passer. Je surprends les guides et mes sœurs.

— Ella ? m'aperçoit Méroé. Revenue de Grèce ? Déjà ?

— Tout va bien ? enchaîne Circé.

— Oui, oui.

Je peine à desserrer mes doigts pour leur dévoiler l'ichor.

L'éclat du sang de Deimos impose un silence ébahi.

— Tu as l'ichor ? reprend Circé la Grande, abasourdie.

J'acquiesce en essayant de sourire alors que je n'ai qu'envie de fondre en larmes.

— Merveilleux, souffle Médée la Jeune en tendant la main.

Je sais que je dois le donner mais je reste statique, bouleversée.

— Zeus sait tout.

C'est une information capitale, mais dans un coin de ma tête, je me répète que je veux juste gagner du temps.

— Comment ça ? s'interloque Circé la Grande.

— Il a manipulé Dionysos, lui seul pouvait arriver jusqu'ici avec ses pouvoirs.

Les deux guides croisent les bras avec inquiétude.

— Dionysos peut lever nos boucliers s'il le souhaite, s'aperçoivent-elles.

— La panthère, les ménades, les satyres, c'est lui qui les contrôle depuis le début, comprend Méroé.

Ça faisait cent ans que les sorcières n'avaient pas à s'inquiéter de ce dieu du vin et des mystères. Mais à présent qu'il est à nouveau libre de circuler, tout prend sens.

— Zeus peut débarquer ici d'un moment à l'autre, ajoute Circé, ma sœur.

— L'ichor, Ella, insiste Médée la Jeune.

C'est la meilleure chose à faire, notre meilleure arme, notre meilleure défense, on a besoin d'Hécate. Lentement, je retire la chaîne de mon cou et je m'arrache le cœur par la même occasion. Je tends le pendentif à ma guide.

Méroé me baisse le bras.

— Attends.

Tous les regards convergent sur elle. Ma sœur a l'air de gamberger.

— Tu ne sais pas tout du sort.

— Méroé ! Ce n'est pas le moment ! s'exclame Médée la Jeune.

— Ça l'est, si, affirme-t-elle.

Notre sœur aînée se place auprès d'elle, prenant son parti.

— De quoi parles-tu ? interrogé-je, déphasée.

— Le sort va aspirer tout l'ichor de Deimos et le réduire à son essence.

Je recule d'un pas, choquée.

— Il… il va disparaître ?

Méroé hausse les épaules.

— Nos ancêtres sont parvenues à transférer l'essence d'Hécate à temps dans un réceptacle, mais sans sorcière auprès de Deimos, je l'ignore.

Je ramène l'ichor contre moi, horrifiée. Tout s'embrouille dans ma tête sauf une seule certitude : il faudra qu'elles me passent sur le corps pour utiliser le pendentif.

— Pas question ! Je refuse de lui faire ça !

— Nous n'avons pas le choix, me rappelle Circé la Grande.

— On a toujours le choix ! protesté-je. Vous m'avez manipulée, vous ne valez pas mieux que Zeus !

J'enfile la chaîne autour de mon cou sans relâcher la goutte d'ichor. Les deux guides ne paraissent pas aussi déterminées que le maître des dieux – peut-être ont-elles encore un reste de bienveillance à mon égard – mais elles ne semblent pas prêtes à reculer.

— L'ichor, Ella, exige à nouveau Médée la Jeune.

— Non !

— Je le ferai à sa place, déclare ma sœur Circé.

Elle se place entre les guides et moi, comme pour faire barrière. Elle plonge ensuite sa main dans sa poche et en ressort un petit morceau de tissu blanc, taché d'or. Je mets plusieurs secondes à comprendre qu'il s'agit d'un lambeau de la chemise de Deimos, celle qu'il portait le jour de l'attaque de la panthère à Central Park. J'avais pourtant tout mis en œuvre pour faire disparaître la moindre trace d'ichor ! Mais je m'étais précipitée. Les vêtements m'avaient échappé des mains et j'avais tout fourré dans la machine à laver avec maladresse, paniquée à l'idée d'être surprise.

Un morceau a dû se soustraire à mon attention à cet instant et mes sœurs l'ont aperçu dans la cuisine et l'ont gardé. Voilà pourquoi elles savaient que Deimos avait été blessé. Ni les Érinyes, ni les Semés n'ont jamais rien dit.

Sans voix, je fixe ma propre sœur en train de brandir l'ichor de Deimos.

— Pourquoi ne l'as-tu pas donné avant ? questionne Médée la Jeune, surprise.

— C'était la mission d'Ella. Méroé et moi l'avons pris, au cas où. Mais à présent…

Elle pivote pour me faire face. Comment même interpréter son expression à cet instant ? Alors que je reste pendue à un fil au-dessus du vide. Elle est désolée, résolue et atterrée tout à la fois.

— Ella, c'est certain que tu ressens plus qu'une attirance pour lui, me dit-elle. Je ne peux que t'épargner la culpabilité de cet acte. Et je le fais pour le bien de nous toutes.

Méroé approuve notre aînée.

Une vague de chagrin et d'énergie déboule en moi. Je suis ce pauvre poisson pris dans un filet, sûr de sa fin, mais qui ne peut pas s'empêcher de se débattre.

— Ne fais pas ça, s'il te plaît, dis-je, prête à balancer le même sort qui avait repoussé Dionysos sous sa forme de panthère.

— Il faudra que tu me pardonnes, me conjure Circé en donnant le morceau de chemise à nos guides.

Les larmes se bousculent dans mes yeux et le désespoir s'empare de moi.

— Non ! rugis-je en levant ma main libre.

Mais je n'ai même pas le temps de penser à quoi que ce soit. Je décolle du sol et suis projetée contre la surface de la bulle. Un cri s'échappe du fond de ma gorge.

— Arrêtez ! s'interpose Méroé.

— Nous sommes désolées, Ella, prononce Circé la Grande, un trémolo dans la voix. Mais tu ne peux pas rester ici, avec nous.

Et d'un geste de la main, elle me fait passer à travers la bulle. Je vole entre les arbres de la forêt à toute allure et atterrit brusquement par terre, roulant dans l'herbe et les chrysanthèmes, au milieu de la Clairière.

Le souffle coupé et des douleurs un peu partout, je peine à me redresser. Je ne peux pas les laisser faire, je dois y retourner ! Une fois debout, je cours en direction de la forêt mais un obstacle invisible me projette à nouveau dans les airs.

Ma tête tourne, mon dos me tiraille… Me relever, absolument me relever… Je roule sur le côté avec une nausée qui me tord le ventre. Les guides ont élargi la bulle. Elles m'ont éloignée le plus possible. Je me remets sur mes pieds et me dresse devant. Je n'ai aucun plan, ni aucune solution. Pourtant, je me mets à hurler.

— Révèle-toi ! Révèle-toi ! Laisse-moi passer !

J'ai beau frapper la surface, crier des sorts sans queue ni tête, rien n'y fait. Je reste là, à l'écart, impuissante. Un sanglot me secoue.

Comment j'ai pu… J'ai trahi l'être auquel je tiens le plus. Je tombe à genoux, la goutte d'ichor compressée dans ma paume.

— Entends-moi Deimos, je t'en prie… Entends-moi… Je t'aime.

J'aurais pu le lui dire de vive voix depuis un moment déjà. Je refusais juste de le reconnaître. Et voilà que son sort est scellé, par ma faute.

Je ne me le pardonnerai jamais.

*

— Ella ?

Les battements sourds de son cœur ont rythmé mon attente. Je les sens encore au creux de ma main. Peut-être qu'il y a de l'espoir ? Peut-être que le sort ne marche pas ? Peut-être que Deimos y a réchappé ?

— Ella, qu'est-ce que tu fais par terre ?

Je lève les yeux, ma mère se tient auprès de moi, les traits pleins d'inquiétude.

— Elles…

J'ai la voix cassée d'avoir trop crié. Je déglutis, beaucoup trop émue pour ne pas craquer à nouveau.

— Elles m'ont manipulée, parviens-je à dire, encore ébranlée par la machination des guides.

Quant à mes sœurs, je ne sais pas quoi en penser. Elles m'ont trahie, en quelque sorte. Mais je les aime trop pour ne pas tenter de comprendre leur geste. Et dès que je pense à Deimos qui paie le prix fort, je ne peux que ressentir de l'écœurement pour elles. Et je me dégoûte à mon tour d'en arriver là. Comment démêler tout ça ? Comment même accepter ce qui est en train de se passer ?

Ma mère s'assied à côté de moi, émue, elle aussi.

— Tu sais donc tout.

Parce qu'elle aussi savait pour le sort ?

— Je suis désolée, Ella. J'ai accepté, c'est vrai. Mais je n'ai pas tellement eu le choix.

— Tout le monde savait sauf moi ? C'est ça ?

— Non, non. Seules les guides et moi.

Quoi ? Circé et Méroé me semblent pourtant très au courant de tout !

— Il faut que tu saches que ton père aussi était d'accord, poursuit ma mère en prenant ma main dans les siennes. Il a pu passer du temps avec l'une de ses filles, comme si tout était normal.

— Mais… de quoi parles-tu ?

Ma mère fronce ses sourcils, au moins autant perdue que moi.

— De tes pouvoirs qui ont été délibérément restreints à ta naissance.

Ses mots se plantent dans ma poitrine aussi durement que la lance d'Athéna frappe le sol. Mes pouvoirs ont été « délibérément restreints à ma naissance » ?

— Quoi ?

Ma mère blêmit, elle doit se rendre compte qu'on ne parlait pas de la même chose. Elle baisse la tête, se passe les mains sur ses joues et décide de reprendre sans revenir en arrière.

— C'est le plan que m'a proposé Circé la Grande quand tu es née. Il fallait amener les dieux et les sorcières de la communauté à croire que nous perdions nos pouvoirs pour débloquer la situation. Les dieux voulaient l'accès à l'Olympe, nous avions à notre tour un souhait à mettre sur une table de négociations.

Stupéfaite, je bondis sur mes pieds. Elle ignorait tout de la suite : provoquer un mariage et s'emparer de l'ichor d'un dieu. Elle ne pouvait pas imaginer les conséquences de ses actes, mais… mais elle a accepté d'infliger ça à sa propre enfant pour ramener la paix ?

— Comprends-moi, dit-elle en se levant à son tour. Ta sœur Circé deviendra notre future guide. L'enfant que toi ou Méroé aura, sera notre deuxième guide. Ça n'aurait pas été juste de demander cela à une autre famille. C'était un sacrifice que je devais faire.

— Un sacrifice ? répété-je en sentant la colère monter. As-tu une seule idée de ce que j'ai vécu durant toute mon enfance ?! Vous m'avez isolée ! J'ai été seule pendant des années ! Au point de ne jamais me sentir assez bien pour vous !

Ma mère plaque ses mains sur sa bouche en pleurant.

— Je suis tellement désolée, Ella, si tu savais… J'ai tant regretté.

Aucun mot ne pourra effacer ni apaiser cette révélation. Je navigue entre le désespoir, la colère et la douleur sans savoir où terminer ma course. Je tourne en rond, perdue. Mes certitudes sont abattues les unes après les autres. Mon seul point d'amarrage solide est Deimos.

Deimos.

Plus rien au creux de ma main.

Je ne le remarque que maintenant. Aucune palpitation. Aucun battement de cœur.

J'ai sacrifié la seule personne qui m'a acceptée telle que j'étais.

Je voudrais disparaître, me laisser traîner dans les Enfers et dans l'oubli. Mais l'apparition d'une silhouette me retient. Grande, captivante, entièrement vêtue de pourpre mauve, la chevelure noire émaillée de perles d'or, la peau sombre et éclatante, le regard lilas vibrant de ténacité, elle surgit des bois. D'un geste, elle annule la bulle avant de s'arrêter à quelques pas de moi.

Hécate, notre déesse, est de retour parmi nous.

CHAPITRE XXV

— C'était téméraire et imprudent.

Les mots d'Hécate résonnent dans la Clairière. Elle ne semble pas en colère, ni réjouie à vrai dire. Plutôt soucieuse. Circé la Grande et Médée la Jeune l'encadrent avec le même air. Les quelques sorcières présentes se rassemblent, ébahies. J'aperçois mes sœurs qui voudraient se rapprocher de moi, mais qui n'osent pas. Elles ont raison. Je me contiens. Mes mains tremblent sur le pendentif, ma gorge est si nouée qu'elle en est douloureuse, mes jambes me donnent l'impression d'être deux poteaux plantés dans le sol.

— Le sort que vous avez jeté nécessite l'ichor d'un dieu. Zeus ne va pas laisser passer ça, il faut se préparer.

Médée la Jeune s'éloigne pour convoquer la communauté.

— Quel Olympien avez-vous ciblé ? demande Hécate en jetant un œil par-dessus son épaule pour s'adresser à Circé la Grande.

Cette dernière évite mon regard.

— On ne l'a pas réellement choisi, mais c'était un malveillant.

Sa réponse, presque marmonnée, me fait l'effet d'un coup de poing dans le ventre.

— « Malveillant » ? relève Hécate, étonnée. D'où vient ce terme pour qualifier un dieu ?

L'assemblée est indécise. Circé la Grande s'avance pour lui faire face.

— Mais c'est ce que nous avons toujours appris.

Hécate soupire.

— Cent années de mortels sont passées, se dit-elle, perturbée. Votre enseignement a changé depuis. Mais passons ces détails pour le moment. Qu'avez-vous en tête pour vous défendre ?

C'en est trop. Les sorcières ont beau lancer des idées, les paroles échangées m'écœurent.

— Il n'avait rien de malveillant, craché-je en reprenant mon souffle au bout.

J'attire immédiatement l'attention d'Hécate et de Circé la Grande.

— Ella, tente de me tempérer la guide avec douceur.

— Il n'avait rien de malveillant ! Vous avez tort ! m'exclamé-je. Deimos était bon ! Et juste, et correct ! C'est vous qui êtes malveillantes depuis toujours !

Les larmes roulent sur mes joues et une colère monstre remonte en moi. Pour le coup, j'ai bloqué les sorcières dans leur élan. Mes sœurs et ma mère, qui se sont retrouvées, ne m'ont jamais paru si lointaines et indéchiffrables.

Hécate fait un pas vers moi.

— Je te connais ? J'ai l'impression de t'avoir déjà vue. M'as-tu rendu visite ?

Elle a peut-être ressenti ma présence finalement, même prisonnière dans son arbre. Peut-être m'a-t-elle vue au milieu de son souvenir.

— J'avais hâte de te rencontrer.

— Tu as sacrifié beaucoup.

— Ma vie entière et celle de l'homme que j'aime.

Prononcer ces mots me brise un peu plus le cœur. Il faut que je parte d'ici. Je me moque de ce qui va suivre, j'étouffe ici !

— Ella, bredouille Méroé. Écoute-nous, s'il te plaît…

— Je ne fais pas partie de cette communauté, décidé-je en l'interrompant. Je n'en ai jamais fait partie. Et ce n'est pas moi qui vous repousse, c'est vous qui me rejetez pour la seconde fois.

Je tourne les talons et m'éloigne dans un silence de mort. Je fonce là où je sais que je pourrais relâcher ce sanglot ferré au fond de moi. Je grimpe l'échelle à toute vitesse et m'assieds dans la cabane perchée. Enfin à l'abri avec moi-même, la goutte d'ichor dans la main, je me laisse aller au chagrin.

*

La déchirure qui fend le ciel me sort de la torpeur. Je me redresse et regarde dehors. Le ciel est couvert de nuages noirs. Je ne peux pas rester là, à ne rien faire. Dans un coin de ma tête, un plan a émergé. Le piège des guides et de mes sœurs, la vérité sur mes pouvoirs, et l'incrédulité qui a suivi m'ont vraiment abattue, oui. Mais je doute. Je ne veux pas accepter pour Deimos. Non, il n'a peut-être pas complètement « disparu ». Il est aux Enfers, auprès d'Hadès et de Perséphone. Je peux tenter d'aller le chercher. Il l'a fait pour sa sœur, je le ferai pour lui.

Et quoi de mieux qu'une bataille pour être envoyée au royaume des morts ?

Je descends l'échelle avec une détermination inébranlable. Ce que je vois ensuite me freine tout de même. Là-haut, dans le ciel, Zeus a passé la brèche, armé de son foudre. Il plane au-dessus de la Clairière, l'air serein. Et pourquoi ne le serait-il pas ? J'ai l'impression d'être une fourmi piégée au milieu d'autres, et de voir arriver la botte qui va nous écraser.

Soudain, une boule d'énergie me cogne. Je recule et scrute mon environnement. Mon regard croise celui de ma sœur Circé, la main tendue vers moi. Elle a dû me jeter un sort de protection. Mais je repousse tous mes sentiments contraires la concernant. Pas le temps de penser à mes sœurs ! Je dois mourir pour rejoindre les Enfers, c'est tout ce qui compte.

— Rentre chez toi, Zeus ! lance Hécate, entourée d'une aura violette.

— Dès que j'en aurai fini avec tes servantes et toi !

Il n'a aucune crainte. Alors qu'Hécate est tout de même parvenue à détruire l'Olympe la dernière fois.

— À un contre nous toutes ?

La provocation n'a qu'un but : qu'il révèle ses alliés.

Je sais d'ores et déjà que Dionysos est là, bien malgré lui, puisqu'il a créé la déchirure du bouclier, mais quel autre dieu s'est aventuré là ? Athéna est probablement partie retrouver Héra car c'est avec elle qu'elle a établi le plan de paix entre les dieux et les sorcières. Les autres Olympiens me semblaient plutôt convaincus par les bienfaits de ce mariage, de leur côté…

Et au moment où je doute sérieusement que Zeus ait rallié ne serait-ce qu'un seul Olympien, la silhouette d'Arès apparaît à la lisière de la Clairière. Je me raidis de peur et de culpabilité.

Le dieu de la guerre balaie l'espace des yeux et dès qu'il m'aperçoit, il tend un index accusateur vers moi. J'ai entraîné la mort de son fils, il ne pouvait qu'être là. Et qu'en est-il d'Aphrodite, d'Éros, d'Antéros et d'Harmonie ? Que deviendra Phobos à présent, si je ne ramène pas son frère ?

— La sorcière doit mourir ! rugit Arès.

Il a mis son armure et tient dans chaque main une lance et une hache.

Ça fait deux dieux tout puissants. À défaut d'autres, les Semés jaillissent du sol à ses côtés et les Érinyes se mettent à voler dans les airs, et tous ne voient que moi. Je les ai trahis, eux aussi.

— Personne ne va mourir ! s'écrie Hécate, remontée. C'est entre Zeus et moi !

Mais Arès ne l'écoute pas, il lève son bras, me vise et projette sa lance d'un geste vif. L'arme fend l'air si vite que je ferme les yeux et m'attends à tomber par terre dans la seconde. Mais non. Rien. J'entrouvre les paupières, Hécate s'est mise en travers et elle tient la lance dans sa main.

— J'ai dit que personne n'allait mourir, répète-t-elle avec force.

Aussitôt, ma mère et mes sœurs agrippent le gilet de laine qui m'enveloppe et me tire en arrière.

— Ella, va te mettre à l'abri, tout de suite !

— Non ! Lâchez-moi !

— Ne sois pas ridicule !

Je me débats en déboutonnant le vêtement pour leur réchapper. Une fois libre, je me précipite face à Arès.

— Tuez-moi ! Je ramènerai Deimos des Enfers !

Arès fulmine, au point où sa peau prend un ton écarlate. Il double de taille et ses cicatrices brillent comme des flammes. Il lève sa hache et, sans la lancer, balaie le vide devant lui. Un vent tranchant arrache les arbres qui l'environnent. Les troncs s'affaissent en désordre, déséquilibrant la Clairière.

— Les Enfers ?! s'exclame-t-il. Qui te dit que mon fils est aux Enfers, sorcière ?!

Mon cœur s'emballe. Je n'en ai aucune idée, mais je dois y croire.

Zeus, lui, se met à rire et ses éclats ressemblent au tonnerre.

— J'oubliais ! Je dois vous remercier, sorcières, pour m'avoir fourni ma meilleure arme.

Je me glace de l'intérieur, comme si je plongeais dans un lac gelé. Tout le monde ressent la même chose autour de moi : les muscles tendus et transis, la respiration saccadée, l'épouvante qui étreint la gorge. Une terreur sans nom nous saisit. Je lutte de toutes mes forces. Car je sais qu'un seul dieu est capable de cela ! Je le cherche des yeux, alors que les sorcières, découvrant avec effarement ces sensations destructrices, se confortent par tous les moyens possibles avec leur magie.

Dionysos s'avance à son tour, et au-dessus de lui, une ombre gigantesque et noire, avec deux yeux jaunes. L'essence de Deimos, pure. Le dieu du vin et des mystères a utilisé ses pouvoirs pour la rattacher à lui et lui éviter de disparaître. Il était à la villa de Cythère, il a pu sauver ce qui pouvait être sauvé.

Des cris retentissent derrière moi. Des sorcières tombent à genoux en pleurant, terrorisées. L'essence de Deimos a rendu son frère fou, alors qu'il était un dieu. Elle va abattre tout le monde sur son passage ici.

— Je n'aurai peut-être pas grand-chose à faire, ajoute Zeus. Mais je ne suis pas cruel. J'abrégerai vos souffrances !

Et les Érinyes fondent du ciel pour s'attaquer aux premières victimes de Deimos. La bataille débute réellement maintenant. Un chaos s'abat sur la Clairière. La terreur fauche les sorcières les unes après les autres. Les Semés de Deimos se chargent de la suite en les attirant dans le sol, et les Érinyes dans le ciel. Des jets d'énergie fusent de toutes parts pour les en empêcher. Hécate est obligée de s'éclipser pour rattraper une sorcière en chute libre et pour parcourir le sol à la recherche des autres.

Moi, je la connais déjà, cette terreur. Ma peau rayonne de mille feux et j'ai le sentiment d'être invincible. Arès ne m'a pas quittée des yeux. J'ignore s'il veut prendre son temps avec moi ou non. Toujours aucune nouvelle d'Athéna, elle seule pourrait arrêter tout cela, mais ça ne signifie pas que je ne peux rien essayer.

Arès ne bouge pas. Peut-être qu'il hésite ? Peut-être qu'il n'a pas envie d'être ici, mais que sa nature impulsive et sa soif de vengeance l'y a conduit. Je fais un pas vers lui.

— Deimos est là ! lancé-je alors. Inconscient, livré à lui-même ! Je ne vais pas le laisser endosser ce qu'il se passe !

Son père abaisse sa hache, mais son regard de prédateur n'a pas changé.

— Laissez-moi essayer ! Vous pourrez me tuer comme bon vous semble si j'échoue !

Arès lève son arme, je recule craintivement.

— Tu n'as pas le droit à l'erreur ! me prévient-il. Si tu échoues, je t'écorcherai vive !

Je déglutis et hoche la tête. Si j'échoue, je ne vois pas comment je pourrais de toute façon continuer de vivre. Je me détourne du dieu de la guerre, guette Dionysos qui semble plongé dans une sorte de méditation pour retenir l'essence divine, et m'approche de l'ombre géante. Elle dégage une aura aiguisée, dispersant partout autour d'elle des lames invisibles qui sectionnent l'écorce des arbres et broient l'herbe.

Je dois être aveuglée par mon propre désespoir pour espérer être capable de quoi que ce soit. Les yeux jaunes se baissent lentement vers moi et toute sa fureur m'atteint. J'ai beau résister à sa terreur jusque-là, un impact violent me frappe. J'agrippe la goutte d'ichor dans ma main pour ne pas faillir.

Penser à lui, à ce qu'il m'inspire, à ses sourires un peu tordus et maladroits, à sa fossette sur la joue gauche, à sa chaleur et à son allure de chien-loup tout doux, à la protection qu'il déploie pour les siens.

— Deimos, arrête ! lancé-je, plus confiante. Regarde autour de toi ! Tu n'es pas le bras armé de Zeus ! Tu es un dieu honorable et droit !

Interpellée, l'ombre se déploie au-dessus de moi. J'espère que cela signifie qu'il épargne les autres derrière moi, mais je ne vais pas vérifier. Je ne le lâcherai pas. Qu'il se déchaîne sur moi, c'est très bien ! Je sais qu'il est plus que ça !

— « Ordonne et j'exécuterai », c'est toi qui me l'as dit ! Je t'ordonne d'arrêter !

Je veux sentir son cœur battre au creux de ma main.

Sentir son cœur battre…

Son ichor. J'écarte mes doigts. J'ai son ichor ! Je ne connais pas le sort qui a permis le retour d'Hécate, mais j'ai encore son ichor avec moi. Et j'ai du sang.

L'espoir qui vrombit me fait briller davantage. Je ne veux pas savoir ce qu'il adviendra de moi – je finirai probablement au royaume d'Hadès, et ce ne serait pas la pire fin qui soit –, mais Deimos aurait une chance. Arès ne me loupera de toute façon pas si je ne fais rien.

Si je veux être puissante, alors je suis puissante.

Je plonge mes yeux dans ceux de l'ombre qui me cerne, et je plante la pointe de la goutte d'or dans ma paume. Le sang rouge perle aussitôt. Je referme mon poing et le tends vers lui.

— *Écoutez ma prière, Hécate et les sorcières, changez mon sang en ichor, qu'il rende à Deimos son corps !*

Le mince filet rouge qui s'échappe se transforme. De l'or jaillit de ma main, liquide et brûlant. Le pendentif diminue à mesure que mon propre sang entre en contact avec lui. L'ichor ondule et vient enlacer l'ombre comme une liane. La Terreur sursaute et tente de s'en défaire. Alors je puise dans toute ma volonté et me mets à psalmodier mon sort. Aucune des miennes ne me viendra en aide, c'est certain, je ne peux que miser sur moi-même !

— *Changez mon sang en ichor, qu'il rende à Deimos son corps ! Changez mon sang en ichor, qu'il rende à Deimos son corps !*

Mes jambes tremblent, mon cœur bat vite, beaucoup trop vite ! Il panique sous le manque du liquide vital qui s'évade. La faiblesse m'envahit et me fait voir trouble mais je résiste ! L'ichor est en train de recouvrir l'ombre qui se débat encore plus. J'entends au loin un hurlement grave, celui de Zeus qui doit se rendre compte de la manœuvre.

Je tombe à genoux. Mon corps s'affole. Mes muscles tressaillent. Mes poumons se vident. Lorsque mon cœur s'arrête, j'écarquille les yeux. Je ne vois plus que la lumière éblouissante de l'or qui prend forme humaine, devant moi, avant que je ne perde connaissance.

CHAPITRE XXVI

— Elle reprend conscience, elle ira mieux.

La silhouette penchée sur moi est aveuglante. Apollon, couronné de rayons solaires, finit par apparaître nettement. Il fait froid et je ne sens plus le sol. Où suis-je ? Je suis épuisée. Je pensais qu'aux Enfers, toutes les calamités terrestres liées à mon enveloppe charnelle disparaîtraient, mais à première vue, non. La lumière est bien trop intense pour que nous soyons sous terre.

— Bien, approuve une voix familière. Nous allons pouvoir entamer une discussion dans le calme.

Je finis par reconnaître Athéna. Avec un effort surhumain, je tourne la tête et regarde autour de moi. Je suis en hauteur, oui, dans les bras de quelqu'un. Nous sommes sur l'Olympe, je reconnais les nuages blancs et les éclats de la mosaïque sur le sol. Apollon, dieu solaire des arts et de la médecine, a rejoint les siens.

Les Douze sont quasi tous là, rangés d'un côté. De l'autre, se tient Hécate, entourée de Circé la Grande et de Médée la Jeune. Et au milieu d'eux, Athéna, dans toute sa magnificence, casque sous le bras, lance à la main, vêtue de son péplos immaculée. Si imposante que tous respectent les distances.

— Tu peux te tenir debout ?

La voix auprès de moi m'interpelle. Profonde et grave.

Je suis dans ses bras depuis le départ. Il est là, réel, lui, avec ses cheveux blonds, son regard dépareillé et sa force.

— Deimos, soufflé-je en me plaquant contre lui, mes bras autour de son cou. Tu es vivant…

Je respire sa peau, m'assure que je n'hallucine pas, et agrippe ses épaules. J'ai envie d'éclater de joie et de soulagement, mais trop de choses pèsent encore sur mon cœur. Sans un mot, Deimos me détache de lui et me pose sur le sol, le regard fuyant. Je peine à rompre ce contact trop bref. Sa chaleur m'avait envahie et je me retrouve démunie, dans le froid, à un ou deux pas de lui, alors qu'il fixe Athéna sans vouloir m'accorder plus.

Vivement qu'on soit seuls tous les deux ! Que je puisse m'expliquer ! Le supplier de me pardonner !

— La situation s'est envenimée, reprend Athéna.

— Les sorcières ont trahi notre accord ! lance Zeus avec hargne.

— Tu cherchais un prétexte pour les éliminer, avec ou sans moi ! rétorque Hécate.

— Silence ! rugit Athéna.

Elle fait trembler l'Olympe tant elle semble en colère.

Je ne le remarque que maintenant : Deimos et moi, on forme un troisième groupe au milieu de tout ça. Les images de la bataille me reviennent en tête. Est-ce que tout le monde va bien à la Clairière ? J'étais si indignée et enragée que j'ai perdu de vue mes sœurs et ma mère. Même maintenant, je ne sais pas comment leur pardonner, mais je ne souhaite pas non plus leur mort. Circé la Grande et Médée la Jeune, quant à elles, à l'image d'Hécate, ne démontrent pas tellement de peur ni de réserve.

Par contre, du côté des Douze, les expressions sont beaucoup plus diverses. Tous n'étaient pas au courant du plan de Zeus. Beaucoup ne voulaient que la paix. Héra fulmine. Elle se tient en avant, pour seconder Athéna. Hadès croise les bras, circonspect. Arès et Aphrodite, eux, sont un peu à l'écart, les traits durs. Éros et Antéros les secondent, debout derrière eux. La déesse m'accorde des regards en coin qui me font frissonner. J'ai perdu définitivement le peu que j'avais acquis auprès d'elle, elle va me détester toute ma vie.

Dionysos, lui, semble accablé.

Personne ne sait ce que je sais. C'est ce qui me décide à parler.

— Où est Ariane ?

Toute l'attention se tourne vers moi. Zeus pourrait me désintégrer d'un seul coup si nous n'étions pas si bien entourés, je n'en doute pas.

— De quoi parles-tu ? s'enquiert Hécate.

— Dionysos n'a pas agi sans raison, Zeus détient Ariane.

La désolation de Dionysos prend un nouveau sens pour l'assemblée. Hécate, elle, ne paraît même pas avoir douté de son amitié. Ma réponse la fait sourire et lui permet de renvoyer la balle au maître des dieux qui me foudroie de ses yeux métalliques.

— Sale petite peste, dit-il en agitant la main.

Une femme se matérialise devant nous, figée dans une bulle, ses cheveux bruns voletant dans son dos et sa robe ancienne flottant dans les airs. Dionysos se précipite vers elle pour la prendre dans ses bras. Il s'affaisse sur la mosaïque en la retenant contre lui, le temps qu'elle reprenne ses esprits. Cent ans qu'ils ne s'étaient pas vu. Même pour un dieu, c'est long.

Athéna, de son côté, ne masque pas son impatience, ni sa déception.

— C'en est assez, dit-elle. J'invoque Eiréné !

Une nouvelle déesse fait son entrée, vêtue de blanc, elle aussi, et à la longue crinière ondulée. Elle a tout d'une représentation grecque, si ce n'est le pendentif en forme de *Peace and Love* qu'elle porte autour du cou et qui fait lever les yeux au ciel à Arès. La déesse de la paix, donc, est couronnée de branches d'olivier et affiche un air un peu perché. *Cool* serait le bon qualificatif. Elle est souriante, serviable, et semble aussi adorable que Philophrosyne.

— Hécate, Zeus, vous allez jurer par l'eau du Styx ! proclame Athéna qui consulte Hadès de coin de l'œil.

Ce dernier ne refuse pas, loin de là. Il s'avance à son tour. Eiréné fait apparaître une coupe entre ses mains, et le dieu des Enfers, une œnochoé en verre qui se remplit seule d'un liquide noir impressionnant. Il le déverse dans la coupe avant de se retirer.

Si pour moi le rituel semble inoffensif, une vague crainte a saisi l'assemblée. Apparemment, c'est un serment inviolable pour les dieux. Hécate et Zeus s'approchent à leur tour et se font face de part et d'autre de la coupe tenue par la déesse de la paix.

— N'oublie pas ce qu'il se passe lorsqu'une femme se refuse à toi et que tu ne respectes pas sa volonté, menace Hécate avant de tendre la main au-dessus de l'eau du Styx.

Elle n'a pas cherché à baisser le ton et sa phrase est perçue par tous. Héra et Athéna tiquent en même temps. Aphrodite, elle, serre les poings. C'est presque imperceptible. Ça fait des millénaires qu'elles vivent ou sont témoins de ces abus sans que rien ne change. Pourtant, quelque chose s'est passé à cet instant. L'air d'Héra s'assombrit et Athéna se contient, mais une crispation frémit au fond de ses yeux pers.

— N'oublie pas qui est le maître ici, rappelle Zeus sans perdre la face.

— Jurez par l'eau du Styx que la paix préside entre nos deux camps à présent, reprend Athéna. Si vous vous parjurez, vous serez bannis des vôtres pour cent ans et vous perdrez le souffle durant une année.

— Nous jurons, promettent-ils tous les deux.

C'est tendu ! Ils font ce serment à contrecœur. Et je ne suis pas la seule à le remarquer. Eiréné dodeline de la tête.

— Je vais peut-être rester dans les parages pour m'assurer que tout roule, hein ? dit-elle avec un aplomb et une détente qui tranchent complètement.

Athéna hoche la tête en lui tapotant l'épaule. Les deux adversaires, eux, s'écartent. Autant Hécate me semble dans son droit, autant Zeus se donne l'air de celui qui subit une humiliation. Ça m'inquiète pour la suite, mais les autres dieux soufflent.

— Passons à l'union, enchaîne la déesse de la raison.

Elle s'adresse à Deimos et à moi. J'espérais que l'on pourrait s'isoler, mais ce ne sera pas le cas. J'ose à peine regarder mon époux, enveloppé dans une tunique grecque sombre et longue. Il s'avance d'un pas pour prendre la parole. Est-ce que je dois participer ? Je peux encore être condamnée à quelque chose, en vérité. Troublée et apeurée, je ne bouge pas, et me contente de frotter mes bras nus.

— Ce mariage n'a mené à rien, il n'a pas empêché ce conflit, déclare Deimos.

Athéna est visiblement désolée, mais elle ne réfute pas.

« Rien » ? C'est tout ce qu'il retient de nous ? Ce mariage a balayé ma vie entière, à moi. Mais de quoi j'aurais l'air à le contredire au milieu de tous ? Moi qui ai comploté pour prendre son ichor. Je me mords la lèvre, bouleversée. Je ne sais pas quoi dire, ni quoi faire.

Deimos se tourne vers moi, aussi froid et illisible qu'il l'était lorsque je l'ai rencontré. Je l'ai sûrement blessé bien plus que tout ce qu'il a déjà vécu, lui qui avait accepté de baisser la garde, lui qui se sentait « bien » avec moi.

— Je comprends pourquoi tu m'as demandé de l'ichor.

— J'ai refusé de l'utiliser, bredouillé-je. Mais…

Mais ça ne change pas que j'ai cherché à lui en prendre. Mes sœurs en ont peut-être trouvé chez nous, mais j'étais complice dès l'instant où j'ai accepté le plan de mes guides. Mes yeux brûlent de larmes que j'écrase avant qu'elles ne surgissent.

— Pardon, murmuré-je. Je suis désolée.

Il prend délicatement ma main, me troublant davantage. Son contact ravive tout. J'aimerais qu'il comprenne, qu'il me pardonne et qu'il tourne cette page que je ne veux moi-même plus jamais évoquer, mais, à la place, il retire l'anneau noir à mon doigt.

— Je te défais de notre lien, Ella.

Mon souffle se coupe. J'avais déjà l'impression que mon cœur n'était plus qu'une chose en verre, fêlé par endroit. À présent, il se fend en deux. Une brisure nette et irréparable.

— Nous sommes tous témoins de la fin de cette union, déclare Athéna qui cherche probablement l'approbation des deux camps.

Je n'ai pas besoin de l'entendre. Je veux juste bourrer mon esprit de son image avant qu'il ne s'efface. À quoi pouvais-je bien penser en me laissant berner par ces sentiments ? En les acceptant aussi facilement et en songeant avec tant de bêtise que je pourrais rompre ce mariage et passer à autre chose ?

Deimos, si pâle et si fermé, ne me regardera plus jamais comme avant. Il me tourne le dos pour s'éloigner.

Oh non, non ! On ne peut pas me le retirer comme ça ! Alors que je ne lui ai même pas apporté ce qu'il mérite, le minimum qui est tout pour lui.

— Attends, dis-je en prenant son bras. Je veux faire une dernière chose pour toi.

Je parviens au moins à l'immobiliser.

— Emmène-moi auprès de ton frère.

Puisque j'ai toujours eu des pouvoirs en moi et qu'ils se réveillent, je dois être capable de faire quelque chose pour Phobos. Je ne suis pas véritablement une débutante.

J'ai réussi à rendre un corps à Deimos et à résister à son essence, je refuse de ne rien tenter pour son frère jumeau. Aucune autre sorcière ne ferait quoi que ce soit pour lui et j'imagine mal Deimos ou l'un des membres de sa famille solliciter Dionysos pour s'en charger.

— S'il te plaît, insisté-je.

Difficile de savoir cc qu'il pense véritablement. Il ne me renvoie qu'une impatience ébréchée. Il a hâte de s'éloigner de moi. Pourtant, il attrape mon poignet et nous téléporte.

*

La clinique Saint-Jude nous ouvre ses portes, comme la dernière fois. Deimos a changé d'apparence à l'instant où il a posé le pied sur terre. Il porte à nouveau l'un de ses costumes sombres et classiques. Moi, j'ai toujours ma robe moutarde, passant du chaud au froid sans transition. Je suis Deimos qui garde le silence. On passe les différentes barrières avant de pouvoir traverser le couloir, la clé de la chambre de Phobos dans la main.

Ce n'est que lorsqu'il déverrouille la cellule que je me rends compte de sa confiance. Il pourrait craindre que je veuille faire du mal à son frère, mais non. Je ne sais pas quoi en penser. M'accorde-t-il encore un peu de crédit ? Pense-t-il me désintégrer si je fais un faux pas ?

— Pourra-t-on parler ? Après ? demandé-je d'une petite voix.

— Aide mon frère, et je te pardonnerai.

Ça ressemble à un ultimatum plus qu'à une vraie volonté d'échanger avec moi, mais j'accepte. Avoir son pardon, ce serait un début. Il recule et j'entre dans la chambre. Phobos somnole dans un coin. Ce n'est pas plus mal, ça me facilitera les choses. Je m'approche quand même avec lenteur avant de m'agenouiller auprès de lui.

Comment formuler mon sort sans vraiment savoir si ça va marcher ? La magie ne fait pas tout. Pourtant, l'état de Phobos est sa conséquence. Ce serait injuste que la peur irrationnelle qui l'emprisonne soit irréversible. Je me sens encore affaiblie par le sort précédent, j'espère que j'arriverai à quelque chose.

— Toi.

Phobos se réveille et se redresse, inquiet. Je ne peux pas risquer qu'il ait une crise maintenant. J'encadre son visage dans mes mains et pose mon front contre le sien. Comme aucun mot ne me paraît juste, je préfère tenter un sort sans formule. Je ferme les yeux et ne pense qu'à sortir Phobos de son état, à lui rendre la raison, à annuler toute mauvaise magie auprès de lui, à le ramener auprès des siens et de son frère qui l'aiment tant, auprès de sa mère qui l'attend désespérément. Je puise dans le peu d'énergie qu'il me reste et la chaleur qui se diffuse de mes mains traverse la peau de Phobos.

Il s'est passé quelque chose. Lorsque je me reconnecte à la réalité autour de moi, Phobos me toise.

— Où est Deimos ? demande-t-il aussitôt.

— Je suis là, répond la voix de son frère, derrière moi.

Il s'installe à côté de moi. Phobos est chamboulé, il se rend compte qu'il est contraint par la camisole. Ce n'est pas le même éveil que la dernière fois, celui-là est plus concret et définitif. Phobos a véritablement conscience de l'endroit dans lequel il se trouve. La dernière fois, il était encore un peu perdu dans sa folie.

— Retire-moi ça.

À peine libéré de son entrave, Phobos se jette sur son frère pour l'enlacer.

— C'est terminé, le rassure Deimos.

Les jumeaux se retrouvent pour de bon. Je me relève pour les laisser seuls et attendre le retour de Deimos mais il me retient.

— Ella.

— Oui ? dis-je, pendue fiévreusement à ses lèvres.

— Tout est pardonné, mais disparais. Je ne veux plus jamais te revoir.

Interloquée, je veux protester, dire quelque chose, mais rien ne me vient. Juste une boule au ventre. Je m'y attendais. Nous avons chacun eu ce que nous voulions de l'autre. Même si j'ai découvert beaucoup plus et même si je veux beaucoup plus.

Je sors de la clinique, l'esprit flottant dans une zone vague. Je m'assieds sur un banc, près des voitures garées. Je ne sais même plus quoi ressentir. L'épuisement me guette et je voudrais me téléporter au fond de mon lit, mais je n'ai plus de maison. Pas question de rentrer à la Clairière, ni chez ma mère et mes sœurs, encore moins à New York.

Le temps de me reprendre et je tenterai de rejoindre ce que je n'aurais jamais dû quitter : l'université et ma vie d'étudiante.

CHAPITRE XXVII

Vendredi matin. Le mois de novembre est bien avancé. Thanksgiving approche pour les humains et il n'y a rien de plus déprimant que les fêtes familiales. D'habitude je rentre chez ma mère pour passer les quelques jours fériés accordés par l'université, mais cette année, j'ai décidé de rester sur le campus. Après un court passage chez Madeline et Rachel – qui m'ont vraiment ramassée à la petite cuillère –, j'ai récupéré une chambre pour une personne dans le dortoir de l'université. C'est devenu ma tanière. De toute façon, puisque l'hiver vient, hiberner dans mon coin est un vrai bon plan.

Le réveil sonne à nouveau, je me force à sortir un bras de la couette pour l'éteindre. Le froid me mord tout de suite la peau. Je le ramasse bien vite ! Je n'ai pas cours dans l'immédiat, mais je me pousse à me lever tous les matins, histoire de. Alors, avec un courage digne des plus grands romans, je sors du lit, m'emmitoufle dans un pull et des chaussettes, et allume la bouilloire pour me faire un thé chaud. J'ouvre le rideau, la neige tombe doucement depuis hier, tout est blanc alors que l'automne n'est même pas terminé. J'augmente le chauffage.

— Moi aussi, la verrière de Perséphone me manque, soupiré-je à Norbert, mon ficus. Mais nous oublierons, il le faudra bien.

Mes affaires ont été téléportées par miracle à la maison de la Clairière depuis New York, sans aucun mot d'explication,

Norbert en équilibre entre deux cartons. Quel instant glaçant j'ai vécu ! Moi en train de charger la voiture que m'a prêtée Rachel, au milieu de sorcières désolées à qui je n'accordais plus la parole… Je secoue la tête pour chasser ce souvenir.

Je me prépare un thé et allume mon ordinateur.

— Ça te dit le dernier épisode du braquage de banque ?

J'attrape Norbert et le blottis contre moi tout en rabattant ma couette sur mes épaules, le thé au creux de ma main. Norbert, mon abonnement à Lugh+ et moi, c'est la combinaison parfaite ! Bien sûr, le chien-loup en plus, ce serait encore mieux. Mais je n'ai plus eu de nouvelles. Rien du tout. Comme si je n'avais jamais été mariée. Plus d'alliance, plus d'ichor. Rien. « Je ne veux plus jamais te revoir. »

Mes entrailles se contractent, comme chaque fois que cette phrase m'embrouille la tête. Rien ne pourra me guérir de tout ça, je le crains. J'appuie sur *Play* et me laisse avaler par l'histoire en espérant repousser Deimos dans un coin de ma tête.

Je me suis enfermée dans mes habitudes d'adolescente, en recherchant la solitude à tout prix puisque c'est la seule chose que je connais bien et qui finit par me rassurer. Rien ne peut plus m'atteindre ni me blesser, là où je suis. Il ne me manque plus qu'un chat pour enfin ressembler aux sorcières isolées telles que se les imaginent les humains.

Au générique de fin, je me retrouve un semblant de motivation et parviens à me lever pour m'habiller et sortir. J'attends impatiemment les vacances pour ne rien faire d'autre. Je me balade dans la neige un moment avant de me diriger vers le café de l'université. Un cappuccino pour survivre en cours, c'est un autre très bon plan. C'est là, près de l'entrée, que j'aperçois les deux silhouettes familières en train de guetter les allées et venues.

Je stoppe net. Circé agrippe le bras de Méroé et me désigne. Je ne pourrais pas les fuir éternellement, et je n'en ai même pas envie. Mais j'ai du mal à gérer mes sentiments contraires. J'inspire calmement et les laisse m'approcher. Elles me font timidement un signe de la main alors que je planque les miennes dans les poches de mon manteau.

— Ella, on peut discuter ? me demande Circé.

J'acquiesce, d'ores et déjà émue. Ma sœur aînée soupire, les yeux brillants.

— Je suis tellement désolée, si tu savais, dit-elle avec un trémolo dans la voix. J'ai trompé ta confiance et je m'en veux beaucoup.

Je déglutis à mon tour. Ses paroles me font du bien. Je craignais que le devoir passe avant tout pour elle.

— On ne savait pas pour la restriction de tes pouvoirs, ajoute Méroé. Maman ne nous a jamais rien dit. Elle a fait un choix difficile et elle culpabilise énormément.

J'ai tant ressassé tout ça. J'ai rayonné, même sans la présence de Deimos. Mais il a su faire naître en moi un sentiment d'assurance et de puissance qui m'a permis de rompre moi-même le sort restreignant mes pouvoirs. Alors j'ai fini par me demander si cette exclusion subie n'avait pas pour seul but d'attiser ce sentiment. Un tel comportement de la part de nos « guides » me perturbe bien trop encore.

— Hécate a corrigé beaucoup de choses, tu sais, reprend Circé. Nos ancêtres qui ont connu la guerre ont changé l'idéologie de la communauté, avec cette dichotomie entre les dieux : les bienveillants d'un côté et les malveillants de l'autre.

J'acquiesce encore en baissant la tête. Je n'ai pas envie d'évoquer Deimos, c'est encore beaucoup trop douloureux.

— Tu seras guide à ton tour, Circé, dis-je alors. Ça me fait peur de penser qu'un jour tu pourras prendre de telles décisions pour le bien de toutes : restreindre des pouvoirs à la naissance et tromper les autres, fomenter des plans qui mettent des vies en danger…

Circé prend mes mains dans les siennes, décidée à me prouver qu'elle est sérieuse.

— J'ai appris de mes erreurs, me soutient-elle. Je ne suivrai plus aveuglément les ordres. Méroé et moi, on a beaucoup parlé de ce qu'on a fait à Deimos et à toi, il n'est pas question qu'on recommence. Je t'en fais le serment, Ella.

Touchée et rassurée, je la prends dans mes bras. Personne n'est plus solide que Circé. Je la crois dans tout ce qu'elle me dit.

— Merci, bredouillé-je.

— J'ai eu si peur de te perdre, ma Citrouille.

— Moi aussi.

On reste blotties l'une contre l'autre avant que Méroé nous ramène à la discussion en glissant sa tête près des nôtres.

— Et puis, tu as lancé un sort complètement fou pour ramener Deimos. Les guides en parlent encore.

Circé me relâche tout en reniflant et en passant ses manches sur ses yeux.

— Oui, transformer ton sang en ichor, c'est plutôt incroyable, confirme-t-elle.

J'aimerais m'ébahir avec elles, mais c'est un souvenir nébuleux dans ma mémoire. Et effroyable. Je me battais pour sauver Deimos, sans me rendre compte de ce que je faisais. Alors je ne réponds rien, et on s'observe toutes les trois sans dire un mot. Je pense qu'on ressent la même chose : un peu de gêne, beaucoup de soulagement, et un éclat de bonheur de se savoir à nouveau réunies, même avec des restes de tension.

— Tu sais, enchaîne Méroé en regardant en l'air, on a beaucoup parlé avec Éros et Antéros, depuis le serment sur le Styx.

Je frémis d'avance. J'ai bien trop peur d'entendre la suite.

— Je vais être en retard en cours, on se voit plus tard ? coupé-je précipitamment.

Mes sœurs ne se démontent pas, loin de là.

— On s'installe au café, on t'attend.

Zut.

— On peut se retrouver un autre jour aussi, marmonné-je.

Pas très envie qu'elles se sentent rejetées, mais parler de la fratrie de Deimos, alors que j'ai si honte de ce que je leur ai fait… je ne sais pas si je vais le supporter.

— T'en fais pas pour nous. On t'attend, répètent-elles, imperturbables.

Bon, tant pis. Je m'éloigne en leur promettant de les retrouver tout à l'heure. J'oublie mon café et me rends à l'amphithéâtre, perturbée au possible. Qu'ont bien pu dire Éros et Antéros ? Et pourquoi mes sœurs les ont contactés ? Ou est-ce que c'est l'inverse ? Bon sang, je vais me torturer pendant deux heures !

Madeline s'installe à côté de moi. Sa présence va me changer les idées au moins le temps du cours.

— Tu sais que tu peux venir chez nous pour Thanksgiving, me propose-t-elle alors qu'on prend place. On fera un dîner toutes les trois.

Je ne doute pas que ce serait chouette, mais j'ai Norbert et Lugh+ qui m'attendent. J'adore Madeline et Rachel, mais depuis qu'elles m'ont vue le cœur brisé, elles se sont mises en tête de me caser avec Jonas, le gentil sportif Alpha-Oméga. Je vais donc utiliser ma meilleure excuse, celle que je n'osais pas invoquer jusqu'à aujourd'hui.

— Peut-être que j'irai chez mes sœurs finalement, je te redirai.

Elle me fait un clin d'œil et la lumière de l'amphithéâtre baisse.

*

— Jonas est juste làà, chantonne Rachel en nous alpaguant à la sortie du cours.

L'étudiant discute avec des amis un peu plus loin. Prenant mon courage à deux mains, je pivote rapidement pour cavaler hors du bâtiment et ne surtout pas croiser sa route. Je ne suis absolument pas prête à flirter ni même à envisager une relation avec un autre que Deimos. Madeline et Rachel me rattrapent bien vite alors que mes pieds s'enfoncent dans la neige.

— Ella, tu es sûre que ça va ?

— Oui, super !

Je veux juste rentrer dans ma chambre et ne parler à personne. Pas envie de rejoindre mes sœurs, ni de remuer mon couteau bien enfoncé dans ma plaie. J'ai des gâteaux et du thé qui m'attendent, ma couette, mes chaussettes, mon antre à moi.

Madeline me saisit le bras.

— Ella, insiste-t-elle, l'air inquiet.

Je veux bien leur céder cela : elles ne me connaissent pas dans cet état renfermé et mélancolique.

— On veut juste te changer les idées, ajoute Rachel.

— J'ai besoin d'être seule, c'est tout, prétexté-je.

Elles dodelinent de la tête, toutes les deux.

— Ça fait un moment que tu es seule, constate Madeline. Je pense qu'au contraire, tu as besoin d'être entourée.

Peut-être, oui. Il faut me bousculer. Et c'est exactement ce que produit l'apparition, à plusieurs mètres de moi. Grand, tout vêtu de noir, les cheveux blonds tirant sur le blanc, il semble attendre que je vienne à lui.

Ma stupeur alerte mes amies.

— C'est qui, lui ?

Une pulsion voudrait jaillir de moi et nommer la seule personne que je veux revoir, mais je la retiens au dernier moment. En le regardant bien, je doute.

— Vous avez raison, dis-je alors. Je ne devrais pas rester seule. On peut en reparler plus tard ?

Elles me scrutent avec perplexité, mais elles doivent bien se rendre compte que je suis sérieuse.

— Bon, bon, d'accord. Tu nous appelles, hein ? Et tu nous raconteras ce qui se trame avec le géant blond, là.

— Promis.

Je ne suis pas sûre de la tenir, cette promesse, même si je pourrais à nouveau évoquer vaguement cet homme avec qui tout s'est mal terminé et dont je n'ai jamais osé leur parler en détail. Alors qu'elles s'éloignent toutes les deux, je les rattrape. Je me rends compte que je les repousse encore, alors qu'elles ne veulent que mon bien.

— Merci, leur dis-je en les prenant dans mes bras.

Elles ont toujours été mes chères amies qui ont donné un sens à ma vie d'humaine.

On se sépare avec beaucoup plus de légèreté. Je peux me consacrer à l'apparition qui n'a pas bougé. Plus j'avance vers elle, et plus je suis confortée dans mon idée.

— Bonjour Ella, me salue-t-il avec un sourire.

— Bonjour Phobos.

Les yeux dépareillés, mais inversés, ont fini de me convaincre. Il est moins en retrait mais à part ça, Phobos est le jumeau parfait. Ça me trouble complètement !

— Qu'est-ce que vous faites là ?

— Je tenais à te remercier en personne, c'est grâce à toi que je suis là.

— Votre situation était injuste, réponds-je en haussant les épaules.

Il me sourit à nouveau, touché. Mon être se réchauffe. J'ai tellement de choses coincées en moi, qui ne demandent qu'à sortir sans que je puisse trouver d'interlocuteur. Peut-être que le frère jumeau de Deimos est la bonne personne.

— Je l'ai surtout fait pour Deimos, soufflé-je avant de déglutir.

Prononcer son nom à voix haute, quel supplice !

— Par amour. Ne le prenez pas mal.

Phobos approuve et semble se détendre.

— Je l'ai ressenti quand tu m'as sorti de ma dérive. Tu as des sentiments bien particuliers pour mon frère et ils m'ont aidé à m'accrocher à ton incantation.

Ça me fait plaisir que cet amour gâché ait réellement servi à quelque chose. Je souris enfin avec franchise, ça ne m'était plus arrivé depuis longtemps. Je me forçais la plupart du temps, pour rassurer les autres. Un sourire est un passe-partout, mais il n'est pas toujours sincère.

— Je peux vous demander comment il va ? enchaîné-je en priant pour qu'il ne me réplique pas combien Deimos me déteste.

Phobos penche la tête sur le côté avec une grimace.

— Mon frère ne partage plus autant de choses sur lui qu'avant, nous devons encore nous reconnecter. Il est… distant avec moi. Avec tout le monde, à vrai dire. Je crois qu'il essaie de t'oublier.

Ça ne m'aide pas du tout d'entendre ça. Même de loin et sans le vouloir, je le torture. Et je ne veux pas qu'il m'oublie. Il doit ruminer ma trahison. J'aimerais poser cent questions au frère tant aimé, pour le connaître mieux, mais je reste là, plantée dans un silence douloureux, le regard fuyant. Je rechigne encore à discuter avec mes sœurs, je veux juste qu'on me laisse tranquille !

— Je dois y aller, inventé-je en forçant à nouveau un sourire. Je suis contente que vous soyez en sécurité et je…

— Il n'essaie pas de t'oublier parce qu'il te déteste, proclame une voix derrière moi.

Éros et Antéros s'avancent à leur tour. Bon sang, pourquoi est-ce qu'ils ont tous décidé de me martyriser aujourd'hui ?

— Notre radar ne nous ment jamais, ajoute Antéros. C'est aussi clair et certain qu'un ciel olympien. Il y a des sentiments réciproques.

Eh bien parfait, il avait des sentiments pour moi et il m'oublie, je suis ravie de l'apprendre ! Merci pour l'info, dieux de l'amour de pacotille !

Mes sœurs débarquent à leur tour. Elles accompagnaient probablement Éros et Antéros, parce qu'elles les talonnent. Ça sent l'intervention. Mon pouls s'emballe d'agacement et de peur. Pourquoi ranimer tous ses sentiments terribles alors qu'on peut aussi creuser un trou, les balancer dedans et les enterrer ?

— Ça suffit maintenant ! m'exclamé-je, paniquée. Mes chaussettes m'attendent alors vous m'excuserez, mais j'ai mieux à faire !

Ça n'a ni queue ni tête, mais ça fera l'affaire. Je tourne les talons pour m'éloigner et au bout d'une dizaine de pas seulement, je stoppe net.

Un chien-loup noir, là-bas. On ne voit que lui dans la neige. J'espère que je n'hallucine pas. Il avance un peu et s'arrête, je l'imite, confuse. Est-ce qu'il veut bien me voir ? La dernière phrase qu'il m'a dite avait pourtant bien l'air irrévocable. Le chien-loup s'assied. C'est vrai qu'on a toute une audience derrière moi, je comprends qu'il ne veuille pas aller plus loin. Alors je réduis la distance qui nous sépare et tombe à genoux dans la neige, devant lui. Je m'attends à une transformation, mais non. Il ne veut pas parler le premier ?

Le chien-loup baisse la tête et vient chercher ma main. Il réclame un câlin ? Vraiment ? Je dois délirer ! Je passe mes doigts dans son pelage sombre et doux. Des émotions en pagaille m'étreignent le ventre, les poumons et le cœur. Sans pouvoir résister, je l'enlace contre moi. Tout se bouscule dans ma tête. Est-ce qu'il vient juste me dire adieu ? Encore ? Est-ce qu'il accepte qu'on se côtoie comme amis ? Est-ce qu'il venait juste s'assurer que je n'ai pas sombré dans le thé, les gâteaux et les séries ? Je n'aurais peut-être pas d'autres occasions de lui parler dans tous les cas !

— Tu me manques tellement, bafouillé-je, bouleversée.

Et je reste blottie contre lui, luttant contre les larmes, juste heureuse qu'il soit là. Le chien-loup grandit et son pelage fait place à un manteau de laine épaisse. Je me sens soulevée à mesure que Deimos reprend sa forme divine. Ses bras s'enroulent dans mon dos pour me garder contre lui. Je retrouve ma place dans son étreinte, le nez dans son cou. Je m'emplis de sa chaleur et de son odeur boisée.

— Tu m'as manqué, à moi aussi, confirme-t-il de sa voix magnifique et rauque.

Il ne peut pas me dire ça et m'abandonner derrière. En plus, il parle au passé, c'est donc que rien n'est terminé ? Je ne lui manquerai plus si je reste auprès de lui.

Deimos me repose doucement, je m'écarte à contrecœur, mais il garde ses mains sur ma taille. Il me retient encore. On se regarde et par tous les dieux, ses yeux reflètent une expression à nouveau familière. Celle qui m'a envoûtée par sa douceur, sa puissance et son désir.

— Pourquoi tu es là ? interrogé-je, les doigts agrippés sur son manteau.

Il désigne toutes nos fratries derrière moi d'un mouvement de menton un peu las et amusé tout à la fois.

— Ils ont beaucoup insisté.

Si je ne le connaissais pas, je le prendrais mal. Mais je n'ai aucun doute sur son ton ironique. Sa fierté se plie, comme la mienne. Il pose son front contre le mien et nos mains se lient.

— Mais je n'ai pas eu besoin d'écouter Phobos prendre ta défense, je savais déjà que je t'aimais et que je te voulais auprès de moi.

Par toutes les nymphes du ciel et de la terre, c'est bien la déclaration que je n'attendais pas mais que j'espérais si fort ! J'aimerais parler, mais ma gorge est durement nouée. Deimos ne m'en laisse de toute façon pas le temps, il enchaîne.

— Il est des promesses faites pour l'éternité, dit-il en sortant de sa poche l'anneau noir pailleté de diamants. Tu es la seule à pouvoir le porter et la seule à qui je ferai cette promesse encore et encore : te respecter sans te contraindre, te protéger et rester fidèle à ce vœu jusqu'à la fin des temps.

Tout en prononçant ces mots, il crée une fine chaîne en or, fait glisser l'anneau sur ses maillons et la passe autour de mon cou. Il me laisse faire la moitié restante du chemin, celle qui débouchera sur l'anneau à mon doigt. Il m'ouvre à nouveau son cœur et j'ai bien l'intention de m'en montrer digne. Blottissant le métal lourd au creux de ma main, je pose mon front contre lui, bouleversée et dis :

— Je t'aime, plus que tout.

Les mots me manquent. Je voudrais lui promettre, moi aussi, de toujours le respecter et de toujours le protéger, mais j'ai encore du chemin à faire vis-à-vis de ma propre culpabilité. Je veux qu'il me croie sans aucune ambiguïté. Deimos me serre contre lui sans attendre plus.

— Ella, on a tout fait à l'envers, murmure-t-il alors. Que dirais-tu d'un « premier rendez-vous » ? C'est bien comme ça que les humains appellent la première étape ?

Je me dresse sur la pointe de mes pieds en riant pour déposer un baiser sur ses lèvres.

— Oui et oui, dis-je entre deux baisers.

Son bras me serre contre lui pour approfondir notre délicieux échange. Sa main libre s'enfonce dans mes cheveux et chatouille mon oreille.

— Ella, mon *Agápê*, grogne-t-il entre deux baisers.

On oublie complètement notre entourage qui s'est pourtant rapproché de nous et même enrichi puisqu'Harmonie s'est jointe à la troupe.

— Bon ! Mission accomplie, la Love Team ! se félicite Méroé en tapotant dans ses mains.

Je suppose qu'on ne peut pas les ignorer plus longtemps. Deimos affiche le même air impatient que moi. On demeure collés l'un à l'autre, trépignant de reprendre nos baisers à peine entamés.

— J'aime pas du tout ce surnom d'équipe, commente Harmonie.

— Ni moi non plus, confirme mon aînée, dubitative.

— Prochaine étape, Circé et Hermès ! ajoute Méroé avec enthousiasme.

Circé rougit furieusement alors que les trois frères de Deimos se fixent sur elle, interloqués.

— Quoi ? Hermès ! s'exclame Éros.

— Non ! souffle Antéros.

— C'est une très mauvaise idée Circé, Hermès est…

— Un roublard, un mauvais garçon. Même si nous respectons notre oncle.

— Je n'aurais pas dit mieux, appuie Phobos.

À vif, Circé proteste.

— Non mais alors, tant mieux ! Parce qu'il n'y a rien du tout !

— Mouais, c'est ça, se moque Méroé en croisant les bras.

Circé lui balance une boule de neige à la figure sans même bouger. Usage déloyal de magie, je dirais, mais qui fonctionne !

— On va se réchauffer ailleurs ? me glisse Deimos à l'oreille.

— Bonne idée, oui.

Il m'enlace, je me plaque contre lui et on s'éclipse tous les deux, loin de tout.

ÉPILOGUE I

Assise sur la patte de la Sphinge, je finis de grignoter un biscuit alors que la créature happe jusqu'au bout le karkadé à l'hibiscus préparé par mes soins, grâce à une paille géante plantée dans une bombonne en verre. Tous les vendredis, en fin d'après-midi, je passe prendre Deimos au Siège et je bavarde avec son immense gardienne en l'attendant. La Sphinge a, elle aussi, une fratrie incroyable : l'Hydre de Lerne, le Lion de Némée, la Chimère et Cerbère. Elle m'a raconté comment ils avaient été créés seulement pour mettre les héros à l'épreuve et comment les trois premiers avaient perdu la vie en affrontant Héraklès et Bellérophon. Cerbère, lui, a eu plus de chance. Hadès l'a recueilli auprès de lui, aux Enfers. Quant à elle, elle a fui Œdipe avant qu'il ne la tue. Malgré sa taille et ses pattes de félin, elle n'a jamais eu de goût pour la violence et a toujours privilégié les énigmes pour défier les esprits.

Et je dois l'avouer, elle est imbattable. Même sur le registre humain.

— Qu'est-ce qui est petit et vert, qui monte et qui descend ? lui demandé-je.

— Un petit pois dans un ascenseur.

— C'est incroyable ! Comment peux-tu savoir ça ?

— Ce n'est que de la déduction. Je me base sur la culture qui m'entoure et la réponse s'impose.

— Mais comment fais-tu pour connaître la culture qui t'entoure sans sortir d'ici ?

Ses immenses épaules de lionne se haussent. Son visage n'est pas si expressif que cela, mais son regard dégage une vaste intelligence.

— Je le sais, c'est tout.

— Tu es la Sherlock Holmes de l'Olympe, admiré-je.

La Sphinge sourit, amusée. Je n'ai pas besoin de lui expliquer de qui il s'agit, son savoir n'a aucune limite. Son esprit doit aspirer toutes les informations autour d'elle et les compartimenter un peu comme une encyclopédie. Cela dit, elle a hâte de pouvoir rentrer sur l'Olympe et de retrouver le ciel pour déployer ses ailes. Athéna l'a recueillie auprès d'elle et lui a trouvé ce refuge au Siège lors de leur bannissement. La déesse de la raison fait tout pour pouvoir permettre son retour prochain dans les meilleures conditions. Et ça ne m'étonne pas de la tante de Deimos.

En parlant du chien-loup, il sort de l'ascenseur à cet instant. Ma tendre Terreur, en costume gris, s'approche de nous, ses traits se raidissant à mesure qu'il constate mon air complice avec la Sphinge.

— Tu as triché.

Je me relève, agrippe les pans de sa veste et attire ses lèvres jusqu'à moi pour les embrasser. Mon Deimos grogne, me rend mon baiser et pose son index sur mon front pour me faire reculer.

— Ne m'embrouille pas, Ella. Tu as triché.

— La Sphinge ne m'a rien dit, affirmé-je. Je ne lui ai même pas énoncé ton énigme.

Il jette un œil sur la créature qui corrobore aussitôt ma version.

— Elle dit la vérité.

Deimos n'échappe que l'un de ses « mmh » suspicieux.

Si les dieux n'ont pas de problème avec leur âge, révéler leur date de naissance est une tout autre histoire. Ils craignent l'insupportable répétition d'une fête à laquelle ils ne portent aucun intérêt. Et puis, comme les calendriers humains changent d'époque en époque, il faut toujours refaire le calcul. La date perd alors – toujours selon Deimos – tout son sens à leurs yeux. Ça ne m'a pas empêché de le cuisiner depuis des semaines pour qu'il me confesse la sienne, sans succès. Finalement, il y a trois jours, à force de supplications, il a fini par me poser une énigme : « le cygne brille, l'empereur s'élève, le cristal compte ». Il a rajouté les conditions suivantes : je ne peux pas demander l'aide d'un autre dieu ni poser directement la question à un membre de sa famille, et j'ai jusqu'au moment où nous passerons tous les deux la porte de notre manoir, aujourd'hui.

— À vendredi prochain, lancé-je à la Sphinge, en faisant disparaître la paille et la bombonne vide.

Mes pouvoirs se sont aguerris, j'arrive à faire des tours de passe-passe pour renvoyer des objets à leur place ou les échanger avec d'autres.

— À bientôt, Sorcière talentueuse.

Et mon surnom a enfin changé !

On sort dans la rue et le soleil nous éblouit. L'été est bien avancé. J'ai ressorti mes robes et mes sandales avec plaisir. Deimos retire sa veste, la jette sur son épaule et prend ma main dans la sienne.

— Tu n'as donc pas de réponse, se réjouit-il.

Et il peut ! J'ai moi aussi posé ma condition : si je trouve la réponse, il devra m'accompagner voir *Wicked* à Broadway. Encore.

La première fois, je lui ai offert une place pour aller voir le spectacle avec moi. Disons-le tout de suite, Deimos n'était pas motivé. Mais j'étais si heureuse, à lui chuchoter mes commentaires à l'oreille, pressée contre son bras, qu'il a fini par se détendre. Il n'a cependant pas réchappé au long questionnaire d'enquête de Melpomène pour connaître son avis détaillé et améliorer son propre spectacle. La deuxième fois, il m'a offert une place pour fêter la fin de mes partiels, sans en prendre une pour lui. Comme je l'ignorais et que je sautillais partout, persuadée que je l'avais converti, il a fini par négocier en secret un ticket à Melpomène car c'était complet ce soir-là. Résultat, et après une journée entière de consulting sur le montage d'*Héraklès, la comédie musicale*, Deimos était encore moins motivé pour *Wicked.* Mais je l'ai consolé le soir en rentrant du théâtre, après qu'il m'a raconté son aventure.

— J'ai fini par comprendre que chaque partie de ton énigme venait d'un conseil de l'un des membres de ta famille, exposé-je en me sentant comme une inspectrice de police en pleine exposition de ses conclusions.

— Et ? dit-il avec assurance.

— « Le cygne brille » fait allusion à ta mère, puisque le cygne est l'un de ses animaux. Or, Aphrodite est aussi la Céleste. Et qu'est-ce qui brille dans le ciel ? Les étoiles !

La mine de mon adoré se renfrogne. J'ai même l'impression qu'il accélère le pas.

— Donc j'ai regardé les constellations, et celle du Cygne brille durant la saison estivale. Tu es né en été.

— Bien joué, mon *Agápê.*

Rho ! son mélange d'admiration et de contrariété me fait de la peine et sourire tout à la fois. Je m'enroule autour de son bras et son pouce se met à dessiner des cercles sur le dos de ma main.

— Merci, Amour, minaudé-je jusqu'à la bifurcation. Pour « l'empereur s'élève », j'ai eu plus de mal, je l'avoue.

Cette fois, il prend un air revanchard.

— Athéna est la déesse qui fait et défait les empereurs, reprends-je. Et celui qui s'est élevé au moment où il n'y en avait pas, c'est Auguste, le premier empereur de Rome. Qui a aussi donné son nom au mois d'août.

Deimos se presse, le manoir n'est plus très loin. Je trotte à côté de lui.

— Attention, le bonhomme est rouge, le préviens-je en le retenant devant le passage piéton.

Il maudit la signalisation des humains en marmonnant des « hors de question que je retourne voir des singes volants qui chantent », et je serre les dents pour ne pas rire. Parce qu'à chaque fin du spectacle, on a débattu, lui de la logique, moi de l'art. Et on a toujours fini échauffés au point de ne pas atteindre le lit et de rouler sur le tapis au coin du feu.

— La dernière partie de l'énigme est la plus difficile.

Son œil bleu me scrute de côté. Il n'est pas dupe non plus.

— Tu as eu des nouvelles d'Hécate au sujet de ta nouvelle leçon ?

Oh le fourbe ! Il veut gagner du temps.

J'ai repris un apprentissage de la magie directement avec Hécate, et parfois avec l'aide de mes deux sœurs. J'ai transformé mon appartement en antre de sorcière avec un laboratoire de potions – ma passion actuelle qui allie les plantes et les soins – et je ne dors plus que dans les bras de Deimos. On s'est même aménagé une pièce tous les deux, dans laquelle on regarde des séries avec un rétroprojecteur. Il en apprend plus sur le monde des humains et donc sur tout un pan de ma vie. C'est aussi pour cela que j'ai pu décrypter son énigme, parce qu'il s'est inspiré du monde autour de lui.

— Oui, elle devrait passer demain ou après-demain. Le cristal, c'est ce qui m'a vraiment interrogé. Je suis partie dans plein de directions.

Le feu passe au vert, Deimos détale, ses doigts se crispant sur les miens. On aperçoit le manoir un peu plus loin.

— Je me suis dit que je devrais plutôt réfléchir à quel dieu ou à quelle déesse tu avais demandé conseil. Aphrodite, Athéna… je ne vois qu'Héra pour compléter le trio.

— Fascinant, mon *Agápê*.

— Je trouve aussi, Amour ! Parce que, vois-tu, Héra est la déesse du mariage.

— Elle n'aime pas être réduite seulement à cela, me corrige-t-il en cavalant. Elle est aussi la déesse de la fécondité…

— Et les noces de cristal sont celles des quinze ans de mariage.

— … sans compter qu'elle est la reine de l'Olympe !

Il fonce sur l'escalier, je lui échappe et le dépasse pour me dresser devant lui sur le palier, lui barrant la route alors qu'il s'immobilise sur la dernière marche.

— Tu es né le 15 août et c'est aujourd'hui, finis-je en passant mes bras sur ses épaules. Joyeux anniversaire !

Deimos s'avoue vaincu. Il s'affaisse un peu, grommelle un « soit, nous retournerons voir *Wicked* », mais glisse quand même ses mains sur ma taille et m'embrasse. La seule caresse qu'il abandonne au creux de mes reins me fait frissonner comme jamais ! On a pris le temps de se réconcilier et de se réapprivoiser l'un l'autre. Notre premier rendez-vous – un dîner sur une terrasse du palais sicilien de Perséphone et d'Hadès, rien que cela ! – ne nous a pas menés au sexe immédiatement. Mais lorsque notre désir s'est montré plus fort que notre attente, nous avons repris les choses là où nous les avions laissées. Et Deimos s'est montré digne de sa promesse : il est l'initiateur parfait, à la fois à mon écoute et toujours prêt à m'entraîner sur les chemins sinueux du plaisir.

— On monte dans la chambre ? murmure-t-il entre deux baisers.

Même si j'en ai très envie, ce n'est pas le plan. Oh là là, ses mains qui remontent mon dos, chatouillent ma nuque et descendent plus bas ne m'aident pas du tout !

— Plus tard, Gédéon a besoin d'un peu d'eau, dis-je en me détournant pour ouvrir la porte.

Deimos me retient aussitôt, perplexe. C'est vraiment le moment d'afficher ma meilleure *poker face* !

— Qu'est-ce que tu mijotes ? suspecte-t-il.

— Rien du tout.

— Je déteste les surprises, Ella, me prévient-il avec gravité.

Je déglutis. Je l'ai déjà bien embrouillé pour *Wicked*, je ne veux pas non plus qu'il m'en veuille pour la suite.

— Donne un peu d'eau à Gédéon et je suis à toi, lui promets-je en déposant un baiser sur sa joue.

On entre dans le manoir et je le laisse se diriger vers la verrière envahie de plantes grimpantes. Je me rue dans le grand salon de réception, paniquée. Phobos, Éros et Psyché, Antéros et Harmonie sont là, avec Philophrosyne, Hermès, quelques muses, les Érinyes et les Semés, et mes sœurs en prime, tous en embuscade. Je débarque essoufflée et leur fais immédiatement signe de se taire alors qu'ils allaient hurler « joyeux anniversaire », un petit chapeau conique sur la tête et des pétards dans la main, autour d'un gros gâteau sur lequel brûle une poignée de bougies – même si j'avais imaginé en mettre trois mille quatre cent vingt-quatre au départ.

— Vite, vite ! Disparaissez ! Il n'est pas du tout prêt pour ça !

— J'le savais bien que ça allait trop loin, marmonne Harmonie.

— C'est aussi mon anniversaire, proteste Phobos à voix basse.

— Allez, allez !

L'assemblée des dieux finit par s'éclipser en emportant mes sœurs tout en ronchonnant. Au même instant, Deimos apparaît, alors qu'il ne reste plus que les Érinyes, les Semés et le gâteau.

— Joyeux anniversaire ! m'exclamé-je en donnant un coup de coude à ma voisine. Souris, Alecto !

Les Érinyes se détendent. Elles n'étaient pas convaincues, elles non plus. Mais elles m'ont aidé à faire le gâteau qui est, pour le coup, de traviole et un peu trop cuit, mais prometteur. Deimos inspecte l'immense salle du regard, toujours aussi circonspect.

— Tu veux souffler les bougies ?

Alors qu'il s'approche, le corps un peu moins raide, rassuré par la seule présence de ses créatures, Athéna surgit au milieu de la salle.

— Désolée ! Je suis en retard ! lance-t-elle en posant le chapeau sur sa tête et en utilisant son pétard.

Elle ne prend conscience du vide qu'ensuite.

— Ah non, je suis la première, se réjouit-elle.

Deimos croise les bras et me toise avec impatience.

— Les autres sont quelque part dans le manoir, n'est-ce pas ?

— Il y a des chances, oui, avoué-je en me triturant les doigts.

— Allez, montrez-vous !

Les invités reviennent tous, les pétards parlant pour eux. À cet instant seulement, Deimos souffle ses bougies, donnant le feu vert à la dégustation et aux discussions. Je laisse les Semés couper des parts et les servir, et j'attire Deimos à l'écart.

— Pardon, je voulais te faire plaisir.

Il pose sa main sur ma joue et me dévoile une émotion imprévisible : il semble soudainement ébranlé.

— Ella, ma vie de tous les jours auprès de toi me fait plaisir. Me réveiller près de toi, te retrouver dans ton antre, t'entraîner dans mon lit… Mais les anniversaires me rappelleront toujours que le temps cherche à t'arracher à moi.

Ma gorge se noue douloureusement. Je voudrais rester sorcière, donner la vie et vieillir encore un peu avant d'envisager de devenir une immortelle. Deimos est d'accord avec moi, mais il en a déjà parlé au maître des dieux et Zeus refuse catégoriquement. Ma Terreur n'en démord pas et toute sa résolution est intacte au fond de ses yeux. Mes sœurs aussi se sont indignées et fomentent des plans qui me semblent chimériques. De mon côté, je ne peux qu'accepter la situation actuelle. Personne n'a jamais fait plier Zeus contre sa volonté. Je ne peux que ployer la mienne pour alléger le poids de Deimos.

— Je comprends. Je ne recommencerai pas, promis.

Deimos se mordille la lèvre, presque coupable.

— Je veux que tu sois heureuse.

Je souris, émue.

— Je le suis, à chaque instant.

Il se penche pour m'embrasser. Il est temps que je lui offre mon cadeau, j'espère qu'il lui changera les idées. J'invoque l'objet au creux de ma main et l'ouvre sous ses yeux.

Mon alliance en métal noir est à mon doigt depuis plusieurs mois maintenant. Je me suis dit que lui en créer une à mon tour serait le présent parfait, celui qu'il pourra garder aussi longtemps qu'il le souhaitera après moi.

— Je l'ai fabriqué moi-même, lui dis-je en lui tendant l'anneau. Il est en argent, en bois de rose et en améthyste.

Il est un peu tordu par endroit, comme les nœuds d'un arbre. Il n'a rien de régulier, il est à l'image de ma magie : un concentré nébuleux de plusieurs expériences qui donnent de jolies choses au bout. Deimos a un sourire touché et ses yeux reflètent toute la chaleur et le bouillonnement de ses sentiments pour moi.

— Il est parfait, dit-il en le passant à son index. Merci, mon *Agápê*.

Nous sommes liés l'un à l'autre pour de bon.

On est peut-être prêts à franchir une nouvelle étape de notre vie.

ÉPILOGUE II

La nouvelle est toute fraîche : Ella est enceinte.

Une année est passée depuis le Serment du Styx, l'annonce a définitivement entériné la paix entre les dieux et les sorcières. Ce sera une fille, la nouvelle Médée, une demi-déesse, ma nièce avec qui je guiderai la communauté de Springfall. Ella et Deimos ne s'attendaient pas à une arrivée aussi prompte. Ils ont laissé le sort décider et ça a marché du premier coup. Ma mère n'arrête pas de dire que c'est trop tôt, mais ce n'est pas plus mal. Ma nièce et moi, nous aurons vingt-cinq ans de différence, un écart bien plus grand n'est jamais une bonne chose. La direction des sorcières demande une cohésion sans conflits générationnels.

Méroé, elle, m'a avoué s'être sentie soulagée. Elle est un électron libre et bien heureuse de le demeurer finalement. Elle est déjà partie dans une *baby shower* de malade alors qu'Ella en a encore pour six mois de grossesse. Circé la Grande et Médée la Jeune sont satisfaites et – j'ai l'impression, en tous cas –, soulagées qu'un nouveau tandem commence à se former. Les enseignements d'Hécate ont tranché avec tous ceux qui les ont bercées depuis toujours. Réapprendre tout, c'est un cheminement bien plus fort et difficile que de partir de zéro.

Je lève le nez, les étoiles scintillent dans le ciel. Il fait froid et je commence à me demander ce que peut bien me vouloir Hécate. Me donner rendez-vous dans les bois, en dehors de la Clairière, est bien étrange.

— Circé ?

L'aura violette de la déesse finit par apparaître entre les arbres.

— Je suis là.

Elle me rejoint et m'adresse un sourire confiant.

— Que fait-on là ? m'enquiers-je aussitôt.

Je n'ai jamais été d'une nature très patiente, à la base. Et plus je côtoie les immortels, et plus je suis mise à l'épreuve. Ils n'ont pas du tout la même notion du temps que nous.

— Nous attendons trois autres invitées.

OK. Elle ne répond pas du tout à ma question. Je croise les bras, perplexe et finalement méfiante. Après avoir blessé ma propre sœur, je crains chacune de mes décisions. Je préfère rester sur mes gardes.

— En voilà une, m'indique Hécate.

Athéna surgit sous nos yeux, enveloppée dans un manteau de plumes blanches qui éclaire sa silhouette dans l'obscurité.

— Hécate, Circé, nous salue-t-elle en inclinant la tête.

Alors là, je dois reconnaître que c'était imprévisible. Et je suis loin d'avoir tout vu. Héra débarque à son tour, vêtue d'un manteau semblable, mais en plumes de paon. Son diadème brille de mille feux et éclaire la résolution qui se lit sur ses traits. Dans la seconde qui suit, Aphrodite fait son apparition, un imperméable sur le dos et des lunettes noires sur le nez.

Est-ce que je suis témoin d'une entrée discrète de la plus sulfureuse de toutes les déesses ? On dirait une star qui fuit ses fans. Et c'est juste en pensant cela que je me rends compte qu'elles sont toutes les trois préoccupées.

Mais qu'est-il en train de se passer ?

— Mesdames, salue Aphrodite en relevant ses lunettes sur ses cheveux.

— Bientôt grand-mère ? réplique Héra avec un mince sourire.

Elle s'attire un regard noir de la déesse de la beauté.

— Bientôt arrière-grand-mère ? rétorque Aphrodite.

— J'ai l'habitude, alors que toi…

La petite Médée va se retrouver avec la famille la plus folle qui soit ! Les trois déesses, à la rivalité historiquc, se lancent des piques encore deux ou trois secondes avant de conclure en se tournant vers Hécate.

— Bon. Nous sommes là, déclare Athéna.

— J'ai invité Circé à nous rejoindre, précise Hécate. Je pense que c'est indispensable que la future génération de guide soit témoin de cette première rencontre.

Les trois déesses acquiescent.

— Euh, à quel sujet ? tenté-je, la curiosité mordue.

Elles partagent toutes les quatre un regard entendu, puis Athéna prend la parole :

— Il est temps que l'Olympe change de maître.

Fin

BONUS

DEIMOS

Alors c'est *elle*, la sorcière sans dons.

Une crinière de feu, une jeunesse étourdissante, un sourire incorrigible. Tout mon contraire. Elle est bariolée, en plus du reste. On la confondrait presque avec son environnement. Du vert kaki, du brun, du bordeaux… Et puis, vraiment, ce rouge feuille d'érable, à la fois rouillé et brillant, ne passe pas inaperçu. Une chevelure pareille à un brasier.

Elle traverse le « campus » d'un pas léger.

Cet endroit me file des frissons. Tous ces gamins qui enfreignent les règles, ça me démange de les corriger. Je ressens souvent la même chose au milieu des humains. Depuis toujours. Je ne parcours l'endroit que sous la forme d'un chien-loup, afin de contenir toute ma terreur, mais elle ne demande qu'à s'exprimer. Donner un coup de pied dans la fourmilière : c'est ainsi que l'on pourrait au mieux définir mon utilité.

Je la suis à pas feutrés. Elle s'arrête au bord de la route. Elle guette. La brise d'automne charrie son odeur. L'avantage d'être un chien-loup – ou l'inconvénient, tout dépend de la situation – c'est qu'on a parfois des instincts d'animaux sans le vouloir. Ce n'est pas faute d'en avoir discuté avec mon père, quand j'étais enfant et que je découvrais ce pouvoir. Arès s'est toujours contenté d'un sourire en coin sans commenter ce qu'il avait bien pu faire sous sa forme de chien. J'ai le souvenir de l'avoir accompagné avec mon frère dans des balades au clair de lune à Cythère… On courait partout, dans les buissons et la poussière avant de pousser des hurlements qui effrayaient les humains. Ils se ruaient au temple et priaient Aphrodite de les protéger. Ce qu'elle n'a jamais manqué de faire. Notre mère nous attrapait par la peau du cou, mon frère et moi, et nous engueulait comme les vilains chiots que nous étions. Quant à la punition qu'elle réservait à Arès, c'est une histoire… disons, d'adultes.

Au fil des siècles, les mortels se sont montrés de moins en moins craintifs à l'idée de croiser le chemin d'un chien-loup. Mais est-ce étonnant, après tout ? Les humains sont grossiers. Idiots. Éphémères. Sans intérêt. Inoffensifs. Comme cette fille. Qui sent… le sucré. Et la laine. Elle n'a rien de particulier, hormis son absence de pouvoirs. Pas du tout le plan de Zeus, mais je me fous bien de sa décision.

Elle finit par m'apercevoir et jette des coups d'œil alentour, avant de tendre la main dans ma direction.

— Viens. Approche, je ne vais pas te faire de mal.

Ô sorcière… S'il y a bien une personne ici susceptible de faire le mal, c'est moi.

Je penche la gueule de côté. Elle paraît intriguée, sans plus. C'est bien tout ce que ça leur fait, de nos jours. Avant, ça détalait en suffocant sur les champs de bataille. Zeus a peut-être raison. La coupure entre nous et l'Olympe nous affecte plus qu'on ne le croit.

Le son strident d'un klaxon derrière elle la fait sursauter. J'en profite pour m'esquiver. On va se revoir plus tard de toute façon. Mon père m'a donné rendez-vous dans le coin. Je m'attendais plutôt à l'un de ces fameux « conseils de famille » mélodramatiques comme mes frères les aiment tant. Mais non. Je réchappe à une convocation en bonne et due forme à Cythère. Ce qu'Éros avait subi lorsqu'il a soutiré Psyché à la colère de notre mère. Je m'en délecte encore ! Toute cette fureur et cet orgueil blessé d'Aphrodite, balancés à la figure de ce frère bien trop capricieux ! Je me souviens qu'avec Phobos, on ne pouvait pas s'empêcher de se repaître de ces tensions. Le bon temps.

Je me retrouve donc devant un *diner* à la sortie de Springfall. Deux, trois voitures garées, une enseigne dont il manque quelques ampoules, une odeur de friture et de grandes baies vitrées pour mieux être vus. Ou mieux voir arriver. Je reprends ma forme divine, défroisse mon costume noir et entre dans le restaurant. Mon père m'attend, installé à une banquette qui semble minuscule sous lui. C'est un dieu tout en muscles et en violence, haï par son propre père pour cette même raison. Alors que moi, je n'ai toujours ressenti qu'un profond respect pour lui. Il fallait nous voir, tous les trois, Arès, Phobos et moi, terroriser les pions des champs de bataille à Troie. Ça aussi, c'était le bon temps.

À présent, mon père râle. Il apprécie sa vie à Cythère, mais il regrette les glorieux combats, ceux menés par des hommes d'honneur : Hector, son poulain favori, Pâris, le protégé d'Aphrodite, et même Achille, l'ennemi glorifié… Il s'est pourtant bien amusé durant les siècles suivants, arguant que la guerre de Cent Ans aurait pu durer plus longtemps s'il l'avait décidé. Les conflits de l'époque que nous traversons l'ennuient. Il n'y pose pas les pieds.

Les bras déployés le long du dossier, il se redresse à peine en m'apercevant. Je m'installe en face de lui.

— Tu voulais me voir.

— C'était la tâche d'Antéros, pas la tienne.

Zéro préambule. C'est pour ça qu'il est mon père et moi, son fils.

— Antéros ne se casera jamais, soutiens-je en haussant les épaules.

— Antéros était plus à même de remplir ses devoirs. On parle de « mariage d'alliance ».

Ses biceps prennent du volume à mesure qu'il me parle. Arès est une sorte de marmite bouillonnante. Tôt ou tard, ça déborde. Il ne porte qu'un tee-shirt blanc parce qu'il aime trop afficher ses cicatrices dorées, peu importe les regards interrogateurs des humains.

— Antéros n'aime que lui. Une sorcière n'en ferait qu'une bouchée.

Il penche la tête sur le côté.

— Et toi ? Tu lui feras quoi, à la sorcière qui t'épousera ? As-tu déjà oublié ?

Il pointe son index en direction de mon cœur. Je ne retiens pas une onde de terreur qui m'échappe et fait frissonner les quelques clients présents. Eux qui se sentaient si insouciants éprouvent à présent une frayeur sourde dont ils ignorent la source.

Alors que je fixe mon père, une serveuse finit par nous approcher en gardant ses distances, incommodée sans en comprendre la raison.

— Messieurs, vous prendrez quoi ?

— Un café noir pour moi, un soda pour mon père, dis-je sans quitter Arès des yeux.

La serveuse demeure silencieuse une seconde avant de pouffer de rire.

— Lui, votre père ?

Un grand classique. Pour les mortels, notre physique révèle environ cinq années de différence, alors que plusieurs siècles nous séparent. Je sors mon paquet de cigarettes tandis que mon ichor martèle mes tempes. Arès a un mince sourire très expressif : « Tu vois que tu ne sais pas te contrôler. »

— Vous ne pouvez pas fumer à l'intérieur, objecte la serveuse qui gratte son carnet.

Ma première onde n'a donc pas suffi ? Je tourne la tête vers elle et lui jette un regard glacial. Je n'ai jamais à trop pousser avec eux. C'est parfois plus compliqué avec des créatures ou des divinités, mais c'est parce qu'ils *savent* qui je suis plus qu'autre chose. La serveuse, elle, a un mouvement de recul brutal et une grimace proche de l'horreur. Elle heurte un tabouret du comptoir et renverse une panière pleine de sauces.

— J-je reviens avec votre commande, souffle-t-elle en parvenant à s'éloigner.

Bon. Mieux. J'allume ma cigarette et me laisse envahir par son effet apaisant.

— Ce n'était qu'une humaine qui te contredisait, reprend mon père. Lorsque ce sera ton épouse et qu'elle t'enverra un sort en guise de réplique, tu feras quoi ?

Avec l'épouse que je cible, rien.

— Espérons qu'elle sera suffisamment puissante pour répliquer, marmonne-t-il.

— Ce serait pire, affirmé-je.

— Deimos, soupire-t-il. Tu ne sais rien de la vie maritale, ça ne t'a jamais intéressé.

— C'est *toi*, qui me dis ça ? Tu as séduit la femme de ton propre frère. « Briseur de ménage », c'est ainsi qu'on t'appelait à une époque.

Arès se redresse, de plus en plus agacé.

— Héphaïstos n'a jamais aimé ta mère, ni elle non plus !

Je lui concède ce point, cela dit.

— J'obéis mieux aux règles que toi.

— Tu obéis un peu trop facilement à Zeus, oui, confirme-t-il, la rage au ventre. Ta mère et moi, on s'est choisis. L'un l'autre. Harmonie n'a pas eu cette chance et vois où ça l'a menée ! Si tu crois que je vais te regarder faire sans rien dire, tu te trompes lourdement, fils !

Sa voix gronde à présent.

C'était peut-être le discours auquel je m'attendais le moins. Qu'ils aient tous peur de conséquences malheureuses à la suite de ce mariage d'alliance parce que je perdrais le contrôle, OK. Mais que mon propre père craigne que je gâche ma vie dans une union arrangée, c'est beaucoup plus étrange.

La serveuse tombe à pic avec la tasse de café et le soda qu'elle se presse de verser avant de détaler. Arès regarde à côté de moi, comme ils le font tous à Cythère. Il s'est assis au milieu de sa banquette, mais moi, je laisse toujours une place vide à mon côté.

Si tu savais combien je suis prêt à sacrifier pour lui.

Peu comprennent ce vide-là. C'est sur moi qu'il pèse. C'est moi qu'on a amputé. J'ai abattu une part de moi-même.

Arès boit son verre de soda d'un trait, je goûte à peine mon café, trop occupé à tirer le maximum de ma cigarette.

— Ne t'en fais pas, je n'ai pas l'intention de torturer cette fille, si c'est ce qui t'inquiète.

Loin de là, c'est même tout le contraire que j'envisage.

— Ce ne sont pas tes intentions qui m'inquiètent, mais que tu ne sois pas capable de t'y tenir.

Tout dépendra de la sorcière. Et je n'ai pas à justifier mes actes. Même si je comprends la crainte de mes parents. Heureusement pour moi, Hermès franchit le pas du *diner* pour nous retrouver. Il va m'épargner le reste de la conversation. Mon oncle, plus jeune qu'Arès, son demi-frère, a enfilé son costume des grands soirs avec son trois-pièces bleu nuit. Ce qu'il va se passer plus tard est capital pour l'Olympe.

— Bonsoir, dit-il en demeurant debout, avec toute sa légèreté.

Il côtoie les sorcières depuis le départ, il les connaît mieux que personne au Siège.

— Hermès, grogne Arès, les yeux rivés sur le parking.

Longue rivalité, là aussi. Hermès a toujours accompagné Athéna, et Athéna… ma tante préférée, sait très bien comment faire enrager mon père. L'anecdote du caillou à Troie est à la source de leur relation ébréchée. De camps adverses, ils ont fini par se faire face sur le champ de bataille. Arès a exécuté une démonstration d'arme incroyable de puissance et de maîtrise, mais Athéna l'a abattu d'un jet de pierre à la tête. Comme ça, d'un coup. Et Hermès a répandu la nouvelle sur l'Olympe. À présent, Arès et Athéna s'apprécient dans l'ensemble et de loin, mais leur ego respectif ne supporte pas l'autre. Quant à Hermès, si jamais Arès peut le coincer un jour sans témoin, je ne donne pas cher de sa peau. Heureusement pour mon oncle, il est plus malin que mon paternel.

Parce qu'on raconte aussi qu'Hermès et ma mère ont eu une aventure très courte, mais jamais confirmée. De quoi attiser Arès.

— Deimos, je viens t'annoncer que tu peux franchir le bouclier de la Clairière dès maintenant, et ce jusqu'à la fin de la rencontre.

J'acquiesce. On n'entre pas comme ça sur les terres d'Hécate, de Circé la Grande et de Médée la Jeune.

— Zeus ne devrait pas tarder, mais il exige que tu le rejoignes après le début des discussions.

— Et pourquoi ça ? râle Arès. Zeus craint que la présence de son petit-fils le desserve ?

Mon père a tout compris. Négocier le mariage en ma présence risquerait de les faire réfléchir à deux fois avant d'accepter. Je vais entrer dans la Clairière sous forme de chien-loup, c'est plus prudent.

— Une réflexion juste et digne d'Athéna, félicite Hermès en battant des cils.

Arès serre son verre si fort qu'il le casse en mille morceaux. Ça amuse le dieu messager qui reporte son attention sur moi.

— J'ai aussi une missive des Érinyes pour toi.

Il me tend un tube scellé. Alecto me prévient qu'elles ont repéré une nouvelle ménade qui échappe à tout contrôle. Ça devient quotidien. Les satyres et les ménades font n'importe quoi. La dernière fois, j'ai dû intervenir dans une boîte de nuit où les humains avaient perdu la tête au point de se briser les os en se jetant partout, nus, lubriques et grisés. Je ne peux pas intervenir maintenant, on va espérer que la ménade ne se lance pas dans une orgie ce soir.

— Puisque tu te crois plus malin que les autres, tu ne veux pas raisonner mon fils ? grommelle Arès.

Hermès hausse les épaules.

— Si les guides proposent bien la sorcière à laquelle je pense, Deimos sera un époux chanceux. Elle a une sœur… particulière.

Il ajoute cela avec un rictus convaincu et un regard fuyant. Il doit évoquer la sorcière sans dons, avec ses cheveux rouges. Si j'avais énoncé mon plan en amont, je suis certain que la discussion serait bien plus houleuse.

— Bon ! Je vais rejoindre Zeus. À plus tard, donc.

Et Hermès disparaît sans se soucier d'être vu par les humains.

— Je vais y aller, annoncé-je en sortant des billets pour payer nos consommations ainsi que le verre brisé.

Arès émet un son rauque.

— Sache que ta mère et moi ne cautionnons pas ce mariage.

Il s'éclipse à son tour, me laissant seul. Je n'attends pas que la serveuse revienne s'étonner. Je me lève et sors du *diner*. J'ai encore le temps. Je vais en profiter pour me défouler et parcourir la forêt qui environne la Clairière.

*

Peu de dieux ont franchi les boucliers des sorcières. Hécate, bien sûr. Hermès, très souvent, car il est notre envoyé diplomatique auprès d'elles. Artémis, il me semble. Zeus, en de très rares occasions. Comme celle-ci. Moi, c'est la première fois. Et cet endroit est un bordel végétal sans nom. Les plantes poussent dans tous les sens, des senteurs tournoient partout, la maison est perdue sous la glycine et le lierre. Tout ce que je déteste.

La nuit est tombée, Zeus est à l'intérieur, je garde une oreille attentive aux discussions en cours pour savoir quand entrer. En attendant, je piste la présence familière de la promise que j'ai choisie. Elle est à part. J'ignore si la magie a une odeur pour que je puisse distinguer la sienne parmi tant d'autres. Le sucre et la laine. Elle est dans la pièce à l'arrière de la maison. Elle est assaillie par un fouillis d'émotions qui me dépassent. Je m'avance et m'assieds à quelques pas d'une petite porte, curieux. Je suis plutôt sûr de moi et de l'objectif que je me suis fixé. Mais cette fille sera-t-elle suffisante ?

Le battant s'ouvre en grand et elle s'arrête dans son élan dès qu'elle m'aperçoit. Elle devrait comprendre que ma présence ici n'est pas anodine, mais non. Tant mieux. Ça signifie que tout ce qu'on raconte sur elle est correct. Pour le moment. La sorcière sans dons n'est pas coutumière des dieux et déesses, ni de ses propres consœurs.

La plus humaine de toutes.

Elle s'agenouille.

— Pourquoi tu es là, toi ?

Pour *elle*. Pour *ça*. Alors je m'avance. Je vais pouvoir jauger si mon choix me sera bénéfique. Je me pose juste sous son nez. Elle n'est pas bien grande puisqu'elle doit se redresser pour être à ma hauteur. Mais j'apprécie qu'elle le fasse. Rien n'est pire que les mortels qui courbent l'échine.

Elle n'aura peut-être pas de pouvoir pour se défendre, mais j'espère qu'elle a de la repartie.

— Tu as faim ? Je te préviens, on n'a pas beaucoup de viande ici. Mais peut-être qu'il reste un morceau de poulet quelque part.

Elle fouille la cuisine en quête de nourriture. Elle ne sait pas qu'elle a affaire à un dieu. Elle aura un regard vraiment neuf sur tout mon univers. C'est peut-être de ça dont j'ai le plus besoin.

J'observe ses gestes qui témoignent d'une énergie débordante. Son corps est caché par un pull émeraude en grosses mailles, elle ne doit pas aimer se montrer. D'ailleurs, si au premier regard, sa longue chevelure rousse est ce qui attire le plus, ses yeux, grands et bleu-vert, ne passent pas inaperçus.

Elle revient vers moi avec un morceau de volaille, reprend sa place et s'avise ce que jamais personne n'a osé jusqu'à elle : agiter la viande au-dessus de mon museau tout en babillant :

— C'est pour qui le poulet ? C'est qui le bon chien ? C'est qui le plus beau ?

Non, sorcière. Non.

J'ai le flash de la seule déesse qui parvient à ruiner ma journée seulement par sa présence : Philophrosyne, la gentillesse mignonne et doucereuse incarnée. La plus insignifiante et horripilante petite chose rose qui se dandine partout. Par les Enfers, les sorcières ont leur équivalente et c'est elle que j'ai choisie…

Comme je ne bouge pas, la sorcière sans dons m'offre la viande au creux de sa main et au niveau de mes babines. Mon réflexe d'animal est de l'accepter. Ça ressemble à une offrande. Maladroite. Mais une offrande.

— Eh ben, c'est pas la fantaisie qui t'étouffe. Monsieur est difficile. Tu as soif ?

Étant donné ce que je suis en train d'apprendre sur ma promise, je ne refuserai pas le gin que je renifle, là, près de nous, dans les bouteilles aux étiquettes de travers. Mais la sorcière éclate d'un rire clair, dénouant toute l'inquiétude qui m'avait échappé jusque-là sur ses traits. Ses iris pétillent et son sourire, d'une véracité frappante, me bousculent sans aucune raison.

— Je suis à peu près sûre que tu ne veux pas goûter l'alcool expérimental de tante Zelda !

Je me rembrunis. J'avoue que je ne savais pas vraiment à quoi m'attendre. Je l'imaginais plus en retenue, ou plus distante. Je commence à envisager mon plan comme quelque chose de difficile à surmonter. Je pensais que je n'aurais qu'à me laisser porter, mais en vérité, je vais devoir faire face à un être inconnu et imprévisible, dans lequel j'espère puiser énormément sans l'assurance d'un résultat.

— Tu ne préfères pas plutôt un câlin ? demande-t-elle en tendant la main.

Autre inconvénient du chien-loup : ce maudit instinct de cabot d'accepter avec trop de facilité les caresses malvenues. C'est sûr que ma mère a mis son grain dans ce pouvoir ! Il suffit que la sorcière glisse une main sur ma nuque et l'animal ploie. Je *déteste* ça. Et le chien-loup *adore* ça. Eh allez, elle y va avec les deux mains maintenant… ça caresse le pelage comme une peluche. Ça gratouille les oreilles et le cou. Mais fais comme chez toi !

Déjà enfant, je filais entre les mains de ma mère qui rouspétait : « Tu pourrais accepter deux ou trois câlins de temps en temps ! » C'était bon pour Éros et Antéros.

— T'es adorable !

Mouais. J'aimerais grogner pour lui faire comprendre que ça suffit, mais ce trait de joie intense qui s'est éveillé dans ses yeux se trouble soudain. Ça dure un quart de seconde. Une infinie tristesse déborde de tout son être.

— Heureusement que tu es là, toi.

Et elle m'enlace. Je ne bouge pas.

Je ne veux pas non plus la tromper. Je pensais qu'elle comprendrait de base, mais là… C'est mieux si je reprends ma forme normale. Je n'ai rien à voir avec Zeus, mon grand-père, qui en a fait une spécialité : cygne, taureau, aigle ou pluie d'or, tout a toujours été bon pour enlever jeunes filles et garçons afin d'assouvir ses besoins. Alors que la sorcière m'étouffe dans ses bras, je me redresse. Ses pieds quittent le sol, elle reste pendue à mon cou sans s'y attendre. J'enserre sa taille en espérant qu'elle se détache, mais elle semble figée. A-t-elle-même déjà vu ce genre de chose ?

Le nez dans sa chevelure flamboyante, je sens autre chose… Un truc mignon et sucré. Ah, oui, une odeur pareille à ces foutus cupcakes de Philophrosyne. Même Cerbère n'en a pas voulu quand j'ai espéré qu'il les mange à ma place.

Elle tressaille contre moi. Elle a déjà peur, en fait. Avant même de me voir. Comme l'intégralité des gens que je rencontre. C'est vrai que je vais aussi devoir faire face à ce problème. Ou plutôt, c'est elle qui va devoir y faire face.

— Tu permets ? soupiré-je, presque déçu.

Elle me relâche, le souffle coupé.

— Désolée ! s'exclame-t-elle.

Je la repose par terre et la regarde reculer avec maladresse, terrorisée, bras tendus devant elle, livide. Rien ne changera jamais. C'est ce qui me donne envie de rentrer chez moi et de m'isoler. Je défroisse mon costume pour ne plus la voir se décomposer à ma vue. Ma tension grimpe. La salle d'à côté est pleine de sorcières, je retiens déjà avec peine plusieurs ondes dévastatrices. Alors je sors mon paquet de cigarettes, en saisis une du bout des lèvres et l'allume.

Je l'observe. Est-ce qu'elle va se détendre ? Ou demeurer pétrifiée de la sorte ? J'entends d'ici son cœur tambouriner à une vitesse folle. C'est comme avoir une souris au creux de la main. Des gouttes de sueur apparaissent sur ses tempes. L'odeur de fumée qui lui parvient crispe un peu plus ses traits. Et puis, j'ignore pourquoi, elle se met à rougir. Bien comme il faut. Je suis sûr que Thalie, muse de la comédie, trouverait une plaisanterie à formuler sur la concordance de couleur entre ses cheveux et ses joues. Elle a un physique plutôt agréable à regarder, cela dit.

— Mais vous êtes qui ? lance-t-elle enfin.

Sa voix a perdu l'insouciance qu'elle manifestait avec le chien-loup. Elle est même essoufflée tant la panique semble grande. J'entends aussi les voix échanger à proximité. Les sorcières sont en train de présenter leur candidate, c'est à mon tour d'apparaître. Je tire un maximum sur ma cigarette avant de l'écraser dans un plat vide.

Elle fera l'affaire. Il le faut. Je soupire et me dirige dans la pièce d'à côté.

L'atmosphère m'étouffe aussitôt. Toutes les sorcières s'écartent sur mon chemin avec crainte.

— J'ai encore une dizaine de ménades en liberté dans l'État, qui foutent un bordel monstre partout où elles passent, grogné-je, excédé. Pressons-nous.

L'appréhension est générale. Zeus est installé au milieu de la salle, sur un siège fait de bois et de nuages. Devant lui, les deux guides de leur communauté sont posées sur un canapé en cuir brun. J'ai hâte de sortir de là. Les regards rivés sur moi, au rez-de-chaussée comme sur la tribune, les statuettes éparses recouvrant le mur, les odeurs de fleurs brûlées sur l'autel d'Hécate, tout, absolument *tout* me rend nerveux ici. Je me place à droite de mon grand-père et croise les bras.

Une sorcière se tient en avant. Elle ressemble à celle sans dons mais avec une expression moins surprenante : de la détermination, de la prudence et… de la frayeur à présent que je suis là. Une vague de murmures s'élève autour de nous. Et je dois avouer qu'elles ont certes peur, mais qu'elles maîtrisent plutôt bien leurs émotions. Si bien que la guide aux cheveux gris, celle qui doit être Circé la Grande, prend la parole sans masquer son agacement.

— Ôtez-nous d'un doute, Zeus. Nous vous proposons la main de Méroé, sorcière de talents, sœur de Circé et donc mère en devenir de la future Médée, et vous…

Mon grand-père l'interrompt aussitôt, toujours aussi impeccable dans ses costumes immaculés, les filaments électriques parcourant sa chevelure et son aura. Serein, même.

— Vous ne serez pas en reste. Je vous offre la main de mon petit-fils et de celui d'Héra au Trône d'or, fils d'Arès, Fléau des hommes, et d'Aphrodite, la Céleste. J'ai nommé Deimos, la Terreur.

La confirmation de mon identité soulève des protestations.

— C'est une plaisanterie ! s'exclame la seconde guide, Médée la Jeune. Vous pensez vraiment que nous puiserons notre magie dans cet…

Être effroyable ? Cette calamité ? On a inventé tant de termes pour me qualifier ! Elle pourrait faire un effort et terminer sa phrase. Comme mon pouls s'emballe à nouveau, je sors une nouvelle cigarette. Si je me laisse emporter, elles auront un paquet d'épithètes neufs à m'attribuer. Si jamais elles survivent. Mon grand-père, lui, dégage une jubilation colérique bien digne de lui.

— Croyez-vous que je vous laisserai insulter ma propre famille ? Votre Méroé est…

C'est à cet instant précis que je décide d'arrêter là une conversation sans fin.

— Je dois t'interrompre, Zeus, dis-je d'une voix forte.

J'impose un silence surpris.

— Ce n'est pas Méroé que je souhaite épouser.

Toute l'assemblée retient son souffle mais je perçois très bien l'ahurissement de Zeus qui se transformera en rage plus tard.

Je n'ai même pas besoin de la chercher des yeux, je sais qu'elle est là, au fond, derrière les autres, à scruter ce qu'il se passe. Avec son odeur de cupcake sucré et son air offensé parce que j'ose refuser sa sœur sans aucune raison apparente. Je la désigne du doigt tout en scellant mon sort au sien.

— C'est elle que je veux.

*

Je n'ai plus qu'à récolter ce que je viens de semer.

Sans quitter ma promise des yeux – promise qui blêmit davantage, pareille à un oiseau pris dans un filet –, je perçois toutes les réactions autour de moi. Mon grand-père me jette un regard stupéfait et offusqué.

— La sorcière sans dons ?

Ça ne m'étonne pas qu'il sache qui elle est. C'est l'évidence même qu'elle est différente de toutes les autres. J'avais prévu sa réaction. Toutes les alliances qu'il a formées par mariage interposé se devaient d'être glorieuses. Il n'a pas pu profiter du mariage d'amour d'Éros, Psyché n'ayant aucun intérêt à ses yeux. Mais il a empoisonné l'esprit de ma sœur et celui de ma mère pour son compte.

— Tu plaisantes, Deimos ! Quel prestige penses-tu retirer de cette union en choisissant la seule qui n'a aucun pouvoir ?

— Elle est totalement inoffensive, c'est un choix bien plus sage que sa sœur.

C'est un argument de poids. Pas pour mes parents, soit, mais pour notre maître à tous, ce devrait en être un.

— Hors de question ! rugit la voix d'une femme muette jusque-là. Ella n'a rien à voir avec tout ça !

Ella. C'est donc son nom. Les dieux et les déesses ne la connaissent qu'en tant que « sorcière sans dons ».

— Il faudra nous passer sur le corps avant que nous abandonnions notre sœur à cette abomination !

L'aînée des trois sœurs, j'imagine. Je comprends son besoin viscéral de protéger sa benjamine, mais « abomination » ? *Ne me pousse pas à bout*. Je tire plusieurs bouffées de ma cigarette.

— C'est à prendre ou à laisser, sorcières, rétorqué-je avec froideur en me détournant complètement de ma promise.

Alors que l'assemblée semblait figée, il y a enfin du mouvement. L'éconduite et l'aînée, même la mère, font un pas en avant, prêtes à me coller une râclée. On ne doit pas pouvoir enlever leur cupcake sucré comme ça. Quant aux deux guides, troublées par le cours des choses, elles bondissent sur leurs pieds. Zeus les imite aussitôt.

— Interrompons cette discussion un instant, nous devons nous entretenir chacun de notre côté, propose Circé la Grande.

— Nous le devons, c'est certain, approuve mon grand-père en m'entraînant sans son sillage.

Hermès ferme notre marche ainsi que la porte derrière nous. Nous voilà dehors. Je respire enfin. Zeus, en revanche, fulmine. Il croise les mains dans son dos et se met à tourner en rond. Lui faire perdre la face, c'est la pire des humiliations. Le dieu messager recule même et guette par la fenêtre le retour du camp adverse.

— La sorcière sans dons ! Dans *ma* lignée ! Et puis quoi encore ?!

— Elle reste la sœur de Circé, corrige Hermès qui semble cogiter à toute vitesse.

— Et après ? gueule Zeus.

— Deimos conserve la paternité de la future Médée, explique le dieu messager.

Je dois dire que j'ai beaucoup de chance sur ce coup ! Zeus est peut-être le maître des destinées, mais même lui, il ne l'avait pas vu venir, ça. Mon grand-père ralentit tout en grommelant. Il n'est pas le plus malin – Athéna bat tous les records – mais le risque avec Zeus a toujours été de le sous-estimer. Il a vaincu les Titans et s'est imposé sur l'Olympe. Personne n'y était jamais parvenu avant lui.

Il s'avance vers moi et me dévisage, son ton change.

— Quel est ton plan, Deimos ?

Il est le père d'Athéna, après tout.

— Ce qui m'importe, c'est la sécurité du Siège et de tes sujets. Introduire une sorcière puissante au sein des tiens peut potentiellement représenter un risque.

Zeus me fixe sans un mot. Je le fais douter. Les sorcières non plus ne sont pas à sous-estimer, je suis le mieux placé pour le savoir. Mon grand-père consulte Hermès du regard, ce dernier hausse les épaules, mais je sens qu'il retient sa véritable réaction.

— Tu crois que je ne suis pas capable de gérer une sorcière ? m'interroge-t-il alors.

Je me permets un demi-sourire. Phobos l'avait relevé il y a bien longtemps : Zeus a peur d'elles.

— Bien sûr que si. C'est pour éviter cette situation que je choisis Ella.

Zeus soupire et reprend ses cent pas.

— « Ella », ce n'est même pas un prénom de leur lignée, ce n'est qu'un prénom de bâtarde.

— Le prénom vient du père, indique Hermès.

Je lui jette un regard de côté. C'est moi ou il en sait beaucoup sur elles ?

— Je côtoie sa famille depuis longtemps, prétexte-t-il.

— Et que sais-tu d'autre sur Ella ?

— Pas grand-chose, elle ne vient jamais ici. Sa vie est plus humaine que sorcière.

Mmh. Il faudrait peut-être que je la suive de plus près quand même. Plein d'humains sont stupides et égoïstes. Peu comprendrait ce que je cherche. Je n'ai eu qu'un aperçu de très loin sur le campus.

— Tu es sûr de toi ? reprend Zeus.

— Sûr.

— Antéros aurait été plus facile, regrette-t-il.

C'est là où il se trompe. J'ai bien l'intention d'honorer ce mariage d'alliance, alors qu'Antéros se contrefout de tout ça.

— Elles reviennent dans le hall, nous prévient Hermès en attrapant la poignée de la porte.

On reprend nos places à l'intérieur. La situation demeure toujours aussi tendue dans leur camp, mais il règne également une certaine résignation. La famille du cupcake ne masque pas son opposition mais ne bronche pas. Entourée de ses deux guides, Ella préfère focaliser son attention sur mon grand-père plutôt que sur moi, tant je la terrorise. Ses yeux sont statiques. Elle se tient si droite, si tendue, si pleine d'incompréhension et d'appréhension qu'elle ne m'inspire que de la pitié.

— Nous avons discuté, déclare Zeus. Deimos reste sur ses positions. Qu'en pense la sorcière sans dons ?

Elle peut encore refuser.

Je me retrouverais avec sa sœur sans plus aucune chance de changer ce qui doit être changé. Tout dépend désormais de sa réponse.

Elle roule ses yeux dans leur orbite en entendant mon grand-père.

— Je m'appelle Ella, je ne suis pas qu'une sorcière sans dons.

Corriger Zeus, peu l'ose ! Il y a peut-être des choses intéressantes à découvrir chez elle.

Mon grand-père, lui, ronge son frein. Il grogne à mon encontre :

— En plus, elle a son petit caractère.

— Ce genre de comportement farouche se dresse, Zeus, répliqué-je, satisfait, savourant ma cigarette.

Elle rougit à nouveau, mais de rage. Ça allume plein d'étincelles en moi.

Zeus inspire et expire au point de faire trembler le sol et grésiller les ampoules. Sa résignation est là, chez lui aussi.

— Soit ! Qu'en pense Ella Je-ne-suis-pas-qu'une-sorcière-sans-dons ?

Elle a envie de répliquer, mais c'est Circé la Grande qui la devance.

— Elle est d'accord, elle aussi.

Bien. Elle a accepté. J'ignore pourquoi, mais elle est partante.

Elle a témoigné qu'elle n'allait pas non plus se laisser marcher dessus, même si elle ignorait bien à qui elle s'adressait de cette manière. Dans un tout autre contexte, Zeus aurait sorti son foudre et l'aurait grillée sur place, sans procès. C'était dangereux et courageux.

Il y a du sel dans ce cupcake.

Zeus se redresse, impatient.

— Bien, ils sont donc officiellement fiancés. Héra se chargera de la suite, nous les marierons dans deux semaines, balance-t-il, conscient que son rôle s'arrête là.

— C'est ce qui est prévu, oui, confirment les deux guides.

Je n'en ai pas tout à fait terminé avec elle. Je fais un pas dans sa direction, elle tressaille.

— Avant que nous partions, je souhaite m'entretenir seul à seule avec ma fiancée.

Les siennes l'ont relâchée, alors j'attrape son poignet.

— Ne compte pas quitter cet endroit avec elle. Le sort de protection au-dessus de la Clairière t'en empêcherait, tu n'irais nulle part, menace Circé la Grande.

On vient de conclure une alliance et elles craignent déjà que j'aille dévorer leur gâteau dans un recoin de New York ? Ma mère m'a bien élevé, merde ! Si c'était Antéros, elle serait déjà à poil sur une île en Grèce !

— Ce n'est pas mon intention, sorcière.

Je nous sors de là au même instant. On se téléporte dans le foutoir végétal et je fais quelques pas en arrière pour lui laisser de l'air. Je reprends une cigarette. Ma nervosité finira bien par passer, mais j'avoue qu'un peu plus et j'envoyais cette maison et leurs occupantes au Tartare. Ella se tasse sur elle, le souffle court. Pourtant, elle a l'air de m'étudier de son regard clair. Ses pupilles suivent les volutes qui s'échappent de ma bouche et ses traits se froncent.

— Tu souhaites me dire quelque chose ? questionné-je.

— Vous êtes nerveux en fait, vous avez peur de nous.

Elle me plaît.

Sa franchise et sa déduction ne pouvaient pas mieux tomber.

— Je fume pour me contenir au milieu de votre attroupement de sorcières. Crois-moi, personne ne veut voir de quoi je suis capable, ici et ce soir.

Ma tension doit résonner dans mes paroles. Ce n'est pas plus mal. Je peux la mettre à l'épreuve. Elle n'a aucun pouvoir de sorcière, soit. Mais peut-elle en avoir un sur moi ? Plus pernicieux ? Ou salutaire ? Peut-elle influer sur mon comportement ? Va-t-elle me déchaîner ou me contenir ?

— Pourquoi moi ? demande-t-elle. Parce que je suis inoffensive ? C'est tout ?

Quelque part, je suis désolé pour elle. Je viens de l'arracher à sa vie. Je vais me servir de cette poignée d'années qui la feront vivre alors qu'elle avait peut-être des projets comme seuls les mortels en ont : si importants pour eux, et dénués de sens à mon échelle.

Elle ose enfin me regarder dans les yeux, je ne les détourne pas. Elle fait un pas de côté. Tous ses membres se raidissent et elle grimace de douleur. Elle ne fait que me renvoyer à la figure ce que chaque être vit à mon contact. Tous, sauf Phobos.

— Tu finiras par t'accoutumer.

— À votre terreur, vous voulez dire ?

— Plus tu passeras de temps avec moi, et moins tu la ressentiras.

En tout cas, je l'espère. Les créatures infernales sont ravies de ces effets-là, mais même ma famille me craint.

— Vous faites moins peur en chien-loup.

Putain, c'est pas des choses à dire au dieu de la terreur… Le chien-loup a tellement effrayé, fut un temps. Je penche la tête sur le côté, défait, et grogne :

— C'est pour ça que tu m'as caressé tout à l'heure.

Elle écarquille ses paupières. Son langage corporel change. Elle qui était pétrifiée, elle se redresse en dégageant une vague de chaleur inattendue. Elle balbutie et enroule ses doigts dans ses manches. Mouais. Elle est vierge.

— Non, non, non ! Je vous ai gratté l'oreille, nuance ! s'exclame-t-elle en montant dans les aigus.

— Trois fois, appuyé-je en la regardant couler.

— Deux fois ! La troisième était purement accidentelle !

Et puis, pardon mais qu'est-il arrivé au « Tu ne préfères pas plutôt un câlin ? » D'où elle avait seulement l'intention de me « gratter l'oreille » ? Elle m'a plongé dans l'embarras – par la faute de ma mère – et elle nie ?

— Comment tu as qualifié ça déjà ? Un « câlin » ?

Ella agite son index, furieuse, à la recherche de ses mots, mais rien ne lui vient. Elle est drôle en fait, elle se monte la tête toute seule.

— Votre comportement n'est pas du tout correct, je ne savais pas qui vous étiez à cet instant-là, dit-elle, les joues cramoisies.

Et elle croise les bras, indignée. J'aurais pu aller plus loin pourtant, j'ai repris ma forme assez vite. Je n'avais pas anticipé le fait qu'elle ne me verrait pas comme un dieu. Cela dit, un autre point problématique surgit dans un coin de ma tête. Elle s'est jetée sur moi avec un peu trop de facilité. Au point de me faire penser à Philophrosyne. C'est à mon tour de me raidir. Si elle a l'habitude d'enlacer tout ce qui bouge, ça ne va pas le faire.

— Je ne veux pas que ma fiancée câline n'importe qui.

— Je ne câline pas n'importe qui, rétorque-t-elle.

… avant de dodeliner de la tête comme si elle faisait le compte de ses victimes.

— Vous n'avez rien à m'interdire, quoi qu'il en soit.

Un son rauque sort de ma gorge. Elle a raison. Mais au fond de moi, *j'aimerais*. Si je prends ce mariage avec le sérieux que tous attendent de moi, j'espère qu'elle en fera autant. Je crains d'être… possessif, pour finir.

— J'aurais même pu exiger d'épouser un autre dieu, moi aussi ! ajoute-t-elle.

Quoi ?

— Vraiment ? Qui ?

Si elle me sort Antéros, ça va mal se passer.

— Hermès, par exemple, et pour ne citer que lui, bien sûr.

Elle ignore tout des dieux, bordel. Si elle s'amuse à mettre en concurrence des mastodontes comme l'un des Douze, elle ne survivra pas à ce qui l'attend.

— Hermès !

Mon appel soulève les feuilles et secoue les branches alentours. Mon oncle apparaît à côté de moi, le sourire parfait aux lèvres, les mains dans le dos. Ma promise, elle, plonge dans la confusion. Elle pensait peut-être que j'allais juste la contredire ? Non, non. Autant qu'elle sache qu'on ne plaisante pas avec les Olympiens.

— Deimos ?

— Ma fiancée souhaite t'épouser, lancé-je sans attendre.

Hermès affiche un air ahuri. Je crois même qu'il craint plus ma réaction que de blesser ma promise.

— Oh. Je suis flatté, mais je ne suis pas le fils d'Héra, et l'idée du mariage vient d'elle. Il fallait un dieu dans sa lignée.

— Oui, oui, bien sûr, marmonne-t-elle.

— Deimos est l'un des héritiers des maîtres de l'Olympe. Un peu comme un prince royal dans le monde des humains, si tu préfères…

— C'est bon, merci. J'ai compris.

— Ah, bien. Je vous laisse alors, dit-il en disparaissant.

Ella croise les bras et les décroise, au comble de l'embarras. Elle est mal à l'aise en ma présence. C'est la confirmation qu'il me fallait. On doit se découvrir un peu mieux, tous les deux. Je ne veux pas lui cacher ce que je suis vraiment. Mes parents sont convaincus que c'est moi qui renonce à mon « bonheur conjugal » – c'est si ridicule ! – mais je sais que c'est elle qui fait le plus lourd sacrifice. Elle mourra dans soixante ou quatre-vingts ans, c'est une poussière sur ma route. Je l'oublierai. Mais elle, elle passera toute sa vie auprès de moi jusqu'aux Enfers. Je ne veux pas que les juges plaignent son ombre parce qu'elle a sacrifié son existence auprès de la Terreur.

— Je voulais te parler pour t'annoncer ma visite chez toi, la semaine prochaine.

Cette idée la remplit de crainte. J'imagine d'ici ce qu'elle appréhende : un dieu au milieu des humains.

— Pour quoi faire ?

— Je veux inspecter ta vie et tes habitudes. Je n'ai eu qu'un rapide aperçu aujourd'hui.

Je jette mon mégot par terre et me passe la main dans les cheveux. On en a fini pour ce soir. Je ressens un mélange de satisfaction et de crainte bien étrange. Je suis rassuré par ma promise et inquiet par ce qui risque de découler de notre union.

— À bientôt, dis-je en faisant demi-tour.

— Attendez ! me retient-elle.

Je jette un coup d'œil surpris par-dessus mon épaule. Ce vouvoiement aussi, il faudra s'en défaire. Une habitude d'humain plus qu'autre chose.

— Pourquoi moi ?

Elle n'en démord pas et c'est tout à son honneur. Mais je ne pourrais jamais lui expliquer ce qui me pousse dans ce mariage. J'ignore tout de ses véritables raisons, elle doit pourtant en avoir. On n'accepte pas de lier son destin à un autre sans rien savoir de lui. La seule explication que je peux lui donner est d'une désuétude un peu bête, mais qui peut marcher dans notre situation. Après tout, on est sur un mariage « royal », comme l'a dit Hermès.

— Parce que tu es vierge, ce qui n'est pas le cas de tes sœurs. Tâche de le demeurer jusqu'au mariage.

— Q-quoi ?

— À bientôt, Ella Je-ne-suis-pas-qu'une-sorcière-sans-dons, dis-je avant de m'éclipser.

Possessif. Oui, définitivement.

*

J'atterris dans mon bureau, au Siège. Les Érinyes et les Semés semblent m'y attendre, tous debout dans un coin de la pièce. Je dois m'occuper de la ménade échappée, mais l'image d'Ella me trotte dans la tête. Des détails incongrus se répètent en boucle. La façon dont elle ramène une mèche de cheveux derrière son oreille, ses doigts qui disparaissent dans ses manches – pourquoi veut-elle se cacher comme ça ? –, le fait qu'elle soit effrayée sans l'être… C'est ça, en fait : elle me craint parce qu'elle subit mon aura mais elle ne veut pas avoir peur de moi. Et puis, sans aucune raison, ses lèvres. Rose et tendres. À première vue. Comme le glaçage d'un foutu cupcake.

— Bon, on va la chasser, cette ménade ? grogné-je, décidé à me changer les idées.

Mon équipe d'intervention infernale reste muette. Je les toise avec interrogation.

— Je croyais que la situation était pressée ? Vous ignorez où elle se trouve ?

Megaira se racle la gorge et Tisiphone a un mouvement de menton qui désigne un point derrière moi. Je pivote et aperçois Héra et Athéna, debout dans le petit coin cuisine de mon bureau, un air fouineur au visage.

— Partez devant, je vous rejoins, ordonné-je aux Érinyes et aux Semés.

Ils ne se font pas prier pour déguerpir.

— Neveu, me salue Athéna, droite dans son tailleur pantalon crème.

— Assieds-toi, nous devons parler, enchaîne Héra en m'approchant.

Moi qui me faisais une joie de passer à l'action, me voilà piégé. Je prends place sur l'une des deux banquettes qui se font face. Héra s'installe sur l'autre mais Athéna se contente de poser sa main sur mon épaule, comme une gardienne de geôle.

— Donc, tu as choisi la sorcière sans dons, résume ma grand-mère, toujours si élégante dans ses robes vintage bleu-vert.

Comme ses yeux.

— Hermès a déjà tout balancé ? deviné-je.

Les doigts de ma tante se resserrent sur moi. Héra croise les jambes et fait apparaître un martini avec trois olives dedans.

— Lorsqu'Athéna et moi avons eu cette idée de mariage d'alliance, nous pensions à un *vrai* mariage d'alliance, m'explique-t-elle. Pas à un moyen d'envenimer la situation. Arès a eu quatre fils. L'un d'eux est déjà marié, un autre est hors-jeu, il en reste deux.

Je déglutis. Si Athéna ne me maintenait pas avec sa fermeté naturelle, j'aurais déjà relâché mon pouvoir en entendant le mot : « hors-jeu ».

— Un dieu de l'amour et un dieu de la terreur. Le choix raisonnable était pourtant évident !

Son ironie révèle toute son impatience. Les deux déesses ont beaucoup travaillé sur ce projet. Il fallait convaincre les Olympiens, et Zeus le premier, mais aussi les sorcières ; établir les échanges qui auraient lieu le jour du mariage ; faire beaucoup de concessions sur l'organisation de l'union et le lieu de la cérémonie ; et surtout négocier l'après.

Je me suis engouffré dans cette brèche avec mes propres intentions, sans me soucier des leurs.

— Moi au moins, je la respecterai, assuré-je. Antéros baise tout ce qui passe.

Héra soupire et boit quelques gorgées de son verre.

— Oui, ça, ce n'est pas faux, marmonne-t-elle. Mais ça m'inquiète.

— Une petite voix m'a dit que tu as brisé pas mal de cœurs, toi aussi, parmi les nymphes, intervient Athéna.

Je lève les yeux sur elle, dépité. Je n'irais pas jusque-là. Ça m'arrive d'emballer une nymphe de temps en temps, uniquement par appétit sexuel, mais les sentiments ne m'atteignent pas. C'est la pire faiblesse du monde. Ça aussi, c'est bon pour Éros et Antéros.

Non, non. Je dois rester hermétique. Si un « sentiment » prend le contrôle sur moi, je n'aurai plus la main sur mon pouvoir, ce serait catastrophique. Je ne risque rien avec le cupcake ambulant, elle est trop « sucrée » et « mignonne ». Si jamais je ressens quelque chose pour elle, je saurai qui incriminer et ça finira mal. Les mariages d'alliance sont dénués de tout cela. C'est une union politique, c'est tout l'intérêt !

— Je ne m'investis jamais au point de « briser des cœurs », c'est ridicule, grogné-je.

— Justement. C'est là où je veux en venir. Tu n'as jamais témoigné d'intérêt pour ce genre d'engagement, doute Athéna.

— Il faut un début à tout, dis-je en me relevant pour leur fausser compagnie.

Elle exerce une pression sur mon épaule qui me rassied illico sans possibilité de discuter.

— Quelles sont tes intentions envers elle ? interroge Héra.

— Vous ne voulez pas savoir pourquoi j'ai choisi la sorcière sans dons ? m'étonné-je.

— Le mal est fait, réplique Héra. Tout ce qui nous intéresse, c'est que ce mariage fonctionne pour que la paix revienne entre l'Olympe et les sorcières. Je veux que tu me donnes l'assurance que tu ne feras rien qui menace cela.

Cette fois, je parviens à me relever sans qu'Athéna me retienne. Elle a compris qu'elles échauffaient ma patience. Je m'éloigne pour me servir un verre, le cœur tambourinant à nouveau. J'ai hâte. Hâte de retrouver celui qui a partagé ce fardeau avec moi. Je ne veux plus endurer cette crainte et cette méfiance, seul.

— Je ne ferai rien pour menacer ce mariage, déclaré-je avec froideur. J'ai un manque à combler, c'est la meilleure solution qui s'offre à moi. Il n'est pas question que je gâche cette chance, je peux vous l'assurer sur le Styx.

Parce que j'en ai trop besoin moi-même.

Je dois avoir convaincu ma grand-mère par mon discours inhabituel car elle perd son air inflexible et se met à sourire. Elle se lève et vient m'enlacer alors que je déteste ça. Je me raidis, mal à l'aise.

— Bien, je n'ai plus qu'à préparer la cérémonie. Rhapso s'occupera de ta tenue.

— Je me chargerai du voile de ta fiancée, ajoute Athéna.

Ma tante conserve un fond de pensée suspicieux.

— Si tu as l'intention de revoir la sorcière avant le mariage, je me chargerai de vous chaperonner. Tous les deux.

— Je te demande pardon ? m'indigné-je.

— Tu m'as très bien entendu, fils d'Aphrodite.

— Oui. Oui, c'est mieux, approuve Héra en hochant la tête.

Satisfaites, elles me félicitent et m'abandonnent à un nouvel accès de rage. J'ai une chasse qui m'attend, ça va me défouler !

*

J'aurais voulu la retrouver plus vite, mais les ménades ont bien occupé mon temps. Et je ne les ai même pas toutes trouvées. Mais si je veux aussi me dédier à ma promise, une pause est indispensable. Je traverse le campus sous ma forme de chien-loup, au milieu des étudiants qui me jettent le plus souvent un œil de côté, sans jamais paniquer. Je sais où aller. Son odeur n'a pas changé. Elle discute avec une humaine de son âge et si je tends bien l'oreille, elles parlent sexe. Et rencontre. Avec moi. J'avance à pas discret pour me planter à ses pieds sans qu'elle me repère. Aucun instinct de survie, le cupcake.

— … je ne sais pas quoi en penser pour le moment, grommelle-t-elle.

— Canon ?

— Oui, canon, mais il est surtout suffisant, bourré de prétentions, avec un ego gros comme un camion, et bien arrogant comme il faut !

… OK. Elle va être intéressante, cette histoire.

REMERCIEMENTS

Un grand merci à Zélie « Perséphone » Bertrand, éditrice olympienne, qui a accepté avec passion ce projet auquel je pensais depuis si longtemps. Pour parodier une autrice au talent titanesque : « Il existe des moments rares où une éditrice plonge tout près de votre idée, comme les étoiles qui s'approchent de la Terre une fois par an. Pour moi, elle est ce genre de constellation-là. » Un deuxième grand merci à la fine équipe de BMR pour tout leur travail : Elena « Hécate » Goni, Chloé « Héra » Trugeon, Marie « Athéna » Legrand, Cécile « Aphrodite » Terouanne et Nicolas Carmine. Un troisième grand merci à Marie Chivot-Buhler pour la correction du texte, il en ressort bien meilleur. Et enfin, un dernier grand merci à Claire, ma bêta readeuse de choc !

Vous souhaitez en savoir plus sur la suite ? Retrouvez toute mon actualité sur Facebook : **Liv Stone** - auteure et sur Instagram : **@livstoneauteure !**

DIVINITÉS GRECQUES

Antéros : dieu de l'amour réciproque

Aphrodite : déesse de la beauté, de l'amour et du désir

Apollon : dieu du soleil, de la médecine, des arts et de la divination

Arès : dieu de la guerre

Athéna : déesse de la sagesse, de la stratégie et des arts

Deimos : dieu de la terreur

Dionysos : dieu du vin, des mystères et de la renaissance, maître des ménades et des satyres

Eiréné : déesse de la paix

Éros : dieu de l'amour

Hadès : roi des Enfers, dieu des morts

Harmonie : déesse de l'harmonie

Hécate : déesse de la magie

Hélios : titan solaire

Héra : reine de l'Olympe, déesse du mariage et de la fécondité

Hermès : dieu messager de l'Olympe, du commerce et des voleurs

La Sphinge : créature ayant pour fratrie l'Hydre de Lerne, le Lion de Némée, la Chimère et Cerbère

Les Érinyes : Megaira, Alecto et Tisiphone ; déesses de la vengeance et du châtiment

Les Semés (ou Spartes) : Échion, Oudaïos, Chthonios, Hypérénor et Péloros ; ombres armées servant Deimos

Muses : Melpomène, muse de la tragédie et du chant ; Terpsichore, muse de la danse ; Thalie, muse de la comédie ; Euterpe, muse de la musique ; Calliopé, muse de la poésie épique

Perséphone : reine des Enfers, déesse du printemps

Philophrosyne : déesse de la gentillesse et du bon accueil

Phobos : dieu de la peur

Psyché : déesse de l'âme

Rhapso : déesse de la couture

Zeus : roi de l'Olympe, maître des divinités, dieu de la foudre

La saga continue...

Retrouvez l'univers de

Witch and God

Tome 2 : L'Enlèvement de Circé

La tension règne toujours parmi les dieux et les sorcières.
Véritable pilier de sa communauté, Circé n'a pas le temps de penser à sa vie sentimentale… et encore moins à Hermès, le dieu des voleurs, aussi insaisissable qu'irrésistible. Qu'importe ce baiser qu'ils ont échangé il y a quelques semaines. Hermès est l'un des Douze, le cercle des dieux les plus puissants de l'Olympe, et un flirt entre eux serait une très mauvaise idée.
Mais lorsque la jeune sorcière est prise d'une vive douleur à la poitrine, son âme se détache de son corps et elle assiste, impuissante, à sa propre mort. Stupéfaite, Circé se retrouve face à Hermès, chargé de la guider jusqu'au royaume d'Hadès et de Perséphone.
Commence alors un voyage sur le chemin brumeux et sombre des Enfers. Dans ce monde aussi surprenant qu'impitoyable, le dieu est le seul allié de Circé. Cette proximité ne fait que renforcer des sentiments que chacun voudrait garder secrets… en particulier dans un royaume où la loi interdit toute relation entre les vivants et les morts.

Disponible le 06/07/2022

et

Tome 3 : Insoumise Méroé

Disponible le 07/09/2022